아리랑

조정래 대하소설

아리랑

6

제2부 민족혼

해냄

차례

아리랑 제2부 민족혼

6권

25

회오리바람

압록강은 여름강답게 강폭이 넓어져 물결이 넘실거리고 있었다. 자주 내리는 여름비로 수량이 불어나 강폭은 얼음이 얼었을 때보다도 훨씬 넓어져 있었다. 물이 불어난 만큼 물살도 거칠고 물빛도 맑지가 않았다. 가을철의 투명하면서도 짙푸른 빛깔에 비하면 여름의 압록강 물빛은 연갈색을 내비치는 탁한 푸른빛이었다. 그러나 그 폭넓게 흐르는 도도한 물결은 탁한 푸른빛과 함께 오히려 장강대하의 위용을 더해주고 있었다.

양쪽 강변에 완만하고 묵직한 자태로 뻗어나가고 있는 산줄기는 진초록으로 치장한 몸을 압록강에 담그고 있었다. 느린 파도의 굽이침처럼 봉우리 봉우리를 이루어나가고 있는 그 긴 산줄기는 동쪽으로 가면서 점점 높아지고 억세지면서 그 모습을 아스라하게 감추고 있었다. 그 산줄기를 따라서 따라서 가면 이르게 되는 곳,

그곳이 백두산이었다. 그러니까 압록강 양쪽으로 뻗어내리고 있는 산줄기는 사방팔방으로 뻗치고 있는 백두산의 서쪽 일부 자태였고, 압록강 철교 부근에서 자취를 감추는 산줄기는 헤아릴 수 없이 많이 드리워진 백두산의 머리카락 그 한 오라기 끝이었던 것이다.

푸르른 산줄기를 배경으로 압록강에는 맑은 돛단배들이 떠 있었다. 드넓은 강에 움직이는 듯 마는 듯 떠 있는 돛단배들은 그지없이 한가롭고 푸근한 압록강의 풍광을 이루어내고 있었다. 푸르른 산줄기를 돛에 반쯤 걸치고 제 모습을 강물에 비추고 있는 돛단배들은 압록강의 아름다움을 한껏 돋아오르게 하는 꽃이었다.

그러나 멀리서 바라보았을 때 돛단배들이 그렇게 정겹고 아름답게 보일 뿐 그 배들은 많은 사람들의 고달픈 생계를 싣고 어디론가 떠가고 또 돌아오고 있었다. 그 작고 느린 배들은 혜산진까지 물길을 거슬러 올라가기도 했고, 혜산진에서 물길을 따라 내려오기도 했다. 그런데 그 배들은 압록강 철교 가까이에 이르러 한 줄로 길게 늘어서고 있었다.

양치성은 철교가 가까운 높직한 강변에서 압록강을 두루 살피고 있었다. 그러나 그는 압록강의 풍광이고 돛단배 같은 것에는 관심이 없었다. 그의 눈길은 강의 하구인 서쪽으로 자꾸 쏠리고 있었다. 강폭이 더 넓어지는 그쪽에는 황해의 밀물을 따라 들어온 커다란 일본기선들이 정박해 있었다. 그리고 그 기선으로 작은 배들이 무슨 물건들을 실어나르고 있었다.

일본은 대국이야. 정말 무서운 대국이야. 조선, 미개한 조선은 당할 수밖에 없어. 일본에 비해 무엇이 하나 제대로 돼 있는 게 있는가. 독립투쟁? 어림도 없는 이야기다. 호랑이하고 토끼 싸움이지. 그렇지, 저 기선하고 저 돛단배 꼴이지. 그래, 딱 저거야. 저게 맞부딪치면 어떻게 되나. 독립? 털끝만큼도 가망 없는 일이야. 일본의 보호를 받으며 개명 발전해 나가는 것이 가장 현명한 일인데 왜 그걸 모르는 것일까. 그래, 그놈들이 일본이 얼마나 어마어마한 대국인지 그 본체를 몰라서 헛꿈들을 꾸고 있는 것이지……

양치성은 기선에 실리고 있는 물건들이 무엇인지 환히 알면서 이런 생각을 하고 있었다. 그의 머릿속에는 어제 구경했던 제3수문 앞의 뗏목 집하장과, 거기서 제재소까지 사람의 손은 댈 것도 없이 뗏목들이 줄지어 자동으로 운반되는 인클라인이라는 것이 떠올랐다. 제재소의 여기저기에서 끊임없이 울려대는 전기톱질 소리들. 같은 길이 같은 크기로 잘려서 산더미처럼 쌓여 있는 목재들. 그리고 강변까지 뻗어 있는 철길을 따라 그 목재들은 손쉽게 운반되어 바로 기선에 실리고 있었다. 양치성은 그 개명된 시설에 그저 감탄이 나올 뿐이었다.

그런데 양치성은 그와 비슷한 시설을 어디서 보았는데 언뜻 생각나지 않아 머리를 갸웃거렸다. 그러다가 그는 손바닥을 쳤다. 바로 군산부두의 시설과 똑같았던 것이다. 다만 다른 것이 있다면 군산은 쌀이고 신의주는 목재였던 것이다. 그 정미소와 제재소에서 하는 일도 똑같았다. 군산의 정미소들은 부피만 커지게 하는 벼껍질을 벗겨내고 쌀만 가져가게 하는 일을 했고, 신의주의 제재소들은 통나무의 쓸모없는 껍질부분을 톱질해 내서 반듯반듯한 각목만 배에 신도록 하고 있었던 것이다. 그리고, 쌀가마니들과 목재들이 산더미로 쌓인 것이며 전용철도를 놓은 것이며가 다 똑같았다.

양치성이 제재소를 거쳐 두 번째로 구경간 곳이 강변 옆에 드높은 굴뚝이 솟아 있는 제지공장이었다. 압록강에서 건져 올려진 거목들이 토막 나고, 뜨거운 죽 같은 것으로 변하며 몇 과정을 거쳐 펄프라는 것으로 둔갑하는 것을 보고 양치성은 그만 정신이 멍해지고 말았다. 그 복잡하고 어마어마한 기계시설이며, 그런 상상도 할 수 없는 희한한 기술을 부리는 것이 너무 충격적이었던 것이다. 그 충격은 도쿄 시가지를 구경하면서 받았던 충격보다 훨씬 강했다.

그 공장에서 만들어지는 종이 원료 펄프라는 것도 바로 기선에 실을 수 있도록 시설이 되어 있었다. 일본사람들은 어느 것 하나도 빈틈이라고는 없이 머리를 쓰고 있었던 것이다. 양치성은 기가 죽을 대로 죽어 제지공장을 물러날 수밖에 없었다.

사람들이 웅성거리고 환성을 지르는 소리에 철교 쪽으로 고개를 돌린 양치성은 눈이 휘둥그레졌다. 정말 철교의 마디 하나가 말듣던 대로 어긋나고 있었다. 그러나 그건 무엇이 잘못되어 어긋나는 것이 아니고 회전식 시설이 된 마디가 돌기 시작하는 것이었다. 그래서 꼭 어긋나는 것처럼 보였던 것이다.

그 길고 육중한 철교의 마디는 아주 느리게 돌고 있었다. 그 마디가 반 바퀴를 돌아 정지하자 긴 철교는 양쪽으로 끊긴 모양이 되었다. 그러자 그때까지 철교를 사이에 두고 강 위아래쪽에 줄을 서 있던 돛단배들이 움직이기 시작했다. 둥근 교각의 왼쪽으로는 상류로 올라가는 돛단배들이 지나가고, 오른쪽으로는 하류로 내려오는 돛단배들이 교차하고 있었다. 철교가 끊겨 생긴 양쪽 공간으로 높게 솟은 돛의 끝부분들이 유연하게 지나가는 모습은 날개를 활짝 펼친 큰 새들의 날갯짓 같았다.

압록강 철교의 마디는 모두 12개였다. 그런데 만주 쪽으로 아홉 번째 마디가 반 바퀴를 도는 회전식이었다. 그 마디는 하루에 세 차례, 한 시간씩 열렸다가 닫혔다. 그동안에 수많은 돛단배들이 상하류로 오르내리는 것이었다.

양치성은 그 쇳덩어리로 얽어진 거대한 마디가 회전한다는 것을 도무지 믿을 수가 없었다. 무슨 기계가 어떻게 움직이기에 그 엄청나게 크고 긴 철골물이 자유자재로 회전을 한단 말인가. 양치성은 또 기가 꺾이며 자신이 조선사람으로 태어난 것이 그저 한탄스러울 뿐이었다.

아니야, 난 조선놈이 아니야. 병신 같은 조센징이 아니야. 난 일장기 앞에서 벌써 몇 차례 황국신민 맹세의 예식을 치른 몸이야. 난 이미 일본사람이야. 일본사람으로 새로 태어난 거야.

양치성은 불현듯 솟은 조선사람이라는 열등감을 뿌리치며 이렇게 스스로를 일깨우고 다짐하고 있었다.

사람들이 와글거리고 앞을 다투며 철교 앞 검문소로 몰려들고 있었다. 그들은 철교를 걸어서 건너갈 사람들이었다. 기차를 탈 돈이 없는 그들은 거의가 농사꾼인 것이 한눈에 드러났다. 여자고 남자고 아이들이고 가릴 것 없이 모두가 깡마른 얼굴들이었고, 후줄그레하고 남루한 입성에서는 가난이 질질 흘러내리고 있었다. 그런데 그들은 크고 작은 짐들을 다 지니고 있었다. 노인네들은 말할 것도 없었고 예닐곱 살 먹은 아이들까지도 보통이짐을 지고 있었다. 그들은 고향을 등지고 만주땅을 찾아가는 농사꾼들이었다.

그 농사꾼들 사이에 장사꾼들도 적잖이 섞여 있었다. 장사꾼 짐을 진 사람들 중에는 중국사람들도 더러 있었다. 그래도 장사꾼들은 농사꾼들에 비해 얼굴도 메마르지 않았고, 입성도 제법 갖추고 있었다.

장사꾼 차림을 한 양치성은 어느새 북적거리는 사람들 사이에 끼어들어 있었다. 허름한 한복에 등짐을 지고 머리카락까지 부스스하게 헝클어진 그의 모습은 영락없이 장사꾼이었다. 머리에 기름을 바르고 일본식 활동복을 단정하게 입었던 그의 매끈한 모습은 간데가 없었다.

철교의 아홉 번째 마디가 닫히면서 검문이 시작되었다. 철교 입구 양쪽에서 실시하는 검문은 별로 까다롭지 않았다. 짐들을 다 풀어헤쳐야 하는 1차 검색을 이미 거친 탓이었다. 그러나 어떤 사람들은 따로 끌려나가 샅샅이 조사를 다시 받기도 했다. 어딘가 이상스럽다고 의심을 받은 사람들이었다. 눈을 번뜩거리는 군인들은 마치 맹수 같았다.

검문을 끝낸 사람들은 철교 양쪽에 난 보도를 따라 걷기 시작했다. 한쪽 보도의 폭은 아홉 자가 다 되어 짐을 지고도 두 사람이 넉넉하게 걸을 수 있을 정도였다.

사람들은 누가 뒤에서 쫓기라도 하는 듯 양쪽 보도를 따라 다급하게 걷고 있었다. 그런데 그들의 얼굴은 거의가 깊은 근심을 앓는 듯 시름겨웠고, 사무치는 서러움을 참는 듯 울음기에 젖어 있었다. 칭얼대는 아이 달래는 소리가 간간이 들릴 뿐 그들의 긴 행렬에서는 전혀 말소리가 들리지 않았다.

양쪽으로 드넓은 강이 한눈에 내려다보이는 중간 지점쯤을 지나면서부터 사람들은 뒤를 돌아보기 시작했다. 마치 누가 시키기라도 한 것처럼 남자고 여자고 할 것 없이 뒤를 돌아보았다. 짐을 어깨에 진 남자들은 뒤를 돌아보기가 편했지만 짐을 머리에 인 여자들은 뒤를 돌아보기가 여간 불편하지 않았다. 그런데도 남자들보다 여자들이 더 여러 번 뒤를 돌아보았다. 한 번 뒤를 돌아보고, 몇 걸음 걷다가 다시 뒤를 돌아보고, 몇 걸음 옮기다가 다시 뒤를 돌아보다가 끝내는 주르륵 눈물을 쏟고 말았다. 어떤 여자는 억누른 소리로 엄니, 엄니, 엄니를 부르며 흐느끼기도 했다.

양치성은 드넓은 강을 양쪽으로 굽어보며 어금니를 맞물고 있었다.

"단단히 각오하지 않으면 안 되오. 만주땅에서는 오로지 혼자일 뿐이오. 우리에게 치안권이 없으니까 영사관의 힘으로는 보호가 어려울 뿐만 아니라, 만약 무슨 문제가 야기된다 하더라도 비밀요원에 대해서는 일체 사건 개입을 하지 않는 것이 원칙으로 되어 있소. 중국과의 관계 때문이오. 공격도 혼자서, 방어도 혼자서 하는 거요. 그런데 한 가지 똑똑하게 명심할 사실이 있소. 우리 비밀요원들이 투입되면 삼사 할이 종적이 묘연해진다는 사실이오. 이건 뭐겠소? 죽는 것이오. 살해당하는 거란 말이오. 누구한테? 바로 독립군이라 자처하는 조센징 폭도들한테 당하는 것이오. 그놈들은 흉악하기 이를 데 없으니까 단단히 각오하란 말이오. 또 그놈들은 전혀 표가 안 난다는 사실도 명심하시오. 무슨 말인가 하면, 낮에는 농부인 척 일을 하다가 밤에는 폭도로 돌변한단 말이오. 또한 여자라고 해서 믿어서도 안 되오. 한통속인 여자들이 수두룩하니까. 진짜 장수로서 의심받지 않는 것, 그것이 최선이오. 그리고! 폭도로 확인되는 놈들을 그때그때 처치하는 것도 또 하나의 임무라는 걸 잊지 마시오. 무사히 임무를 완수하고 다시 만나게 되는 날 천황폐하의 은덕이 후하게 내려질 것이오."

나남에 주둔하는 일본군 제19사단 정보과에서 들었던 말을 양치성은 되새기고 있었다.

경성에서 정신재무장 교육을 받은 특수반의 절반은 나남으로 이동했었다. 그곳에서 이틀 동안 동만주와 서만주 일대의 상황에 대한 설명을 들었다. 그리고 하루 동안 새 군사도시 나남 시가지를 휴식을 겸해 구경했다.

나남은 프랑스의 수도 파리식으로 꾸며졌다고 했다. 나남은 그야말로 군대가 중심이고 군인이 주인인 도시였다. 군사업무를 총괄하는 건물이 시가지 중앙에 크게 자리잡고 있었고, 바로 그 옆에 있는 원형공원을 중심으로 해서 일곱 개의 도로가 방사선으로 곧게 뻗어나가고 있었다. 그리고 그 도로들에서 다시 가지를 치며 다른 도로가 뻗어나가기도 했다. 나남은 억센 산줄기 많기로 유명한 함경북도의 산들로 에워싸여 있는 자연요새 같은 분지였다. 그 궁벽한 오지에 어찌 그리 멋들어진 서양식 건물들을 즐비하게 세워 도시를 이루어낸 것인지 양치성은 그저 놀라울 뿐이었다. 그런데 나남에서는 조선사람들의 집이라고는 기와집이든 초가집이든 간에 단 한 채도 찾을 수가 없었다. 온통 서양식 관공서들과 일본식 상점이나 집들로 차 있는 것을 양치성은 이해할 수가 없었다. 군산이 개명한 줄 알았는데 군산은 나남에 댈 것도 아니었던 것이다. 그런데 그 의문은 한마디의 설명으로 쉽게 풀렸다. 일본군이 처음 나남에 주둔한 것은 일로전쟁이 끝나면서였고, 그때 나남은 조선사람들 30호 정도가 마을을 이루고 산 한촌이었다는 것이었다. 그 뒤로 10년 세월 동안에 순전히 일본사람들 손으로 새 도시가 꾸며졌으니 한옥이 있을 리가 없었다.

그 나남사단이 바로 한만국경의 수비를 전담하고 있었던 것이다.

"사령부에서 이미 들었겠지만, 만주는 적지요. 조센징 폭도들이 산골마다 박혀서 광분하고 있소. 그놈들이 날뛰는 정도는 우리의 예상을 뛰어넘고 있소. 그동안에 우리 국경수비대가 입은 피해가 적지 않소. 그놈들은 지독하기가 꼭 조선 이질균 같은 놈들이오. 일로전쟁 때 이질설사의 특효약으로 만들어낸 정로환에도 죽지 않고 우리 병사들을 끈질기게 괴롭히고, 사기 저하에 전력 감퇴를 초래하는 것이 조선 이질균이오. 그런데 강 건너 산악지대를 무대로 날뛰는 조센징 폭도들이 바로 이질균처럼 지독하고 끈질기단 말이오. 문제는, 그놈들이 우리의 예상을 뒤엎고 끈질기게 도강해서 우리에게 공격을 가해오는 것인데, 여기서 중요한 것은 두 가지요. 첫째는 그놈들의 수가 자꾸 늘어나고 있다는 것이고, 둘째는 그놈들의 무기가 옛날과는 달리 최신식 서양총으로 대체되었다는 사실이오. 우리의 급선무는 첫 번째 항인 그놈들의 실황 파악이오. 그런데 그놈들은 다람쥐새끼들처럼 산악지대를 이동하는 데다, 소부대로 분산되어 있어서 실황 파악이 너무 어려운 형편이오. 그뿐만 아니라 그놈들은 우리 요원들을 찾아내려고 혈안이 되어 있으니 우리 요원들이 행동제약을 받아 그 전모를 파악하기가 한층 어려운 상황이오. 그놈들은 아무것도 모르고 벽지로 들어간 일본상인들을 마구잡이로 죽이는 흉악한 놈들이오. 그러니 일본인 요원들은 아예 투입할 수도 없소. 어쨌든 우리가 믿는 건 조선인 요원들이니까 깊숙이 침투해서 현황 파악의 정보를 입수하도록 최선을 다하시오. 이 증명서는 우리 요원들끼리 서로 알아보지 못하고 발생하게 될지 모를 불상사를 예방하고, 만일의 경우 영사관 소속 수사대에게 오해를 받아 체포됐을 때 사용하라는 것이오. 건투를 빌겠소."

신의주 수비대본부에서 들은 말이었다. 양치성은 그 말을 되짚어보며 화투짝보다 작은 증명서를 생각했다.

수비대에서는 장사꾼 행색을 꾸밀 수 있게 옷이며 잡화등짐을 내주며 그 증명서를 몸 어딘가에 숨기라고 했다. 그것부터가 비밀요원의 활동개시였던 것이다. 양치성은 '몸 어딘가에 숨기라'는 말에 들어 있는 함정을 직감적으로 찾아냈다. 이쪽에서 몸 어딘가에 숨기면 저쪽에서도 몸 어딘가를 뒤질 것은 뻔했던 것이다. 그런데 몸 어딘가에 숨긴다는 것은 너무나 훤하게 들여다보이는 일이었다. 저고리동정 속, 허리끈 속, 버선목 속, 그러고 나면 더 숨길 데가 없었다. 여름옷이라서 더 그랬다. 여자의 자궁 속에 든 아편덩어리까지 찾아낼 수 있어야 한다고 정보학교에서 배웠던 것이다. 자궁 속에 감추는 것마저 기초적인 것이 되어버린 판에 여름옷 어디에다 숨겨 들키지 않을 것인가.

몸에서 멀리 감춰야 한다!

양치성은 잡화등짐을 완전히 엎어 헤쳐놓았다. 물건의 종류는 가지가지 많기도 했다. 얼레빗·참빗·면빗·빗치개·백통비녀·나무비녀·가위·인두·손거울·가지가지 색실·꽃실패·곰방대·백분 등속이었는데 한 가지가 서너 개씩이니 모두 자리잡아 펼쳐놓으면 한 좌판이 실히 될 양이었다.

양치성은 그 물건들을 유심히 살피다가 손거울에 눈길을 박았다. 나무틀에서 손거울을 뜯어내 증명서를 감추고 거울을 다시 붙이면 감쪽같으리라 싶었다.

양치성은 지체없이 그 작업을 시작했다. 그러나 솜씨가 서툴러 거울만 깨고 말았다. 수비대에 부탁해 유리 다루는 기술자가 있는 큰 거울상점을 찾아갔다. 기술자가 눈치채지 못하게 얼렁뚱땅해

가면서 증명서를 감추고 거울을 다시 붙였다. 과연 감쪽같았다. 이제 남은 일은 그 거울이 팔리지 않게 하는 것이었다. 그 일은 너무 간단했다. 돌로 거울의 나무틀 여기저기를 약간씩 긁고 문질러 흠을 냈다. 그 거울은 영락없이 오래 팔리지 않고 여러 물건들 속에서 굴러서 헌것이 된 것처럼 보였다. 어느 여자가 그 헌것을 살 리 만무였다.

나남에서 다시 분리되어 3분의 1이 신의주로 이동했다. 그리고 신의주에서 양치성은 혼자가 되었다. 다른 사람들도 모두 단신으로 만주에 투입된 것이었다. 갖가지 모습으로 위장되어 사지(死地)에 내던져진 것이었다. 실습이면서 시험이었고, 시련이면서 기회였다.

양치성은 철교를 얼마 남겨놓지 않고 뒤를 돌아보았다. 조선땅이 멀게 보였다.

누가 죽나 어디 두고 보자!

양치성은 등짐을 추슬렀다.

한편, 송수익은 교당에서 학생들을 가르치는 일에 방해를 받을 정도로 손님맞이를 하고 있었다. 그 손님들은 모두가 면식이 없는 사람들이었다. 그러나 소홀히 대해서는 안 되는 동포들이었다.

"선상님, 또 동포덜이 찾아들었구만요."

이마에 땀이 맺힌 필녀가 생글거리며 사무실로 들어섰다. 그녀의 이마에 송골송골 맺힌 땀에 8월의 만주 폭염이 지글거리고 있었다.

"음, 더운데 고생이 많네."

지도를 들여다보고 있던 송수익은 고개를 들며 눈길을 문 쪽으로 보냈다.

"요분에넌 경상도사람덜이구만이라."

필녀는 묻지도 않는 말을 했다. 정처 없이 찾아든 동포들을 송수익에게 안내하는 일을 스스로 맡고 나선 필녀는 어떻게든 자신의 소임을 다하려 하고 있었던 것이다.

"그런가……."

송수익은 무심한 듯 일어서며 보일 듯 말 듯 고개를 끄덕였다. 농사일을 하다 말고 5리가 넘는 길을 멀다 하지 않고 무더위를 헤쳐온 필녀의 노고를 송수익은 잘 알았다. 그러나 치하하고 싶은 마음을 솔직하게 드러내지 못하고 무심한 듯 감추어야 했다. 필녀의 감정을 아는 까닭이었다.

"여그 선상님헌티 인사덜 디리씨요."

필녀가 마당에 서 있는 사람들에게 말했다. 넓지도 않은 마당에는 20명이 넘는 사람들이 크고 작은 짐들을 이고 진 채 엉거주춤 서 있었다.

"첨 뵙겠씁니더. 즈덜언 경상도 김해서 왔심더."

사십객의 남자가 꾸벅 절을 했고, 다른 사람들도 따라서 고개를 숙였다. 그런데 짐을 인 여자들은 절하는 시늉만 하며 걱정 서린 눈들로 사무실을 나서고 있는 송수익을 살피고 있었다.

"어서들 오시오. 원로에 얼마나 고생들 많으셨소. 어서 짐들 내리고 저 그늘로 들어가십시다."

송수익은 그 지칠 대로 지치고 땀범벅인 사람들을 밝은 웃음, 탄력 있는 목소리로 반갑게 맞이했다. 그런 송수익의 태도에 사람들의 얼굴은 금세 달라졌다.

"자아, 자아, 어서 짐들 내리시오. 너희들이 이 멀리 오느라 고생 많았다."

송수익은 삐쩍 마르고 지쳐 있는 아이들의 머리를 차례로 쓰다듬었다. 아이들은 겁나고 부끄러워하고, 여자들의 얼굴에는 고마움이 넘쳐흘렀다. 송수익은 아이들을 쓰다듬으면서 자기 자식들의 모습이 떠오르고 있었다. 그 자식들의 모습 뒤에 아내의 모습도 있었다. 만주로 떠나온 뒤로 아내의 모습은 그리움이 아니었다. 눈물이고 아픔이었다. 다만 흘릴 수 없는 눈물이고 표낼 수 없는 아픔이었다.

송수익은 그들을 교당 안으로 안내했다. 교당이라고 해야 규모가 조금 큰 초가일 뿐 넓지를 못했다. 그러나 막힌 데 없이 트인 방 안은 넓어 보이고 깨끗하게 정리되어 있었다. 그 방 안에는 고요와 함께 엄숙함이 감돌고 있었다. 그 종교적 분위기는 맞은편 제단 위에 모셔진 단군의 영정이 자아내는 것이었다.

"경상도 김해 분들을 뵙기는 처음이로군요. 그쪽도 형편이 어려운 거야 마찬가지겠지요?"

송수익은 웃는 얼굴로 부드럽게 말을 꺼냈다. 그러나 그의 눈길은 빠르고 날카롭게 다섯 명의 남자들을 훑고 있었다. 그들이 정말 이주농민인지를 탐지하는 것이었다. 밀정들은 농민으로까지 가장하고 파고드는 실정이었다.

"아이고, 말도 마이소. 왜놈덜이 어데라꼬 사정 봐주능기요. 김
해 근방이야 농토가 널러노니께네 글마덜이 더 환장얼 허는 기라
요. 땅 뺏긴 사람이 억수로 많심더."

아까 인사를 했던 사람이 금방 열받친 소리로 말하며 고개를 내
둘렀다. 즉각적으로 나타나는 그 뜨거운 반응은 그 사람의 가슴에
서 분노가 식을 줄 모르고 끓고 있다는 반증이었다.

송수익은 그 점을 중요시했다. 그건 독립투쟁을 뒷받침하는 원천
적 힘이었던 것이다. 일본에 대한 분노와 증오는 뜨거울수록 좋고,
거기에 민족의식을 불어넣으면 분노와 증오는 고체연료가 되면서
복수와 투쟁의 불길이 타오르게 되는 것이었다.

"다 한동네 분들인가요?"

"아니, 한동네가 뭡니꺼. 다 한집안이라요. 다 역둔토 갖고 넘부
럽단 말 모리고 살다가 토지조사 만내갖고 동척 소작인 신세 된 것
만도 가심치고 죽을 판에 논이 어떤 왜놈 손으로 넘어가 삐리고,
소작도 띠인 기라요!"

그 남자는 자기 감정을 못 이겨 방바닥을 쳤다. 그리고는 놀라
얼른 손을 거둬들이며 송수익의 눈치를 살폈다.

"아니오, 괜찮소. 왜놈들에게 그리 모질게 당하고도 분이 끓어오
르지 않으면 그건 사람이 아니오. 개도 돼지도 밥그릇을 뺏으면 물
고 덤비는 법이오. 헌데 어찌 사람이 한 끼 밥그릇도 아니고, 조상
대대로 이어 내려오고 자손 대대로 이어갈 근본이 되는 농토를 전

부 뺏겼는데 가만히 있을 수 있겠소. 분하고 원통하고 원수를 갚으려고 하는 것은 너무 당연한 것이오. 그런 마음이 없으면 그건 왜놈들의 종이지 조선사람이 아니오."

조금 전까지하고는 다르게 송수익의 태도는 완강하고 말에서는 힘이 넘쳤다. 그들이 압록강을 넘게 된 이유도 이미 송수익이 알고 있는 그대로였다.

"아이고, 고맙심더. 즈덜 맘얼 그리 알아주시니 오랜만에 속이 확 풀리고 살 것 같심더." 그 남자는 송수익을 보고 환하게 웃고는, "보래, 우리가 지대로 찾아온 거 아이가. 인자 마 안심덜 푹 허그라." 그는 다른 남자들을 둘러보았다. 다른 남자들도 아까와는 다르게 안도하는 기색을 드러내 보였다.

"어무이, 나 배, 배……"

사내아이가 갑자기 소리치며 몸을 비비틀었다. 얼굴을 잔뜩 찡그린 그 아이는 아랫배를 움켜잡고 몸을 벌떡 일으켰다.

"아이고, 니 또 똥 싸겠냐? 우이하믄 좋노. 가자, 뼈떡 나가자."

한 여자가 아이의 손을 잡아끌며 다급하게 밖으로 나갔다.

"가스나도 아닌 사나자석이 실허덜 몬하고 우에 저 꼴인고……."

아이의 아버지인 듯한 남자가 눈을 흘기며 혀를 차댔다.

"아니오, 저 아이한테 찬물을 먹였지요?"

송수익이 정색을 하고 물었다.

"야아, 찬물도 믹이고 뜨신물도 믹이고, 닥치는 대로 했심더."

"그래서는 안 되오. 여기 서간도 물은 유독 나빠 끓이지 않고 그냥 먹으면 꼭 탈이 나게 돼 있소. 중국사람들도 꼭 끓여마시는데 조선사람들이야 더 말할 것 없는 일 아니겠소. 저 배탈이 큰 병이 되는 수가 많으니까 모두가 앞으로 필히 유념해야 할 일이오."

송수익은 아픈 아이를 생각해서 그 배탈이 풍토병으로 번져 목숨을 잃을 수도 있다는 말은 차마 하지 못하고 그저 '큰 병'이라고만 했다.

"딴 얼라덜언 설사 몇 분 허고 마는데 저눔마넌 우에 저리 빙신인지……. 타관 떠도는 신세에 물 끓이다 세월 다 보낼 수도 없는 일이고……."

그 남자는 속이 상하는 것을 어쩌지 못해 구시렁거리고 있었다.

"선상님요, 초면에 면목이 없십니더마는도, 즈덜이 안동땅얼 밟기넌 밟았어도 어데로 가야 헐지 막막허고 답답해 조선사람 밥집얼 찾아들어 수소문하니까네 통화현이나 유하현얼 찾아가면 터잡고 사는 조선사람덜이 많고, 무신 방도가 열릴 기라카는 기라요. 그래 그 말만 믿고 통화럴 찾아오다 보이 선상님얼 뵙게 된 거 아닌교. 면목 없십니더마는도, 우에 여게서 즈덜이 발붙일 수가 있겄는지 모리겠십니더."

처음에 인사를 했던 사람이 머뭇거려가며 꺼내놓은 말이었다.

"예, 잘들 오신 겁니다."

송수익은 그들을 일단 안심시켰다.

"허나, 여기 통화현이나 유하현 같은 데는 자리잡기가 마땅치 않으니 제가 다른 현으로 소개를 해드리면 어떨까 합니다."

"딴 현이라카믄…… 우에 여게넌 안 되는 깁니꺼?"

그 남자의 얼굴에는 금방 불안감이 드러났다.

"예, 이 근방에는 그간에 벌써 많은 동포들이 자리를 잡아 논을 풀 땅도 마땅치가 않고, 중국인 소작도 손쉽지가 않은 형편이라 우리 동포들이 새로 자리잡을 만한 데를 골라 우리 대종교단에서 소개를 하고 있습니다."

"거게가 어덴기요?"

"예, 여기서 북쪽으로 좀더 올라가면 혜룡현 동풍·서풍현 같은 데가 있지요."

"북쪽이라카믄…… 여게서 먼기요?"

"한 이삼백 리 더 올라가야지요."

"우야꼬, 그라믄 자꼬 멀어지는 것 아닌교?"

그 남자는 난감한 얼굴이 되었다.

송수익은 그 남자의 심정을 다 헤아리고 있었다. 누구나 압록강에서 한 발이라도 더 멀어지는 것을 꺼려했다.

"그건 그리 괘념치 마시오. 삼사백 리라고 해야 넓은 만주땅으로 보면 이웃지간이지요. 그래도 이쪽 서간도는 나은 편입니다. 우리 동포가 벌써 오륙십 년 전부터 자리잡기 시작한 저쪽 북간도는 용정 근방 몇백 리 안으로는 농사질 만한 마땅한 땅이 없어 천리 밖 목단강 송화강 너머까지 밀려가고 있는 실정 아닌가요. 아무 방책도 없이 가는 것이 아니고 우리 젊은 동포들이 터잡고 있는 데로 가는 것이니 여러모로 도움이 클 것입니다."

"아니, 소문 듣기로넌 용정이라카는 데가 살기 좋다캐서 글로 찾아갈까도 생각했디마넌 실지가 그기 아닌갑네요?"

그 남자의 얼굴에 놀라움과 실망스러운 기색이 함께 드러났다.

"예, 우리 동포들이 자리잡은 지 오래됐으니 만주 하면 북간도 용정 하고 소문이야 많이 났지요. 허나, 용정은 조선 도회지나 다름이 없이 농사짓는 사람이 살기가 어렵고, 왜놈들도 와글와글하지요. 허고, 그 근동의 농토도 더 남은 것이 없고, 소작 부치기도 어려운 형편이지요."

"선상님께서 가보신 기지예?"

그 남자는 송수익이가 직접 보았는지를 다짐하고 있었다.

"예, 진작 그 근동을 다 돌아보았지요."

송수익은 상대방의 안타까운 심정을 이해하며 안쓰러운 웃음을 지었다.

"이거 우이하믄 좋노?"

그 남자는 일행을 둘러보았다.

"우짜겠능교. 진밥 마른밥 가리묵을 처진고, 어데."

한 남자의 뚱한 대꾸였다.

"그라믄 선상님 말씸대로 따라도 되는 기제?"

"뻐떡 그리하소."

다른 남자가 손짓했다.

"보소, 야아가 인자 피똥을 싸는 기라요. 이 일얼 우이하믄 좋노."

기운이 빠져 늘어진 아이를 업고 들어오며 여자가 울음 섞인 소리를 했다.

"머시라? 피똥이라카믄……!"

애아버지가 벌떡 몸을 일으켰다.

사람들의 눈길이 다 그쪽으로 쏠렸다. 송수익은 가슴이 섬뜩해졌다. 설사가 피똥으로 바뀌면 만주의 그 고약한 풍토병에 걸렸기가 십상인 좋지 않은 징조였던 것이다.

"아이를 업지 말고 편히 눕히시오. 배가 등에 닿아서 자꾸 뜨거워지는 것이 좋지 않으니. 헌데, 언제부터 피똥을 누지요?"

"그기 그러니까네…… 어즈께도 아이고…… 잘 모리겠심더." 여자가 더듬거렸고, "지랄한다, 예펜네가 우에 그런 것도 모리노!" 남자가 아이를 안아내리며 버럭 소리쳤다.

"아니, 괜찮아요. 우선 이 약부터 먹이도록 하시오."

송수익은 말부터 하며 황급히 몸을 일으켰다.

송수익이 사무실에서 가져온 알약은 일제 정로환이었다. 장사꾼으로 가장한 밀정을 처치하고 습득해 둔 것이었다.

"우선 이것을 서너 번 먹여보고 안 잡히면 다른 약을 써봅시다."

송수익은 쑥과 마른 생강을 달여 먹여야 하리라고 생각했다. 정로환이 설사를 멎게 하는 데는 효과가 좋은 약이지만 피똥까지 잡기는 어려웠다. 피똥이 나오는 이질배에는 단오 무렵에 뜯은 쑥과 마른 생강을 진하게 달여 식후에 하루 세 차례씩 며칠을 먹이면 완치시킬 수 있었다.

그들은 이틀 동안 머물며 노독을 풀어 송수익의 소개장을 가지

고 떠나갔다. 송수익은 이틀 동안 대종교를 통한 민족의식과 독립
투쟁의식을 심었다. 다른 사람들도 그랬듯이 그들의 반응도 아주
만족스러웠다. 일본사람들에 대한 증오감과 적개심이 끓고 있는
그들은 그런 교육을 쏙쏙 빨아들이는 솜뭉치였다. 그들을 일단 초
벌구이 해서 보내면 그쪽에서 차근차근 재벌구이에 재벌구이를 하
도록 되어 있었다.

송수익은 신세호의 소개를 받아온 고향사람들도 그렇게 해서
떠나보낼 수밖에 없었다. 조금이라도 생활이 나아지려면 땅을 빌
려서 농사를 짓든 소작을 하든 땅을 넓게 가져야 했던 것이다. 그
뿐만 아니라 장래성 있는 독립군 기지를 확보하기 위해서도 동포
들이 넓게 퍼지는 것이 필수적이었다.

새로 개척되는 지역에는 신흥무관학교 출신들이 대종교당을 중
심으로 배치되어 있었다. 그 젊은이들은 동포들을 돕고 선생 노릇
을 해야 할 책임이 있었다.

대종교에서 그렇듯 조직활동을 강화한 것은 필연적인 이유가 있
었다. 총독부는 작년 10월 1일에 종교통제안을 공표하였다. 모든
종교는 총독부에 소정의 서류를 제출하여 총독부의 인가를 받은
다음부터 활동하라는 규제법령이었다.

대종교단은 심각한 고민에 빠지게 되었다. 대종교는 총본사가 동
만주에 있었지만 국내에서 종교활동을 하려면 그 법령을 피할 도
리가 없었다. 그런데 이미 만주 일대에서는 대종교가 일본의 노골
적인 감시와 탄압의 대상이 되어 있었다. 중국관헌들을 앞세워 북

간도 화룡현의 무관학교를 없애려고 시도한 것이 한두 번이 아니었고, 서간도 환인현에서는 동창학교를 끝내 폐교시키고 대종교 관계자들을 강제로 추방하게 뒷조작을 했던 것이다.

그런 총독부가 인가를 내줄 리 없었던 것이다. 그렇다고 국내 포교를 포기할 수도 없는 일이었다. 그런데 한양의 남도 본사에서는 해결책을 긴급히 세워주기를 바라고 있었다. 그 일을 해결하려고 교주 나철은 두만강을 건넜다.

남도 본사에 도착한 나철은 일단 서류를 내기로 결정하고 12월 21일에 신청서를 총독부에 제출했다. 그러나 총독부에서는 서류를 각하하고 말았다. 신교(神敎)가 아니라는 것이 이유였다. 그런데 평소에 유사종교로 취급받던 단체들의 서류는 모두 접수되었고, 각하를 당한 것은 오로지 대종교뿐이었다. 그 즉시 포교 금지령이 내려진 것은 더 말할 것 없었다.

한배님(단군)의 뜻을 받들어 민족정기를 되살리고, 그 정기를 한 덩어리로 뭉친 큰 힘으로 조국의 광복을 이룩하고자 했던 대종교는 정작 국내 활동을 중단당하게 되고 말았던 것이다. 이 사건을 계기로 만주·중국 관내·노령 지역에 걸쳐서 30만을 헤아리는 교도들을 더욱 배가시키는 것만이 그 시련을 극복하는 것이라는 결의에 따라 전면적으로 조직활동이 강화되었던 것이다.

민족종교 대종교의 수난은 동포들에게 강한 호소력을 가지고 퍼져나갔다. 동포들의 호응으로 조직의 활성화가 새롭게 이루어지고 있는 상황에서 이주농민들이 부쩍 많아지고 있었던 것이다. 대종교에서는 온 힘을 다해 그 사람들을 맞아들이기 시작했다.

그들이 떠난 며칠 후에 송수익은 반가운 손님을 맞이했다. 대종교 통화현 책임자인 한법린이었다.

"송 선생, 어서 피신하십시다."

한법린이 밑도 끝도 없이 한 말이었다.

"무슨 일 있습니까?"

또 왜놈들의 사주를 받은 중국관헌들의 부화뇌동이 벌어진 것이라고 송수익은 직감했다.

"중국관헌들과 함께 왜병들이 직접 나서서 우리 현 간부교도들을 체포하려고 한다는 소식이오."

"왜병들이 직접 나서다니요? 그건 중국땅을 침범하는 도발행위 아닙니까?"

"현장(縣長)이 돈에 매수당했겠지요. 또, 중국관헌을 앞세우는 거니까 도발행위가 가장될 수도 있고요."

"또 왜놈들의 간교한 술책이군요. 헌데 우리 현만 그렇습니까?"

"그건 아직 모르겠어요. 아마 환인현에서 했던 것처럼 압록강에서 가까운 현부터 차근차근 우리 세력을 몰아내려는 술책 같아요. 어서 길을 잡고 나서 다른 얘기를 하는 게 좋겠어요."

평소에 침착한 한법린답지 않게 서두르고 있었다. 그만큼 형세가 위급해져 있다는 반응이었다.

"가면 어디로 가지요?"

송수익은 대충 짐을 챙겨가지고 나섰다.

"무송현으로 가야지요. 이런 형편도 알려야 하니까요."

"예, 그게 좋겠구만요."

무송현에는 환인현에서 강제로 추방당한 윤세복을 중심으로 하여 교세가 형성되어 있었다. 그리고 그 조직을 기반으로 독립군 부대가 포진해 있었다. 또한 대종교 상교의 직위를 맡고 있는 윤세복이 자리잡고 있는 그곳은 남만주 본사이기도 했던 것이다.

"왜놈들이 조선땅에서 불법화시킨 여세를 몰아 만주에서도 그러려고 획책하는 건 아닐지요?"

송수익은 불길한 예측을 묻어두지 않고 토로했다.

"예, 저도 그런 좋지 않은 생각이 들기도 합니다. 왜놈들이 하도 교활무쌍하니까 무슨 짓인들 안 하고 들겠어요."

한법린이 무겁게 고개를 끄덕였다.

"그거야 막아내야지요. 여긴 만줍니다."

송수익은 무엇을 힘껏 내리치기라도 하듯 단호하게 말했다. 그건 상대방에게 하는 말이기보다 일본에 대한 증오의 분출이었고, 스스로 다짐하는 결의였다.

"그렇지요. 중국관헌들이 아무리 줏대 없고 썩었다 하나 우리들이 힘을 발휘하면 못 막을 것이 없지요. 만주관청들도 우리 조선사람들이 만주개발에 얼마나 필요한지 익히 알고 있으니 그렇게 함부로 하지도 못할 거구요."

한법린은 정확하게 맥을 짚어내고 있었다. 사실 만주의 지주들치고 조선사람들을 환영하지 않는 사람들이 없었다.

그들이 내버리다시피 방치했던 습지나 늪지를 논으로 둔갑시켜 뜻밖의 재산을 불려주고 있는 것이 조선사람들이었던 것이다. 그 지주들은 하나같이 관청에 영향력을 행사했고, 관리들도 그들의 비위를 함부로 거스르지 못했다.

무송으로 가는 400리 길은 갈수록 험해지고 있었다. 그 길은 바로 백두산으로 가는 수십 갈래의 길들 중의 하나였다. 백두산은 높고 높게 솟은 만큼 그 자태도 웅대하여 동서남북으로 수많은 산줄기들과 골짜기들을 겹겹으로 거느리며 수백 리씩 뻗치고 있었다. 무송현은 통화에서 동쪽으로 400여 리 떨어진 백두산 기슭의 한 줄기에 보듬겨 있었다.

백두산은 그 자태만 웅대한 것이 아니었다. 하늘이 보이지 않게 울창한 숲을 이룬 아름드리 나무들도 끝 간 데 없이 넘치게 품고 있었다. 끝없이 펼쳐지고 있는 원시림의 숲은 그야말로 나무의 바다를 이루고 있었다.

송수익은 크고 큰 산의 어느 한 자락일 뿐인 산길을 걸으면서도 백두산의 정기와 숨결이 어떤지를 느끼고 있었다. 무어라고 말로 형용할 수는 없으되 가슴을 떠받치는 어떤 힘과, 가슴이 두근거리는 어떤 용솟음이 물결쳐 오고 있었다. 강대함과 장구함과 숭엄함과 거룩함 같은 기분이 그 물결에 함께 실려오고 있었다.

나흘 만에 무송에 도착했다. 예상했던 대로 무송에는 그런 위험이 닥쳐 있지 않았다. 통화의 위험이 거쳐갈 때까지 그들은 무송에 머물기로 했다.

그런데 무송에는 주인격인 윤세복의 모습이 보이지 않았다. 아직도 감옥에 갇혀 있었던 것이다. 함께 잡혀 들어간 30명도 마찬가지였다.

다 알고 있는 일이면서도 막상 무송에 와서 보니 송수익은 근심과 우울이 깊어졌다. 대종교가 불법화되고 나서 서너 달을 넘긴 지난 봄이었다. 중국관헌들이 느닷없이 윤세복을 비롯한 무송의 핵심인사를 31명이나 체포했던 것이다. 혐의 죄목은 일본인 살인이었다. 그것은 물론 일본의 사주에 의해 벌어진 일이었고, 일본이 만주의 대종교까지 파괴시키려고 본격적으로 칼을 뽑아든 첫 시도였다.

송수익은 무관학교에서 학생들에게 훈련을 가르치며 날을 보내고 있었다. 환인현에서 무송으로 옮겨오면서 설립된 독립군 무관학교였다. 그 운영은 동포들의 경제신장과 무장독립투쟁을 목적으로 조직된 흥업단에서 맡았고, 교육훈련은 독립군 부대에서 시키고 있었다. 그 독립군 부대는 홍범도와 함께 의병투쟁을 했던 차도선 같은 지난날의 의병장들이 이끌고 있었다.

보름쯤 지났을까. 무송에 뜻밖의 비보가 날아들었다. 대종교 교주 나철의 자결 소식이었다. 사람들은 그 소식을 믿으려 하지 않았다. 그러나 나철의 유서 앞에서 그들은 말을 잃었다.

나철은 유서 '순명삼조(殉命三條)'를 통해 자신이 왜 목숨을 바치는지를 밝히고 있었다. 첫째 배달민족의 번성이 걸린 대교를 위해 죽는 것이며, 둘째 한배님의 은혜를 갚지 못한 죄로 한배님을 위해

죽는 것이며, 셋째 온 천하의 동포 형제자매가 암흑세상에서 벗어
나게 하기 위해 대신 죽는 것이라고 했다. 그는 자신의 죽음을 계
기로 하여 대종교가 더욱 번창하고, 그 힘으로 일본을 물리쳐 배
달민족이 광명을 되찾기를 소망하고 있었던 것이다.

나철은 대종교의 불법화에 대해 죽음으로써 항거하는 동시에 모
든 대종교도들이 위축되지 말고 믿음을 더욱 굳건히 하고 교세를
더욱 확장시킬 것을 소망하고 있었던 것이다. 나철의 죽음은 곧 순
교이면서 순국이었다.

나철은 구월산 삼성사에서 목숨을 끊었다. 그곳은 단군이 승천
한 곳이었다. 민족종교로서 만주땅에 가장 큰 교세를 일으켜놓은
전남 벌교 사람 나철은 창교 8년 만에 한을 품은 채 저세상으로
떠나간 것이었다.

26

육혈포 강도

"아니, 머시가 어찌고 어쩌?"

백남일은 눈을 부릅뜨며 소리질렀다. 명씨박이 눈은 변하지 않고 성한 눈만 화를 내뿜고 있는 그 모습은 너무 흉측하고 흉물스럽기까지 했다.

"야, 기계 돌아가는 소리에 잘못 알아들었능갑다. 새로 자알 읊어디려라."

도리우치라는 모자를 뒤로 발랑 젖혀쓴 사내가 한쪽 다리를 까딱거리며 옆에 선 사내에게 턱짓했다.

"요런 잡새끼덜, 나가 누군지 알어!"

백남일은 두 사내를 곧 후려칠 듯이 화를 터뜨리며 벌떡 몸을 일으켰다.

"좆도, 욕허덜 말드라고 잉. 우리 아부지헌티도 욕 안 묵고 사는 몸잉게 말이여."

도리우치 사내가 상대방의 기세에 맞서서 불량기를 내뿜으며 백남일의 위아래를 훑었다.

"니기미 시펄, 누구년 누구것어. 돈 많은 정미소집 아덜이제."

턱에 흉이 잡힌 사내도 제 나름의 기를 세우며 고약스럽게 내뱉었다.

"요런 대갱이에 피도 안 모른 새끼덜이, 나가 누군지 몰러?"

백남일은 좀더 거리가 가까운 흉진 사내의 멱살을 틀어잡았다. 그는 그저 헌병대에 근무했던 지난날의 기억에 사로잡혀 자꾸 '나가 누군지 아느냐'고 목청을 돋우고 있었다.

"힝, 세금얼 안 바치고 주먹으로 해결 보겄다 그것이여? 그려, 어디 쌈빡허니 쳐보드라고, 못 치는 것도 빙신잉게."

멱살을 잡힌 사내는 기가 죽는 것이 아니라 오히려 흉진 턱을 치켜들며 대들고 있었다.

"하이고, 저런 눈깔빙신이 짝눈으로 머시가 뵈어 사람얼 치겠냐."

도리우치 사내의 빈정거림이었다.

"머시여, 요런 씨부랄 눔아!"

가장 아픈 데를 찔린 백남일의 감정은 마침내 폭발하고 말았다. 그는 무서운 기세로 도리우치 사내를 공격했다.

"하! 니가 나럴 먼첨 쳤다 그것이제? 쭈아, 어디 맛 잠 보드라고 잉!"

얼굴을 호되게 얻어맞고 뒤로 물러선 도리우치 사내가 침을 내뱉었다.

백남일은 다시 공격해 들어갔다. 두 사람은 뒤엉켜 치고받기 시작했다. 그런데 턱에 흥진 사내는 그냥 보고만 있지 않았다. 백남일은 두 사내의 주먹질에 오래 버티지 못하고 무너져내렸다.

"아이고메, 사람 잡네, 사람 죽이네!"

백남일은 걷어차이고 짓밟히고 하면서 다급하게 구원을 청하고 있었다.

정미소에서 서너 사람이 뛰어나왔다. 그러나 그들은 겁먹은 얼굴로 허둥거릴 뿐 덤벼들지를 못했다.

"야 이 좆겉은 새끼야, 오늘언 맛뵈기로 이만 끝내겄다. 근디, 담에 또 세금 안 바칠라고 뻗대면 그때넌 니놈 남치기 성헌 눈깔에 명씨백일지 알어라!"

도리우치 사내가 마룻바닥에 떨어진 모자를 집어 백남일의 이마에 대고 털어대면서 내뱉은 말이었다.

어디 두고 보자, 느그놈덜얼 기연시 잡아죽이고 말 것잉게······.

백남일은 몸을 일으키려고 안간힘 하며 이를 갈아대고 있었다. 그는 하나뿐인 눈으로 사무실을 나가는 두 사내의 얼굴을 끝까지 노려보고 있었다.

"쓰발눔, 생각보담 수월케 걸려드는디?"

도리우치 사내가 궐련을 뽑아들었다.

"긍게 저자석이 지집 한분 입맛 다시고 저 꼬라지가 되았겄제."

흥진 사내가 담배를 달라고 손을 내밀며 대꾸했다.

"하, 그자석이 세금 바칠 생각언 안 허고 나가 누군지 아냐고 큰

소리쳐 댐서 나럴 먼첨 치고 뎀비드랑게라. 그려서 대장님이 허라는 대로 얌전허니 맛얼 봬주고 왔구만이라."

도리우치 사내가 서무룡에게 보고했다.

"어디 심허니 상허게넌 안 혔겄제?"

서무룡은 매서운 눈초리로 다시 확인했다. 그는 이제 부두노동판에서 구르던 때의 모습이 아니었다. 머리는 길러 기름을 자르르 발랐고, 양복 비슷한 옷을 쪽 빼입은 데다, 구두까지 신고 있었다. 전혀 딴사람으로 변한 그의 몸에서는 돈 바른 냄새가 풀풀 풍겼다.

"야아, 뼉다구 안 상허게 얌전허니 허니라고 우리 입맛만 베래부렀구만요."

"알겄어. 가서 술 한잔혀."

백남일은 서무룡이가 친 덫에 완전히 걸려든 것이었다. 정미소를 제대로 해먹으려면 세금을 바치라고 한 것은 그를 두들겨패기 위한 구실에 지나지 않았다. 수국이를 망쳐버려 자신의 차지가 못 되게 만든 백남일에게 서무룡은 그동안 참고 참아왔던 보복을 시작하고 있었다.

그동안 서무룡이는 백남일에게 속시원하게 분풀이를 하고 싶은 것을 수없이 참아왔던 것이다. 그를 반 죽게 두들겨패는 것은 쉬웠지만 그 다음이 문제였던 것이다. 그러나 이제 백남일 정도를 손보는 것은 아무 걱정도 없었다. 병신을 만들지 않는 한 잡혀 들어간 부하들을 얼마든지 빼낼 수 있었던 것이다. 백남일의 아버지 백종두보다 자신이 더 실속 있는 세력이 강하다는 것을 서무룡은 다

저울질하고 있었다. 서무룡은 무슨 트집을 잡아서라도 백남일을 두고두고 괴롭힐 작정이었다.

서무룡이는 그 예쁘고 고운 수국이만 생각하면 지금도 가슴이 쓰리고 아렸다. 자신이 이렇게 잘되어 있는 것을 생각하면 그 쓰라림과 후회는 더욱 커졌다. 그때 옆사람들 눈치보지 말고 일을 저질렀어야 했던 것이다. 그랬더라면 진작 수국이에게 중국비단옷 철철이 해입히며 얼마나 고소하게 살았을 것인가. 서무룡이는 수국이를 잊을 수 없는 만큼 백남일에게 분이 끓고 있었다.

서무룡은 백남일에게 분풀이를 하는 것만이 아니었다. 대낮에 보름이의 집에도 거침없이 드나들었다. 세키야가 출근하고 없으니 서무룡은 제 마음대로 할 수가 있었다.

보름이는 서무룡이가 찾아오는 것을 질색을 했다. 그러면서도 대문을 열어주지 않을 수가 없었다. 대문을 안 열어주면 서무룡이는 거침없이 소리를 질러댔던 것이다. 보름이는 이웃에 알려지는 것이 무서워 문을 따주는 수밖에 없었다.

"존 일 헌다고 오지 마씨요. 이러다가 들키면 어찌 되는지 몰르 겠소? 세키야 칼에 양짝 다 목이 날아간단 말이오."

보름이는 몸이 달아 서무룡에게 통사정하고는 했다.

"고런 걱정이사 말어. 세키야만 칼 쓸지 알고 나넌 머 곰배팔이 간디? 세키야도 나럴 딱 보면 간이 철렁헐 것인디. 나가 왜놈 유도 초단얼 복날 개 패디끼 혀분 것이야 그놈도 다 안게."

서무룡은 세키야와 맞닥뜨리기를 바라기라도 하는 것처럼 배짱

좋게 유들거렸다.

상대가 그 지경이니 보름이는 말을 잃고 말았다. 그가 밀어닥치는 것을 막아낼 도리가 없으니 보름이는 빨리 돌려보내는 방법을 찾았다. 그건 한 가지밖에 없었다. 순순히 그의 말을 듣는 것이었다.

"어쩔라고 이러요, 어쩔라고 이러요……"

서무룡이가 처음 들이닥쳐 덮치고 덤벼들었을 때 보름이는 그를 떼밀면서 이렇게 하소연했던 것이다.

"어쩌기넌 워쩌, 나도 인자 막 나가야제. 체면 채리고 순리로 헐라는 놈만 빙신 되는 것이여. 임자 없는 땅이고 임자 없는 구녕에넌 말뚝 먼첨 박는 놈이 질이란 옛말이 그른 디가 하나또 없드란 말이여."

"나넌 인자 임자가 안 있소."

"머시여? 첩살이에 임자가 어딨어. 첩살이 설움이 부평초 설움이란 말 들어보도 못혔는감? 나 겉은 총각허고나 살아야 임자 있는 몸이 되제."

"아이고 차라리 나럴 죽이씨요."

보름이는 서무룡을 떼밀던 팔을 부리며 눈물을 쏟았다.

"무신 소리여? 요리 이쁜 자네럴 나 각씨 삼어야제 아깝게 왜 죽이겠어. 하먼 각씨 삼어야제."

보름이는 세키야의 아이를 임신했다는 말도 못한 채 서무룡이에게 당했던 것이다. 그 말을 해보았자 서무룡이가 마음을 돌릴 것 같지 않았던 것이다. 그리고 오히려 나쁜 일이 벌어질 것 같은 생각이 들기도 했던 것이다.

보름이는 그 위태위태한 생활을 견딜 수가 없어 손판석을 찾아가 사실대로 말하고 도움을 청했다. 서무룡의 출입을 막고 첩살이나마 얌전하게 하자는 것이 아니었다. 언젠가 서무룡과 세키야가 맞부딪쳐 자신은 물론이고 아들한테까지 무슨 피해가 끼칠까 봐 조마조마했던 것이다.

"인자 손샌언 나스지 마씨요. 애당초 요 일얼 망쳐논 것이 손샌잉게."

서무룡은 일언지하에 손판석의 말을 무질러버렸다. 지난날의 '아재'란 호칭은 어디로 가버리고 동급으로 쓰는 '손샌'이란 호칭을 내뱉고 있었다.

"이사람아, 말얼 어찌 그리혀. 다 자네럴 위혀서 그러는 것인디."

손판석은 속이 뒤틀리면서도 보름이를 생각해서 한 번 더 말을 했다.

"나 생각 안 해줘도 좋소. 정 보름이헌티서 발얼 끊게 헐라면 수국이가 어디 사는지 대씨요."

서무룡이는 억지소리를 내질렀다.

"크크크크…… 고것 아조 꼬소롬허니 잘된 일이여. 생각헐수록 총독부서 허든 일 중에 잘헌 것이 그것이여."

백종두는 요즈음 친화회 사무실에 진을 치고 앉아 그저 기분이 흥겨워 웃음소리가 그칠 새 없이 흘러나오고 있었다.

"그렇제라, 인자 즈그덜 신세도 추풍낙엽 아니겠능가요. 그간에 잘덜 해묵었응게 목덜 쳐야제라."

"두말헐 것 머 있소. 일본시상이먼 당연허니 일본사람덜이 해야
제, 그간에 총독부가 인심 많이 쓴 것 아니겄소."

다른 간부들은 백종두의 눈치를 살피고 흰소리를 지껄이고 비위
를 맞추며 맞장구를 치고 돌아갔다.

백종두는 새로 시행되고 있는 면(面)제도에 대해 그렇게 속시원
해하고 고소해하고 있었다. 총독부에서는 10월에 들어서면서 전국
의 200여 곳에 이르는 면들의 명칭을 변경시킨 것만이 아니라 그
동안 조선사람들로 채워져 있던 면장자리를 일본사람들로 갈아치
우기 시작했던 것이다.

"거 총무넌 어디럴 가서 이리 낯짝얼 볼 수가 없다냐. 당장에 찾
아오니라!" 백종두는 급사에게 버럭 소리를 지르고는, "무신 일얼
시키먼 말이 떨어지기가 무섭게 착착 해나가야는디, 저 사람언 굼
뜨는 것이 영 틀려묵었어." 그는 다른 간부들도 들으라는 듯 못내
언짢은 기색으로 말했다.

"그렇구만요. 이 회가 잘되자먼 회장님 말씸얼 하늘맨치로 받들
고 총무가 빠릿빠릿 움직기래야는디……."

"그렇고말고. 총무가 다 누구 덕에 밥술 뜨고 사는디 회장님얼
굼뜨게 받들고 그려. 그것이야 배은망덕이제."

그들은 또 돌아가면서 한마디씩 해서 백종두의 가려운 데를 긁
어주고 있었다. 낮에 하는 것에 따라 밤에 술자리가 잡히느냐 아니
냐가 좌우되는 것이었다.

"근디 회장님, 한 가지 여쭤볼 말씸이 있는디요 이."

한 사람이 아부하는 눈웃음을 지었다.

"그려, 물어보소."

무엇이고 대답 못할 것이 없다는 듯 백종두는 등을 뒤로 젖히며 거드름을 피웠다.

"거 머시냐, 경성에 있는 동척이 일본 동경으로 옮겨간다는 소문인디, 고것이 참말인게라?"

"어허, 동척이 싹 다 동경으로 가는 것이 아니고 조선 지사넌 황금정 그 자리에 그대로 있고, 본사만 동경으로 이사럴 가는 것이여."

"야아, 그렇구만이라. 근디 어찌서 알갱이 본사넌 떠나고 껍데기 지사만 남겨놓는단게라?"

"척허면 삼천리제, 사람이 어찌 그리 쉰 것도 몰르고 긍가. 그것이야 더 말헐 것이 머 있다고. 토지조사사업이 총독부 맘묵은 대로 거지반 다 끝났다 허는 뜻이 아니겄어."

"그렇구만이라. 지도 얼추 그리 짐작언 험스로도 맞는지 틀리는지 몰라서……."

"그려, 그 말썽 많든 놈에 것이 끝나갈 때도 되았구만. 합방되든 해보톰 치면 7년이고, 신고서 나돈 해보톰 쳐도 발써 5년 세월 아니라고."

다른 사람이 중얼거리듯 말했다. 백종두는 떫은 입맛만 다셨다. 면장자리에 앉아서도 별 재미를 못 보고 그 좋은 시절을 놓치고 말았던 것이다. 하시모토, 그놈에 대한 복수심에 다시 불이 붙고 있었다.

"회, 회장님, 지 여그 있구만이라우."

총무가 헐레벌떡 뛰어 들어왔다.

"그 일 어찌 되았어!"

"저어, 무신 일얼……"

"아, 죽산면 윤가놈 말이여!"

백종두는 마침내 책상을 내려쳤다.

"야아, 고것 알아봤는디, 머시냐…… 부청서 그대로 면장 시킬 작정이라고……"

"글먼 진작에 보고럴 히얄 것 아니여!"

"저어, 말씸디릴 면목이 없어서……"

백종두는 뿌드득 소리가 모두에게 다 들리도록 이빨을 갈아붙였다. 윤가놈을 붙들어주고 있는 것은 보나마나 하시모토 그놈이었던 것이다.

"회장님, 회장님, 사장님이 왈패덜헌티 몰매럴 맞어 시방 병원으로 갔구만이라."

정미소 직공은 숨이 가빴다.

"무신 소리여, 시방!"

백종두는 벌떡 몸을 일으켰다.

"야아, 왈패덜이 세금 바치라고 혔는디 사장님이 그리 못허겄다고 헝게……"

"머시여! 가자, 병원보톰."

백종두는 사무실을 뛰쳐나갔다. 그 뒤를 간부들이 주르르 따라 나가고 있었다.

한편, 정재규는 잔뜩 겁에 질린 얼굴로 장덕풍의 상점 앞에서 인력거를 내렸다. 사탕을 우물거리며 새끼손가락으로 코를 후벼대고 있던 장덕풍은 정재규를 먼저 알아보고 얼굴에 웃음이 확 피어났다. 정재규의 그 겁질리고 다급해하는 모습에서 또 급전을 빌리러 왔겠거니 싶었던 것이다.

"아이고 어르신, 어여 오시게라우."

장덕풍은 유리문을 활짝 열어젖히며 어느 손님보다 반갑게 정재규를 맞이했다. 사실 5부 이자가 보통이고 밤중 같은 때 노름판까지 갖다주게 되면 1할 이자가 되는 빚돈을 쓰는 정재규는 고객 중의 상고객이 아닐 수 없었다. 이자 높은 빚놀이 이문에 비하면 장사 이문은 하품 나오는 것이었다.

"자네 아덜 잠 불르소."

정재규가 인사도 받지 않고 불쑥 내던진 말이었다.

자네 돈 잠 내놓소, 할 줄 알았던 예상이 엉뚱하게 빗나가자 장덕풍은 순간적으로 어리둥절했다. 그러나 그의 장사꾼 촉수는 다음 순간 이내 곤두섰다. 무슨 일인지 알아채야 했던 것이다.

"아덜이면 어떤 아덜 말씸인게라?"

장덕풍은 큰아들 칠문이라는 것을 알면서도 왜 만나려 하는지 말이 나오게 하려고 이렇게 헛김을 빼고 들었다.

"이사람, 눈치가 벽창호시. 나가 만낼라는 것이 순사질허는 아덜 말고 누가 또 있었어."

정재규는 그만 짜증을 부렸다.

"야아, 장 순사 말씸이구만이라. 근디 항시 바쁜 몸이라 서에 붙어 있을랑가 어쩔랑가 잘 몰르겠는디요. 헌디, 장 순사럴 찾으시는 것 봉게 무신 궂은일이 생긴 모양이제라?"

장덕풍은 꼭 '장 순사'라고 호칭해 가며 아들을 높이는 동시에 자신이 순사의 아버지라는 것을 노골적으로 과시하고 있었다. 그리고 그의 말투 또한 양반인 정재규를 한풀 접고 대하는 것이었다.

"궂어도 그냥 궂은일이 아니시. 일이 터져도 큰일이 터졌네."

"큰일이먼……, 노름판서 누구라도……."

"머시여! 이사람이 시방 누구 앞에서 넋나간 소리 허고 앉었어. 아덜놈이나 얼렁 불를 일이제 무신 잔말이 그리 많혀!"

정재규는 눈을 부라리며 호령했다. 그의 태도에서는 몸에 밴 양반의 서슬이 내뻗쳤고, 장덕풍은 자신이 뭔가 헛짚고 있다는 것을 깨달았다.

"오라고 허자도 무신 말얼 혀야……."

"경찰서 뒤집어질 일 생겼웅게 얼렁 와서 날 모셔가라고 혀!"

정재규가 내쏘며 궐련갑을 꺼냈다.

하, 그래도 저것이 양반 꼬랑댕이라고 안직도 기년 펄펄 살어서 호령 한분 야무치시. 근디, 우리 칠문이 덕볼라는 것이 아니라 칠문이보고 질잽이허라는 것인디, 저 겁묵은 꼴에 경찰서 뒤집어질

일? 고것이 대체 무신 일일랑고? 당최 땅짐이 안 되네…….

장덕풍은 연상 고개를 갸웃거리며 전화기의 손잡이를 돌려댔다.

정재규는 담배를 급히 빨아대며 그 편지를 다시 생각하고 있었다. 독립운동 자금으로 요구한 금액은 2만 원이었다. 그리고 만약 불응할 경우에는 '불측(不測)의 위험'이 있을 것임을 적어놓고 있었다.

정재규는 2만 원이라는 어마어마한 거금을 도저히 내놓을 수가 없었다. 몇 년 전에 털린 것도 억울해 죽을 지경인데 또 2만 원이나 내놓으라니 말도 안 되는 소리였다. 그때는 그래도 만석꾼 재산을 틀어쥐고 있었지만 이젠 그런 형편도 아니었다. 혼자 쓰자도 모자라게 재산이 줄어버렸는데 2만 원이라니, 어림도 없는 소리였다.

그러나 문제는 돈을 안 주는 것으로 끝나는 것이 아니었다. 돈을 안 주면 '불측의 위험'이 닥치게 되어 있었다. 불측의 위험이란 무엇인가? 그건 곧 죽이겠다는 것이었다. 그냥 앉아서 죽이러 오기를 기다릴 수는 없었다.

더욱 놀라운 것은 포고문에 '대한광복단'이라고 자기네들 단체를 분명하게 밝혀놓은 점이었다. 당당한 것인지 아둔한 것인지 모를 지경이었다. 어쨌거나 그런 자들이라면 언젠가는 보복을 할 것이 틀림없었다.

어물거리지 말고 하루라도 빨리 경찰서에 알리는 것이 상수였다. 그리고 신변보호를 요청해야 했다. 그러나 막상 혼자서 경찰서를 찾아가기가 거북하고 옹색했다. 고심 끝에 장덕풍의 아들 장칠문이를 떠올렸던 것이다.

경찰서에 가서 편지를 내놓은 정재규는 당장 만족을 느꼈다. 자신이 예상했던 대로 경찰서의 반응이 요란했던 것이다. 그 반응이 요란할수록 자신은 유지로서 값이 올라가는 것이었고, 그래야만 신변보호도 잘 받을 수 있을 것이기 때문이었다.

정재규는 특별실로 모셔졌고, 경찰간부들에게 에워싸였다.

"이 편지 언제 받으셨소?"

"그지께요."

"그저께 받았는데 왜 오늘에사 신고했소?"

다른 사람이 잽싸게 물었다.

"그것이야 어째야 좋을지 몰라 우왕좌왕험스로 하로 지내간 것 아니겠소."

"그야 그렇겠지요. 헌데, 이 편지 받은 사실 누구한테 말한 사람 있소?"

또다른 사람이 물었다.

"아닌디요. 그럴 새가 있었간디요."

"잘했소. 딴 부자들도 이런 편지 받았는지 혹시 알고 있소?"

"아닌디요."

"여기 적힌 대한광복단이란 걸 그전에 혹시 알고 있었소?"

"아닌디요. 금시초문이구만요."

"하, 이렇게 되면 이거 공중에 뜬 거 아닌가. 더 알아낼 게 없는데."

"아니야, 이놈들이 이렇게 대담하게 편지를 보낸 걸 보면 한 사람에 국한된 게 아니야. 소문난 부자들에겐 거의 다 보냈을 거야."

"나도 같은 생각이야. 그것부터 수사해 보는 게 좋을 것 같군."

그들은 정재규를 제쳐놓고 자기들끼리 이야기하기에 바빴다.

"가만, 가만. 그 편지 소인이 어디로 찍혔는지 좀 확인해 봐."

"그렇지, 그것 놓칠 뻔했군."

"보자, 어디 보자, 평양, 맞어 평양이야."

"뭐, 평양?"

"위장술인가? 전라도놈들이 말야."

"그럴 수도 있고, 아닐 수도 있지."

"아니면, 그럼 그놈들 조직이 평양에도 있다는 것 아닌가."

"아니, 그것만이 아니지. 전국적인 규모일 수도 있지."

"그게 전국 규모라면 그동안 우리 경찰조직이 그렇게 까맣게 모를 수도 있나? 그건 좀 말이 안 되는데."

"아니야, 그렇게 가볍게 생각하면 안 돼. 우리 조직이 강화될수록 조센징들도 악랄해져 간다는 걸 알아야 해."

"그래, 그건 그렇고. 지금 현재로 분명해진 사실은 두 가지가 되겠군. 첫째, 전라도의 조직이 위장하기 위해 평양에서 발송했다. 둘째, 전라도의 조직과 평양 또는 제3지역의 조직이 연결되어 있다 하는 점이야."

"조직의 전국 규모는?"

"그건 가능성이지 확인사항이 아니니까 부차적인 문제로 남겨둬야지."

"그럼 전라도 조직을 찾아내는 게 우리 발등에 떨어진 불이로구만."

"이새끼들, 끈질기기는 더럽게 끈질기군. 그만큼 당했으면 독립이고 뭐고 포기할 만도 한데 말야."

"누가 아니래나. 요런 미련한 독종들한테는 한 가지 방법밖에 없어. 그 미련함을 깨칠 때까지 계속 몰아쳐야 해."

"자아 그럼, 정 선생이라 하셨던가? 신속하게 신고해 줘서 고맙소. 수고하셨으니 그만 돌아가도 좋습니다."

"아니, 무신 소리요? 그냥 가라니."

정재규가 벌컥 화를 냈다.

"아니, 왜 그러시오?"

"그 편지럴 똑똑허니 읽어보고 말허시오. 돈얼 안 내면 불측에 위험이 닥칠 줄 알라고 썼는디, 나넌 돈얼 안 낸 것만이 아니고 경찰서에 알리기꺼정 했소. 일이 이리됐시니 그놈덜이 나럴 틀림없이 죽일라고 헐 것 아니겠소."

"헌데, 우리보고 어쩌란 말이오?"

"아니, 몰라서 묻소? 신고럴 혔웅게 신변보호럴 해줘얄 것 아니겠소."

"우리가 개인을 신변보호한다? 그것은 좀 곤란하겠는데요. 다른 공무수행에도 인력이 부족한 형편이니까요."

"머시오? 그러면 나보고 앉어서 죽으란 말이오? 좋소, 난 그리헐 수는 없응게 살아날 방도럴 찾어야 되겠소. 나가 살아날 방도야 그놈덜헌티 2만 원얼 내주는 것뿐인게, 나넌 그리허겄소. 당신네덜언 나럴 못 지켜주겠다고 혔응게 나가 그놈덜헌티 돈얼 줘도 아무 죄가 안 된다고 서약서나 써주시오.”

정재규의 느닷없는 공박에 간부들은 어리둥절해지고 말았다.

“알겠소, 오늘 중으로 신변보호를 조처할 테니 돌아가서 기다리
시오.”

한 사람이 불쑥 말했다.

“그 말 참말이오?”

이번에는 정재규가 어리둥절해졌다.

“경찰이 거짓말하는 것도 봤소.”

그 간부가 싸늘하게 눈꼬리를 세웠다.

“근디, 하로이틀로넌 안 되께 그리 아시오. 그놈덜이 다 잽힐 때
꺼정 밤낮으로 우리 집얼 지켜야제.”

“아 글쎄, 알았단 말이오, 한 달이고 두 달이고 생명에 위험이 없
게 지켜주면 될 거 아니오. 가서 기다려요.”

그 간부의 언성이 높아지며 정재규를 밀어내듯 했다.

경찰서를 나온 정재규는 더없이 기분이 후련하고도 뿌듯했다.
돈도 안 뺏기고 신변보호도 몇 달이든 받게 되었으니 일이 마음먹
은 대로 착착 해결된 것이었다. 이렇게 일이 잘 풀려나가는 기분 좋
은 날 노름판을 벌이면 한판 크게 잡게 될 것이 틀림없었다.

정재규는 신바람 나게 노름판을 찾아가면서 코웃음을 쳤다. 그
편지를 보낸 대한광복단이라는 작자들은 아무리 생각해도 얼빠진
종자들이었다. 저희들 몇몇이 그리 나댄다고 나라가 광복이고 독립
이고 될 일이 아니었다. 의병이란 것들을 씨도 없이 말려버리는 일

본의 막강한 힘을 보고서도 그리 나대니 도무지 이해가 되지 않았다. 다 송수익같이 헛똑똑한 자들이었다. 송수익이란 놈은 그게 뭔가. 제놈이 개화바람 잘못 먹어 나라 되찾겠다고 나섰지만 그 젊은 나이에 덜컥 죽어버리니 무슨 소용이 있는가. 누가 불쌍해하기를 하나, 누가 알아주기를 하나. 그런데 그런 헛똑똑이들이 자꾸 생겨나니 알다가도 모를 일이었다. 돈을 2만 원이나 내놓으라니, 참 어처구니없는 일이었다. 경찰간부들 짐작대로 다른 부자들에게도 그런 편지질을 했다면 그건 얼마나 철딱서니없는 짓들인가. 부자가 흙 파서 된 줄 아는가. 어림도 없는 소리다. 부자는 누구나 애쓰고 고생한 만큼 재산을 모은 것이다. 그래서 부자들은 돈을 목숨보다도 더 귀하게 생각한다. 그런데 그 작자들은 부자들의 그런 마음은 털끝만큼도 모르고 당치도 않은 일에 어마어마한 거금을 내놓으라니 얼마나 철딱서니가 없는가. 허고, 일본세상이 되어 잘못된 것이 뭐가 있는가. 살기만 편해지고 좋아지지 않았는가. 살기 편하고 좋은 세상에서 한평생 살다 가면 됐지 왜들 그리 멍청한 짓들을 하는가. 넚나간 작자들 같으니라구…….

정재규는 마구 혀까지 차대고 있었다.

노름판의 초장부터 정재규는 판돈을 크게 걸며 거침없이 밀어붙였다. 상대방들은 그 기세에 눌리고, 정재규는 돈을 몰아 잡으면서 자꾸 가슴이 붕붕 떠오르고 있었다. 그러나 감정이 들뜬 정재규는 판이 길어지면서 휘말리기 시작했다. 해거름이 되었을 때 정재규는 쌀 100가마니가 넘는 돈을 잃고 말았다. 치솟는 성질로는 밤을 새고 싶었지만 그는 어쩔 수 없이 자리를 떠야 했다. 경찰서에서 벌써 순사들을 집으로 보냈을지도 몰랐던 것이다. 자신이 집을 비우면 배치된 순사들이 되돌아가 버릴지도 모를 일이었던 것이다.

"어이, 더 씨게 몰아, 더 씨게!"

정재규는 돈을 잃은 분풀이를 인력거꾼에게 하고 있었다. 그는 일진이 예상대로 안 맞은 것이 아무래도 이상하고 마음 찜찜해져 있었다.

어둑발이 퍼지고 있는 집 안의 행랑채에서 밥상을 받고 있다가 정재규를 맞이한 것은 순사들이 아니라 열 명 남짓한 건달패들이었다.

"아, 안녕허신게라우? 나넌 서무룡이라고 허는디, 경찰서서 오늘 보톰 이 댁얼 잘 경비해 디리라고 혀서 배치됐구만요."

서무룡은 김치냄새를 풀풀 풍기며 정재규 앞에 나서서 인사말을 했다.

"아니, 요럴 수가 있능가! 순사덜얼 보낸다고 해놓고 요런……."

정재규는 그 다음 말을 꿀꺽 삼켰다.

"순사가 아니고 주먹패라 맘에 안 든다 그것이오? 이, 나도 여그 오고 잡아 온 것이 아니오. 경찰서서 가라고 헝게 죽도 사도 못히서 온 것이제. 아조 잘되았소, 묵든 밥이나 묵고 뜨겄소."

서무룡은 미련 없이 돌아섰다.

정재규는 그만 난감해졌다. 대한광복단원들이 어디에 숨어서 자신을 노리고 있는지 모를 일이었다. 오늘 경찰서에 출입하는 것을 보았으면 밤중에 당장 들이닥칠 수도 있는 일이었다.

"아니시, 아니여. 자네덜언 그냥 경찰서에서 시킨 대로 혀! 근디, 총도 멋도 없이 무신 수로 경비럴 스제?"

다급하게 태도를 바꾼 정재규는 아무런 무기도 갖춘 것 없이 밥 먹기에 정신을 팔고 있는 주먹패들을 마땅찮게 훑어보았다.

"지기럴, 걱정도 팔자요. 쌈이야 허먼 열이고 백이고 식은 죽 묵 긴게 당최 걱정얼 허덜 마씨요." 서무룡이는 코웃음 치듯 내지르고 는, "근디, 밤잠 못 자감서 집얼 지키고 파수럴 보자면 묵는 것보톰 실해야는디, 찬이 요래 갖고야 어디 기운 써지겠소?" 그는 턱을 치 켜들며 반찬을 타박하고 나섰다.

그 완연한 시비조에 정재규는 그만 가슴이 뜨끔해졌다.

"이, 고것이야 미안허게 되았네. 나가 경찰서로 해서 헌병대로 돌 아오나라고 집안에서넌 자네덜이 올지 몰랐응게 찬이 변변찮을 것 잉마. 낼보톰언 상얼 걸게 채리라고 일르겄네."

정재규는 얼렁뚱땅 말을 꾸며대고 있었다.

"낼보톰 걸게 채리라고 일르면, 오늘 저녁 밤참언 또 맛대가리없 이 묵으라 그것이오?"

"아, 밤참얼 묵어야 헌가? 그려, 밤샘으로 파수럴 보자면 밤참얼 묵어야 되겄제. 밥상 걸게 채리라고 나가 당장 이를 것잉게 자네덜 언 집이나 철통겉이 지키도록 허게."

하나같이 불량기가 흐르는 그들이 마음에 들지 않으면서도 정재 규는 흔쾌한 척 응대할 수밖에 없었다. 당장 재산을 지키고 변을 당하지 않으려면 그들에게 의지하는 방도밖에 다른 도리가 없었던 것이다.

"여봐라, 저 사람덜이 우리 집 지킬라고 온 것이니 끄니마동 밥상 걸게 채려내고, 매사에 아무 불편 없게 잘 뫼시거라."

정재규는 서무룡이가 지켜보는 앞에서 행랑아범에게 이렇게 일렀다.

"사람덜이 다 젊고 기운덜 쓰게 생게서 인자 안심이 되는구만요."

정재규의 아내도 거금을 빼앗기지 않아도 되는 기쁨에 넘쳐 그들을 반겼다.

그러나 그들은 이틀을 넘기지 못하고 두통거리가 되었다. 일꾼들을 밀어내고 행랑채를 차지한 그들은 이런저런 말썽을 일으키기 시작했다.

그들은 아침밥때를 제대로 지키지 않았다. 제멋대로 실컷 늦잠을 자고 일어나 밥상을 가져오라고 호령을 해댔다. 하루아침에 밥상을 네댓 차례씩 차리는 번거로움을 겪으면서도 식모들은 아무 불평도 할 수가 없었다. 그들은 밤샘을 해가면서 집을 지켰다고 큰소리를 쳐댔던 것이다.

그러나 그건 어쩌면 말썽도 아니었다. 끼니마다 기름진 반찬을 해내는데도 반찬투정을 했고, 담배를 궐련으로 사내라고 못을 박았고, 낮에는 빈둥거리면서 술상을 차려내라고 못살게 굴었고, 술에 취해서는 아무 여자에게나 희롱을 걸고 들고는 했다.

"이러다가넌 큰탈나겠구만요. 그 왕촌지 오야붕인지헌티 단단허게 일러야 되겠구만요.”

정재규의 아내는 며칠 동안 시달리다 못해 남편을 붙들어 앉히고 그간의 사정을 다 털어놓았다.

“우리가 종놈덜인지 아시오? 밤잠 못 자고 경호 스는 그 에로운 일 해감서 젊은 놈덜이 일독 풀자고 술 잠 묵고 지집년덜 놀리는 것이야 예사제 머시가 그리 큰탈이다요? 우리가 맘에 안 들면 오늘 밤에라도 물러슬 참잉게 딱 짤라서 말허씨요.”

서무룡은 오히려 정재규의 말을 트집 잡아 물러설 태세를 취했다.

“아니, 아니, 그런 말이 아니고……. 그러닝게 거 머시냐…….”

정재규는 당황해서 무슨 말을 해야 좋을지를 몰랐다. 서무룡이네가 당장 물러가 버리면 그야말로 난감한 일이 아닐 수 없었다. 대한광복단의 편지를 받은 부자들이 전주에도 목포에도 있다는 것이 밝혀지고 있는 형편이었다. 그건 바로 광복단이 전국 조직을 갖추고 있다는 증거였다. 그런 그들에게 언제 보복을 당하게 될지 모를 일이었다.

정재규는 어쩔 수 없이 그들에게 매달리는 처지였고, 그들의 말썽은 갈수록 심해지기만 했다.

“아이고메, 저 사람덜 등쌀에 더는 못살겠소. 차라리 돈얼 내놓고 저 인종덜얼 몰아내는 것이 어쩌겠는가요?”

그들의 치다꺼리와 말썽에 지친 정재규의 아내는 머리를 내둘렀다.

“인자 와서 될 말이간디.”

정재규는 한마디로 무질러버렸다.

그런데 큰 사건이 벌어지고 말았다.

술타령으로 만취한 서너 명이 침모의 딸을 겁탈한 것이었다. 그들은 새 옷을 지어가지고 온 난침모의 열일곱 살 먹은 딸을 사랑채 뒤로 끌고 가 윤간을 했다.

난침모는 정재규네 집안 사정이 달라진 것을 모르고 평소와 다름없이 딸을 심부름 보냈던 것이 탈이었다. 얼굴 예쁘장한 난침모의 딸은 아무 거리낌 없이 들어섰던 대문을 아무 탈 없이 나갈 수가 없었던 것이다. 그 처녀는 술취한 억센 손들에 붙들려 순식간에 자취를 감추고 말았다.

난침모를 앞세우고 그 여자의 남편과 아들이 정재규네 집으로 들이닥쳤다. 난침모는 부들부들 떨며 소리소리 질러댔고, 그 남편과 아들은 닥치는 대로 몽둥이를 휘둘러댔다. 그러나 그 소동도 오래가지 못했다.

"왜덜 이려, 이거? 입맛 다신 놈덜언 진작에 군산으로 내빼부렀단 말이여. 원님 행차 뒤에 나팔이고, 호랭이 물어간 담에 꽹매기시."

주먹패 중의 한 사내가 먼 산을 향해 콧방귀를 날렸다.

"아이고, 아이고, 딸자석 둔 사람덜이 어찌 저리 앞뒤 분간이 없디야. 똥장군 흔들어대면 냄새만 더 지독시러지고, 금간 물동우 궁굴리먼 결국 깨지는 것이야 정한 이치 아니드라고."

"기왕지사 베래분 딸년인디 어서 목매라고 굿판 벌이는 것 아니라고?"

"음마, 그리 야박허니 말허덜 말어. 저리 한바탕 분풀이허고 동네 뜨기로 작심혔는갑는디."

돌담 밖에서 목만 내놓고 구경하고 있는 동네여자들의 입방아였다.

"나넌 고런 못된 새끼덜언 부하로 안 쓰고 금세 내쫓아부렀소. 나가 시킨 일 아닝게 나가 알 배 아니고, 어여 경찰서 찾어가 그놈덜 잡아도라고 얼매든지 신고허고 부탁허시오."

서무룡은 태연하고도 능청스럽게 말을 꾸며대며 발뺌을 하고 말았다.

"그것 참 고약시런 일이네만 어쩔 도리가 없는 일 아닌가. 좌우간 재수 없어 독사헌티 물렸다 셈 치고 잊어부는 것이 상책일 것이네. 그런 숭헌 놈덜 잡을라고 나서봤자 됩데 해꼬지 당헐지도 모를 일이고 말이네."

정재규도 침모 남편에게 은근히 겁을 먹이며 일을 덮으려고 들었다.

형편이 이렇게 되고 보니 침모네 가족은 더 이상 분풀이할 데가 없어지고 말았다. 아무리 분하고 원통하더라도 정재규네 집에서는 일단 물러날 수밖에 다른 방법이 없었다.

그 사건이 생기고 나서 정재규 내외는 날마다 다투었다.

"또 무신 일 저질른란지 몰릉게 인자 그만 내보내기로 헙시다."

"일언 무신 일. 쬐깐만 더 참소."

"모르는 소리 마씨요. 저놈들이 우리 집 여자덜헌티 어찌허는지 아시요? 곧 무신 일이 벌어질란지 위태위태허당게요."

술에 취한 그들이 부엌데기 처녀고 머슴의 아내고 가리지 않고 느닷없이 끌어안아 젖가슴을 헤집거나 엉덩이를 매만진다는 것을 그녀는 차마 입에 올리지 못하고 있었다.

"아무 걱정 말어. 저놈덜이 아무리 숭해도 우리 집 여자덜헌테꺼정 그런 못된 짓언 못허게 되야 있어."

"멀 믿고 그리 태평시러우시오. 저놈덜언 숭악헌 즘생덜이란 말이오."

왕초라는 자가 자신에게까지 음탕한 웃음을 보내는 것을 떠올리며 그녀는 진저리를 쳤다.

"다 알고 있응게 쬐깐만 더 참어."

"쬐깐쬐깐 험서 발써 보름이 넘었단 말이오. 언제꺼정 더 참어야 헌다요?"

"어허 참, 남자 허는 일에 무신 잔말이 그리도 많어!"

정재규는 버럭 역정을 냈다. 다툼은 으레 이런 대목에서 매듭되고는 했다.

그런데 때마침 대한광복단에서 저지른 살인사건이 발생했다. 대구의 소문난 부자 장승원을 광복단원들이 사살한 것이었다. 지난날 관찰사를 지내면서 임금의 토지까지 착복해 가며 재산을 모은 장승원은 대한광복단에서 추진하는 군자금 조달에 불응했다. 그뿐만 아니라 경상도 지부장 채기중을 비롯한 광복단원들을 경찰에 밀고하려고 했던 것이다. 광복단에서는 통고문을 보낸 전국의 부자들에게 시범을 보일 겸해서 장승원을 권총으로 쏘아죽인 것이었다.

그 사건이 신문에 보도되면서 '육혈포 강도단'이란 말이 생겨났다. 그리고 육혈포 강도들의 소문은 그 어떤 소문보다 빠르게 산지사방으로 퍼져나갔다.

정재규는 더 이상 아내와 다툴 필요가 없게 되었다. 정재규의 아내는 육혈포 강도들이 언제 나타날지 몰라 겁을 먹은 채 입을 꼭 다물었던 것이다.

정재규는 아내의 잔소리를 듣지 않게 되었으면서도 전혀 마음이 편치 않았다. 오히려 불안감이 심해져 밤이면 거의 잠을 자지 못했다. 그자들이 대한광복단이라고 이름만 거창하게 내건 줄 알았지 육혈포로 무장하고 돈을 내놓지 않는 사람을 쏘아죽이리라고는 상상도 하지 못했던 것이다. 육혈포라면 일찍이 만주땅 하얼빈역에서 안중근이라는 자가 일본에서 천황 다음간다는 권력자 이등박문을 즉사시켜 버린 무서운 신식무기였다. 그 강도들이 언제 육혈포를 쏘아대며 들이닥칠지 모를 일이었다. 밤이면 고작 몽둥이를 들고 경비를 서는 주먹패들을 도무지 믿을 수가 없었던 것이다.

한편 공허는 대한광복단 전라도 지부장 이병호를 은밀하게 만났다. 그 자리에는 뜻밖에도 광복단 총사령관 박상진이 와 있었다.

"아니 박 선생님, 이 전라도땅에 어쩐 일이시당가요?"

놀라움과 반가움으로 이렇게 말을 하면서도 공허는 박상진의 신변에 위험이 닥쳤다는 것을 직감했다.

"예…… 알고 계시겠지만 일이 뜻대로 안 돼서요. 후일을 도모키 위해 만주로 건너가고 있는 발길에…….."

박상진은 말을 아끼며 입을 꾹 다물었다. 강단이 넘치는 그의 젊은 얼굴에 순간적으로 그늘이 스쳐가는 것 같았다.

그 순간적인 그늘만으로도 공허는 박상진의 심중을 충분히 헤아릴 수 있었다. 박상진은 나라를 되찾기 위해서는 왜놈들과 맞서 싸워야 한다는 생각을 누구보다 굳게 가진 인물이었다. 왜놈들과 싸우기 위해서는 군대를 양성해야 하고, 군대를 양성하려면 막대한 군자금이 있어야 했다. 그 군자금을 조달하기 위해 박상진이 전국적으로 조직한 것이 대한광복단이었다.

공허는 벌써 2년 전에 송수익을 통해 박상진의 조직과 연결되었던 것이다. 그러나 공허는 그 조직에 가담하기를 사양했다. 왜냐하면 왜놈들과 맞서 싸워야 한다는 생각은 같으면서도 군자금을 조달하는 방법에 동의할 수 없었던 것이다.

박상진은 전국 조직을 이용해 부자와 지주들에게 통고문을 띄우는 공개적인 방법을 채택하고 있었다. 공허는 그 방법의 실효를 전혀 믿지 않았다. 그건 의병투쟁을 통해서 이미 경험한 바였던 것이다. 의병부대의 군자금을 거둬들이는 데 선선하게 응한 부자들은 열 명에 한 명이 못 될 지경이었다. 꼭 총칼을 들이대야만 그저 죽지 못해 돈을 토해놓는 것이 부자들의 심보였다. 그때는 일본세상이 아니었는데도 그랬는데 이제 총독부 휘하에서 감시를 당하는 형편이니 부자들이 어떻게 할 것인지는 더 말할 것도 없었던 것이다.

그뿐만 아니라 조직을 방대하게 갖추는 것도 효율에 비해 위험이 너무 컸던 것이다. 의병들이 발을 못 붙이게 된 뒤로도 경찰력과 병력은 계속 확장되어 왔었다. 그리고 우체국의 통신망도 그에 따라 거미줄 치듯 해서 조선땅 어느 주재소에서나 수상한 사람의 신원을 단 이틀이면 전화연락으로 알아낼 수 있도록 조직망이 짜여져 있었다. 그런 상황 속에서 이쪽의 방대한 조직은 노출되기가 쉬웠고, 어느 부분이든 노출되기 시작하면 피해자가 너무 많이 생길 수밖에 없었던 것이다.

"스님의 예견이 맞았습니다. 부자들의 마음이 그럴 줄은……."

박상진은 무거운 돌이라도 들어올리듯 입을 열었다가 또 말끝을 맺지 못하고 입을 다물었다. 그의 매서운 범눈과 굳게 닫힌 입에는 분노와 고통이 서려 있었다.

전라도 지부장 이병호도 쫓기는 몸이라서 공허는 급히 노자를 마련하여 충청도로 길을 잡는 두 사람을 배웅했다. 깊어가는 겨울 찬바람을 등지고 멀어지는 박상진을 지켜보며 공허는 그 앞길이 무사하기를 빌었다. 준수한 인물에 의지력 강한 박상진은 어느 모로 보나 걸출한 투사 중의 한 사람이었다. 벌써 만주와 연해주 지역을 여러 번 내왕하며 독립군 기지를 구축하기에 힘을 쏟았고, 독립군 양성을 위해 청년들을 만주로 보내는 일도 적극 수행했던 것이다.

해가 바뀌고 공허가 맨 처음 접한 것이 박상진의 체포 소식이었다. 위독한 모친을 보러 집으로 갔다가 잡히고 만 것이었다.

27

서당을 없애라

먼 야산에 진달래가 아련한 슬픔처럼 피었다 지고, 섬들의 자취가 사라질 만큼 아침안개가 바다에 짙어지면서 군산포구에는 크고 작은 일본 배들이 부쩍 불어나기 시작했다. 그동안 거친 겨울바다를 피해 몸을 사렸던 배들이 마침내 활개를 치는 것이었다.

부두의 주인은 역시 배였다. 많은 배들을 맞이하면서 부두에는 다시금 활기가 넘치기 시작했다. 값이 오르기를 기다리며 겨울잠을 재웠던 끝물 볏가마를 실은 달구지들이 새로 줄을 잇고, 육중한 창고문들이 활짝활짝 열리고, 정미소마다 기계소리 요란하게 돌아가고, 쌀가마들을 따라서 모이고 흩어지는 노동자들의 날래고 바쁜 몸짓들이 마치 개미떼의 움직임처럼 분주했다.

부두의 그런 모습은 언제나처럼 생기 나고 활기차 보였다. 그러나 그건 겉으로 드러난 모습일 뿐이었다. 손판석은 노동자들 사이에서 은밀하게 퍼지고 있는 물결을 날마다 감지해 나가고 있었다. 노동자들은 그저 쌀가마를 남들보다 많이 옮기려고 서로 다투기만 할 뿐 다른 생각은 없는 것처럼 보였다.

그러나 그들은 겉보기와는 다르게 또 그 힘겨운 일을 꾸며나가고 있었다. 그들은 십장들의 눈을 피하고 경찰과 헌병의 귀를 피해가며 조심조심 힘을 뭉쳐나가고 있었다. 그들은 작년에 두 번이나 일어난 말썽을 아랑곳하지 않고 또 새 조합을 결성하고 있었던 것이다.

손판석은 며칠 전부터 그런 눈치를 챘으면서도 전혀 모르는 척하고 있었다. 손판석은 내심으로 응원을 보내면서 오히려 경찰이나 헌병 쪽에 신경을 곤두세우고 있었다. 자신은 어디까지나 경찰의 끄나풀이었다. 그런데 경찰이 알아채고 덮칠 때까지 눈치 없이 있어서는 안 될 일이었다. 의심을 받지 않도록 어느 단계에서는 제보를 하는 척해야만 했다.

경찰이나 헌병 쪽에서는 노동자들 가운데 끄나풀을 한둘 박아둔 게 아니었다. 자신은 미룰 만큼 미루다가 그 누군가의 고자질로 경찰이 냄새를 맡은 기미가 느껴지면 그때 보고를 할 작정이었다. 그건 공허 스님이 가르쳐준 방법이었다.

"손샌! 무신 생각얼 그리허고 기시요? 첩이 애기라도 섰소?"

"엉?" 누군가가 등뒤에서 느닷없이 던진 말에 놀라 고개를 돌린 손판석은, "이, 자네여? 사람이 그 무신 싱건 소리여?" 그는 서무룡에게 눈을 흘기며 떨떠름하게 웃음지었다.

"첩이 없웅게 고것이 싱건 소린 것이야 자명허고, 그간에 벨일 없소?"

궐련갑을 꺼내 담배를 손판석에게 권하며 서무룡은 자리를 잡고 앉았다.

"자네야 재미진 일이 많컸지만 십장자리야 그날이 그날이제 무신 일이 있었능가. 요새 일이 잠 는 것이제."

손판석은 궐련을 받아피우는 것에 값하는 기분으로 대꾸했다.

"일만 는 것이 아닐 것인디요. 손샌언 또 낮잠 자고 앉었소?"

서무룡의 목소리가 날카로워졌다. 손판석은 순간 가슴이 뜨끔해졌다.

"낮잠? 무신 나 몰르는 일이 있는감?"

손판석은 내심을 감추느라고 심드렁하게 말하며 눈을 껌벅껌벅했다.

"하 참, 참말로 저놈덜 속에서 무신 일이 벌어지고 있는지 몰른단 것이오?"

서무룡은 쌀가마를 지고 부산스럽게 오가는 짐꾼들을 턱짓하며 담배연기를 후욱 내뿜었다.

"몰르는디. 저놈덜이 무신 일 벌이고 있등가?"

손판석은 놀라는 시늉을 했다.

"참 속도 편허요. 코앞서 일어나는 일도 맨날 몰르고 있는 손샌얼 문자 써서 말허면 먼지 아시오? 등하불명이오, 등하불명."

"등하불명인 것이야 당연헌 이치제. 저놈덜이 무신 못된 일 저지를람사 우리 십장보톰 몰르게 허덜 안트라고. 예전에 우리가 그런 것맨치로 말이시."

"그렇게 십장자리 그대로 붙어 있을라면 방도럴 세우란 말이오. 저놈덜 속에다가 손샌 편얼 서너댓 놈 박으라 그 말이오."

"대체 저놈덜이 벌이고 있는 일이 머신디 그러는겨?"

손판석은 서무룡이가 알고 있는 것을 확인하려고 더 멍청한 척해댔다.

"참말로 땁땁허요. 저놈덜이 또 조합얼 맨글라고 패럴 짜고 있단 말이오."

"이, 나넌 또 무신 소리라고. 그것이야 진작에 냄새 맡고 있었구만."

손판석은 서무룡의 콧대를 꺾는 동시에 자신의 입지를 세우려고 이렇게 말을 받아넘겼다.

"아니, 머시요? 고걸 알고 있었음사 진작에 안다고 헐 일이제 사람 심빠지게 요것이 무신 짓거리요. 시방 누구 화 질르고 있소?"

서무룡은 영 맥빠져하며 심술이 든 눈을 고약하게 치떴다.

"어허, 사람이 무신 말얼 그리 서운허게 허고 긍가? 나가 화 질를 사람이 없어서 자네 화럴 질르겄능가. 자네가 나잇살이나 묵은 사람헌티 말얼 시작험서 사내끼 꼬디끼 꼬질 말고 탁 털어놨음사 속이 편혔을 것 아니겄어."

손판석은 시치미를 떼며 오히려 서무룡에게 책임을 떠넘겼다. 그러면서 오늘 안으로 장칠문이를 만나기로 작정했다. 서무룡이가 냄새를 맡았으면 장칠문이는 이미 알고 있을지도 모를 일이었다.

"체, 손샌 말얼 누가 당허겄소." 서무룡은 반도 안 탄 비싼 궐련을 아주 멋을 부리는 손짓으로 멀찍하게 튕기고는, "그 주모자가 누군지 아요?" 꼭 경찰이 하는 투로 불쑥 물었다.

"주모잔지 오야붕인지럴 알면 이적지 이러고 앉았겄능가. 진작에 끝장 봤제."

"요분에넌 어떤 놈이 또 설레발얼 치는지 몰르겄네. 작년에 그만치 정얼 다셨으면 인자 더는 안 나슬 만도 헌디, 넋나간 놈덜이 끝도 없이 생겨나는 것언 어찌 된 일이여, 요거."

서무룡은 기름 반지르르하게 바른 머리를 건성으로 쓸어넘기며 투덜거렸다.

"글씨, 짐꾼덜이라고 지 살 아픈지 몰라서 조합으로 패럴 짤라고 그러겄능가. 쌀금도 올르고 물가도 올르고 허는디 품삯만 안 올릉게 살기 에로와서 패럴 짜고 나스는 것 아니겄어?"

손판석은 또 서무룡의 마음 한구석이나마 열어보려고 슬쩍 능치고 들었다.

"얼랴, 손샌 말이 어째 삐까닥허요? 그놈덜이 옳다는 소리요, 시방?"

서무룡의 목소리가 금세 곤두섰다.

"아니시, 이사람아. 우리 고단허던 옛적 생각허면 그렇다 그 말이제."

"아이고, 그 징헌 놈에 옛날언 멀라고 생각허고 그요. 옛적 일 생각허다가 맘 흔들리고 약해지면 당장 눈앞에 닥친 일 망치고 신세 쪼그랑 망태기 될 것잉게 알아서 허씨요." 정색을 한 서무룡은 손판석을 맵게 쏘아보고는, "근디, 작년에 생긴 조합 두 개가 하나넌 객주조합노동부고, 다른 하나넌…… 거 머시냐, 이름이 머십디여?" 그는 고개를 갸웃거렸다.

"고것이 긍게로…… 공, 공 머시긴디…… 이 그려, 공흥조합 아니드라고?"

"맞소, 공흥조합. 좌우간에 이리 나가다가넌 군산부두에 조합이 수십 개 생겨날 판이요. 군산이 어째 이런지 모르겄소. 징조가 영 안 존디."

"아니시, 그것이 다 순리이기도 허시. 조청 있는 디에 온갖 개미덜 다 뫼들고, 개미덜 많이 뫼들먼 찌리찌리 패럴 짜고, 서로 맛난 것 많이 차지헐라고 패쌈이 벌어지고 허는 것 아니드라고. 군산도 다 그 이치여. 군산이 시방 어떤 디여? 조선팔도 그 많은 항구 중에서 쌀 질로 많이 실어내기로 명난 항구 아니여? 쌀가마니 많이 몰린게 어찌 되제? 일거리 찾어 사방팔방서 짐꾼덜이 때구름으로 몰려들고, 짐꾼덜이 흔해빠졌응게 품삯언 똥값이고, 일언 심드는 디 배곯코넌 못살겄응께 패럴 짜서 품삯 올릴라고 허는 것이야 당연지사 아니겄어? 이치가 그런 이치여."

"아따 변사가 따로 없소 이. 손샌 말얼 들으면 언제고 아구가 딱딱 맞기넌 헌디, 어째 십장자리에 안 어울리게 항시 삐까닥헌 것이 탈이랑게라."

서무룡이는 손판석을 빤히 쳐다보며 묘하게 웃었다. 손판석은 그만 자신이 지나쳤다는 것을 깨달았다.

"원 벨소리 다 허네. 자네 귀가 삐까닥헌 모양이시. 자네가 무신 심판인지 몰라허고, 자네도 인자 부하덜 거느린 헌다허는 오야붕잉게 시상판세 돌아가는 것얼 똑바라지게 알어야 되고 히서 나가 아는 대로 말해 준 것 아니라고. 근디 자네가 그리 말허면 나가 섭허구만."

손판석은 재빨리 둘러대며 정말 서운한 척하면서 쌈지를 꺼냈다.

"아니, 아니, 요것 태우씨요, 요것." 서무룡은 서둘러 궐련갑을 내밀면서, "나가 손샌 맘얼 어찌 몰르겄소. 그런 말 딴 디서 허면 안 된게 그런 것이제라. 나 맘이 그렇덜 않은게 섭허니 생각허지 마씨요."

그는 단순한 마음 그대로 손판석의 언변에 말려들고 있었다.

"이, 자네 맘이 그렇겄제. 자네나 나나 믿고 의지헐 사람이 어디 따로 있는 신세덜이드라고. 그 일언 어찌 되았어?"

손판석은 슬쩍 말머리를 돌렸다.

"나가 허는 일이 한두 가지가 아닌디 그리 말허면 되겄소?"

서무룡은 거드름을 피웠다.

"이, 그렇기도 허겄구마. 거 안 있다고, 정 부자헌티 돈 받아내는 거."

손판석은 아니꼬움을 느끼면서도 친근한 척 웃음지었다.

"아, 그 정가놈! 안직 꼬타리가 쬐깨 남아 있구만이라. 놀부 같은 놈!"

서무룡은 얼굴을 구기며 침을 뱉었다.

"얼매나 남었는디?"

"50원인디, 이달 안으로 끝장 볼 참이오."

"300원에서 많이 받아내기도 했구만……."

손판석은 뒤따라나오려는 말을 그냥 삼키고 말았다. 나머지 돈은 그만 안 받아도 되지 않겠느냐는 것이었다. 그러나 50원은 300원에 비해 작은 돈일 뿐이었지 따로 생각해 보면 쌀이 열 가마나 되는 액수였고, 그런 말을 해보았자 돈욕심 많은 서무룡이가 들을 리가 없었던 것이다.

손판석은 서무룡이나 정재규라는 사람이나 둘 다 저울눈이 팽팽하도록 어지간한 사람들이라고 생각했다. 집을 지켜준 수고비로 300원이라는 큰돈을 내놓으라고 덤빈 서무룡의 배포도 어지간했고, 서무룡이 같은 주먹패를 상대로 그 돈을 일시불하지 않고 해를 넘기면서 몇 달씩 질질 끌어오고 있는 정재규의 끈질김도 어지간했던 것이다.

그런데 한편으로 생각하면 정 부자가 서무룡에게 그렇게 돈을 뜯기는 것이 손판석은 무척이나 고소하기도 했다. 독립군으로 나서서 싸우는 사람들도 있는데 뒷전에 물러나 앉아 독립군 자금을 안 내놓으려고 주먹패들을 끌어들였으니 그런 시달림을 당하는 것은 열 번 싸다 싶었다. 그 못된 행투에 비하면 서무룡이가 뜯어내고 있는 300원은 오히려 너무 적다는 생각이 들기도 했다.

"근디, 그 광복단인가 머시긴가 허는 넘나간 사람덜언 잽힌 담에다 어찌덜 되았능고?"

손판석은 걱정스러운 속마음은 싹 감추고 그저 지나가는 소리처럼 물었다.

"그것이야 보나마나 아니겠소. 싹 다 사형언도 받아부렀소."

손판석은 가슴이 쿵 울렸다. 그리고 불덩이가 치솟아올랐다. 그러나 손판석은 감정을 내색하지 않으려고 애썼다.

"언제 그리됐는고?"

"지내간 달잉게 한 달 되았는갑소."

"참 넋나간 사람덜이여……."

손판석은 헛웃음 치듯 했다. 그러나 속으로는 안타까움이 넘치고 있었다. 왜 그들은 신속하게 피하지 않았는지 모를 일이었다. 일이 실패해서 한두 사람이 잡히면 나머지 사람들은 속빠르게 피하는 것이 옳은 방법이었다. 그런데 어떻게 해서 그들은 열 명 가까이나 줄지어 잡혔는지 모를 일이었다. 아니, 그건 어쩌면 일본 경찰과 헌병들의 조직망이 그만큼 잘 짜여 있어서 그런지도 몰랐다.

"그 넋빠진 인종덜이야 인자 죽을 일밖에 안 남었응게 손샌이야 새로 조합 꾸밀라는 주모자가 누군지나 찾아내는 것이 좋 것이오."

서무룡이 또 순사 같은 말투를 쓰며 몸을 일으켰다.

"자네, 거그넌 발길허고 있능가?"

"거그 어디 말이오?"

"보름이헌티제 어디여."

"에이, 입맛 떨어져서 발길 끊었소."

"그려? 인자 신물 났는갑제?"

손판석은 자신도 모르게 반가운 기색을 드러냈다.

"보름이헌티 신물 난 것이 아니라 딴 일로 기분이 아조 드럽게 되았소."

"글먼, 그 집 순사헌티 들켰능가?"

"체, 나가 누군디 들키겄소. 아 글씨, 보름이가 말얼 안 히서 몰르고 있었는디, 세키야 그놈이 보름이 뱃속에다 씨럴 깔겨놨드란 말이오. 아랫배가 뽀속허니 불러올르는디, 고것얼 봉게 입맛이 싹 떨어져불드만이라."

서무룡은 침을 내뱉었다.

"하먼, 그것맨치로 정떨어지는 것이 없고말고."

손판석은 자기도 그런 경험이 있기라도 한 것처럼 맞장구를 쳤다. 그건 보름이가 더 괴롭힘을 당하지 않게 된 것을 다행으로 여기는 마음이었다.

그러나 손판석의 가슴속에는 새로운 아픔이 밀려들었다. 보름이가 결국 왜놈의 자식을 임신한 것이었다. 왜놈의 첩살이에서 벗어나지 못하는 한 그건 어찌할 수 없는 일이었다. 그러나 막상 임신했다는 이야기를 듣고 나니 보름이의 기구한 신세가 안쓰럽기 그지없었다. 눈앞에 감골댁의 얼굴이 선하게 떠올랐다.

손판석은 다시금 감골댁에게 죄지은 마음이 깊어졌다. 보름이가 이런 신세가 되도록 자신은 결국 구경만 한 꼴이었던 것이다. 보름이가 군산으로 나왔을 때 바로 감골댁에게로 보내지 못한 것이 또 후회가 되었다.

보름이를 만주로 보내는 것을 반대한 것은 공허 스님이었다. 그리고 강제로 장칠문의 첩살이를 하게 된 것을 알고 나서도 공허 스님은 돌부처처럼 묵묵부답 아무런 말이 없었다. 그저 한다는 것이 먼 하늘만 한동안 처다본 것뿐이었다. 그 뒤로 왜놈의 첩으로 넘겨 졌다는 것을 알고도 아무 말이 없기는 마찬가지였다. 다만 달라진 것이 있다면 먼 하늘을 바라보는 것 같은 모습을 하고는 두 눈을 꼭 내리감고 있었던 것이다.

"도통헌 시님이라서 여자 이얘기넌 귓전에 닿덜 안해서 긍가 어찐 가 그리 가심 아픈 사연얼 듣고도 어찌 그리도 쓰다 달다 말 한마디 가 없다요. 매정허고 무정허기가 천상 영험 없는 돌미륵이랑게라."

공허 스님 떠난 뒤에다 대고 아내가 쏟아놓은 푸념이었다.

"어허, 그 무신 예절 몰르는 소리여. 꼭 말얼 해야 맛이간디. 다 맘으로 듣고 알아서 새기는 것이제."

자신의 심정도 아내와 별로 다를 것이 없으면서도 말은 그렇게 할 수밖에 없었다.

"하이고, 괴기넌 씹어야 맛이고 말언 해야 속얼 안다고 안 그럽 디여. 다른 말이야 술술 잘허기만 험스로 어쩨 보름이 일에만 입얼 딱 봉허냔 말이어라. 보잘것없는 지집넌 신세게로 엎어지고 뒤집어 지고 금이 가고 깨지고 하그나 말그나 냅둬부러라 허고 무시허는 것 아니겠소."

"아니, 주딩이 그리 놀릴 것이여! 시님 짚은 속 땅짐도 못허는 예 펜네가."

길어지는 아내의 말을 막자면 큰소리로 윽박지르는 수밖에 없었던 것이다.

그러나 손판석은 다시 공허 스님을 생각하고 있었다. 보름이가 왜놈의 자식을 뱄다는 소식을 듣고도 역시 아무런 말을 하지 않을 것인지 궁금했던 것이다.

그렇지만 손판석은 한편으로 답을 갖고 있기도 했다. 공허 스님은 여전히 아무 말도 하지 않을 게 거의 틀림없었고, 어쩌면 먼 산을 바라보는 모습을 하지 않고 이번에는 고개를 떨굴지도 모른다는 생각이 들기도 했다.

손판석이 정작 궁금한 것은 공허 스님이 어디서 무엇을 하고 있는지 알 수 없는 것이었다. 공허 스님은 광복단 소문이 한창 퍼져나가고 있을 때 다녀가고는 그만이었다.

"짐꾼덜이 조합 맨들라는 일얼 표식 안 나게 거들어나가시오. 다 앞날에 필요허게 될 것잉게."

공허 스님이 그때 남기고 간 말이었다.

손판석은 공허 스님이 광복단 단원인지도 모른다는 생각을 줄곧 떼치지 못하고 있었다. 공허 스님은 얼마든지 그럴 수 있는 사람이었던 것이다. 일단 그런 생각이 들자 손판석은 나날을 조마조마한 마음으로 보내면서 소문에 귀를 열어놓고 살았다. 그런데 천만다행하게도 그동안 붙잡힌 광복단원들 중에 승려가 있다는 소문은 들리지 않았다.

이렇듯 손판석이 소식 오기를 고대하고 있는데 공허는 갑자기 다른 일을 당해 속앓이가 커져가는 나날을 보내고 있었다. 공허는 총독부가 조작한 돌발사태에 대처하느라고 날마다 이 사람 저 사람을 만나며 부심하고 있었다.

공허는 자신이 선을 대고 있는 서당 선생들을 바쁘게 만나고 있었다. 예상했던 대로 서당 선생들은 총독부의 갑작스러운 조처에 당혹해 있었다.

공허는 최유강을 만난 다음날 밤에 안재한을 찾아갔다.

"이것얼 무신 법이라고 헐 수가 있겄는가요. 연전에 눈에 거실리는 사립학교는 다 폐교시키고 인자 서당꺼정 없애자는 것인디, 이것이야말로 사람 물에 빠쳐놓고 목꺼정 졸라대는 격이 아니겄는가요."

인사를 나누자마자 안재한이 평소의 웃음기 도는 얼굴을 잃고 침통하게 꺼낸 말이었다. 안재한의 긴 담뱃대는 방바닥에 놓인 종이 한 장을 찍어대듯이 누르고 있었다.

공허는 자리잡고 앉기 전에 벌써 그 종이가 무엇인지 알아보았던 것이다. 작은 글씨들이 등사된 그 눈익은 한 장의 종이는 총독부가 3월 들어 공포한 총독부령 제18호 '서당규칙'이었다. 그건 바로 '서당폐쇄법'이었던 것이다.

"면사무소넌 언제 댕겨오셨등가요?"

공허는 안재한의 담뱃대에 눌려 있는 법조문이 면사무소에서 받아온 것임을 알고 있었던 것이다.

"한 사날 됐구만요. 면장놈이 요 종우쪼가리럴 내밀고, 주재소장 놈언 그것얼 소리내서 읽으라고 명령얼 허드만요. 에이 고이연 놈덜!"

안재한은 세차게 혀를 차며 담뱃대를 들어 종이를 내려쳤다.

공허는 서당규칙을 내려치는 담뱃대에서 안재한의 노기가 짙은 연기를 내뿜으며 타오르는 것을 느꼈다. 그리고 면장과 주재소장 앞에서 서당규칙을 소리내서 읽어 내려가고 있는 안재한의 모습도 떠오르고 있었다.

"주재소장놈이 한술 더 뜨는구만요."

공허는 안재한이 당한 모독을 어떻게 위로할 수가 없어서 그때의 심정을 다 알고 있다는 뜻으로 이렇게 말했다.

"예, 면장허고 두 놈이 짜고 서당 허는 사람덜얼 차근차근 호출해서 그 짓얼 시키고 있구만요. 허고, 신상에 해 안 입고 편히 살라면 서당문 닫으라고 아조 노골적으로 협박도 허드만요."

안재한은 선한 웃음 대신 노기 서린 쓴웃음을 지었다.

"예, 서당규칙말고도 따로 단속을 철저허니 허라는 훈령얼 받고 있응게 그놈덜이 그리 발광을 허는 것이구만요."

총독부에서는 서당규칙 발포와 함께 '이름만 서당으로 해서 사립학교규칙 적용을 피하려는 것을 특히 유의해서 단속의 실효를 거두도록 해야 한다'는 훈령을 발동시켰던 것이다.

"그런디, 총독부 법이란 것이 다 즈그놈덜 편허고 좋게 맨든 것이야 삼척동자도 아는 것인디, 그려도 요놈으 서당규칙은 해도 너무 허고 있당게요. 여그 질로 끝에 붙어 있는 제5조럴 볼작시면 우리가 서당 문얼 닫고 안 닫고 허기 전에 즈그놈덜이 얼매든지 맘대로 휘둘러대게 맨들어놨당게요. 제5조 다음의 경우, 도 장관은 서당의 폐쇄나 교사의 변경 기타 필요한 조치를 명할 수 있다. 1. 법령의

규정에 위반했을 때 2. 공안을 해치거나 교육상 유해하다고 인정
될 때. 요것얼 법이라고 맨들어놨으니 왜놈덜 참 가관이구만요. 이
현령비현령으로 이 트집 잡아 공안얼 해쳤다 허고 귀걸이 맨들어
서당 문 닫게 허고, 저 트집 잡아 교육상 유해허다 허고 코걸이 선
생헌테 걸어 잡아채고 헐 판 아니겠능가요.”

안재한은 들고 있던 종이를 던져버리고 담배통을 끌어당겼다.

“예, 바로 그리 맘대로 뜻대로 헐라고 이 법을 맨든 것 아니겠능
가요. 헌디, 안 선생님언 면사무소에 신고넌 어찌허셨는가요?”

공허는 윗몸을 굽혀 얼굴을 안재한 쪽으로 가까이하며 넌지시
물었다. 그 얼굴에는 느긋한 웃음이 담겨 있었다.

“예에, 새삼시럽게 그놈덜 앞에 신고허는 것이 화도 나고 속도 상
했지만 서당이야 문닫아서넌 안 되닝게 주재소장놈 협박에 응답허
는 맘으로 신고서럴 냈구만요.”

“예에, 예에, 아조 잘허셨구만요, 잘허셨어요. 서당이야 무신 일
이 있어도 해나가야 헌께요.”

공허는 탄력 넘치는 목소리에 맞추어 폭넓게 고개를 끄덕였다.
그 얼굴에 더없이 만족스러운 웃음이 넘치고 있었다.

공허는 바로 그 점 때문에 자신과 연결된 서당 선생들을 찾아다
니고 있었다. 위축되거나 망설이지 말고 먼저 신고서부터 제출하게
하기 위해서였다.

서당규칙 제1조는 ‘서당을 개설할 때는 신고해야 한다’고 못박고
있었다. 그러니까 그동안 마음대로 문을 열 수 있었던 ‘자율제’를

'신고제'로 규제한 것이었다. 그 법에 따라 기존의 서당이 신고서를 제출하지 않으면 그 서당은 폐쇄되는 것이었다. 공허는 서당규칙에 맞서는 첫 번째 방안이 철저한 신고라고 생각했다. 일단 신고를 해서 입지를 확보한 다음에 그 다음 방안을 찾아나가자는 것이었다.

"헌디…… 신고럴 허면 그것이 덫에 걸린 산 짐승이고 투망에 든 물괴기 신센디 앞으로 어찌해야 헐 것인지……."

안재한은 무거운 한숨을 내쉬며 담배를 빽빽 빨아댔다.

공허는 안재한의 근심이 그대로 자신의 가슴에 얹히는 것을 느꼈다. 그 덫과 투망은 서당규칙 제1조의 일곱 가지 세부조항 중에 장치되어 있었다. 세 번째와 여섯 번째 조항이 바로 총독부가 서당규칙을 만든 목적이기도 했다.

"그렇기넌 헌디, 그래도 하늘이 무너져도 솟아날 구멍 있고, 호랭이헌테 열두 번 물려가도 정신만 채리먼 살아난다고 안 혔등가요. 우리가 맘만 다 강단지게 묵으면 이까짓 법망 뚫고 나가는 방도야 얼매든지 생길 것이오."

공허는 방바닥에 떨어져 있는 서당규칙 서류를 집어들며 어느 때보다도 말에 힘을 주었다.

"예…… 맘덜얼 단단허니 묵어야겄지요." 안재한은 무겁게 고개를 끄덕이고는, "신고서럴 제출허는디 1조 3항허고 6항얼 거짓말허지 않고 양심적으로 쓴 것이냐고 꼬치꼬치 따지고 묻드만요." 그는 쓰디쓰게 웃었다.

"당연지사 아니겄는가요. 그놈덜이 이 법을 맨든 주목적이 그것

막자는 것잉게요."

공허도 쓰게 웃으며 다시 서당규칙을 들여다보았다.

1조 3항은 '교수용 서적명'이라고 되어 있었다. 학생들에게 가르칠 책 이름을 적으라는 것이었다. 그리고 1조 6항은 '한문 외에 특히 국어 산술 등을 가르칠 때는 그 사항'을 밝히라고 되어 있었다. 여기서 '국어'라는 것은 물론 일본어를 지칭하는 것이었다.

그러니까 총독부에서는 3항을 통해 서당에서 조선어나 조선 역사 지리 같은 것을 가르치지 못하게 근절시키는 반면에 6항을 통해서는 일본어를 가르치도록 압력을 가하고 있었던 것이다.

"허고, 서당 개설자나 교사덜 이력서럴 세세허니 써내게 했으나 그것을 보고 트집얼 잡기 시작허면 4조에 걸리게 되어 문닫는 서당이 많이 생기게 되덜 안컸는가요?"

안재한은 일삼아 서당규칙 제4조를 손가락으로 눌렀다.

"그럴라고 4조를 맨든 것이겠지요."

금고 이상의 형에 처해진 자나 성행불량(性行不良)한 자는 서당의 개설자나 교사가 될 수 없다. 이것이 4조였다.

이 조문에서 문제는 '성행불량한 자'였다. 아무런 기준도 범위도 없이 막연하기 그지없는 그 말은 사용하는 자들의 마음대로 뜻대로 얼마든지 화살도 되고 칼도 될 수 있었던 것이다. 안재한의 말대로 이 조문에 걸어 '트집을 잡기 시작하면' 성행불량자가 안 될 사람은 하나도 없을 터였다.

"시님께서 그간에 타국땅얼 오가심서 무진 애럴 쓰셨는디……."

"아니구만요. 어디 지 혼자서 헌 일이간디요. 만주서 책얼 맨든 사람덜, 만주럴 오감서 책얼 딜여온 사람덜, 그 책얼 필사허고 등 사헌 사람덜, 그리고 그 책얼 서당서 학동들헌티 갤차준 사람덜이 다 나라 찾자는 생각얼 한마음 한뜻으로 뭉처 해낸 일이지요."

공허는 그동안 해온 일을 더듬으며 감회에 젖어들었다.

그동안 서당교육에 적극적인 참여를 했던 것은 서당교육이 나라를 되찾기 위한 두 가지 중대 사업 중의 하나였던 것이다. 그 두 가지 중대 사업은 국외에서는 독립군 양성이었고, 국내에서는 서당교육의 양적 확대와 질적 향상이었다. 총독부에서는 사립학교규칙을 공포해 사립학교를 시설기준 미달이라고 하여 대량으로 폐교시키고, 나머지 학교에 대해서는 공립학교와 똑같이 감독하고 감시하는 탄압을 자행했던 것이다. 그 탄압을 피해 젊은이들을 교육시키는 방법이 바로 서당을 많이 만드는 것이었다. 그런데 총독부는 결국 서당규칙까지 만들어내고 말았다.

"신식서당이 자꼬 늘어나는 것에 총독부놈덜이 몸이 달기넌 단 모양인디, 서당이 전부 몇 개나 될랑가요?"

"예, 지도 요분 일이 터져서 조심조심 알아붕게 생각보담 훨썩 많애서 놀랬구만요. 총독부서 나라 전역얼 조사헌 것인디, 그 빌어묵을 합방 다음해에 1,600여 개든 것이 6년 뒤인 작년 말로 1만 8천 여 개로 늘어나 있드만요."

"아이고, 꿩장허구만요. 1,600여 개서 1만 8천여 개로 늘다니, 우리 조선사람덜 맘이 무섭구만요. 총독부놈덜이 몸달아 서당규칙얼 맨들 만도 허구만요."

안재한은 무릎을 치며 감탄해 마지않았다.

"그럴 만도 허지요. 서당도 옛날 서당이 아니니께요."

"헌디, 요분 일로 서당이 추풍낙엽으로 문얼 닫게 되먼 그것이 참말로……."

안재한은 말끝을 맺지 못했다.

"글씨요…… 그럴 수도 있고…… 그 반대로 더 늘어날 수도 있고……."

공허는 혼잣말을 하듯 하고 있었다.

"그것이 무신 말씸이신지……."

안재한은 어리둥절해져 공허를 머쓱하게 바라보았다. 공허의 말은 너무 모호해 선문답을 하는 것인지 어쩐지 전혀 종잡을 수가 없었던 것이다. 공허가 그런 애매한 말을 하는 것을 전에는 듣기 어려운 일이었다.

"예, 시상 판세가 어찌 돌아갈란지넌 더 두고 봐야 헐 일이기넌 헌디요……. 요분 조치가 생각 있는 조선사람덜헌티 반감얼 사기에 딱 좋고, 또 바깥시상이 엄청시리 변해서 그 외풍이 조선땅으로 불어닥치고 있응게 젊은 식자덜 생각도 달라지면 조선땅도 달라지게 될 것이구만요."

공허의 말은 아까와는 다르게 힘이 느껴졌다. 그러나 안재한으로서는 여전히 말의 내용이 불투명해 이해하기가 곤란했다.

"헌디…… 그 바깥시상 변헌 외풍이란 것이 머신지……. 혹여 아라사가 망헌 것얼 말허는 것인지……."

안재한은 그저 장님이 문고리 더듬듯 조심조심했다.

"예에, 바로 그것이구만요. 작년 10월에 아라사왕족이 망허고 공산주의라는 새 주장을 내세우는 나라가 섰구만요. 그 새 주장이 시방 구라파고 중국대륙이고 일본이고, 온 세상얼 몰아치기 시작헌 바람이고, 그 바람이 만주고 일본얼 통해서 조선땅에도 불어닥치기 시작했구만요. 요분에 서당규칙얼 공포험서 정무총감이 내린 훈시에 그 바람얼 막으라고 명령허고 있구만요. 허나, 그 새 바람이 왜놈덜 뜻대로 막아지지넌 않을 것인디요."

비로소 공허의 말은 분명해지고 힘이 넘쳤다.

'최근 초등 교원 또는 서당 교원 중에는 공산주의에 물들어 학교 안팎에서 불온한 움직임을 하려는 자들이 많이 있다. 이는 유감이며 앞으로 평소 시학기관(視學機關)의 엄정한 활동을 촉구한다.' 이것이 정무총감의 훈시였다.

"정무총감이 훈시럴 내릴 만치 서당 선생덜이 공산주의란 새 바람얼 타고 있는 것인가요?"

안재한은 궁금증과 함께 어떤 소외감 같은 것도 느끼며 물었다.

"예, 신식공부럴 헌 젊은 선생덜이 그 사상에 많이 접해가고 있구만요."

"시님언 그 사상얼 다 아시는가요?"

"아니구만요. 그간에 여그저그 떠돔서 그저 귀동냥만 혔고, 인자 보톰 책으로 읽어 살이 되게 헐 참이구만요."

"그것이 우리헌테 쓸 만헌 것인가요?"

"예, 그 여러 주장 중에 일본 겉은 제국주의 나라덜얼 쳐없애고 압제받는 약소민족덜얼 해방시킨다는 대목이 들어 있응게 우리헌테 딱 들어맞는 것 아니겄능가요."

"예, 그렇구만요. 시님이 책얼 구허실 때 지도 잠 구해다 주먼 좋겄는디요."

"예, 그러겄구만요. 지넌 이만 떠야겄는디요, 당분간 서당 공부넌 한문허고 산술만 갤침서 트집얼 안 잽히는 것이 좋겄구만요. 서당 규칙이 생겨 그리헐 수밖에 없는 것얼 학동덜이 알게 허는 것도 아조 효력이 좋은 반일 공부가 될 것잉게요."

공허는 바랑을 들고 일어섰다.

"예, 그것 참 존 공부가 되겄구만요."

안재한이 문갑 서랍에서 종이로 조그맣게 싼 것을 꺼내가지고 일어섰다.

"시님, 요것 얼매 안 되는디 노자로……."

안재한이 그것을 공허의 손에 쥐여주었다.

"이것 참, 올 때마동……."

안재한을 바라보는 공허의 눈에는 뜻을 같이하는 사람에게 보내는 많은 말이 담겨 있었다.

공허는 몸도 마음도 무거워 갈 길을 줄이고 포교당을 찾아들었다. 어둠 속에서도 수국꽃 향기가 진하게 풍겨왔다. 공허는 그 혼몽한 향내를 가슴 가득 들이켜며 눈을 감았다. 그 야릇한 향내만 맡으면 금방 득도가 되는 것 같은 착각이 일어나곤 했던 아기중의 시절이 떠올랐다.

"안직도 부처님 도량으로 돌아올 뜻이 없는 게냐?"

몇 달 전에 스치듯이 뵌 큰스님의 꾸중 같은 물음이었다.

"삼천대천세계에 불법이 뻗치는디 부처님 도량이 어디 따로 있겄능가요."

"시건방진 놈, 속세로 궁굴어댕기드니 속된 말재주만 늘었구나. 니가 허는 일언 가망이 뵈느냐?"

"아뢰기 건방진 말씸이지만, 득도허기가 더 수월헐란지도 모르겄구만이라."

"철들었구나. 득도야 지 한 맘 다시리는 것이고 그 일이야 야수허고 다투는 것 아니냐. 무신 일얼 당해도 후회나 억울함이 없으렷다?"

"부처님이 시키신 일이라 생각허고 있구만요."

"맘 한분 잘 묵었다. 그 길이 에롭고도 큰 길이니 헐라면 지대로 혀라."

그리고 던져준 헝겊쌈에는 30원이 들어 있었다.

도림이 한성으로 떠나면서 자리를 이어받은 지선은 잠귀가 어두워 공허는 네댓 차례나 방문을 두들겨야 했다.

"중놈이 그리 잠귀가 어두와서야 어디다 쓰겄어. 맘귀가 어두운 게 잠귀도 어두운 것인디, 그래 갖고야 어디 부처님 말씸이고 중생덜 애통헌 말이 듣기겄어?"

공허는 어둠 속에서 하품을 하는 지선에게 쏘아붙였다.

"닌장맞을, 심야삼경에 돌아댕김서 큰소리넌. 달마 시님이 잠귀 어둔 것도 몰르는감?"

"아이고, 알었네. 도림이헌테서는 무신 소식이 없는가?"

"또 짤막허니 핀지가 왔는디, 왜놈식 공부가 통 재미가 없고 맘이 안 붙는 모양이여."

지선은 불공 올리고 남은 토막초에 불을 당겼다.

"창아리 있는 중놈이면 당연지사제."

공허는 바랑에서 무엇인가를 꺼내느라고 부시럭거리며 퉁명스럽게 말했다.

"그러다가 못 이기고 어느 산중 절로 달아나불지도 몰르넌 안혀?"

"그런다고 무신 상관이여. 색즉시공이요 공즉시색인디."

"어허, 공허 생불 현신이시여!"

잠 많아 보이게 살이 찐 지선이 춤을 추듯 두 팔을 내젓는 바람에 불꽃이 꺼질 듯 펄럭거렸다.

"그려, 알었으면 자네넌 인자 자소."

바랑에서 꺼낸 것을 손에 든 공허는 등을 벽에 기대며 두 다리를 뻗었다.

"자네넌 안 잘 참이여?"

지선이 목젖이 보이도록 하품을 했다.

"나야 밤낮이 뒤바뀐 사람 아니드라고."

공허는 손에 든 것을 유심히 살피며 건성으로 대꾸했다.

"저 사람 참 뻔뻔허시. 넘 잠 깨와놓고넌 인자 불꺼정 밝히고 자라네그랴." 지선은 퉁명스레 내쏘며 혀를 차고는, "그것이 머시여어?" 그는 목을 늘이며 공허 옆으로 다가들었다.

"암것도 아니시."

"이잉? 암것도 아니기넌, 요것 비녀 아니라고?"

지선이 놀라며 눈이 커졌다.

"다 암스로 멀라고 물어?"

공허는 지선을 거들떠보지도 않고 왼손에 든 나무비녀를 요리조리 살피고 있었다. 그의 오른손에는 조그만 유리조각이 들려 있었다.

"어허, 요것 참 난리판굿이 이만저만이 아니시. 먹물옷 걸친 중이 비녀럴 깎고 앉았다니, 파계치고넌 개고기 묵는 파계보담도 더 허시 이거!"

"어이, 부처님 귀먹었응게 더 크게 떠들소. 진작에 개고기도 묵은 몸잉게."

공허는 앉음새를 단단하게 고치더니 유리조각으로 나무비녀를 다듬기 시작했다.

"허 참, 요것이 어찌 된 일이여? 어디 각시가 생긴 것이랑가?"

지선은 침을 꿀떡 삼키며 공허 옆으로 더 바짝 다가앉았다.

"파계승 공허놈헌티 불베락 치라고 어서 목터지게 고허기나 혀."

공허는 유리조각으로 나무비녀를 빠르게 긁어대며 나뭇가루를 후후 불고 있었다.

"아니, 그 여자가 누구여? 과부여 시악시여? 아조 옷 벗고 장개들 챔이여?"

"나 입이 하나시. 그리 많이 물어대면 무신 수로 답얼 허겄어."

"이, 아조 옷 벗을 챔이여?"

"자네가 그럴 맘 있는갑제?"

"아니, 무신 생뚱헌 소리여?"

"에라, 어디 보자아. 이만허먼 쓸 만허니 맨들어진 심이제?"

공허는 팔을 뻗친 손가락끝에 나무비녀를 세워들고는 이리저리 살펴보았다. 그는 만족스럽게 웃으며 비녀를 무릎 밑에 넣고는 다시 다른 나무토막을 꺼냈다. 그건 길이는 비녀만하면서 굵기가 두 배는 더 굵었다. 그 나무토막도 이미 칼질이 다 되어 형체를 이루고 있었다.

"아니, 요것언 젖둥이덜이 빠는 노리개 아니여?"

"중이 잘도 알아보네."

"자네 어디다 자석 낳아뒀구만!"

지선은 환성인지 탄식인지 모를 소리를 외쳐댔다.

"와따, 귀청 떨어지겠네. 그만 자소."

공허는 다시 유리조각으로 젖먹이 아이들이 빨고 놀 수 있게 양쪽 끝이 반타원으로 깎인 노리개를 다듬기 시작했다.

"아이고, 잠이 오게 생겼능가. 어이, 그러덜 말고 세세허니 이얘기 잠 히보소."

지선은 마른침을 삼키며 공허의 어깨를 잡아흔들었다.

"그사람 참, 이얘기허나마나 아니여. 비녀고 노리개 다 봤응게 알

것 다 안 것이고, 이리저리 떠돌아댕기다가 인연이 맺어진 것 아니 겄어."

"그 대목얼 세세허니 말허란 말이시."

"어허 참, 중이 염불에 생각 없고 젯밥에만 맘이 있다는 말언 바로 자네 두고 헌 소리시."

"무신 소리여? 파계승이 됩데 사람 잡고 드네."

"자네가 염불에만 맘 둔 참중임사 멀라고 땡초놈이 저질른 못된 짓얼 알라고 그리 발싸심이냔 말이여."

"아이고, 저 뻔뻔헌 입얼 누가 당혀."

지선은 벽에 등을 부려버렸다.

공허는 잔잔하게 웃으며 노리개끝을 다듬기에 정성을 모았다. 그 양쪽 끝은 번갈아가며 아이의 입에 들어갈 부분이었다. 그 노리개는 사내아이든 계집아이든 가리지 않고 만들어주는 것이었다. 그건 젖먹이 아이들에게 젖꼭지 구실을 하는 것만이 아니었다. 아이들이 잘근잘근 물게 되면 잇몸이 다져져 튼튼해지고, 이가 빨리 솟으면서 이뿌리가 실하게 박힌다는 것이었다. 그런데 그 노리개는 아무 나무로나 깎는 것이 아니었다. 늙은 대추나무라야 했다. 대추나무가 단단할 뿐만 아니라 모든 악귀를 쫓아 아이를 지키는 것이었다.

그 노리개는 으레 할아버지가 정성 들여 깎아주는 선물이었다. 그러나 할아버지가 없는 집에서는 아버지가 깎았다. 그런데 그 노리개는 사내아이나 계집아이가 아무 차별 없이 가지고 노는 것이면서도 일단 주인이 정해지게 되면 그 가치가 엄청나게 차이가 났다. 사내아이의 노리개는 귀물이 되는 데 비해 계집아이의 노리개는 폐물이었다. 왜냐하면 아들이 없는 집안에서 사내아이의 노리개를 구하려고 애를 쓰는 까닭이었다. 사내아이의 노리개를 아들 못 낳는 여자가 지니게 되면 아들을 낳는다는 것이었다. 그러나 사내아이가 커서 노리개가 필요 없게 되어도 그 노리개를 아무도 아들 못 낳는 집에 주려고 하지 않았다. 그걸 넘겨주면 아들 낳는 정기가 그쪽 집안으로 흘러간다는 것이었다. 그러니 아들 못 낳는 집에서는 천상 그것을 훔치는 도리밖에 없었다. 그러나 그것이 쉬운 일이 아니었다. 아이들은 대개 그 노리개를 젖을 떼고 밥을 먹게 되면서 버리게 되는데, 아들이 있는 집안에서는 그것을 알뜰살뜰하게 간수했다. 그 노리개에다 귀한 오색실을 감아 안방에서 어머니가 실패로 두고두고 썼던 것이다. 그 오색실은 건강과 수명장수를 비는 것이었다.

공허는 아무리 생각해도 정표로 줄 만한 것이 없었다. 무언가를 남기면 인연의 끈에 자꾸 옭아매일지도 몰라 그냥 지나쳐버리자고도 생각했다. 그러나 앞으로 혼자 자식을 낳아 기를 사람에게 아무런 힘이 되지도 못하면서 그리 무정하게 할 것도 없었던 것이다. 어떤 정표를 남겨 혼자 살아야 할 고적한 삶에 힘이 될 수 있다면 굳이 피할 까닭이 없는 일이었다. 사람이란 지푸라기 하나에도 마음을 담으면 그것을 부처님이나 신령님보다 더 믿고 살게 되어 있었다.

공허는 이 생각 저 생각 끝에 비녀를 만들어주기로 마음 정했다. 부처님 앞에 면목 없는 일이지만, 그대의 머리를 새로 올려 내 아내를 삼는다는 뜻을 담은 것이었다. 물론 금비녀 은비녀는 아니더라도 백통비녀는 사줄 수 있었다. 백통비녀도 흔한 것은 아니었고 보통 아낙네들은 나무비녀를 사서 꽂았다. 그러나 금비녀 은비녀가 아닌 백통비녀가 호사가 못 되는 바에야 그것을 사주는 것은 별 뜻이 없었다. 그래서 손수 깎아주기로 마음먹었던 것이다.

비녀를 깎은 나무는 늙은 탱자나무였다. 유자는 남자에게 좋고, 탱자는 여자에게 좋아 여자가 탱자나무를 몸에 지니면 잔병 잔근심이 없어진다고 했다. 그리고 탱자나무는 대추나무처럼 그 억센 가시들로 모든 잡귀를 물리친다고 하여 집집마다 처마 밑에 꽂아두는 나무였다. 그런 탱자나무 비녀에 마음을 새기고 담았던 것이다.

"자네야 원체로 뱃보도 좋고 수완도 존게 능히 어떤 여자럴 홀겠을 것이여. 하면, 열 분도 더허고 남제."

지선은 혼잣말처럼 뇌까리고 있었다.

"어허 이사람아, 기왕이면 인물 훤출허니 잘나서 그렇다고 헐 일이제."

"어쨌그나 불지옥에 떨어질 것언 자네가 알어서 헐 일이고, 거 자네가 욕허든 죽산면 부자 왜놈 말이시, 요분에 또 못된 짓 혔등마."

"이? 그 하시모토놈이 또 무신 싹수머리없는 짓거리럴 혔는디?"

공허는 손놀림을 멈추며 고개를 들었다.

"사십구재가 들어서 알았는디, 그 못된 인종이 사람얼 죽게 맨들었드랑게. 밑구녕 째지게 가난헌 사람덜이 망자 한얼 풀어주겄다고 사십구재럴 올리는 판이라 차마 시주럴 받기가 에로와 그냥⋯⋯."

"이 답답헌 사람아, 말얼 그리 꺼꿀로 허면 어쩌는겨. 자네 밥도 꺼꿀로 묵는가!"

공허가 버럭 소리를 질렀다.

"아이고, 누가 땡초 아니라고 혈성불러 성질머리 급헌 것 허고 넌⋯⋯."

지선은 마땅찮은 눈초리로 공허를 꼬나보았다. 그는 자기가 베푼 선행이 공허가 하고 있는 일과 다르지 않다는 것을 먼저 알리고 싶었던 것이다.

"자네가 사십구재 공짜로 올려준 것이야 백번 잘헌 일잉게 그놈이 잘못헌 일이나 얼렁얼렁 말해 보소."

공허는 미안쩍은 웃음을 지으며 부드럽게 말했다.

"긍게로 말이시, 재작년에 망자의 노모가 중병이 들어 병구완허니라고 그 왜놈헌티 논문서럴 잽히고 고리채럴 얻었다는 것이여. 근디, 노모넌 돈만 홀라당 다 까묵고 멫 달 만에 죽어불고, 그 아덜언 돈얼 갚을 질이 없어서 차일피일 허다가 1년이 넘었다는 것이여. 다달이 이자 질어나는 빚돈얼 못 갚는 것이 늘 바늘방석이고 애가 타고 있는디, 요분 봄에 글씨 듣도 보도 못헌 소작인이 논얼 가로채고 들었드랑마. 불화로에 엎어진 것맨치로 놀래 무신 사단인지 알아봉게 그 왜놈이 헌 짓이드라는 것이여. 잽힌 논도 그놈 앞으로 넘어가 불고 말이시. 그려서 눈에 불얼 쓰고 따지고 든게 그 왜놈 허는 말이, 이자럴 다달이 안 내서 이자에 이자에 이자럴 물려 계산헝게 그리된다고 허드랑마. 근디, 첨에 돈얼 빌릴 적에넌 다달이 이자럴 못 내도 그리 계산헌다는 말언 없었다는 것이여. 그래 그것얼 따진게 왜놈 허는 말이, 그런 말이 따로 없었든 것언 으당 그리 계산헌다는 약조라고 험서, 억울허먼 법으로 따지잠서 더 만내주지도 않드랑마. 그 사람언 너무 기가 맥혀 소작인이 논에 들어서지 못허게 막았는디, 메칠 뒤에 주재소로 붙들려가 능신허니 매타작얼 당허고 나와 뒷산에서 목얼 매달아분 것이제."

"그런 오살육시럴 헐 놈이 있능가!"

공허는 불덩이를 왈칵 토해내는 것 같았다.

"토지조사 덕에 그놈이 죽산면서 질가는 지주가 됐다는 소문이여. 그리 지독시리 논얼 모아가면 얼매 안 있어 죽산면 땅이 다 그놈 차지가 될 것이라는 말이 자자허등마."

공허는 뿌드드득 이빨을 갈아붙였다.

지선이 말하는 그 소문은 과장이 아니었다. 토지조사를 최대한 이용해서 그동안 논밭을 늘려온 하시모토는 토지조사가 거의 완료된 상황에서 죽산면을 반이 넘게 차지한 대지주가 되어 있었다. 죽산면 사람들은 그의 땅을 밟지 않고는 동서남북으로 통행을 할 수가 없게 된 형편이었다. 그의 토지가 넓어지는 만큼 죽산면 사람들은 그의 소작인으로 변해갔다. 적토마를 타고 들판을 아무런 거침 없이 내달리는 그는 대지주만이 아니었다. 죽산면에서 제일가는 권력자이기도 했다. 면장도 주재소장도 그의 손아귀에 잡혀 있어서 그는 죽산면의 천황이고 총독이나 다름없었다.

그러나 그의 욕심은 거기서 끝나지 않았다. 그는 최소한 죽산면을 다 차지해야 한다는 처음의 꿈을 실현시키기 위해 눈을 부릅뜨고 있었다.

아지랑이가 숨막힐 듯 자욱하게 아롱거리며 피어오르는 속에 논마다 자운영 붉은 꽃들이 넘치도록 곱게 피어났다. 그 꽃들이 풋거름으로 땅에 파묻히면서 모내기가 시작되었다.

모내기가 막바지에 이를 즈음 총독부에서 마침내 토지조사사업 완료를 발표했다. 1918년 6월 18일이었다. 그 8년간에 걸친 사업으로 조선총독부는 조선땅의 45퍼센트를 차지한 최대 지주가 되어 있었다.

28

뙤약볕, 진펄밭

"니 일본으로 공부 떠난다는 것이 참말이냐 어쩌냐?"

정재규는 동생 도규와 마주앉자마자 마땅찮은 어투로 물었다.

"예…… 가야지요."

정도규는 눈길을 떨군 채 마지못한 듯 더디게 대꾸했다. 정도규는 우선 큰형이 자신의 일을 미리 알고 있다는 것에 기분이 상하고 말았다. 그건 아내에 대한 불쾌감이었다. 아내가 입을 열지 않았다면 큰형이 알 까닭이 없었던 것이다. 아내가 방정맞다 싶게 입을 놀린 저의는 뻔했다. 자신이 일본으로 떠나는 것을 싫어하는 아내는 시아주버니의 힘을 빌려 자신을 주저앉히려는 잔꾀를 부리고 있었던 것이다.

"경성꺼정 가서 공부럴 했으면 족허제 일본에넌 멀라고 또 갈라고 그라냐. 니도 총각이 아니고 처자가 딸린 몸잉게 인자 집안얼 잘 간수혐서 사는 것이 도리 아니겄냐."

정재규는 큰형으로서의 체통이 어울리도록 점잖게 말했다.

"아니, 공부가 다 끝난 것이 아니지요. 정작 공부는 이제부터 시작인걸요."

정도규는 무표정하게 대꾸했다.

"인자 시작? 요런 놈에 시상에서 베슬해 묵어질 것도 아닌디 돈 없애고 고상해 감서 공부넌 멀라고 더혀?"

정재규의 고까워하는 눈길이 동생을 훑고 지나갔다.

"글쎄요…… 애당초 벼슬하자고 공부한 건 아닌데요……."

정도규의 옆얼굴에 쓰고 떫은 웃음이 스쳤다.

"그려? 글먼 심심풀이로 공부럴 허는 것언 아닐 것이고, 어디다 써묵자고 일본유학꺼정 간다는 것이냐?"

정재규의 말투에는 동생의 어딘가를 찌르는 가시가 돋쳐 있었다.

"옛 성현들이 그리도 간곡하게 공부를 권한 것이 꼭 어디다 써먹으라고 해서 그랬던가요? 우선 사람이 되는 근본을 닦는 것이고, 그 다음 인간사를 위해 바르게 쓰면 더욱 좋은 것이지요."

마침내 고개를 똑바로 치켜든 정도규는 마치 책을 읽어 내려가고 있는 것처럼 말했다. 그 딱딱한 목소리는 말뜻과 어우러져 더없이 엄숙하면서도 냉정하게 들렸다. 무언가 억지소리를 하거나 트집을 잡고 들려고 하는 큰형의 마음을 알아차린 정도규는 단 일격으로 그 의도를 격파시킬 필요를 느꼈던 것이다.

"요런 놈으…… 일본책으로 신식공부만 했다는 놈이 꾸척시럽게 옛 성현들 말씀 들믹이는 것언 무신 맛이여……."

그만 할 말이 막혀버린 정재규는 눈길을 돌리며 꿍얼거리고 있었다. 그는 동생이 뭐라고 희떠운 변명을 하면 한마디로 내질러 일본유학을 막을 수 있는 말을 준비해 놓고 있었던 것이다.

그래, 신식공부 더 많이 해서 송수익 같은 얼개화꾼 돼갖고 집안 망칠라고 그러냐!

그러나 정재규는 오히려 동생의 역공을 받아 이 말은 꺼내보지도 못하고 말았다.

"그려, 니도 인자 니 재산 따로 지닌 성인잉게 니 일 니가 누구보담도 잘 알어서 허겄제. 헌디, 대학에 진학허면 무신 공부럴 헐 것이다냐?"

정재규는 옹색해진 입장에서 벗어나려고 별로 관심도 없는 말을 꺼냈다.

"이것저것 하고 싶은 공부는 많은데 좀더 생각해 봐야 되겠어요."

정도규는 또 군소리가 오가는 것이 싫어서 자세한 대답을 피해섰다.

"그려, 그것이야 니가 잘 알어서 헐 일이고……. 헌디, 일본유학언 이래저래 학비가 엄청시리 든다는 소문이든디, 공부 다 마칠 때꺼정 니 재산이 무사허겠냐 어쩌겠냐?"

정재규는 걱정하는 척하며 말머리를 돌리고 있었다.

"예, 대충 계산을 해봤는데 재산이 늘지는 못해도 축날 것 같지는 않더군요."

"어허, 거 무신 속 덜 찬 소리. 재산이야 세월이 감서 늘어도 온갖 시세 올르는 것에 비허자면 도로 그 푼수인 법인디, 세월이 멫 년이고 흘러가는디도 재산이 늘품 없이 그대로면 그것이 바로 축 나는 것이 아니고 머시냐."

한심스럽다는 듯 정재규는 혀를 찼다.

"별수 없지요."

그리 계산을 잘하면서 당신은 왜 맨날 주색잡기로 재산을 탕진하고 있소! 정도규는 당장 이렇게 쏘아대고 싶었다.

"헌디, 경성도 아니고 타국에 나가 있자면 재산 간수럴 잘해얄 것인디……."

정재규는 은근하게 말머리를 한 번 더 자기 쪽으로 돌리고 있었다.

"예, 그래서 이번에 단단하게 단속을 하기로 했어요. 애도 생기고 했으니 안사람도 언제까지 형님댁에서 폐를 끼칠 수도 없는 일이고 말이지요."

정도규는 딴살림을 나겠다는 뜻을 분명히 했다. 그건 재산을 탐하는 큰형의 저의를 차단하는 것이었다. 정도규는 그동안 여러 번 들어온 아내의 불평이 아니더라도 자신의 농토에서 거둬들인 수확이 큰형의 손에서 꽤나 많이 녹아났다는 것을 잘 알고 있었다. 그러나 새댁인 아내를 맡기고 있는 처지라서 그저 모르는 척 참아왔던 것이다.

"아니, 여자 몸으로 계수씨 혼자 살린다는 것이냐?"

정재규는 너무 뜻밖인 동생의 말에 놀라지 않을 수 없었다. 그러나 태연한 척 말을 꾸미는 것을 잊지 않았다.

"안사람이 어디 혼잔가요. 애가 있고, 식모에 행랑아범 식구에 꼴머슴까지 합하면 예닐곱이나 되는데요. 안사람이 새댁의 몸으로 혼자 그런 식솔을 거느렸으면 흉거리겠지요. 허나 이젠 자식이 딸린 몸으로 시아주버님댁에 기식하는 것이 흉거리가 되는 것 아닌가요."

정도규는 아주 부드럽고 여유 있게 담을 쳤다.

정재규는 다시 말문이 막히고 말았다. 그러나 계수를 놓친다는 것은 바로 적잖은 재산을 잃는 것이었다.

"나가 허는 말언 그런 말이 아니다. 여자 혼자 몸으로 한둘도 아닌 작인덜얼 어쩌크름 부리고 단속혀서 니 공부 뒷수발얼 헐라는지 걱정이다 그 말이여."

정재규는 손아귀를 빠져나가려는 몇천 원의 거금을 움켜쥐는 심정으로 말했다.

아아…… 돈이고 재산이면 체면이고 창피고 없는 사람. 저 모양이니 광복단을 경찰에 신고한 것 아닌가.

"그건 아무 걱정이 없어요. 행랑아범이 아주 실하고 믿을 만한 사람이거든요."

정도규는 굳이 밝히고 싶지 않았던 말을 털어놓고 말았다. 더 이상 이야기를 끌고 싶지 않았던 것이다.

"아니, 행랑아범이 누군디 그리 믿을 만허다는 것이냐?"

행랑아범까지 정해진 형편이면 딴살림 나는 것은 막을 도리가 없는 일이었다. 그런데도 정재규는 마지막까지 밀어붙이고 있었다.

"예, 마침 그런 사람을 구했어요."

정도규는 마음과는 다르게 말을 얼버무리고 말았다. 큰형이 끝없이 욕심을 부리는 것을 생각하면 사실대로 말해 버려 속을 뒤집어주고 싶기도 했다. 새로 들이기로 한 행랑아범 내외는 아내를 업어키운 사람들이었던 것이다. 그러나 큰형이 그 사실을 알게 되면 처가 쪽 사람들을 끌어들여 집안 망칠 놈이라고 화풀이를 하고 들 것이 뻔했던 것이다.

"그려, 어디 제금나서 살아봐. 행투 사납고 맘보 고약헌 작인놈덜 등쌀에 시상 사는 맛이 짭짜름허니 좋 것잉게."

정재규는 심통 사납게 오금을 박았다.

정도규는 그런 큰형을 물끄러미 바라보며 흐릿하게 웃었다. 큰형을 믿을 수가 없어서 일본유학을 떠나기 전에 아내가 딴살림을 나도록 일을 꾸미지 않을 수 없는 것이 한심스럽기도 하고 서글프기도 했다.

"헌데, 큰형님 신상 조심하는 것이 좋겠던데요. 광복단 비밀단원 수백 명이 암약하고 있다는 소문이니까요."

정도규가 불쑥 내놓은 말이었다.

"머시여?"

정재규는 화들짝 놀라며 금세 얼굴이 겁에 질렸다.

"그 사람들이 무슨 일을 하려고 암약하고 있겠어요."

정도규는 큰형의 가슴을 향해 두 번째 화살을 날렸다.

"헹, 즈그놈덜이 암약 아니라 무신 짓얼 해도 아무 걱정 없다. 나 옆에넌 항시 경찰이고 헌병덜이 있응게."

정재규는 큰소리를 쳤다. 그러나 얼굴은 더욱 겁에 질려 있었다.

육혈포가 경찰이나 헌병보다 빠르다는 걸 알아야지요.

정도규는 이 말까지 쏘아댈까 하다가 그만두기로 했다. 너무 겁에 떠는 큰형이 한심스럽기도 하고 가엾기도 했던 것이다.

"저어, 앞으로 또 군자금을 요구하는 일이 있을지 어쩔지 모르지만, 만약 그런 일이 또 생기면 돈을 안 줬으면 안 줬지 경찰에 신고 같은 건 안 하는 게 좋겠어요. 대의고 뭐고 따지기 전에 근동 사람들이 손가락질하고 비웃는 흉거리니까요."

정도규는 집에 돌아와 한 달 가깝게 참아왔던 말을 꺼내놓았다.

"머시여? 니가 그런 일 당해보도 않고 날 훈계허냐 시방? 허고, 숭언 어떤 놈덜이 숭얼 본다는 것이냐!"

정재규는 화풀이라도 하려는 듯 삿대질을 하며 소리를 질렀다.

"흉보는 소리야 세상은 다 아는데 당자만 모르는 것 아닌가요. 제 말을 못 믿겠으면 친척들한테 물어보세요. 작은 형님이 작인들한테 모질게 해서 욕먹는 것하고……, 우리 형제간이 그리 실인심 해 가며 살아서 좋을 게 뭐가 있나요."

정도규는 싸늘한 얼굴로 큰형을 쏘아보고 있었다. 만석꾼이 될 욕심에 미쳐 있는 작은형의 사나운 지주 노릇까지 생각하며 정도규는 심한 수치심을 느끼고 있었다.

"그려, 상규 그놈이야 진작보톰 욕얼 묵어왔다. 되지도 안 헐 만석꾼이 될 욕심으로 지끔 점심밥도 걸르는 판이니 작인덜헌테넌 얼매나 독허니 허겄냐. 욕얼 묵어 싸다. 실인심이야 그놈이 허고 있 응게 니 헐 말 있으면 거그 가서 속시언허니 다 혀라. 가, 얼렁 가!"

정재규는 휘이휘이 팔을 내저으며 동생을 외면했다. 그는 속이 켕 겨 동생과 더 마주 앉아 있을 수가 없었다. 또 무슨 흠집을 들춰 따 지고 들지 몰랐던 것이다. 도규는 이제 우격다짐이나 완력으로 누 를 수 있는 만만한 '막내동생'이 아니었다. 경성에서 공부를 한 몇 년 사이에 동생은 외모도 사리도 당당한 장부로 바뀌어 있었다.

정도규는 칙칙한 마음으로 큰형의 사랑방을 나섰다. 그는 삭막한 외로움을 느끼고 있었다. 큰형과 작은형은 두 가지 공통점을 가지 고 있었다. 큰형과 작은형은 서로 상종을 하지 않으면서 사신을 사 이에 두고 서로 헐뜯어대는 것이었다. 그리고 둘이 다 자신의 얼마 되지 않는 재산을 어떻게 해서든 긁어내리려고 욕심부리고 있었다.

"허, 작인놈덜 맘보가 얼매나 씨커멓고 숭허다고 그런 태평시런 소리 허고 앉었냐. 제수씨가 아무리 강단 있고 똑똑타고 혀도 여 자넌 여자여. 니 말이다, 천헌 중에 천헌 백정놈이라도 여자다 허 먼 콧방구보톰 꾸고 뎀비는 것이 조선 사내놈덜 쿠세라는 것 니도 잘 알지야? 아서라, 헛짚어 속병 생기덜 말고 나헌티 딱 맽겨라. 글 먼 니가 간수허는 것맨치로 재산얼 퐉퐉 늘쿼줄 것잉게."

작은형의 말은 큰형과 같은 내용이었다. 다만 다른 점이 있다면 큰형이 조심스럽게 말을 돌리는 데 비해 작은형은 아주 노골적이 었던 것이다.

"말은 고맙지만 내 재산까지 간수해 주려고 더 욕먹지 말고 작은 형님 재산이나 잘 간수하면서 욕 좀 덜 먹고 살도록 하는 게 좋겠어요."

정도규는 작은형의 들뜬 마음을 단념시키기 위해서도 그 말을 분명하게 했던 것이다.

"머시여? 어떤 놈덜이 날 욕헌단 말이여, 어떤 놈덜이여? 그놈덜이 누군지 당장 대. 그놈덜 소작얼 뺏어 굶겨죽이고 말 것잉게."

작은형은 펄펄 뛰었다.

"아니, 왜 이래요. 말을 그리 막 하면서도 양반체통 찾고 양반대접 받기를 바라는 거요? 그런 식으로 하니까 소작인들은 말할 것도 없고 다른 사람들까지 다 손가락질하고 욕을 하지요. 제발 그러지 말고 점잖게 좀 살아요."

"머시 어찌고 어쩌? 니 나가 안 헌 신식공부 잠 헜다고 나헌티 잘난 칙허는 것이냐, 시방? 요런 싹수없이 건방구진 새끼 잠 보소!"

눈을 부릅뜬 작은형은 곧 후려칠 것 같은 기세였다.

정도규는 한숨을 내쉬며 담장가를 따라 걸었다. 화단에 여름꽃 봉선화가 해맑게 피어 있었다. 빛깔은 화사하면서도 생김은 조촐한 봉선화를 보자 정도규는 문득 어머니 생각이 났다. 봉선화를 유난히 좋아하신 어머니는 늙어서까지 손가락에 봉선화물을 들이셨다. 그러나 어머니는 여러 손가락에 물들인 것이 아니었다. 왼쪽 새끼손가락 하나에만 물을 들이고는 못내 부끄러워하며 남들 눈에 띄지 않게 하려고 애썼다.

"그리워서⋯⋯."

어머니가 부끄러워하면서도 새끼손가락 하나에 봉선화물을 들이는 이유였다.

그리움 많은 어머니가 저세상으로 떠나면서 당부하고 당부하신 말이 동기간의 화목이었다. 그러나 만석꾼 재산을 놓고 화목은 깨질 대로 다 깨어져 있었다.

"어찌 되었능가요?"

정도규가 방으로 들어서자마자 아내가 물었다.

"⋯⋯당신이 바라는 대로 다 됐소."

얼굴이 약간 찡그려지는 정도규의 대꾸는 퉁명스러웠다. 그는 앉으려다 말고 다시 방문을 열고 나갔다.

"밥때가 다 됐는디 어디 가실라고요?"

곧바로 뒤를 따르는 아내의 말을 문 닫히는 소리가 토막을 냈다.

정도규는 무작정 대문을 나섰다. 아내와 마주 앉아 있을 심정이 아니었다. 자식이 생겼고, 돈이 많이 드는 일본유학을 하려면 그만 재산을 챙겨야 하지 않느냐는 아내의 말은 그른 데가 없었다. 그런데도 아내의 그 옳은 말이 왠지 마땅찮았고, 큰형을 만나 다 마무리를 지었는데도 마음은 개운하지를 않고 오히려 속이 상하고 화가 끓고 있었던 것이다.

뙤약볕 속에서 푸르름이 더 눈부신 넓고 넓은 들녘에 눈길을 던진 채 정도규는 잠시 어디로 갈까를 생각했다. 몇몇 떠오르는 얼굴들 중에서 하나를 골라냈다. 야학을 하고 있는 유승현을 찾아가기로 했다.

서당 공부를 함께했던 유승현은 성품이 활달하고 영리했다. 그도 경성유학을 원했지만 아버지가 허락을 하지 않았다. 독자라서 너무 먼 타관 생활을 해서는 안 된다는 것이었다. 그는 어찌할 수 없이 전주에서 중학교를 다녀야 했다. 그는 작년에 중학교를 졸업하자마자 서당을 차렸다. 그런데 서당규칙이 공포되자 그는 남들처럼 서당신고서를 낸 것이 아니라 서당을 야학으로 바꾸고 말았다.

"서당언 서당이고 야학언 야학잉게. 그놈덜이 야학얼 잡을라면 야학규칙얼 또 새로 만들어야 되제. 허나, 그때 가면 이짝서넌 또 딴 이름얼 맨들어붙이면 된단 말이시. 법이란 것이 만사형통인지 알아도 머리 써서 피허기로 들먼 별것이 아니란 말이여. 하하하하……."

유승현의 여유 넘치는 웃음이 그렇게 통쾌할 수가 없었던 것이다.

정도규는 유승현의 그 기민하고도 현명한 대응에 놀라지 않을 수 없었다. 만약 자신이 서당을 했더라면 그런 식으로 머리를 쓸 수 있었을 것인지 자신감이 생기지 않았다. 그런 유승현은 말벗으로서 언제나 흡족하고 편안했다.

진초록빛 가득한 들녘에 길만이 희게 드러나 있었다. 따가운 햇살이 내려쬐고 있어서 길들은 더욱 희고 눈부시게 보이는 것이었다. 이제 부잣집들의 볏가마도 다 동이 났는지 신작로에는 달구지들의 모습도 드물었다. 신작로 양쪽으로 줄지어 선 벚나무들은 한창 무성한 잎들을 드리우고 있었다.

정도규는 가로수 그늘을 밟고 걸으며 두 형을 생각하고 있었다. 서당 같은 것은 할 생각조차 하지 않은 두 형이 가상할 지경이었다.

"이랴, 달려라, 달려!"

"아야야야……"

"이번에 쓰러진 놈은 누구냐?"

"니 어디 다쳤나!"

대여섯 아이들이 뒤엉켜 노는 소리들이 왁자지껄하게 퍼지고 있었다.

정도규는 문득 걸음을 멈추었다. 그 아이들의 신명나는 외침이 한 가지 말만이 아니었던 것이다. 조선말과 일본말이 뒤섞이고 있었다. 아이들이라서 저렇게 사이좋게 놀 수 있는 것인가 하는 생각이 스치며 정도규는 걸음을 멈추게 되었다.

"이새끼, 또 네놈이 쓰러졌구나!"

일본말의 외침이었다.

삼베잠방이를 걸친 한 아이가 고개를 푹 떨군 채 옷을 털고 있었다.

"자아, 안 쓰러진 너희 둘이는 사탕 받고 빨랑 말을 짜!"

목소리가 다른 일본말이었다.

삼베옷을 입은 다른 두 아이가 손을 내밀었다. 그들의 손바닥 위에 사탕 하나씩이 떨구어졌다. 옷을 털고 있던 아이는 곧 울 것 같은 눈으로 사탕을 받는 두 아이를 쳐다보고 있었다.

"자아, 빨리 말을 짜!"

한 아이가 일본말로 외치며 삼베옷 입은 세 아이들에게 손짓했다.

삼베옷의 세 아이 중에 제일 몸집 작은 아이가 벚나무에 기대섰고, 두 아이는 허리를 반으로 굽혀 서로의 다리를 붙들며 말이 되었다.

"자아, 간다아!"

일본말을 외치며 한 아이가 뛰었다.

그 아이는 날렵하게 몸을 날려 말에 올라탔다. 말을 만들고 있는 앞쪽 아이의 허리가 휘청 휘어졌다.

"자아, 내 칼을 받아라!"

다른 아이가 칼을 뽑는 시늉을 하며 달려갔다. 그 아이의 몸이 바윗덩이 떨어지듯 말잔등에 얹히자 허리 굽힌 두 아이의 다리가 비틀거렸다.

"길을 비켜라, 대왕님 나가신다아!"

세 번째 아이가 일본말을 외치며 내닫고 있었다. 그 아이까지 올라타자 말은 아까보다 더 심하게 비틀거렸다.

"덴니 가와리데 후기오우쓰(하늘을 대신하여 불의를 치고)……."

말을 탄 세 아이가 저마다 팔을 치뻗고 엉덩이를 굴러대며 군가를 부르기 시작했다. 그 아이들의 목청이 커지고 몸을 심하게 굴러댈수록 말의 네 다리는 더욱 뒤뚱거리고 휘청거렸다.

"이새끼들아, 똑바로 서, 똑바로!"

다급한 일본말 외침이었다.

그 외침과 함께 기세 좋던 일본아이들이 와르르 무너져내렸다.

말이 쓰러지고 만 것이었다.

"아야야야……."

"아이고메 엄니!"

두 조선아이는 세 일본아이들 밑에 깔려 비명을 지르고 있었다.

"이번엔 어떤 새끼야!"

"에잇, 재미없어. 이새끼들 너무 기운 없어서 못쓰겠다."

"맞어, 이번엔 아무한테도 사탕 주지 말고 딴 놈들로 바꾸자."

일본아이들은 밑에 깔린 조선아이들은 아랑곳하지 않고 저희들끼리 불만을 터뜨리고 있었다.

일본아이들이 투덜거리며 몸을 일으키고 뒤이어 두 조선아이가 옷을 털며 무겁게 일어났다. 삐쩍 마른 두 아이의 얼굴에는 땀이 흐르고 있었다.

세 조선아이들 중에 두 아이가 손을 내밀었다. 먼저 쓰러진 아이는 기가 죽어 고개를 떨구고 있었다.

"안 돼, 너무 빨리 쓰러져서 아무 재미도 못 봤으니까 사탕은 못 줘."

한 일본아이가 사나운 기세로 말하며 팔을 내저었다.

"그래, 노래가 끝날 때까지 버티지 못했으니까 무효야, 무효!"

다른 아이가 칼칼하게 소리쳤다.

"너희들처럼 기운 없는 조센징새끼들은 틀려먹었어. 딴 놈들하고 바꿀 테니까 너희들은 꺼져버려!"

세 번째 아이가 조선아이의 엉덩이를 걷어찼다. 그러자 다른 두 아이가 조선아이를 하나씩 맡아 발길질을 했다. 엉덩이며 허벅지를 차인 세 조선아이들은 대항할 기미를 전혀 보이지 않고 비실비실 뒷걸음질을 쳤다.

여지껏 먼발치에서 아이들의 일거일동을 지켜보고 있던 정도규는 그만 분이 치솟았다.

"이놈들아, 그게 무슨 짓이야!"

정도규는 걸음을 빨리 옮기며 소리쳤다. 그의 입에서 터져 나간 것은 일본말이었다.

"조센징이다, 도망가자!"

일본아이 하나가 잽싸게 뛰기 시작했다. 다른 두 아이도 뒤따라 뛰었다.

일본아이 셋은 순식간에 가까이 있는 집 안으로 자취를 감추었다. 전형적인 일본농가 네 채가 서로 의지하듯 자리잡고 있었다. 정도규는 걸음을 멈추며 잠시 생각했다. 더 뒤쫓지 않는 것이 좋을 것 같았다. 어른들을 본받고 있는 일본아이들에게 그 어떤 말도 먹혀들 것 같지 않았고, 어쩌면 그것이 어른들의 시비로 확대될 염려도 있었다.

"쩌어…… 쟈덜얼 그리 나무래고 겁믹이면 안 되는디요……."

한 아이가 정도규의 눈치를 보며 머뭇머뭇 말했다.

"왜, 내가 간 다음에 저애들한테 얻어맞을까 봐서?"

정도규는 울컥 속이 상해 세 아이들을 훑어보았다. 기름기라고는 없이 꺼칠하게 마른 몰골이며 낡은 삼베입성에 맨발인 아이들한테서는 가난이 질질 흘러내리고 있었다.

"고것이 아니고……."

"우리 소작 띠인단 말이어라."

다른 아이가 또랑한 소리로 말을 이었다.

뭣이라고……!

정도규는 가슴이 컥 막히는 것을 느꼈다. 그리고 자신의 생각이
뒤집히는 혼란에 빠졌다. 그까짓 사탕을 얻어먹기 위해서 말 노릇
을 하는 아이들의 비굴을 미워했고, 얻어맞고도 아무런 대항을 하
지 못하는 비겁을 쥐어박고 싶었었다.

그러나 그런 행위가 모두 소작을 뺏기지 않기 위해서라면 자신
의 감정이나 생각은 너무나 단순했던 것이다. 그리고 자신이 끼어
든 것이 아이들을 도운 게 아니라 오히려 나쁘게 만든 것이었다.

정도규는 이것저것 물어보고 싶었다. 그러나 소작을 떼이지 않
기 위해 저희들을 괴롭히고 때린 일본아이들을 나무라거나 겁먹
이지 말라고 분명히 말한 이상 다른 물음은 다 부질없는 것이었다.
정도규는 새삼스러운 눈으로 아이들을 살펴보았다. 땀과 흙먼지가
범벅이 되어 땟국이 흘러내리고 있는 아이들의 지친 얼굴이 대견
하고 장해 보였다. 그 얼굴들은 왜놈의 소작농사를 짓느라고 뙤약
볕 속에서 팥죽땀을 흘리고 있을 제 아버지들의 모습과 다를 것이
없다 싶었던 것이다.

"그려, 소작얼 띠이면 안 되제. 이 아자씨가 잘못 생각했다."

정도규는 일부러 고향말을 쓰며 아이들에게 웃음지었다. 아이들

이 쭈뼛거리며 웃을 듯 말 듯 했다. 정도규는 차례로 아이들의 머리를 쓰다듬어주고 돌아섰다.

푸르른 들판에 불볕이 쏟아져 내리고 있었다. 살갗에 바늘끝처럼 따끔따끔 내리꽂히던 뙤약볕은 들녘을 달구고 달구어 점심때에 이르자 불볕으로 변하고 있었다. 한낮의 불볕은 들녘에 있는 모든 것을 태우고 있었다. 농부들의 살갗을 태우고, 소의 잔등을 태우고, 땅을 태우고, 논배미의 물을 태우고, 날짐승이며 곤충들까지 태웠다. 땅이 훅훅 내뿜는 열기와 논물을 뽀글뽀글 거품으로 피워 올리는 물기로 들녘은 이 세상에서 가장 큰 가마솥이 되어 후끈후끈 숨이 막혔다.

그 지독한 무더위를 피해 하얀 자태의 황새도, 부지런하기로 이름난 제비도 어디로 갔는지 보기가 드물었다. 그리고 메뚜기들도 볏잎 뒤에 찰싹 붙어 꼼지락을 하지 않았고, 물방개나 소금쟁이들도 죽은 듯이 움직임이 없었다. 그런데 사람들은 그 불볕더위를 무릅써가며 논매기를 하거나 물푸기를 하는 것이었다. 사람은 다른 날짐승들이나 곤충들보다 더위를 잘 견디어내서 그러는 것인가. 아니면 벼들처럼 무더운 것을 좋아해서 그러는 것인가. 이것도 저것도 아니었다. 사람들은 쌀을 먹기 위하여 무더울수록 잘 자라는 벼들을 제때에 맞춰 북돋아주어야 했던 것이다.

정도규는 쥘부채도 없이 들길을 걸으며 농부들을 유심히 살피고 있었다. 불볕에 온몸을 태우며 일을 하고 있는 그들 태반이 소작농이라는 사실을 마음에 새기고 있었다. 가을걷이를 해서 절반을 지주에게 바쳐야 하는 소작농들은 자작농들보다 두 배의 고통을 당하는 셈이었다. 소작농들의 그런 처지를 깨닫게 된 것은 불과 얼마 전의 일이었다.

정도규는 남녀 장승이 나란히 서 있는 곳에서 마을 쪽으로 발길을 돌렸다. 소쿠리를 묵직하게 인 아낙네가 왼팔을 휘저으며 바삐 지나갔다. 그 아낙네의 체취인 양 반찬냄새가 물큰 풍겨왔다. 정도규는 문득 시장기를 느끼며, 그 아낙네가 남편의 점심을 해 내가고 있다는 것을 알았다.

아낙네의 네댓 발짝 뒤에 호리병을 받쳐든 아이가 맨발로 종종걸음을 치며 따라가고 있었다. 아이의 종종걸음을 따라 땋아내린 머리끝이 팔짝팔짝 함께 뛰고 있었다. 아이가 받쳐든 호리병에는 제 아버지가 마실 막걸리가 들어 있을 것이었다.

정도규는 아낙네와 아이의 뒷모습을 물끄러미 바라보고 있었다. 혹시 저 집도 왜놈의 소작을 부치고 있는지도 모를 일이었다. 그러나 그 모자의 모습은 더없이 흐뭇하고 훈훈해 보였다.

마을 앞 당산나무 아래서는 네댓 사람이 말다툼을 벌이고 있었다. 열기 묻어나는 그들의 목청은 사방으로 퍼져나가고 있었다.

"아니, 자네가 사람이여? 그런 드런 일 저질렀으면 낯짝얼 못 들 판에 머시가 잘났다고 입얼 놀리고 그려."

"아, 글씨, 나가 잘못헌 것이 머시가 있다고 이려. 내 논 나가 안 찾기로 헌 것이야 다 내 맘대론디 어째 이려."

"고것이 무신 개잡소리여. 모다 심얼 합쳐 전답얼 찾기로 혔으면 그 약조럴 끝꺼정 지켜야 옳제 중도에서 살짝 왜놈 편으로 돌아스고도 잘못이 없단 말이여?"

다른 목소리의 외침이었다.

"왜놈 편언 머시가 왜놈 편이여. 논 되찾을 가망은 감감허고, 새끼덜 델꼬 묵고살기넌 해야겄고, 나도 내 논 아까운지 암스로도 저질른 일잉게 배 놔라 감 놔라 허덜 말어."

"참말로 요리 뻔뻔허니 나올 챔이여? 자네가 우리 땅 차지헌 왜놈헌티 논 안 찾겄다고 손도장 눌러주면 우리 일도 자꼬 꾀이고 에로와진단 말이여. 이 쉬운 이치럴 못 알아묵겄어? 허고, 논 안 찾기로 헌 것도 어디헌디 왜놈헌티 애걸복걸허서 마름자리 차지헌 것이 어디 사람이 헐 짓이냔 말이여. 그것이야 백여시 짓거리고 똥강아지 짓거리제."

또다른 목소리의 공박이었다.

"머시여, 백여시고 똥강아지?"

"그려, 니놈 혼자 잘 묵고 잘살자고 한맘으로 뭉친 이웃간 다 속이고 왜놈 찾아댕김서 마름자리 얻어낸 니놈언 백여시고 똥강아지도 과만혀. 니놈언 시궁창에 생쥐새끼고, 똥통에 구데기여."

"머시여! 니 뒤질티여."

공격을 당하던 남자가 한 남자의 멱살을 잡아챘다.

"온냐, 기둘리고 있었다!"

멱살을 잡힌 남자도 잽싸게 상대방의 멱살을 맞잡았다.

"아서, 아서, 이러덜 말어."

"참어, 참어. 넘세시럽게……."

두 남자가 양쪽에서 뜯어말렸다. 금방 치고받을 것처럼 멱살잡이를 하고 나섰던 두 사람은 욕 시합이라도 하는 것처럼 서로 걸쩍하게 욕을 퍼부어대면서 멱살을 풀고 물러섰다.

정도규는 당산나무 그늘가에서 땀을 닦으며 그들을 지켜보고 있었다. 흥정은 붙이고 싸움은 말리라고 했다. 또 이웃간에는 말싸움을 넘어서지 말고, 어떤 경우든 싸움을 말리면 말을 들어야 한다고 했다. 하나는 흔히 떠도는 속담이었고, 다른 하나는 오래 전해져 내려오는 향약(鄕約)이었다. 그들은 속담이며 향약을 잘 지키며 따르고 있었다.

"저런 드런 놈언 당장 동회(洞會)럴 열어서 동네서 몰아내야 혀!"

먼저 멱살을 잡혔던 남자가 삿대질까지 해대며 기세등등하게 외쳤다.

"허! 시상이 어찌 변헌지도 몰르고 자다가 봉창 뚜딜기고 앉었네. 동회가 힘쓰든 시절언 발쎄 지내갔다는 것이나 똑똑허니 알고 입 놀리드라고."

일본지주의 마름이 되었다는 남자가 코웃음을 쳤다.

"머시여, 요런 똥물에 튀길 놈아! 지아무리 왜놈덜 시상이 됐어도 우리 향약언 향약이여."

"그려, 나럴 내몰기로 결정해 보드라고. 내몰아지능가 어쩌능가. 이장에, 주재소에, 법이 다 있는디 누구 맘대로 내몰아, 내몰기넌!"

그 남자는 오히려 기세를 올리며 침을 내뱉었다.

"머, 머시여……!"

"저 사람 환장이시……."

"아이고, 저 똥뱃짱……."

그들은 다같이 어처구니없어했다. 그런데 그들의 기세는 어딘가 한풀이 꺾여 있었다.

정도규는 문득 당황스러워졌다. 동회를 열어 출향(黜鄕)을 결정했는데도 막상 벌을 받은 자가 이장이며 주재소의 힘을 동원해 마을을 떠나지 않겠다고 버티면 어찌할 것인가. 더구나 그자가 일본 사람들과 이런저런 관계를 맺고 있을 경우에는 동네서 몰아내기란 어려울 것이 분명했다.

정도규는 뜻밖에도 동회가 있으나마나가 되고, 향약이 아무 쓸모가 없게 된 것을 깨닫고 있었다. 그 깨달음과 함께 정도규는 새로운 사실을 알아차렸다. 그건 다름 아니라 총독부의 무력지배가 우리의 생활까지 얼마나 속속들이 파괴하고 있는가 하는 점이었다.

동회는 향촌 어디에서나 저마다 운영하는 마을사람들의 모임이었다. 동네마다 당산나무가 있듯 동회가 없는 마을은 없었다. 동회는 마을을 위해 서로 힘을 모아야 하는 대소사에서부터 공동의 질서와 규율에 이르기까지 모든 것을 논의하고 결정하는 모임이었다.

동네제사 날짜, 계모임, 두레와 품앗이 순서, 농로나 수로 보수의 부역, 명절놀이 계획, 예절과 풍기, 각종 부조, 남녀 품삯, 구휼 같은 것을 결정해서 서로서로 힘을 합쳐 돕고 마을이 화목하고 평온하게 유지되게 하는 것이었다. 그런 여러 가지 마을일들을 결정하는 기본이 되는 규약이 바로 향약이었다.

열 살 안쪽의 나이는 상호 이해로 호형호제하며 우의를 나눌 수 있으나, 십이지간이 넘는 연장자는 부모 맞잡이로 대해야 한다. 어른은 하루 열 번을 대해도 공손히 인사해야 하고, 손아랫사람에게는 언제나 다정해야 한다.

향약은 대개 이렇게 시작되었다.

남녀는 길에서 서로 내외해야 하며, 특히 남자는 부녀자들을 희롱해서는 안 된다. 과객에게는 성의껏 밥과 잠자리를 마련해 주어야 하며, 걸인을 천시하거나 괄시해서는 안 된다. 대소 경조사에는 품삯 없이 정성으로 도와야 하며, 주인은 그 고마움을 두고두고 갚아야 한다. 어떤 연장이나 농기구든 빌려주는 데 인색해서는 안 되며, 빌려가는 사람은 그 물건들을 귀히 쓰되 손상을 시켰을 때는 즉시 변상하고 사과해야 한다. 이웃집에 불이 나면 모두 함께 나서서 불을 꺼야 하고, 양식을 각출할 뿐만 아니라 복구에 정성을 모아야 한다. 옆집 굴뚝에 사흘 가까이 연기가 나지 않는 것을 모르고 지내서는 안 된다.

이런 내용들인 향약을 어겼을 때는 동회가 열려 처벌이 내려졌다. 동네 고랑치기에서부터 태형까지 처벌은 엄했다. 동회의 결정은 동네에서 제일 덕이 높은 연장자가 장이 되어 여러 유지들과 합의했다. 그런데 동회에서 내리는 가장 큰 벌이 바로 출향이었다. 마을에서 내몰리는 그 벌은 죽음이나 마찬가지였다. 그 벌을 받은 사람은 소문 때문에 인근 100리 안에서는 살 수가 없으니까 아무 연고도 없는 수백 리 밖으로 떠나야 했던 것이다. 어느 동네에서나 출향 당한 자는 사람 취급을 하지 않았고, 물론 받아들이지도 않았다.

간통이나 근친상간을 저지른 자, 주색잡기가 고질이 된 자, 성품이 나빠 고자질 이간질로 계속 분란을 일으키는 자, 혼자 이익을 위해 많은 사람들에게 피해를 입히거나 동네를 욕되게 한 자들이 대개 내몰림을 당하는 것이었다.

그렇게 보면 지금 여러 사람들에게 공박을 당하고 있는 그 사람은 마땅히 출향감이었다. 그는 당장 자기만 편하게 살기 위해서 여러 사람들을 속이고 일본인 지주와 내통해서 마름자리를 따낸 것이었다. 그 행위는 자기의 이익 도모로만 끝나는 것이 아니라 억울하게 빼앗긴 농토를 되찾으려고 이의를 제기해 놓고 있는 동네사람들에게 곧바로 피해를 입히는 것이었다. 그가 총독부의 처사를 옳다고 인정하고 토지소유권을 포기해 버린 것을 일본인 지주는 한 동네 사람들에게로 직결시켜 악용할 수 있었던 것이다.

그가 저지른 죄는 자기 이익만을 위해 이웃들을 속이고 피해를 입게 한 파렴치함만이 아니었다. 그는 일본인 지주의 발밑에서 마름이라는 종 노릇을 하고 나섬으로써 마을사람들의 체면을 더럽히고 감정을 상하게 한 것이었다.

그러나 그가 일본인 지주와 주재소의 보호를 받게 되면 동회의 출향 결정은 아무 소용이 없게 될 판이었다. 무장한 일진회 회원들 앞에 조선의 국법은 걸레쪼가리였듯이 이제 총독부의 힘에 실오라기만큼이라도 연결된 자들 앞에서는 동회의 존엄도 향약의 강경함도 한낱 종이호랑이에 불과했던 것이다.

정도규의 눈앞에는 아버지가 주관하곤 했던 동회의 광경이 선했다. 동회가 열리는 날이면 집 안팎에 팽팽한 긴장이 감돌았고, 꼭 새 옷을 갈아입는 아버지는 딴사람처럼 보이고는 했다. 정도규는 어느 한 부분이 허물어지는 것 같은 상실감과 허전함을 느끼며 궐련에 불을 붙였다.

"저놈이 저리 뻔뻔하고 속이 시커먼지 몰랐네그랴. 열 질 물속언 알아도 한 질 사람 속언 몰른다는 옛말이 어찌 그리 똑 맞는고!"

"아니여, 저놈이 본시 속이 웅큼헌 디가 있었어. 울력에 나스면 뒷짐지고 담배 꼬실리고, 윷 놀면 스리슬쩍 말자리 눈속임허고 들고……."

"그나저나 저놈 말대로 주재소에서 나서서 출향얼 막으면 으쩌제?"

"아이고, 인자 다 망헌 놈에 시상이여. 출향이 정해지면 저놈이 그냥 당허고 있을 인종이 아니고, 주재소서 나스면 당헐 장사가 어딨겄어."

"참말로, 인자 봉게 망쪼가 들어도 매듭매듭 골골이 안 든 디가 없구마 이."

"그야 그렇겄제. 대가리 썩은 괴기 꼬랑댕이 성허기럴 바래겄어."

"땅 찾아질 가망언 막막허고 소작질 해묵음서 살기넌 꽉꽉헌 뻘밭인디 저런 느자구없는 인종덜언 날로 달로 늘어만 가니 좋아지는 것언 왜놈덜 아니여?"

"긍게로 큰탈난 일이제. 왜놈덜 시상 10년이 낼 모렌디, 이러다가 넌 이삼십 년 그냥 지내가는 것 아닐랑가 몰라?"

"이사람아, 헛말이라도 그런 징헌 소리 허덜 말어. 이삼십 년이면 우리가 다 꼬부라지고 저승객이 되고 헐 세월이여."

"하이고, 그리 숭허게 돼서야 안 되제. 참말이제 이래 갖고넌 더 는 못살겄는디 무신 수가 잠 안 날랑가."

한 남자가 가슴이 무너져내리듯 한숨을 토해냈다.

"그려, 무신 수가 나기넌 나야는디……."

그 옆의 남자도 고개를 떨구며 짙은 한숨을 토해냈다.

"말덜 말어. 속에서 천불만 끓제 무신 수가 나겄능가. 어디서 무신 수가 나기럴 바램서 이러고 앉었던 우리가 다 빙신이고 팔푼이제."

다른 남자가 뿌드득 이를 갈았다.

정도규는 소리 없이 당산나무 그늘을 벗어났다. 그의 입에서도 가느다란 한숨이 흘러나왔다. 그동안 집에 머무르면서 날마다 접촉하는 것은 농토를 빼앗긴 농민들의 뜨거운 원한이었다. 경성에서 는 그다지 실감나게 느끼지 못했던 일이었다. 그런데 농민들의 그 원한을 풀 수 있는 길은 보이지 않았다. 아니, 원한을 풀 길은 신작 로처럼 확연하게 드러나 있었다. 왜놈들을 이 땅에서 몰아내는 것 이었다. 그러나 그 길을 어떻게 열어나가느냐가 문제였다. 그 문제 앞에서 답은 막막하기만 했다.

정도규는 남모르는 부끄러움을 느꼈다. 학교에서 가까운 동무들 끼리 독립의 방책에 대해 논의하고는 했었다. 그러나 그건 농토를 빼앗긴 많은 농민들이 당하고 있는 절박한 고통에 비하면 너무 한가하고 피상적이었던 것이다.

유승현은 집에 있지 않았다.

"주재소에 잽혀가셨구만이라우."

행랑아범이 곧 울 것처럼 말했다.

"주재소에? 어찌 된 일인가?"

"야학서 멋얼 잘못 갤챴다고…….""

"언제 변을 당하셨나?"

"이틀 됐구만이라우."

"이런 참, 어찌 되실지 아는가?"

"집안이고 문중서 나섰는디…… 지넌 잘 모르겠구만이라."

"왜놈들이 매질 같은 못된 짓은 하지 않는가?"

"야아, 문중서 원체로 씨게 나슨게 그 짓언 못헌다고 허드만요."

"그나마 다행이로군…….""

정도규는 더 물을 말이 없어서 다시 불볕 속으로 나섰다.

정도규는 또 막막함을 느꼈다. 유승현이 야학에서 무엇을 잘못 가르쳤는지는 궁금할 것도 없었다. 일본을 쳐없애자거나 독립군으로 나서자거나 하는 식으로 선동을 했을 리는 없었던 것이다. 다만 서당에서 가르치지 못하게 하는 학과를 가르친 정도일 것이다. 유승현은 그러기 위해서 서당을 야학으로 바꿨을 것이고, 관에서는 그것마저 용납하지 않으려고 잡아갔을 거였다.

정도규는 시장기도 잃고 점점 더 후끈거리는 들녘을 바삐 걸었다. 들녘에는 이제 농부들의 모습도 보이지 않았다. 점심을 먹은 농부들이 새 기운을 살리려고 불볕을 피해 그늘에서 한숨씩 잘 시각이었다. 정도규는 땀을 뻘뻘 흘리며 주재소를 찾아가고 있었다.

"면회? 당신 누군데?"

주재소장은 사나운 눈초리로 정도규의 위아래를 훑었다.

"예, 오랜 글벗입니다."

"글벗? 그럼 당신도 서당이나 야학 벌여놓고 있나?"

"아닙니다."

"아니라고? 성명, 주소를 대."

정도규는 무표정하게 이름과 주소를 댔다.

"당신은 왜 서당이나 야학을 안 하지?"

"경성에서 학교를 다녔고, 곧 일본으로 유학을 떠날 겁니다."

"유학? 유학을 안 떠나면 당신도 야학을 벌였겠지?"

"글쎄요, 유학은 오래전부터 생각해 왔던 거니까요."

주재소장은 아니꼽다는 듯 정도규를 다시 노려보았다.

"유승현이란 자가 야학에서 뭘 가르쳤는지 아나?"

"잘 모릅니다."

"그놈은 중형감이야. 면회는 안 돼."

주재소장은 고개를 돌려버렸다.

정도규는 다시 한 번 사정을 해볼까 하다가 어금니를 맞물며 돌아섰다.

불볕은 줄기차게 쏟아져 내리고 있었다. 정도규는 심한 갈증과 허기를 느끼며 다시 불볕 속을 터덕터덕 걷기 시작했다. 무더위가 지글거리고 있는 들판은 진펄밭처럼 걷기가 힘들었다. 그는 뜨거운 진펄밭에서 허우적거리는 수많은 사람들을 보고 있었다. 그 속에 오늘 본 아이들과 농부들도 섞여 있었다.

29

만주의 함성

양치성은 한패를 이룬 다른 등짐장수 두 명과 함께 필녀네 동네를 찾아들었다. 이번으로 세 번째 걸음이라서 그의 발길은 사뭇 가볍고 마음도 꽤나 느즈러져 있었다. 그러나 경계심과 긴장마저 풀려 있는 것은 아니었다. .

양치성은 다른 집들을 피해 필녀네집으로 먼저 들어섰다. 저녁밥때가 되어서 집집마다 연기가 피어오르고 있었다. 양치성은 일부러 그 시각에 발걸음을 맞추었던 것이다. 들일이 아무리 바쁘더라도 여자들은 그 시각에 꼭 집에 붙어 있게 마련이었던 것이다.

"기신게라? 아이고, 시장헌거."

양치성은 마당으로 들어서며 무척 임의로운 척하며 목청을 높였다.

"거그 누구다요?"

낮은 처마 밑으로 연기가 번져나오는 부엌에서 여자 목소리가 카랑하게 울렸다.

"나요, 얼띠기 장사꾼 양가요."

"머시여? 우리 고향땅 까마구!"

반색을 하는 외침과 함께 필녀가 부엌에서 뛰쳐나왔다.

"그간에 무고허셨소?" 양치성도 곧 손이라도 움켜잡을 듯 반가워하면서, "새댁언 세월얼 꺼꿀로 묵능가 어쩐가 영판 더 이뻐지고 젊어져 부렀소 이." 필녀에게 끈적한 눈길을 보내며 이렇게 능치고 들었다.

"음마, 벨소리 다 허고 그요. 땡볕에 농새짓니라고 씨꺼먼 화상인디라."

필녀는 얼른 얼굴을 가리며 고개를 약간 놀렸다. 그러나 양치성을 흘겨보는 눈길이며 햇볕에 그을은 얼굴에는 부끄러워하는 듯한 기쁨이 그 어떤 화사한 꽃처럼 피어나고 있었다.

"아니, 헛소리가 아니고 참말로 이뻐졌소. 강샌, 천샌, 나 말이 어쪘소?"

양치성은 뒤를 돌아보았다.

"두말하면 잔소리 아니오. 내 눈에도 우리 새댁이 이뻐졌소."

움펑눈의 남자가 얼른 맞장구를 쳤다.

"그러믄요. 우리 새댁이야 맘씨가 고우니까 인물도 자꾸 이뻐지는 거 아니요."

곰보딱지 남자가 추임새를 넣었다.

"아이고메, 멀미 날라고 그러요. 얼렁 짐덜이나 벗고 앉으씨요."

필녀는 더 달아오른 얼굴로 손을 내저으며 부엌 쪽으로 돌아섰다.

"물 잠 얻어묵으먼 좋겄소."

양치성은 느긋한 심정으로 말했다.

"야아, 날도 징허게 덥소."

필녀의 목소리에는 신바람이 실려 있었다.

흥, 저것도 여자라고 약효는 언제고 직방이시. 하여튼지 간에 여자라는 종자는 모지래도 많이 모지래는 짐승이여. 늙으나 젊으나 간에 이쁘다고 간지럼얼 태우기만 허면 그저 만병통치에 만사형통이라닝게.

양치성은 필녀의 가뿐한 뒷모습을 눈길질하며 입꼬리 비틀리게 비웃음을 흘리고 있었다.

"이 삼복더우에 장시가 잘되덜 안헐 것인디 먼 질얼 나섰소 이."

필녀는 물사발 세 개를 나란히 얹은 소반을 내려놓으며 걱정스럽게 말했다.

"장사 잘 안 되는 철이라고 나무그늘에서 낮잠이나 잘 수는 없는 일 아니오. 여름장사 잘해봐야 외상장산데, 외상이라도 깔아놔야 단골 안 잃고 굶어죽지 않을 게니 사시장철 부지런히 싸돌아다녀야 하는 것이 이 잘난 장사꾼 팔자 아니겠소."

양치성을 앞질러 곰보딱지가 장사꾼답게 너스레를 털었다. 장삿짐을 풀지도 않았으면서 그는 벌써 외상을 줄 수 있다고 손님 마음에 바람을 넣고 있었다.

"아이고, 외상언 아무나 묵어진다요. 그런 팔자라도 됨사 머시가 부럽겄소."

필녀는 한숨을 폭 내쉬었다.

"아, 외상이면 소도 잡아먹는 판인데 뭐가 걱정이슈."

움펑눈의 남자가 움푹 들어간 눈을 키우며 친근한 척 씨익 웃었다.

"우선 묵기년 꼬깜이 달제라."

필녀의 대꾸는 야무졌다.

양치성은 두 사람의 수작에 끼어들지 않고 물사발을 다 비웠다.

"동네사람덜언 다 벨일 없소?"

양치성은 입술을 훔치며 필녀를 쳐다보았다. 그 말은 예사스러운 인사치레 같았다. 그러나 양치성은 그런 말대꾸로 불쑥 튀어나올 수 있는 어떤 정보를 노리고 있었다.

"야아, 다덜 그작저작이제라."

필녀의 대꾸는 심드렁하기 그지없었다. 양치성은 재빨리 그 다음 고개로 넘어가기 위해 주머니에 손을 넣었다.

"옜소, 요것 벨것 아닌디 나 맘잉게 새댁 것으로 허씨요."

양치성은 필녀의 앞에 불쑥 손을 내밀었다. 그가 펼친 손바닥 위에는 꼭 화투짝만한 조그만 물건이 놓여 있었다.

"아니, 요것이 머시다요?"

필녀는 그 조그만 물건에 눈길이 쏠리는 순간 말보다 먼저 그것이 손거울이라는 것을 알아보았다.

"지니기 편허게 맨든 색경 아니오."

양치성은 필녀의 마음을 동하게 만들려고 이렇게 설명하며 어서 가지라는 듯 필녀 앞으로 손을 더 내밀었다.

"아이고메 시상에나 색경얼 어찌 요리……. 근디, 요 귀헌 것이 영 비쌀 것인디 나가 어찌……."

필녀의 상기된 얼굴에는 욕심과 망설임이 뒤엉킨 마음이 그대로 드러나 있었다. 그리고 그녀의 손도 그 앙증맞은 손거울을 곧 집을 듯 말 듯 하며 잘게 떨리고 있었다.

양치성은 그렇게 동요하는 필녀의 마음을 환히 들여다보며 낚싯 줄을 채듯 한마디 던졌다.

"사람이 어찌 수국이 것만 장만헐 수 있겠소. 그래 하나썩 장만 혔소."

"워메, 그려라?"

필녀는 얼굴이 활짝 밝아지며 손뼉을 찰싹 쳤다. 그리고 순식간에 손거울을 집어들었다.

"하이고, 참말로 예절 바른 총각이여 이. 중신애비헌티도 이리 공평허니 맘쓸지 알고 말이여. 나가 짐이 무거와지는디 으째야 쓸꼬."

손거울을 두 손바닥으로 감싸들고 필녀는 좋아서 어쩔 줄 몰라 하면서도 한편으로는 이렇게 마음의 부담을 덜려 하고 있었다.

"하먼이라, 중이 지 머리 못 깎는 법인게 다 새댁 손에 달렸소. 요것 수국이헌티 전해주씨요."

양치성은 부끄러운 척 말하며 또 하나의 작은 손거울을 꺼내놓 았다.

"아이고, 수국이도 아조 좋아라 허겄소. 그나저나 요리 이쁘고 암팡진 색경이 어디서 났드라요? 나넌 생전 첨 보는 것인디."

필녀는 수국이의 손거울을 집어들며 더욱 들뜨고 있었다. 수국이 덕에 그 희한한 물건을 얻게 되었으니 아무런 부담이 없었던 것이다.

"고것이 요새 새로 생겨난 것이다요. 수국이 맘에 들랑가 몰르겄소."

양치성은 계획대로 필녀의 마음을 사로잡은 것에 더없이 만족을 느끼며 겉으로는 이렇게 능청을 떨고 있었다.

"아이고, 수국이넌 걱정 안 해도 돼요. 갸넌 나보담도 이쁜 것 더 좋아헝게, 나가 맘에 들면 갸넌 더 좋아라 헐 것이요. 근디, 요것이 새로 나온 신식물건이면 영판 비싸딜 안컸소?"

필녀는 양쪽 손바닥에 하나씩 올려놓은 거울 중에서 더 좋은 것을 고르려는 듯 번갈아 보아가며 물었다.

"지까진 것이 비싸면 얼매나 비싸겄소. 다 사람 맘이 중헌 것이제."

양치성은 더욱 능청을 떨고 나섰다. 그건 자신의 신분을 감추는 동시에 남자답다는 것을 과시하려는 양수겸장이었다.

"맞어, 이 도령이야 양반 지체도 내던지고 사랑놀이에 나선 판인데 그까짓 잔돈 몇 푼이야 아무것도 아니지."

움펑눈의 남자가 곰방대만 빨고 있기 심심하다는 듯 한마디를 걸쳤다.

"아니야, 아니야. 그 수국인가 모란인가 하는 처녀는 참 이런 만주땅에 박혀 있기 아까운 미색이야. 그런 처녀 차지할 속셈이면 그보다 몇십 배 돈을 써도 안 아깝지 뭐요. 내가 이런 빡빡 곰보만 아니었어도 있는 돈 다 털고 한번 나서보는 건데 말이오……."

그 남자는 곰보가 된 얼굴을 벅벅 문질러대며 아쉬운 듯 혀를 찼다.

"이사람 알고 보니 속이 시커멓군그래. 처자식 있는 사람이 그 무슨 소리야!"

움펑눈이 퉁을 놓았다.

"이거 왜 이러슈. 열 계집 싫은 사내가 있습디까?"

곰보딱지가 콧방귀를 뀌었다

"새댁, 요것이 무신 냄새요?"

양치성은 몸을 일으키며 일부러 소리를 꽥 지르듯 했다. 수국이를 놓고 그런 식으로 지껄여대는 것이 못내 귀에 거슬렸던 것이다.

"아이고메 으쩌끄나, 밥이 타네, 밥이!"

필녀는 목청껏 가락이라도 뽑듯 하며 허겁지겁 부엌 쪽으로 뛰고 있었다.

양치성은 수국이를 떠올렸다. 수국이는 결코 이용 수단이 아니었던 것이다.

양치성은 또 가슴에서 어지러운 바람이 휘도는 것을 느끼고 있었다. 수국이의 모습은 어김없이 그 어질어질한 바람을 일으키고는 했다.

그런데 그 어지러운 바람은 형용할 수 없이 고운 빛과 향기로운 냄새를 풍기고 있었다. 그 고운 빛은 현란하기 그지없었고, 향기로운 냄새는 황홀하기 한이 없었다. 양치성은 수국이의 얼굴을 떠올릴 때마다 그 현란하고 황홀한 어지러움증에 깊이 취하고는 했다.

양치성은 그 황홀감에 취하는 것이 언제부턴가 큰 즐거움이 되어 있었다. 특히 잠자리에 들어서는 그 황홀감이 오래가게 하려고 애쓰고는 했다. 그리고 온갖 생각을 다 해내며 그 황홀감이 더 진해지게 하려고 안간힘 하기도 했다.

수국이를 끌어안고, 입술을 비비대고, 옷을 하나하나 벗기고, 둘이 다 알몸이 되고, 그리고…… 그리고…….

그 어지러운 황홀감은 이런 식으로 되풀이되고 되풀이되었다. 그런 밤마나 그는 수음의 외로운 뜨서움과 후회스런 허무에 시달렸다.

그런데 황홀감 속의 상상만 하는 것이 아니었다. 꿈도 자주 꾸었다. 그러나 꿈은 언제나 자신을 배반했다. 뜻대로 수국이를 끌어안아 본 적이 한 번도 없었고, 수국이에게 떠밀려 산비탈에서 곤두박질하거나 수국이를 겁탈하게 된 순간 이웃남자들에게 붙들려 실컷 두들겨맞거나 했다.

양치성은 수국이를 보는 순간 그야말로 한눈에 반해버렸던 것이다. 그는 자신의 마음이 휘둘리는 것을 깨닫자 반사적으로 정보요원의 기본수칙을 상기했다. 술과 여자를 경계하라. 술을 마시게 되더라도 만취하지 말 것이며, 음주가 상습화되어서는 안 된다. 여자라고 방심하지 말 것이며, 특히 정보 대상인 여자에게 현혹되거나 연정을 품어서는 안 된다.

수국이든 필녀든 정보의 대상인 것은 틀림이 없었다. 그 사실을 알면서도 자신은 수국이가 일으키는 회오리바람의 어지럼증에 휘말리고 있었다. 그런데 더 고약한 것은 자기 자신이 그 묘한 회오리바람에서 벗어나려고 애쓰는 것이 아니라 오히려 그 황홀한 어지럼증을 즐기려 하고 있었던 것이다. 그래서는 안 된다고 스스로를 일깨우기도 하고 책망도 해보았지만 아무 소용이 없었다. 자신에게 경고를 할수록 수국이를 갖고 싶은 욕심은 강해지는 것이었다.

그러나 수국이를 갖고 싶은 욕심이 꼭 정보원의 기본 수칙을 위배하는 것이 아니라는 생각도 마음 한구석에 도사리고 있었다. 왜냐하면 수국이를 차지하기만 하면 그 이웃사람들이 가지고 있는 비밀을 송두리째 밝혀낼 수 있을 것 같았던 것이다. 그 이웃사람들은 필녀에서부터 모두가 많은 비밀을 감추고 있는 것이 분명했다. 그건 단순한 눈치나 육감만이 아니었다. 그들이 처음에 자신을 의심해서 밀정인지 아닌지 알아내려고 다루었던 솜씨는 예사 농사꾼들로서는 흉내도 낼 수 없는 솜씨였던 것이다.

압록강 철교를 건너 안동에서 한패를 이루게 된 다른 두 명의 장사꾼은 길안내를 겸한 신분위장용 끄나풀이었다. 경기도 출신인 그들은 압록강 주변 여러 현에 진작 장삿길을 닦아놓은 포목장수들이었다. 그들은 끄나풀 노릇을 겸하면서 이런저런 장사잇속을 챙기고 있었던 것이다. 국경수비대는 그들이 압록강을 건너갈 때 은덩어리를 눈감아 주기도 했고, 또 압록강을 건너올 때는 아편덩어리를 못 본 척해 주기도 했던 것이다. 조선에서는 금값이 은값보다 열 배는 더 나가는 데 비해 은전(銀錢)을 최고로 치는 중국땅에서는 은값이 금값을 누를 지경이었고, 만주땅에서는 헐값인 아편이 압록강을 무사히 건너기만 하면 열 배 스무 배로 둔갑하는 것이야 세상이 다 아는 일이었다.

"이사람? 예, 처조카사위 아닌가요. 나를 믿고 만주땅 장사를 해보겠다고 따라나섰지 뭡니까요. 단골 트는 셈 치고 값을 헐하게 낼 것이니 내 면을 봐서 많이들 팔아주시오."

동네가 바뀔 때마다 움평눈이 미리 짜놓은 대로 그럴듯하게 둘러붙였다.

조선사람들의 마을에서는 어디에서나 새로 대하는 낯선 장수를 그냥 지나치는 일이 없었다. 하나같이 의심하고 경계하면서 이것저것을 꼬치꼬치 캐고 들거나 따져묻는 것이었다. 어느 마을에서는 자다가 끌려나가 짐수색은 말할 것도 없고 몸수색까지 당하기도 했다.

밤에 나타난 그들은 바로 독립군이었던 것이다. 양치성으로서는 그런 상황이 생명이 오락가락하는 위기인 동시에 자신의 임무를 수행할 수 있는 기회이기도 했다. 자신이 맡은 임무는 산이 많은 압록강 주변의 여러 현에 산재해 있는 독립군 조직의 실태 파악이었다.

양치성은 그런 위기들을 넘기며 말로만 들었던 만주땅의 살벌함에 새롭게 놀라고 긴장하지 않을 수 없었다. 무엇보다도 무서운 것은 만주땅에서 살아가는 거의 모든 조선사람들이 단순한 농사꾼이 아니라는 점이었다. 그들이 품고 있는 일본에 대한 적개심은 생각보다 훨씬 더 뜨거웠던 것이다. 그 원한이 한덩어리로 뭉쳐져 독립군들과 연결되고 있었다. 그리고 그 다음 문제는, 무장한 독립군들이 불과 서너 시간 만에 나타나고는 하는 사실이었다. 그건 농사꾼들과 독립군들이 그만큼 긴밀하게 내통하고 있다는 것이었고, 독립군들은 마을에서 별로 멀리 떨어져 있지 않다고 할 수 있었다. 그러나 그렇게만 보아넘길 수 없는 의혹이 생기기도 했다. 왜냐하면 독립군들 중에는 농사꾼 차림이 너무나 많았던 것이다. 그건 농사꾼들 중에 독립군을 겸하고 있는 자들이 있는지도 모를 일이었고, 아니면 독립군들이 농사꾼으로 위장하고 동네에 침투해 있는 것인지도 모를 일이었다. 어쨌거나 일본인 정보원들이 계속 살해당해 활동할 수가 없다는 말이 왜 나왔는지 확실히 실감할 수 있었던 것이다. 일본사람들은 동북만주인 북간도에서는 영사관이 있는 용정 시가지를 벗어나서는 살 수 없다고 했다. 그와 마찬가지로 서남만주인 서간도에서도 일본사람들은 겨우 봉천과 안동 시가지 안에서만 살아가는 지경이었다.

양치성은 한 달에 한 번 꼴로 압록강을 넘나들며 제법 장사티가 몸에 붙고 있었다. 만주땅에 일곱 번째 발걸음이고, 통화현에 세 번째 들어서면서 필녀네 동네에 발길이 닿게 되었다.

"저 동네가 전라도사람들 동네요."

움펑눈이 미리 귀띔했다.

"전라도?"

양치성은 주춤했다. 그동안 거친 동네들 중에는 평안도사람들의 동네가 많았고, 경상도사람들의 동네는 드문드문 끼여 있었던 것이다. 그런데 전라도사람들의 동네는 처음이었던 것이다.

"전라도 어디요?"

"예, 쌀 많이 나는 김제 그쪽이라지요, 아마⋯⋯."

"김제요? 언제 옮겨온 거요? 사람들은 많소?"

양치성은 무언가 불꽃들이 튀는 긴장을 느끼며 연거푸 물었다.

"여기 통화현에 자리잡았으니 일찌감치 강을 넘은 거겠지요. 사람이야 30가호 남짓으로 예사 동네 크기고요."

"뭐 색다른 건 없소?"

양치성은 그냥 지나칠까 어쩔까 생각이 빠르게 교차하고 있었다. 혹시 자신을 알아보는 사람이 있을까 봐 신경이 거슬리는 것이었다.

"뭐 색다른 건⋯⋯ 아, 예 한 가지 있구만요. 별로 크지는 않는데 대종교 교당이 있어요."

"대종교면!"

양치성은 그 순간 동네를 지나쳐서는 안 된다고 결정했다. 대종교 교당이 있는 동네면 결코 심상치 않았던 것이다.

"들어갑시다. 교당 책임자가 누구요?"

양치성은 먼저 걸음을 떼어놓으며 물었다. 그의 어조는 벌써 달라져 있었다.

"글쎄요⋯⋯ 김 뭐라고 하는데, 글줄이나 읽은 양반이라는 말을 들었어요……."

움펑눈이 어물거렸다.

"뭘 했는지는 몰라요?"

양치성의 목소리가 날카로웠다.

"글줄 읽은 양반이 일찌감치 만주로 줄행랑쳐서 대종교 교당을 하고 있으면 그야 보나마나 아닌가요? 의병 하다가 쫓겨온 체신 아니면 세상 뜬구름 잡고 사는 우국지사 나으리겠지요."

곰보딱지의 거침없는 말이었다.

"어허 이사람, 또 입조심 안 하고."

움펑눈이 혀를 차댔다.

양치성은 아무런 반응 없이 묵묵히 걸어가고 있었다. 등짐의 무게를 버텨내느라고 목이 있는 대로 늘어빠진 그의 모습은 천상 등짐장수였다.

"이거 보시오, 우리 사이를 처조카사위라고 해서는 안 되겠소."

한참 동안 말없이 걸어가던 양치성이가 걸음을 멈추며 불쑥 말했다.

"예에? 지금까지 잘돼왔는데……."

움펑눈의 눈길이 이유를 묻고 있었다.

"다시 한 번 생각해 보시오. 상대방이 전라도사람들이라는 것을 명심하고 따져보란 말이오. 전라도사람이 경기도사람의 처조카사위가 되었다는 게 그리 쉽게 믿어지겠소? 그건 얘길 짜맞추기가 어렵고, 의심받기 딱 좋소."

"글쎄요…… 시시콜콜히 따지고 들면 그럴 수도 있겠군요. 헌데, 이제 와서 뭐라고 말을 달리 꾸미나요?"

움펑눈이 난감한 듯 양치성을 바라보았다.

"자아, 둘이는 내가 시키는 대로만 하시오. 어떻게 하느냐면 말이오, 나는 인천에 있는 인천상점 점원이었고, 당신네들은 인천상점 단골이라 절친해지게 되었고, 내가 밑천을 모아 장사를 시작하게 되면서 당신네들을 따라나서게 되었단 말이오. 당신네들은 여기까지만 말을 맞추시오. 그럼 다른 것은 내가 다 알아서 할 테니까."

양치성은 유난히 눈을 빛내며 두 사람을 번갈아 쳐다보았다.

"그것이야 더 쉬워졌구만요."

곰보딱지가 별것도 아닌 걸 가지고 뭘 그러느냐는 듯 헤식게 웃었고, 움펑눈은 느리게 고개를 끄덕거렸다.

그 마을에서도 낯선 양치성을 그냥 보아넘기지 않았다. 움펑눈은 미리 짜맞춘 대로 아주 그럴듯하게 말을 해넘겼다. 그러나 양치성은 그때부터 닦달을 당하기 시작했다.

"집이 전라도 어디여?"

뚝심도 배짱도 세게 생긴 남자가 쏘는 듯한 눈길로 양치성을 응시하며 물었다. 그는 다름 아닌 지삼출이었다.

"야아, 전라도 군산이구만이라우."

양치성은 같은 고향땅 사람이라는 호감을 자극하기 위해서 두 장사꾼에게는 쓰지 않으려고 애쓰는 전라도말을 일삼아 진하게 했다.

"인천으로 은제 떴어?"

"합방되든 해구만이라우."

"그적에도 군산에넌 상점이 많앴는디 어찌서 에린 나이에 먼 인천으로 간 것이제?"

"야아, 아부지넌 병으로 시상 뜨고, 엄니도 병구완허다가 앓아눴는디 동상덜이 넷이나 됐구만이라. 근디, 군산서넌 입만 믹여주제 돈 주는 상점이 없는디, 인천으로 장삿배 타고 댕기는 일가 아자씨가 인천서 믹여주고 돈도 주는 상점얼 구해서 딜고 갔구만요."

"거그서넌 무신 일 혔어?"

"야아, 온갖 잡일서보톰 배와서 장사허는 일꺼정 배왔구만이라우."

"돈 버는 묘수에 사람 둘리는 일에넌 이골이 났겄구만!"

"야아? 아이고 참⋯⋯."

"어찌서 해필허고 만주로 나섰제?"

"야아, 고상얼 잠 해도 조선땅보담언 낫다고 히서⋯⋯."

"그려, 여그 소식 빼다가 헌병대에 밀고혀서 한밑천 톡톡허니 잡고 잉!"

"야아? 무신 말씸얼 그리⋯⋯."

"잔말 말고 저 짐 다 풀어!"

양치성은 예닐곱 명의 남자들에게 에워싸여 등짐을 다 풀어헤쳤다. 더러 밤에나 당했던 일을 낮에 당하게 된 것이었다. 그들은 아무런 무기도 가지고 있지 않았다. 그런데 그 서슬은 밤에 무기를 가지고 있던 사람들과 전혀 다를 것이 없었다. 같은 전라도사람이라고 해서 어떻게 좀 달라지는 눈치나 기미 같은 것도 전혀 보이지 않았다.

그들은 물건만 샅샅이 조사하는 것이 아니었다. 등짐의 멜빵까지, 천이 겹으로 겹쳐진 데는 모두 뜯어서 까뒤집었다.

"인자 옷얼 홀랑 벗어!"

"야아?"

"붕알 안 깔 것잉게 얼렁 벗어!"

양치성은 석양빛 속에서 발가숭이가 될 수밖에 없었다. 그들은 다시 옷을 까뒤집기 시작했다. 양치성은 두 손으로 앞을 가린 채 그들이 예사 농사꾼이 아니라는 심증을 굳히고 있었다. 그 철저한 조사 솜씨도 그렇고, 결정적인 물증을 찾아내려고 하는 것도 그랬던 것이다.

"미안허니 되았소, 서로 못 믿으면 안 된게. 뜯어진 디넌 밤새 더 잘 꾸매줄 것잉게 걱정 마시오."

그 뚝심 세고 배짱 세게 생긴 남자는 비로소 존댓말을 했다.

그들의 연락을 받고 서너 여자가 뜯어진 옷이며 멜빵 같은 것을 가지러 왔다. 그런데 그 여자들 중에 머리를 땋아내린 처녀가 하나 있었다.

양치성은 그 처녀를 보는 순간 어지러운 바람에 휘말렸다. 그는 그 아리따운 처녀를 넋놓고 바라보고만 있었다.

"어허, 이 총각 영 염치없네. 그리 넋빼고 처다보다가넌 시악씨 얼굴 다 닳아져 불겄어."

배두성이가 두꺼운 입술을 씰룩거리며 퉁을 놓았다.

"야아……?"

양치성은 당황하며 정신을 수습했다. 그러면서 자신을 움펑눈의 처조카사위라고 하지 않은 것이 이래저래 잘한 일이었다고 되짚고 있었다.

"냅둬, 벌이 꽃 귀경허는 것이야 당연지사제."

누군가가 장난스럽게 말했다.

"체, 벌이라고 다 벌이다요. 떠돌이장사 벌이야 하치 중에 하치요."

어눌한 듯한 말투와는 달리 배두성의 말은 매운 침을 달고 있었다.

"그려, 허든 중에 맞는 말이시."

어딘가 석연찮고 마땅찮은 기색인 지삼출이가 무뚝뚝하게 말하며 몸을 일으켰다. 그런데 팽팽해진 그의 눈길이 양치성을 빠르게 훑고 지나갔다.

배두성의 집에 잠자리를 정한 그들은 저녁밥을 먹고 나서 등짐을 풀어 장사판을 벌였다. 동네여자들이 거의 다 몰려들었다. 수국이도 여자들 틈에 섞여 있었다.

움펑눈과 곰보딱지의 포목보다는 양치성의 잡화들이 더 여자들의 손길을 끌어당겼다. 그건 어디서나 마찬가지였다. 그러나 잡화는 손길만 분주할 뿐 자질구레한 것들이 값이 싸서 이문은 포목에 비교할 수조차 없이 보잘것이 없었다.

양치성은 엎치고 겹치는 여자들의 물음에 건성으로 대꾸하면서 수국이에게 정신이 팔려 있었다. 수국이는 한쪽에 다소곳이 앉아이 물건 저 물건을 눈요기하고 있었다. 한동안 그러다가 수국이는 손거울 하나를 조심스레 집어들어 되작되작 살피기 시작했다. 눈을 사르르 내려뜬 그 예쁜 얼굴에 손거울을 갖고 싶어하는 마음이 여실하게 드러나고 있었다. 그러나 수국이는 값도 물어보지 않고 손거울만 가만히 제자리에 되돌려놓았다.

그 순간 양치성은 손거울을 그냥 주고 싶은 충동을 느꼈다. 그러나 그건 속마음일 뿐이었다. 만약 그런 경박한 짓을 했다가는 이중으로 손해를 볼 것이 뻔했던 것이다. 초면에 오히려 처녀의 마음을 닫히게 하기가 십상이었고, 또한 가까스로 숨긴 자신의 신분을 다시 의심받기 쉬웠던 것이다.

"나가 상사병 들게 생겼소."

양치성은 굳이 이 말을 필녀에게 남기고 동네를 떠났다. 그건 두가지 목적을 위해서였다. 자신의 마음을 수국이에게 자연스럽게 전하자는 것이었고, 또 자기가 수국이한테 반했다는 것을 동네사람들에게 알려 다음부터는 자신의 암행을 완전히 은폐하려는 것이었다.

그러나 양치성은 한 가지밖에 이룰 수가 없었다. 그 다음부터는 짐뒤짐이나 몸뒤짐을 당하지 않게 된 것이었다.

"수국이헌티넌 맘 안 두는 것이 좋겠소. 진작보톰 수국이헌티 눈독 딜인 훤출헌 총각이 있응게."

필녀의 고개를 내젓는 말이었다.

"그 사람이 멀허는 누구요?"

양치성은 불끈 솟는 적의를 느꼈다.

"그것이야 알 것 머 있다요."

필녀가 냉정하게 담을 쳤다.

이렇게 되면 이야기를 더 이어나갈 방법이 없어지고 말았다.

그런 식으로 말을 무지르거나 이야기를 토막치는 것은 만주의 조선사람들한테서 심하게 드러나는 현상이었다. 그들은 만주생활의 고달픔이나 서러움에 대해서는 줄줄 이야기를 잘해나가다가도 어떤 사람의 지난날에 대해서나 독립군냄새가 풍기는 말이 비치면 싸늘하게 입을 닫아버리는 것이었다. 그 단절 앞에서 양치성은 절망과 욕망의 정반대되는 감정과 맞닥뜨리고는 했다. 정보의 차단 앞에서 절망하는 동시에 바로 그것이 정보의 실뿌리로 욕망을 자극하는 것이었다.

"새댁, 수국이 좋아허는 사람이 누구요? 나만 살짝 압시다."

양치성은 부엌 안으로 목을 디밀며 불쑥 물었다.

"아이고메, 간떨어지네!"

손 안에 드는 작은 거울에 얼굴을 요리조리 비춰보며 정신을 팔고 있던 필녀가 화들짝 놀라 일어섰다.

"그 사람 이름이 머시요?"

양치성은 다시 다그쳐 물었다.

"야아, 김시국이오."

필녀는 얼떨결에 입을 열었다.

"머허는 사람이오?"

숨쉴 틈 없는 양치성의 몰이였다.

순간적으로 필녀의 얼굴에 당황하는 기색이 스쳤다.

"아이고, 그런 것꺼정 콜콜히 알어서 어디다 쓸라고 그러요. 그 총각이 머럴 허그나 말그나 거그서만 수국이 맘에 들게 잘허면 될 것 아니겄소. 안 그요?"

다음 순간 당황한 기색을 싹 감춘 필녀는 이렇게 상대방을 되몰면서 생그레 웃기까지 했다.

"머…… 그야 그렇기넌 허요만……."

양치성은 풋감을 씹는 심정으로 또 말이 끊기는 단절감에 부딪쳤다.

저깃도 예싯깃이 아니야. 얼핏 보기에는 촌뜨기 같고 선머슴 같은데 눈치 빠르기는 백여우 아닌가. 저 능청맞게 웃는 꼴이라니, 사람 미치게 하는군.

양치성은 앞에 서 있는 계집을 당장 거꾸로 매달아 쓴맛을 보이고 싶은 충동을 느끼고 있었다.

"그 김시국이가 인물이 잘났소?"

양치성은 오기를 부리듯 물었다.

"어허, 그리 애달아헐 것 없소. 나가 말대접으로 살짝 해줄 이얘기가 있소. 고것이 먼고 허니 말이오, 김시국이넌 애달고 몸달아 환장인디 우리 수국이가 벨로 맘에 없어헌단 말이오." 필녀는 큰 비밀을 알려주는 것처럼 낮은 소리로 말하고는, "근디 누가 안다요, 열 분 찍어서 안 넘어가는 낭구 없다고 혔으닝게." 그녀는 안도하는 상대방의 마음을 뒤흔들어버리듯 갑자기 목소리를 키웠다.

"알겠소, 나도 사내자석인디 누가 이 도령이 되는가 어디 두고 봅시다."

양치성은 불끈 힘을 쓰듯 하며 돌아섰다. 필녀는 양치성의 뒤꼭지에다 대고 혀를 낼름거리며 짓궂은 웃음을 피워냈다.

한편, 송수익의 지휘 아래 방대근과 김시국 일행 다섯은 블라디보스토크 근방의 농가에 숨어 있었다. 그들은 신형 무기를 구하기 위해 소만국경을 넘어 잠입했던 것이다. 그전에도 신형 무기는 러시아땅 연해주 일대인 블라디보스토크나 우스리스크 같은 곳에서 구입했었다. 그러나 값이 비싸고 통제가 심해 무기 구입에 애로가 많았던 것이다.

그러나 이제 주변 상황이 현격하게 달라지고 있었다. 작년 11월 [러시아력(曆) 10월]에 소비에트 공화국이 수립되면서 러시아왕정이 완전히 무너졌고, 왕정을 옹호하는 반혁명군대와 혁명전쟁을 치르기 위해 적군이 창설되면서 러시아 여러 지역은 백군과 적군의 전쟁터가 되었다. 그런 상황에서 한 달 전인 7월에 소비에트 공화국 헌법이 공포되고, 그동안 감금상태에 있던 황제와 가족들이 처형되자 상황은 더욱 급변하게 되었다.

백군과 적군의 전쟁으로 국경수비는 이미 소홀해져 있었다. 그런데 황제가 처형당하자 백군 내에 심한 동요가 일어나기 시작했다. 병사들의 사기가 떨어질 뿐만 아니라 탈주병들이 속출하게 되었다.

탈주병들이 늘어날수록 암거래되는 총은 많아지고 값은 싸질 수밖에 없었다. 만주 독립군들에게는 너무나 좋은 기회였던 것이다.

그러나 모든 상황이 그들에게 유리하게 펼쳐져 있는 것은 아니었다. 그들의 앞을 가로막는 큰 장애가 있었다. 그건 다름 아닌 일본군의 시베리아 출병이었다. 그들의 처음 계획은 블라디보스토크의 한인촌에서 무기를 거래하도록 되어 있었다. 그러나 일본군들이 이미 블라디보스토크는 말할 것도 없었고 동부 시베리아의 요지를 다 점령해 버린 상태였다. 그래서 길안내를 따라 농가에 은신할 수밖에 없었다.

"우에 이리 소식이 없노." 김시국은 초조한 기색으로 중얼거리고는, "선생님요, 결국 소비에트 적군하고 미·일·영·불 네 나라 군대하고 싸우게 된 판인데, 이기 다 소비에트 정부가 잘못한 거 아닌교?" 그는 의심스러운 얼굴로 송수익에게 물었다.

"글쎄, 그건 속단하기 어려운 문젤걸세. 소비에트 정부가 지난 3월에 독일과 단독강화를 체결한 것은 외국과의 전쟁을 중단해서 국력 소모를 막고, 그 힘으로 국내의 혁명을 완수하려는 것이었는데 미·일·영·불은 그 뜻을 좋게 받아들이지 않은 거지. 그건 소비에트 공산혁명이 완수되어 그 영향이 자기네들 나라에 파급되는 걸 원치 않기 때문이야. 결국 미·일·영·불 네 나라의 시베리아 출병은 소비에트 혁명의 간섭전쟁이고 방해전쟁이 된 형편인데, 소비에트 정부의 잘잘못은 아직 따지기가 이르네. 전쟁은 이제 시작이니까."

송수익의 신중한 대답이었다.

"선생님, 만약에 소비에트 혁명이 실패허고, 일본이 이대로 연해주럴 다 차지해 불면 우리나라에넌 영판 불리해지는 것 아니겠능가요?"

방대근의 얼굴에도 불안이 서려 있었다.

"글쎄, 결과가 그리된다면 여간 난처해지는 게 아니겠지. 허나, 그 문제도 지금으로선 예측하기가 어려운 문젤세. 그렇지만 한 가지 확실한 것은 있네. 그게 무언고 하니, 아라사 인민들의 대다수가 짜르왕조를 거부하고 소비에트 혁명정권을 지지하고 성원한다는 사실이지. 다시 말해 부패한 왕정은 이미 민심을 잃었고, 새 세상을 바라는 혁명의 열기는 천하대세가 되었네. 그 민심은 질풍노도와 같아서 그 어떤 장사의 힘으로도 막아낼 도리가 없을걸세. 결국 그 장사는 백군이 아니라 시베리아에 출병한 네 나라인 셈인데, 그게 바로 허장성세란 말일세. 백군들은 총을 버리고 탈주하거나 적군으로 투항해 총부리를 되돌리고 있는 판인데, 그런 군대에 네 나라 외국군대 몇만 명이 합세한다고 해서 새로 솟구치고 치닫는 대세를 막아내기는 가능치 않으리라 여겨지네."

송수익은 마치 학생들을 가르치는 것처럼 진지하고 열성적으로 이야기해 나갔다.

"선생님, 그렇지만 미·영·불 세 나라보다는 일본이 제일 염려 아니겠습니까. 어제 들으니까 일본은 당초 자기네들 네 나라가 협정한 것보다 여섯 배나 더 많은 병력을 투입했으니 말입니다. 왜놈들은 십사오 년 전에 아라사를 이기기도 했는데요……."

다른 젊은이의 질문이었다.

"으음…… 옳은 말이네. 왜놈들은 1만 2천 명을 출병시키기로 협정을 체결해 놓고, 정작에는 제놈들 마음대로 7만 3천 명이나 출병시켜 협정을 파기했지. 그게 바로 제놈들 목적과 이익을 위해서는 국제적인 협정쯤 식은 죽 먹듯 파기하고 무시해 버리는 왜놈들의 표리부동함을 여실하게 보여주는 처사네. 허고, 왜놈들이 그리도 많은 병력을 시베리아에 투입시킨 건 이번 기회에 시베리아를 차지하려는 침략술책임이 벌써 세상에 다 알려지지 않았나. 헌데 그 어떤 술책이고 책략이고 간에 그것이 상대방이나 남들에게 알려져 버리면 그때는 술책이나 책략이 아니고 어리석고 가소로운 짓이 되는 게 아닌가. 왜놈들은 소비에트 혁명을 방해하고 가로막으려고 할 뿐만 아니라 국토까지 강탈하려고 덤비고 있네. 그걸 아라사 인민들이 보고만 있고 당하고만 있겠는가? 물론 일본군대의 세력이 만만치는 않지. 허나 혁명의 선봉이 되고 있는 적군의 사기나, 혁명의 새 세상을 원하고 있는 인민들의 열기에는 비교가 되지 않아. 일본의 시베리아 출병은 펄펄 끓는 가마솥에 잘못 뛰어든 여우 꼴이야. 내 말이 맞나 틀리나 다들 좀더 두고 보세나."

송수익은 둘러앉은 젊은이들을 독려하는 눈길로 천천히 둘러보았다.

흙벽 두꺼운 방 안에는 다시 기다림의 침묵이 흐르기 시작했다. 조선사람들의 집은 만주에서도 그렇듯 러시아땅 연해주에서도 조선식이었다. 좀더 구체적으로 말하자면 조선식 중에서도 함경도식이었다. 다만 조금 달라진 것이 있다면 더 심해진 추위를 막기 위해 사방으로 둘러친 흙벽이 더 두꺼워진 것이었다. 방과 부엌이 벽으로 따로 구분되어 있지 않고 부뚜막과 구들장의 높이가 같게 연결되어 방과 부엌이 하나를 이루고 있는 것도 추위를 막기 위함이었다. 아궁이의 불길이며 부뚜막과 솥이 뿜는 열기며 김과 연기에서 나오는 열기까지도 허실하지 않으려는 집구조였다.

송수익은 10여 년 전에 처음 그런 구조를 대하고 너무 낯설고 흉하게 느껴지기까지 했었다. 그러나 소가 얼어죽는 혹독한 추위를 겪으면서 그 구조가 얼마나 현명하고 슬기롭게 짜여진 것인가를 깨닫게 되었던 것이다.

송수익은 묵묵히 앉아 있는 젊은이들을 보면서 저으기 걱정이 되고 있었다. 일본군의 대대적인 출병으로 신한촌에 들어갈 수 없을 정도로 연해주의 사정이 악화된 것이 자꾸 신경에 거슬렸던 것이다. 일이 뜻대로 잘 풀릴 것 같지 않은 생각이 시간이 갈수록 차츰 커지고 있었다.

밖에서 여러 사람들의 인기척이 들렸다. 송수익은 반사적으로 허리를 세우며 문 쪽을 응시했다. 젊은이들의 눈길도 일제히 송수익의 눈길을 뒤따랐다.

"김 선생, 접니다. 권대진이……."

"아 예, 어서 드시지요."

송수익이 자리를 차고 일어섰다. 그가 김 선생으로 불리는 것은 그의 가명이 김동수였던 것이다. 밀정이며 끄나풀들이 난무하는 속에서 신분을 감추자면 가명을 쓰는 것은 필수적이었다. 송수익은 여러 가지 이름을 생각하다가 가명이라는 표가 나지 않게 하려고 지극히 흔한 성과 이름을 지어 붙였던 것이다.

"오래 기다리셨지요. 늦어서 죄송합니다."

권대진이 방 안으로 들어서며 예를 갖추었다. 그 뒤에 두 남자가 따라 들어왔다. 방대근이 또래인 젊은 두 남자는 둘러선 사람들에게 목례를 보냈다.

"먼저 인사부터 나누는 게 순서겠군요. 자아, 인사드리시오. 아까 말했던 김 선생이시오. 김 선생, 이 젊은이들은 얼마 전 신한촌에서 결성된 한인청년단 간부들입니다."

권대진이 양쪽을 소개했다.

"원로에 노고가 많으십니다. 윤철훈이라고 합니다."

"뵙게 되어 영광입니다. 조강섭입니다."

"반갑소. 얼마나 수고들이 많소."

송수익은 두 젊은이를 차례로 눈여겨보며 악수를 나누었다.

"자아, 젊은 동지들끼리도 인사를 나누시오. 서로 말이 잘 통할 거요."

권대진이 양쪽 젊은이들을 둘러보며 밝은 웃음을 지었다.

그들은 돌아가면서 통성명을 하고 힘찬 악수들을 나누었다. 송수익과 권대진은 흐뭇하면서도 우수가 낀 듯한 얼굴로 젊은이들을 지켜보고 있었다.

"김 선생, 이거 참 일이 난처하게 되고 있습니다."

모두 자리를 잡고 앉자 권대진이 정말 난처한 표정으로 말을 꺼냈다.

"일이 잘못되고 있습니까?"

송수익이 빠르게 반응하며 권대진을 응시했다. 송수익은 자신의 불길했던 예상이 적중하는 것을 느끼고 있었다.

"예, 서두는 뒤로 돌리고 결말부터 말씀드리도록 하지요. 저어, 최선을 다했는데도 일이 예정대로 되지를 않습니다."

"전혀 안 되는 겁니까?"

송수익의 얼굴에 그늘이 스쳐갔다.

"그렇지는 않습니다. 백방으로 암상(暗商)들을 찾았지만 겨우 스무 자루밖에 채우질 못했습니다."

"아 예, 수고하셨습니다."

"수고라니요. 예정의 반에반도 못 채웠으니 얼굴 들 면목이 없습니다. 형편이 워낙 달라져서……."

권대진은 비로소 마음의 부담을 덜며 송수익의 아량 넓은 인품을 다시 느끼고 있었다.

"면목이 없으시다니요. 허행을 하지 않게 해주시어 참으로 고맙습니다. 여기 사정이 나빠져 일이 어려우리라는 걸 예상하고 있었습니다."

"예, 그리 넓게 이해해 주시니 더 면목이 없습니다. 그러니까 여기 형편이 이중 삼중으로 그걸 구하기가 어렵게 되어 있습니다. 형편이 어찌 되어 있는고 하니, 왜놈들은 연해주 도처를 점령하자마자 무기를 단속하고 암상들을 검거하기 시작했습니다. 그러자 암상들은 몸을 숨기거나 장사를 중단했습니다. 그런데 소비에트 정부에서는 당조직은 물론이고 인민들에게도 일본군에 맞서서 싸우도록 무장 총궐기를 선전하고 지시했습니다. 그렇게 되니 몇 달 전에 구하기 쉽던 총이 이젠 금덩이 구하기만큼이나 어렵게 되고 말았습니다."

"예, 짐작했던 대로입니다." 송수익은 고개를 끄덕이고는, "인민 총궐기령이 내렸으면 우리 조선사람들은 어찌하는 겁니까?" 궁금한 쪽으로 말머리를 돌렸다.

"예, 당연히 우리도 나서야지요. 일본군들은 소비에트 인민들에게나 우리 조선사람들한테나 똑같은 적, 공동의 적 아닙니까. 이 사람들이 청년단을 조직한 것도 일본군과 맞서 싸우기 위해섭니다."

"예, 일리 있는 말씀입니다. 헌데, 청년단원들은 다 공산당원입니까?"

"아닙니다, 당원 아닌 사람들이 더 많습니다. 허나 앞으로 거의가 당원이 되지 않을까 싶습니다."

"예, 지난 6월에 하바로프스크에서 이동휘 선생이 한인사회당을 조직했다는 소식을 들었는데, 그럼 그 조직에 속하게 되는 겁니까?"

"그건 아직 잘 모르겠습니다. 왜냐하면 이동휘 선생보다 앞서서 지난 1월에 이르쿠츠크에서 공산당 한국 지부가 귀화 한인들을 중심으로 창립되었습니다. 이 두 조직 중에 어떤 조직이 공식적으로 인정될지 더 두고 봐야 하지 않겠습니까."

"헌데, 이동휘 선생은 언제 그리도 속히 공산주의 사상을 소화해서 당까지 조직하시는 건지…… 연해주에 오래 계셨으니까 만주에 있는 사람들보다 개안이 빨리 된 게 아닌가 싶더군요."

송수익이 무슨 생각엔가 잠겨 혼잣말하듯 했다.

"아 예, 이동휘 선생은 평소에 늘 왜놈들을 쳐없애고 조선이 독립을 하기 위해선 살인 강도질만 빼놓고 이 세상의 모든 방략을 총동원해야 한다고 역설하지 않았습니까. 그러니 선생께서 한인사회당을 조직한 건 공산주의를 소화해서 그랬을 수도 있고, 그게 아니면 독립의 또 한 가지 방략으로 공산주의를 택했을 수도 있고, 그렇지 않겠습니까?"

권대진은 말만큼 여유 있게 웃음지었다.

"예, 그럴 수도 있겠습니다."

송수익은 그 폭넓은 말뜻을 헤아리며 권대진을 마주 보고 웃었다.

"서간도 쪽에도 소비에트바람이 불고 있겠지요?"

"예, 불다뿐이겠습니까. 그 혁명바람에다 민족자결주의바람까지 몰아쳐서 뒤엉키는 바람에 정신들이 어지럽기도 하고, 독립의 호기가 도래한 것도 같아 정신을 가다듬기에 바쁘기도 하고 그렇습니다."

"예, 그렇군요. 만주 쪽에서는 사회주의보다 민족자결주의에 더 관심이 쏠릴 것 같습니다. 여기서도 그 바람이 조선사람들의 마음을 설레게 하고 있습니다. 민족자결주의, 그것이 문자 그대로만 시행된다면 우리 조선의 독립도 목전에 닥쳐와 있는 것이나 다름없지 않겠습니까?"

"그리됐으면 얼마나 좋겠습니까. 허나 우리 능력이나 힘으로 하는 일이 아니니까요……."

젊은이들은 송수익과 권대진의 대화를 주의 깊게 듣고 있었다.

"자아, 김 선생님 일행은 곧 뜨셔야 하네. 자네들이 하고 싶은 얘기가 있으면 어서 하게."

권대진은 한인청년단 간부 윤철훈과 조강섭에게 말할 기회를 넘겨주었다.

"예……." 윤철훈은 자세를 바로잡으며 목례를 차리고는, "제가 동지들을 만나고자 한 뜻을 간단하게 말씀드리겠습니다. 지금 여기 연해주는 사태가 급박합니다. 일본군은 반혁명군인 백군을 지원하는 동시에 우리 조선사람들을 회유하고 위협하고 있습니다. 그러나 우리 조선사람들이 택할 수 있는 길은 단 하나밖에 없습니다. 적군을 지원하면서 일본군을 치는 빨치산투쟁을 전개하는 것입니다. 그건 소비에트 혁명을 돕는 길인 동시에 우리 조선을 위하는 길이기 때문입니다. 우선 일본군들을 연해주에서 몰아내야만 우리의 독립투쟁지를 회복하게 됩니다. 또한 우리가 혁명을 도와야 혁명이 완수되면 소비에트는 식민지 약소민족의 해방선언에 입각해 우리의 독립을 한층 더 적극적으로 돕게 될 것입니다. 그래서 우리는 청년단을 조직했고, 단원 확보에 박차를 가하고 있습니다. 그런데 마침 동지들이 오셨다기에 인사도 드릴 겸 해서 찾아뵌 것입니다."

송수익은 당황스런 감정으로 윤철훈을 쳐다보았다. 그는 달변이 기만 한 것이 아니라 논리적이고 선동적이며 저돌적인 배짱까지 지니고 있었다. 단원이 되어달라는 그 갑작스러운 제의를 방대근이나 그외의 네 명이 어떻게 처리할 것인지 걱정스러웠던 것이다.

"예, 갑자기 이런 말씀 드리는 것이 결례가 될 줄 알고 있습니다. 허나, 똑같이 뜻을 세운 동지들이라 허심탄회하게 말씀을 드리기로 한 것입니다. 그러니까 동지들께서도 아무런 부담을 느끼지 마시고 편한 마음으로 저희들 말을 이해해 주시기 바랍니다."

조강섭이 차분한 목소리로 덧붙인 말이었다.

방대근 일행은 하나같이 옹색하고 난처한 얼굴들이었다. 송수익은 그들의 얼굴을 훑어보며 점점 초조해지고 있었다.

"예, 동지덜이 허심탄회허니 말했응게 우리도 허심탄회허니 말씀 디리겠습니다. 동지덜과 여그 연해주 동포덜이 처헌 급박헌 사정얼 익히 잘 알겠습니다. 허고, 여그 일이 바로 우리 모두의 일인게 당장 나서고 싶은 맘 간절헙니다. 허나 우리넌 개인이 아니라 조직에 일원입니다. 조직얼 이탈해야 허는 중대사넌 조직의 허락이나 명령 없이넌 행할 수가 없는 것 아닙니까. 이 점 널리 양해해 주시기 바랍니다."

방대근의 담담한 응수였다.

"아, 그거 옳은 말이오. 조직은 규율이 생명이고, 조직원은 조직의 명령을 절대 존중해야 하는 것 아니겠소. 일본군들은 여기만 있는 것이 아니라 압록강 두만강변에도 진을 치고 있으니 우리는 그 어느 곳도 소홀히 할 수가 없는 것이오. 청년단에서는 이 점을 이해하고, 이번에는 이렇게 인연이 맺어진 것으로 만족하는 게 좋을 것 같소. 이 인연을 계기로 앞으로 얼마든지 연합작전을 시도할 수 있을 테니 말이오."

권대진이 기민하게 양쪽 입장을 조정하고 나섰다.

"예…… 말씀 듣고 보니 그렇기도 합니다. 저희들 입장만 급하게 생각하다 보니 무리한 부탁을 드린 것 같습니다."

윤철훈은 논리적인 언변을 구사하는 사람답게 흔쾌한 태도를 취했다.

"그리 이해해 주신게 고맙습니다. 이담에 서로 협동힐 날이 오기럴 바래고 있겠습니다."

방대근이가 웃으면서 화답을 했다.

송수익은 그리도 의젓하고 여유 있게 일을 처리하는 방대근을 지켜보며 더없이 가슴 벅차고 뿌듯한 것을 느끼고 있었다. 그건 만주의 세월이 결코 헛되지 않았다는 확인이기도 했다. 그동안 대근이는 몸과 마음이 균형 잘 잡힌 의연한 장정으로 성장되어 있었다. 세월은 무심한 듯하면서도 만주땅에는 수많은 방대근이를 키워냈고 연해주땅에는 또 수많은 윤철훈이를 키워낸 것이었다. 송수익의 눈앞에는 불현듯 아들 중원이의 모습이 떠올랐다. 중원이도 그렇듯 손색없이 커가고 있을 것을 믿었다.

"자아, 그럼 운신하기 좋게 어두워졌으니 채비를 하시지요. 물건은 국경 가까이에서 받도록 해놨습니다."

권대진이 몸을 일으켰다. 그들은 모두 빠른 동작으로 일어섰다. 남포등 불빛에 커진 그림자들이 방 안을 가득 채웠다.

바깥에는 옆사람을 분간하지 못할 만큼 어둠이 짙게 차 있었다. 그들은 발소리를 죽이며 신속하게 동네를 빠져나갔다.

윤철훈과 조강섭은 마을을 벗어나서 곧 작별하게 되었다.

"만주에는 아직도 왕을 받들고 있는 지사들이 많다면서요?"

윤철훈이 방대근과 악수를 나누며 물은 말이었다.

"예, 그런 군왕신봉자덜이 있구만요."

"그런 아둔한 사람들에게 신식총을 쥐여줘선 오히려 역효괍니다."

"그런 사람덜언 인자 다 늙어가고 있고, 젊은 사람덜헌티 배척당허고 있응게 별문제가 아니구만요."

"참 다행입니다. 이번에 총만 가지고 가지 마시고 막스·레닌주의도 가지고 가시기 바랍니다."

"예, 명심허겄습니다."

송수익은 두 젊은이의 대화에서 가슴 섬뜩함을 느끼고 있었다. 시대는 급변하고 있었고, 젊은이들은 옛 생각을 고집하고 있는 윗세대를 배격하는 데 지극히 자연스럽게 동의하고 있었던 것이다.

송수익은 자신을 돌이켜보았다. 만주에 와서 군왕신봉자들과 단호하게 결별했었다. 그 표시로 상투를 잘라버렸던 것이다. 상투가 무슨 죄가 있어서가 아니라 왕권 재건을 독립투쟁의 목표로 삼고 있는 복벽주의자들이 하나같이 상투를 신주단지 모시듯 했기 때문이었다. 왕권의 부정은 곧 공화제의 선택이었다. 그런데 다시 불어닥친 바람이 공산주의였다. 그러나 자신은 공산주의보다는 민족자결주의에 더 관심을 써왔던 것이다. 송수익은 방대근이가 자신도 모르는 사이에 공산주의에 경도된 것은 아닐까 하는 생각을 했다. 얼마든지 그럴 수 있는 일이었던 것이다. 공산주의바람을 타고 러시아땅으로 떠나는 중국젊은이들이 적지 않은 형편이었다.

권대진은 다음 마을에서 송수익 일행을 길안내자와 접선시켰다.

"원로에 무사히 가십시오. 먼 길 오셨는데 빈손이나 다름없어 죄송스럽습니다."

"아닙니다, 이만큼이라도 성사된 것이 다 권 선생께서 애써주신 덕입니다."

"젊은 사람들이 헛걸음하는 것 같아서……."

"아닙니다, 이번 기회에 총 귀중한 것을 알게 되었고, 먼 길 걷는 것은 훈련으로도 일부러 하는 것 아닌가요."

"예, 김 선생은 마음이 참 둥그십니다. 제가 깨우치는 바가 많습니다."

"원 별말씀을 다……."

"전쟁은 곧 승리로 끝날 것입니다. 그때는 총을 많이 구해 드리겠습니다."

"고맙습니다, 혼란중에 필히 무고하십시오……."

두 사람은 굳은 악수를 나누었다.

송수익 일행은 국경 가까이에 있는 외딴집에서 총을 인수했다.

암상은 뜻밖에도 중국사람이었다.

"총을 안 팔고 두면 값이 자꾸 오르지만 조선사람들의 애국심에 탄복해서 그냥 내놓기로 한 거요. 어쨌든 이 총으로 일본놈들을 많이 죽이시오."

총을 든 부하 둘을 양쪽에 거느린 몸집 큰 암상이 껄껄거리며 말했다.

"그렇게 생각해 줘서 고맙소. 그 고마움 잊지 않고 오래 간직하겠소. 중국과 조선은 형제의 나라니까 앞으로도 많이 도와주기 바라겠소."

송수익은 유창한 중국말로 굳이 '형제의 나라'라는 말을 끼워넣었다.

"아 맞소, 맞소. 우린 형제의 나라요. 갈 길이 바쁘겠지만 차나 한잔씩 하고 가시오. 뜨거운 차는 기운을 나게 하니까요. 물론 앞으로도 조선사람들을 많이 돕도록 하겠소."

암상이 금방 넘치도록 기분 좋아하며 자리를 권하고 나섰다.

중국사람들은 조선사람이 중국말을 잘하면 무척 좋아하며 신뢰감을 표시했다. 그리고 '형제의 나라'라고 우의를 나타내면 더없이 흔쾌해하는 것이었다. 그 흔쾌해함은 자기네가 형이라는 자만이기도 했다. 그걸 다 알면서도 중국말을 할 줄 아는 독립운동가들은 그 말을 자주 써먹었다. 언제나 급하고 궁한 형편에 중국사람들의 협조와 도움을 받자면 그보다 더한 말도 못할 것이 없었던 것이다.

송수익 일행은 무사하게 국경을 넘어섰다. 그러나 송수익은 마음이 더 무거워졌다. 총은 예정보다 5분의 1밖에 구하지 못했으면서 돈은 절반 가까이나 없어진 것이었다. 총값의 폭등은 이만저만이 아니었다. 총을 그렇게 비싼 값으로 구입한 것이 괜찮은지 어쩐지 송수익은 새삼스럽게 신경이 쓰이고 있었다.

그러나 그보다 먼저 민망한 것이 있었다. 총을 운반하기 위해 마중 나와 있을 대원들을 대하는 일이었다. 단단히 마음먹고 나선 그들을 실망시켜야 하는 것이 열적고도 미안스러웠던 것이다. 그러나 하바로프스크 쪽이나 하얼빈 쪽으로 간 파견대도 사정은 별다를 것이 없을 것이란 점으로 송수익은 자위할 수밖에 없었다.

왕청현에서 마중 나온 다섯 대원은 미리 정해둔 조선사람들 마을에서 기다리고 있었다. 그들은 송수익이 사정을 설명하기도 전에 벌써 사태를 알아차리는 눈치였다. 송수익은 그들에게 연해주 형편을 간략하게 설명했다.

"그래도 그만큼 구하신 것이 다행입니다. 하얼빈 쪽으로 갔던 파견대는 완전히 빈손으로 벌써 돌아왔습니다."

노병갑의 말이었다.

송수익은 그때서야 그들이 전혀 실망하는 기색을 보이지 않는 까닭을 알았다. 송수익은 하얼빈 쪽의 소식에 자신이 오히려 실망을 느끼고 있었다.

"무겁지? 어서 벗어."

노병갑이 방대근을 툭 치며 웃었다.

"이, 쌀 열 섬얼 졌응게 갈비가 휘네."

방대근이 비틀거리는 시늉을 했다.

쌀 열 섬이란 비싼 총값을 말하는 것이었고, 그 농담을 알아들은 젊은이들은 쿡쿡거리며 웃었다.

"아, 어서 벗으라니까. 나도 쌀 열 섬 지는 맛 좀 보게."

총 같지 않게 헌 천으로 둘둘 말아 싼 긴 짐을 방대근은 벗지 않으려 했고 노병갑은 굳이 벗기려고 했다. 총을 다섯 사람이 네 자루씩 나누어 진 짐이니 가벼운 것은 아니었다. 그런데 방대근이가 짐을 벗지 않으려는 것은 노병갑을 생각하는 우정의 표시였다.

"여긴 내 구역이고 자넨 객이야. 객이 주인 말을 안 들어!"

노병갑도 지지 않고 눈을 부라렸다.

"허, 협박이네. 알겠구먼이라우, 권장 나으리."

방대근은 더는 어쩌지 못하고 노병갑에게 짐을 벗어주었다.

노병갑은 주인 행세를 할 만도 했다. 그는 벌써 2년이나 북간도의 세월을 헤쳐나가고 있었다. 그는 왕청현 서대파구의 학교에서 교관으로 근무하고 있었다. 왕청현의 독립운동 조직은 대종교도들이 중심을 이루고 있었고, 같은 대종교 조직인 무송현과는 긴밀하게 결속되어 있었다. 그곳 학교에서도 비밀리에 독립군을 양성해내기 위해 무송현에 능력 있는 젊은 교관의 추천을 의뢰했던 것이다. 무송현에서 독립군에 편성되어 있던 노병갑은 다른 몇 명과 함께 왕청현으로 뽑혀가게 되었다.

다른 대원들도 짐을 다 바꿔 지고 떠날 채비를 하고 있었다.

"곧 날이 샐 것 같은데, 괜찮겠소?"

송수익이 마중 나온 조장에게 물었다.

"예, 담 동네꺼지야 30리께네 걱정 없심더."

"마적들 눈은 새벽어둠에도 이게 총인지 금방 알아보지 않겠소?"

연해주땅에서는 일본군을 피해야 했고 이제 만주땅에서는 마적이나 밀정의 눈을 피해야 했던 것이다. 특히 마적떼는 신출귀몰하는 데다 총을 돈보다 훨씬 더 좋아했다.

"그 걱정은 마이소. 이 근동에는 마적굴이 없심더."

"됐소, 그럼. 어서 떠납시다."

백두산에서 북쪽 만주땅으로 가장 장대하고 험준하게 뻗치고 있는 산줄기가 장백산맥이었다. 그 거대한 산맥은 다시 동쪽과 서쪽으로 수십 갈래의 지맥들을 펼치며 만주땅 수백 리를 장악해 나가고, 그 지맥들은 또다시 수백 가닥의 실가지들을 거느리며 크고 작은 수많은 골짜기와 냇물과 분지를 이루어내고 있었다.

왕청현으로 가는 길은 그 많은 실가지들 중에서 동북쪽으로 뻗은 산줄기들을 타넘고 골짜기들을 건너는 것이었다.

그들은 낮길을 피하고 밤길을 걸었다. 물이 풍족하게 흘러내리는 골짜기나 경사가 완만한 아늑한 산자락 같은 데는 으레 조선사람들의 초가집이 이삼십 호씩 서로 의지하듯 보듬듯 하며 마을을 이루고 있었다. 날이 밝으면 그들은 그런 마을에 몸을 숨겼고, 날이 어두워지면 다시 발길을 서둘렀다.

"고기반찬은 못 올려도 쌀밥은 지어야 하는데 이걸 어쩌면 좋습니까. 조밥이라도 많이들 드세요."

어느 마을에서나 그들을 반갑게 맞았고, 대접을 잘하려고 극진하게 마음을 쓰는 것이었다.

"다 살기 어려운 형편에 이리 폐를 끼쳐서 죄송합니다."

송수익은 미안한 인사를 잊지 않았다.

"그런 말씀 마십시오. 하늘 아래 하나뿐인 목숨을 아까워하지 않고 이리 장한 일들을 하시는데 폐는 무슨 폐라고 그러십니까. 못난 우리 대신 나스셨으니 그 고마움을 뭐라고 해야 할지……."

마을사람들은 진정으로 고마워했다.

"이거 수수떡이오. 얼마 안 되지만 가다가 밤참으로 드시오. 젊은 사람들이 배를 곯아서는 일이 뜻대로 안 되니까. 부디 몸보존들 잘하시오."

마을사람들은 앞날이 잘 풀리기를 한마음으로 빌기도 했다.

거의가 함경도사람인 그들은 거세고 살갑지 않은 말투와는 달리 그렇듯 따뜻한 마음으로 정성을 다했다. 함경도사람들이 동포를 대하는 마음이 한가족을 대하는 것처럼 격의 없이 한덩어리로 어우러진 것을 확인하며 송수익은 더없는 기쁨과 함께 새로운 힘을 얻고 있었다. 함경도사람들이 그렇게 변한 것은 그저 우연이 아니었던 것이다.

용정을 비롯하여 북간도의 중심이라고 할 수 있는 왕청현 화룡현 안도현을 함경도사람들이 거의 다 차지하고 있는 것은 그들이 벌써 사오십 년 전에 두만강을 건너왔기 때문이었다. 연해주에도 함경도사람들이 절대 다수인 것은 마찬가지 이유였던 것이다.

그런데 송수익은 압록강을 건너 만주땅을 밟은 다음 곧이어 북간도와 연해주 일대를 돌아보면서 너무 당황하고 실망했던 것이다. 왜냐하면 그곳의 함경도사람들은 나라를 빼앗긴 것에 대해 별다른 관심이 없었고, 나라를 되찾아야 한다는 것에는 더욱 반응이 없었던 것이다. 그 냉담과 무관심 앞에서 송수익은 말을 잃었던 것이다.

"그렇게 황망해하실 것 없습니다. 그 사람들이 다 그럴 만한 연유가 있으니까요. 그 사람들은 함경도의 박토에 농사짓고 살기도 어려운데 탐관오리들의 학정에 시달려 살 수가 없었지요. 그래서 살길을 찾아 두만강을 건너서 봉금의 땅 만주로 숨어든 것입니다. 봉금의 땅에 숨어들었다가 잡히면 죽는 것이었습니다. 그 사람들은 그리 목숨을 내걸고 북간도나 연해주에 생활의 터전을 닦은 것입니다. 그 사람들에게 조선이라는 나라는 반감과 원한의 대상일 뿐입니다. 이곳 연해주에서도 성공한 부자들일수록 독립운동에 무관심하고 냉담합니다. 그건 지극히 당연한 현상입니다. 그렇다고 실망하거나 절망해서는 안 됩니다. 기다리고, 대면하고, 설득해야 합니다. 언젠가는 그들의 민족혼이 되살아나게 될 것을 의심하지 않습니다."

블라디보스토크에서 《권업신문》의 주필을 맡고 있던 신채호의 말이었다.

"우리가 모두 단군성조의 자손으로 한핏줄 한겨레임을 깨우쳐

나가면 됩니다. 우리 대종교의 힘은 그 일을 능히 해내 함경도사람들의 가슴에 맺힌 응어리를 풀어 배달겨레로 뭉치게 할 수 있습니다."

왕청현의 대표적 지도자 서일의 확신에 찬 말이었다. 서일은 대종교의 네 사람 대종사(大宗師) 중의 하나이기도 했다.

이제 10년 가까운 세월이 신채호와 서일의 말이 실현되었음을 보여주고 있었다. 송수익은 그 기쁨이 총을 구한 기쁨보다도 수십 배 더 컸다.

사흘 만에 왕청현에 무사히 도착한 송수익은 대원들을 이틀 동안 쉬게 했다. 그동안 긴장을 한 데다가 갈 길도 너무 멀었던 것이다. 앞으로 무송현까지 가자면 안도현을 거치고 화룡현을 지나 점점 험해지는 산길을 타야 했다. 블라디보스토크에서 무송현까지 그 행로를 택하는 것은 직행로에 비해 세 배는 더 휘도는 것이었다. 직행로는 블라디보스토크에서 훈춘과 용정을 거쳐 화룡현을 지나는 길이었다. 그러나 일본영사관이 버티고 있는 용정과 훈춘에서 어떤 낯선 사람이 거리를 배회했다가는 반나절이 못 가 조사를 받을 정도로 일본 감시망이 삼엄한 곳이었다. 그 두 곳은 벌써 사오 년 전부터 권총을 찬 일본 사복형사들이 눈길을 번뜩이고 있었고, 서너 집 건너 한 집이 끄나풀로 엮어져 있다는 소문이었다. 총이 아무리 무거운 물건이라고 하더라도 안전하게 운반하기 위해서는 그런 위험한 곳을 피해 몇백 리쯤 우회하는 것을 그들은 당연한 것으로 생각했다.

총 운반은 언제나 야간에 대원들이 직접 맡았다. 일본밀정들이나 마적들의 눈을 피하기 위해서만이 아니었다. 장거리를 달리는 마차의 마부들도 전혀 믿을 수가 없었던 것이다. 마부들은 마적과 내통하거나 밀정에게 매수된 자들이 많았다. 어떤 마부는 손님들 중에 돈을 많이 지닌 사람이 있는 것을 알아내면 마적에게 신호를 보내 돈을 강탈하게 했다. 그 돈이 반타작되는 것이야 더 말할 것도 없었다.

송수익은 오랜만에 서일을 만났다. 순국한 나철 교주를 안도현에서 장례 지낸 뒤로 처음 만남이었다.

"먼 무송에서 여기보다 준비가 빠르군요. 원로에 노고가 많으십니다."

서일이 반가움에 넘쳐 말했다.

"예, 멀어서 서두르게 된 것 같습니다. 허나 저쪽 사정이 뜻 같질 않습니다."

송수익은 연해주의 상황 변화를 자세하게 이야기해 나갔다. 그건 중요한 정보 보고였던 것이다.

"예, 생각보다 사태가 심각하군요. 왜놈들이 시베리아 출병을 빙자하여 만주에도 출병시킬 어떤 빌미를 찾고 있지나 않은지 모를 일입니다."

살이라고는 붙어 있지 않은 서일의 얼굴에 그늘이 서렸다.

"능히 그럴 수도 있는 일입니다."

송수익은 자기와 생각이 일치하는 것에 멈칫했다. 그러나 아무런 내색을 하지 않고 그저 동의만 나타냈다.

둘 사이에는 한동안 침묵이 가로놓였다. 그들은 서로 자기 생각에 몰두해 있었던 것이다.

"또다른 유의할 일은 뭐 없던가요?"

서일이 내리깔았던 눈길을 들었다.

"예, 우리 동포들이 소비에트 정부에 호응해 일본군과 싸울 태세를 갖추고 있었습니다. 신한촌 청년단에서 우리 은신처까지 찾아와 우리 관원들에게 지원을 요청할 정도로 적극적이었습니다."

"왜놈들은 이제 소비에트와 우리의 공적이 되어 있으니까요……."

서일은 느리게 고개를 끄덕였다.

"예, 그것도 그렇고, 그곳 청년들은 또 한 가지를 더 생각하고 있었습니다. 국제공산주의 혁명이 식민지 약소민족의 해방을 약속했기 때문에 이번에 우리가 먼저 소비에트 정부를 돕고, 그 다음에 우리도 도움을 받자는 뜻이었습니다."

"아, 생각이 거기까지 미쳐 있더란 말입니까?"

서일은 저으기 놀라는 기색을 보였다.

"예, 그 젊은이들은 공산주의 혁명이 세상을 바꾸고 우리의 독립도 성취시킬 수 있다고 확신하고 있었습니다. 헌데 한 가지 중대 문제가 있습니다."

서일의 눈이 말을 독촉하고 있었다.

"예, 우리 젊은 대원들도 생각보다 심하게 공산주의에 경도되고 있는 것입니다."

"예, 바로 보셨습니다. 젊은이들이니까 새 바람에 민감할 수밖에 없겠지요."

의외로 담담한 서일의 반응에 송수익은 놀라지 않을 수 없었다. 그런데 그 놀라움은 곧 반가움으로 바뀌었다. 젊은이들을 이해하는 것 같은 그 담담함이 확인하기 난처한 사실을 물을 수 있게 해주었던 것이다.

"만약에 말씀입니다……. 우리 젊은 대원들이 신한촌 청년들처럼 공산주의와 협조하거나 손잡거나 해서 독립투쟁을 전개해야 된다고 나설 날이 올지도 모릅니다. 만약 그리되면 그 일을 어찌하시겠습니까?"

서일은 스르르 눈을 내리감았다. 그의 마른 얼굴은 잔잔했다. 그러나 포근하지는 않았다. 그의 침묵은 독립지사로서의 고민이 아니라 대종교 대종사로서의 갈등이었다.

침묵이 길어지고 있었다. 너는 어찌하겠는가? 송수익은 스스로에게 묻고 있었다. 만민평등의 개화사상을 접하면서 인간차등의 반상사상을 버렸고, 왕권회복의 복벽주의를 부정하면서 민권수립의 공화주의를 택했고, 독립투쟁의 효과적인 방략의 하나로 대종교도가 되었던 것이다. 그런데 공산주의라는 것이 다시 대두하고 있었다. 그것이 공화주의와 어떻게 다른지 아직 명확하게 구분은 되지 않았다. 무산자계급의 혁명—재산 없는 가난한 노동자나 농민들이 중심이 되도록 세상을 뒤집어바꾸는 것. 그것에는 의문스럽고 난해한 대목이 없지 않았다. 그러나 공산주의는 또 하나 식민지 약소민족의 해방을 위해 공동투쟁을 전개한다는 것이었다. 그것이야말로 얼마나 반갑고 고마운 것인가. 물에 빠진 사람은 지푸라기 하나라도 잡으려고 한다고 했다. 그럼 불길에 휩싸인 사람은 어떠할 것인가. 더 말하여 무엇하겠는가……. 이미 민족자결주의는 붙들고 있다. 그렇다면 공산주의도 못 붙들 것이 없지 않은가!

"김 선생은 어찌 생각하시는지 모르겠습니다만, 우리 배달겨레의 얼과 뜻을 해치지 않고 존중하는 입장에서 협조를 해준다면 공산주의라고 해서 꺼릴 것이 없지 않을까 합니다."

마침내 서일이 입을 열었다. 깡마른 체구를 대나무처럼 꼿꼿하게 세운 그는 경전을 읽듯 숙연한 목소리로 말했다.

긴 침묵 끝에 나온 서일의 짤막한 대답을 송수익은 되짚어 생각해 보았다. 그는 역시 대종교의 대종사다웠다. 그는 공산주의의 협조를 받되, '배달겨레의 얼과 뜻을 해치지 않고 존중하는 입장에서'라고 분명한 전제를 하고 있었던 것이다. 우리 겨레의 존엄을 분명히 세운 그 전제가 송수익은 그렇게 흡족할 수가 없었다. 공산주의의 도움을 받는다고 가정을 할 때면 무언가 미심쩍고 꺼림칙한 느낌이 있으면서도 자신은 미처 깨닫지 못했던 것이 그것이었다.

"예, 과연 현명하신 판단이십니다."

송수익은 허리를 굽히며 진심으로 경의를 표했다.

"원 별말씀을……." 서일은 마주 허리를 굽히고는, "헌데 우리가 더 시급하고 실효 있게 대처해야 하는 것이 민족자결주의가 아닐까 합니다. 모처럼의 기회를 좌시할 수 없지 않습니까." 그는 의견을 묻는 눈길을 보냈다.

"그렇습니다. 민족자결의 원칙으로 조선의 독립을 성취시키는 것은 만주땅에 와 있는 모든 사람들의 화급한 임무입니다. 어서 중지를 모아야 할 것입니다."

송수익은 가슴의 동요를 느끼며 전적으로 동의했다.

"예, 어서 중지를 모아 현명하게 대처해야지요. 현명하게…… 현명하게……."

서일은 끝말을 중얼거리며 무슨 깊은 생각으로 빠져들고 있었다.

만주땅의 가을은 너무 짧아 9월로 접어들면서 며칠 간 가을빛이 스치는 것 같으면서 나뭇잎들이 와짝 단풍이 들었다. 그 단풍들도 며칠이 못 가 낙엽 지며 10월의 문턱에서 얼음이 얼었다. 그리고 설한풍이 몰려오는 11월의 만주땅에 뜻밖의 열풍이 일어났다. 독립지사 39명의 이름으로 '대한독립선언서'가 발표된 것이었다. 그 독립선언서는 만주에만 국한된 것이 아니었다. 박은식 신채호 김규식을 대표로 하여 중국 전역을, 이동휘 이범윤 등을 대표로 하여 노령 일대를, 박용만 안창호 이승만을 대표로 하여 미주지역까지 포괄하는 그야말로 범민족적 대표성을 확보한 최초의 대한독립선언서였던 것이다. 1918년 11월 13일 터져오른 함성이었다. 사람들은 그 선언을 무오(戊午)독립선언이라고도 불렀다.

30

폭풍전야

장면 1 상해 신한청년단 모임

여운형 : 다들 이 선언서를 읽은 감회가 어떻습니까? (등사된 선언서를 들며 좌중을 둘러본다.)

김구 : 마침내 독립선언이 만방에 고해졌다는 것에 감격해 저는 수십 번을 읽었어요.

장덕수 : 예, 이번 만주에서 선포된 대한독립선언은 시기도 적절하고 내용도 출중합니다. 감격으로 힘이 솟구칩니다. (그는 두 주먹을 불끈 쥐었다.)

조동호 : 예, 세계만방에 우리 조선인의 독립의지와 독립투지를 유감 없이 표출시키고 있습니다.

신석우 : 그렇습니다. 독립군아 일제히 봉기하라! 독립군은 천지를 휩쓸라! 이 대목에선 전신이 떨렸습니다. (얼굴이 상기된 그는 몸을

부르르 떨었다.)

김구 : 선언문의 처음과 끝을 다시 낭독하여 우리 결의를 더 굳세게 하는 것이 어떻습니까.

여운형 : 그것 좋은 생각입니다. 김 동지가 낭독하시지요.

김구 : (두어 번 헛기침으로 목을 가다듬고) 우리 대한동족의 남매 및 세계우방의 동포여! 우리 대한은 완전한 자주 독립과 평등 복리를 대대로 자손만민에게 전하기 위하여 이에 이민족 전제의 학대와 압박을 해탈(解脫)하고 대한민주의 자립을 선포한다. (선언서를 넘기며) 우리 같은 마음, 같은 덕망의 2천만 형제자매여! 국민의 본령을 자각한 독립임을 기억하고 동양의 평화를 보장하고 인류의 평등을 실시하기 위한 자립임을 명심하여 황천(皇天)의 명명임을 받들고 일체의 못된 굴레에서 해탈하는 건국임을 확신하여 육탄혈전(肉彈血戰)으로 독립을 완성하자.

일동 : (상기되고 결의에 찬 얼굴들로 뜨거운 박수를 친다.)

여운형 : 우리는 지난 8월에 신한청년당을 조직하여 그동안 조직 강화에 주력해 왔습니다. 헌데 때마침 대한독립선언이 선포되었습니다. 우리는 그 선언에 호응하여 우리 당이 해야 할 일을 적극 추진할 때를 맞이했습니다. 지금부터 그 점을 논의했으면 합니다.

장덕수 : 옳은 말씀입니다. 우선 급히 해야 할 사업이 그 선언서를 국내에 널리 배포하는 게 아닐까 합니다. 만주에서 선포만 하고 국내에 잘 알려지지 않으면 소기의 목적을 달성할 수 없기 때문입니다.

신석우 : 그 일은 만주 일대의 여러 조직에서 이미 추진하고 있지

않겠습니까?

장덕수 : 물론입니다. 허나 선언서 선포와 동시에 국경수비대가 어떻게 됐겠습니까? 선언서의 국내 유입을 차단하려고 총비상사태에 돌입했을 것은 자명한 일 아닙니까.

조동호 : 그 말 맞습니다. 왜놈들이 육로를 차단하면 우리는 해로로 선언문을 반입시켜 놈들의 허를 찌르는 것입니다.

김구 : 아, 그것 참 손자병법 뺨치는 방책입니다. 그 일을 결정하도록 합시다. (여운형을 본다.)

여운형 : 예, 신 동지 생각은…….

신석우 : 예, 찬동합니다. (여운형의 말이 끝나기 전에 대답한다.)

여운형 : 그럼 만장일치로 대한독립선언서를 국내에 반입시키기로 결정하는 바입니다. 헌데 그 실무적인 사항은 따로 협의하는 게 어떻겠습니까?

일동 : 좋습니다.

여운형 : 제가 한말씀 드리겠습니다. 내년 초의 파리강화회의를 앞두고 미국 대통령 윌슨의 특사가 지금 상해의 각국 외교관들과 접촉하고 있습니다. 이 기회를 우리 청년당이 최대한 활용할 수 있는 방안을 강구했으면 합니다.

장덕수 : 예, 그거 참 좋은 생각입니다. 우리가 그 크레인이란 사람을 만나 우리나라 독립의 뜻을 강력하게 전하는 게 어떻습니까.

조동호 : 예, 그것도 좋습니다만, 우리가 다 만나려고 하면 자리가 번거로워져 저쪽에서 기피할지도 모르니까 누구 대표를 한 사람

뽑는 게 어떨까 합니다. 그리고 독립의 뜻도 말로 할 것이 아니라 글로 써서 윌슨 대통령한테 전하게 하는 게 어떻겠습니까?

김구: 예, 조 동지 말이 일리가 있는 것 같습니다. 외교관이란 사람들은 항시 말조심 몸조심을 하지 않던가요. 허고, 우리 뜻이 크레인보다도 윌슨 대통령한테 전해져야 하니까 말보다는 문서가 좋겠지요.

여운형: 그래서 제가 생각해 본 것인데, 크레인을 만나 파리강화회의와 미국 대통령에게 보내는 한국독립건의서 같은 것을 전하는 것이 어떨까 합니다.

신석우: 그것 참 좋은 생각입니다.

장덕수: 예, 대찬성입니다.

조동호: 그럼 누가 만납니까?

김구: 그야 뭐 더 말할 것 있습니까. 영어 잘하는 여 동지가 수고를 하셔야지요.

여운형: 잘하긴요……. (쑥스러워한다.)

일동: 좋습니다, 좋아요. (모두 박수를 친다.) (11월 15일 여운형이 크레인을 만나고 있다.)

장면 2 미국 워싱턴 국무성 앞

(바람이 불고 눈이 휘날리고 있다. 두 남자가 서성거리며 국무성 현관으로 연상 눈길을 보내고 있다.)

정한경: 왜 이리 늦어지나. 날씨는 왜 또 이 모양인구……. (하늘을

치떠보며 혀를 찬다.)

　민찬호 : 혹시 일이 잘못되는 것 아닐까요?

　정한경 : 아니지요, 그럴 리야 없지요. 우리가 파리강화회의에 한인 대표로 참석하는 것은 국무성에서도 대환영할 일이 아니고 뭐겠소. 왜 그런고 하니 우린 윌슨 대통령각하가 주창하신 민족자결주의의 열렬한 지지자들이고, 파리강화회의에서 미국과 윌슨 대통령각하가 주도권을 잡으려면 우리 같은 열렬한 지지자들이 많아야 된다 그 말이오. 알아들으시겠소?

　민찬호 : 예에, 일리가 있는 말씀입니다. 아, 저기 우남이 나옵니다. (둘이 현관 쪽으로 마구 뛴다.)

　정한경 : 우남, 수고가 많으셨소.

　민찬호 : 며칟날 떠나게 됐습니까?

　이승만 : ……. (흩날리는 눈발 속으로 터덕터덕 걸어간다.) (정한경, 민찬호 서로 마주 보며 당황한다.)

　정한경 : 우남, 뭐가 잘못됐습니까?

　민찬호 : 출국이 안 되는 거지요?

　이승만 : 그렇소, 출국 불허요. (이승만은 계속 터벅터벅 걸어가고, 정한경과 민찬호는 그의 양쪽으로 붙어서며 걷는다.)

　정한경 : 출국 불허라니 도대체 그것이 무슨 말입니까. 우리가 여비를 보태달라고 합니까, 밥을 먹여달라고 합니까. 우리가 우리 돈으로 승선료 내고 숙박비 내고 회의에 참석하겠다는 것인데 어째서 출국 불허라는 겁니까? 그것이 글쎄 말이나 되는 소립니까!

이승만 : 나한테 소리치지 마시오. 난 국무성 직원이 아니오. (민찬호가 정한경에게 입을 다물라고 손짓 눈짓을 한다.) (세 사람, 한동안 눈발 속을 묵묵하게 걸어가고 있다.)

민찬호 : 어디 가서 따끈한 커피라도 한잔하실까요?

이승만 : 그럽시다. (뒷골목으로 꺾어든 그들은 커피집을 찾아 들어간다.)

이승만 : (커피 한 모금을 마시고 잔을 놓으며) 한인 대표로 인정할 법적 근거가 없다는 거요. 나라는 없어졌고, 미주교포들은 조선민족의 지극히 일부니 우리가 더 할 말이 없질 않겠소.

정한경 : 아니, 그런 생트집이 어디 있습니까. 우리 형편 다 알면서 이제 와서 그 무슨 잠꼬대 같은 소립니까. 우리를 파리에 못 가게 하려고 그 사람들이 훼방을 놓고 드는구면요.

민찬호 : 예, 그 말이 맞습니다. 그렇지 않고야 그런 억지소리를 할 까닭이 없는 일 아닙니까. 왜 국무성에서 우리가 회의에 참석하지 못하게 막는 걸까요? 이거 아주 이상하지 않습니까? 이유가 뭘까요?

정한경 : 우남, 이거 정말 이상하지 않습니까? 우리가 미국한테 뭔가 속고 있는 것 아닙니까? 이래 가지고서야 우남이 주장하는 외교독립론에 문제가 생기는 것 아닌가요?

이승만 : 너무들 그렇게 경솔하게 말하지 마시오. 국무성이 우리의 출국을 불허한 건, 우리가 회의에 참석했을 경우 국제관계상 복잡미묘한 문제가 발생해 오히려 우리나라에 불리해지기 때문일 것이오. 미국을 의심하지 마시오. 미국은 우리 편이오. 윌슨 대통령은 우리 독립의 은인임을 의심할 여지가 없소. 우리가 미국을 믿지

않는 건 우리의 손해지 미국의 손해가 아니오.

정한경 : 글쎄요…… 미국이 뭐가 아쉬워서 우리 편을 들지…….

민찬호 : 동포들한테는 뭐라고 해야 하는 건지……. (12월 초순의 워싱턴의 하루가 저물고 있다.)

장면 3 동경유학생회 웅변대회장

(500여 명의 학생들이 강당을 가득 채우고 있다. 여학생들 약간이 앞쪽으로 몰린 듯 자리잡고 있다.)

연사 ㄱ : ……현명하신 학도 여러분! 여러분은 저어 소비에트에서 들려오는 소리를 들었을 것입니다. 또, 저어 태평양 건너 미국에서 들려오는 소리도 들었을 것입니다. 그뿐입니까, 저어 만주벌판에서 들려오는 소리도 들었을 것입니다. 소비에트에서 들려오는 소리는 무엇입니까! 식민지 약소민족의 해방입니다. 미국에서 들려오는 소리는 무엇입니까! 민족자결주의입니다. 그리고 만주벌판에서 들려오는 소리는 무엇입니까! 대한독립선언입니다. 그 소리들은 우리 학도들에게 무엇을 알리는 것입니까. 그건 우리 앞에 조국독립의 날이 가까워졌음을 알리는 것이 아니고 무엇입니까. 또한 그 소리들은 우리 학도들에게 무엇을 요구하고 있는 것입니까. 그건 조국의 독립을 위하여 우리 젊은 학도들이 자리를 박차고 일어나 총궐기하라는 것이 아니고 무엇입니까.

젊은 피, 뜨거운 피를 가진 학도 여러분! 마침내 기다리던 때가 왔습니다. 마침내 고대하던 독립의 때가 왔습니다. 우리 다같이 박차고 일어납시다! 우리 다같이 끓는 피로 총궐기합시다! (책상을 내려친다.)

학생들 : 옳소! 옳소! (박수소리와 외침들이 뒤엉켜 진동한다.)

연사 ㄴ : ……이 자리에 오신 학도 여러분들은 만주에서 선포한 대한독립선언서를 다 읽었을 줄 믿습니다. 여러분, 그 선언서는 무엇입니까? 그건 타국땅에서 풍찬노숙하고 초근목피하면서 오로지 조국의 독립을 위하여 십개성상을 보낸 독립투사들이 마침내 세계 만방에 대한의 독립을 선포한 것이며, 또한 우리 2천만 동포들에게 결사투쟁을 촉구하는 것이 아니고 무엇이겠습니까. 여러분, 그 선언서는 독립투사들의 피끓는 함성이며, 피맺힌 절규입니다. 그 누가 그 함성 그 절규를 헛되게 할 수 있겠습니까. 여러분, 우리는 무엇입니까? 예, 공부하는 학생입니다. 공부하는 학생이라고 하여 그 함성을 외면하고 그 절규를 좌시할 수 있겠습니까. 아닙니다. 우리는 학생이기 이전에 동포의 일원입니다. 우리는 공부를 하는 동시에 조국의 독립을 위해 분투해야 하는 또 하나의 책무를 부여받고 있는 것입니다. 우리는 이번 기회에 그 책무를 명확히 확인하고, 또한 실천에 옮길 각오를 하지 않으면 안 됩니다.

친애하는 학도 여러분! 우리는 한 집안의 자식이기 이전에 조선의 아들, 대한의 남아입니다. 지금 하늘은 우리에게 묻고 있습니다. 사나이의 한 몸을 바칠 가장 중대한 일이 무엇이냐고. 또한 하늘은 우리에게 명하고 있습니다. 소아(小我)를 버리고 대아를 찾아나서라고. 사나이가 대아를 찾아 한 몸을 바칠 가장 중대한 일, 그것이야말로 빼앗긴 조국을 다시 찾는 것이 아니고 무엇이겠습니까. 피끓는 학도 여러분, 우리 다같이 분연히 일어납시다. 다같이 떨치고 일어나 불화살로 날아갑시다, 불총알로 날아갑시다. 찬란하고 영광된 조국의 독립을 위하여! (연사는 두 팔을 치뻗어올린다.)

학생들: 옳소! 옳소! (장내는 다시 박수소리와 외침으로 들끓는다.)

사회자: 여러분, 우리는 두 연사의 애국애족적 열변을 잘 들었습니다. 우리의 진로가 무엇인지 다 아셨을 줄 믿습니다. 그럼 이제부터는 미합중국 윌슨 대통령께서 주창하신 민족자결주의에 대한 토론회를 갖도록 하겠습니다. 토론은 자유토론으로 하되 한 사람의 발언시간은 3분 이내로 제한하는 것을 원칙으로 하겠습니다. 진지하게 토론에 참여해 주시기 바랍니다.

발언 ㄱ: 에에, 민족자결주의를 전폭적으로 환영하고 지지하는 입장에서 한 가지 의혹을 제기하지 않을 수가 없습니다. 그것이 무엇인고 하니, 미국이 민족자결주의를 주창한다고 하여 영국 프랑스 일본을 위시한 식민지 지배국들이 과연 민족자결주의를 따를 것이냐 하는 문제입니다. 그 나라들이 안 따르기가 쉽고, 그렇게 되면 우리는 어찌해야 하는 것입니까?

발언 ㄴ: 예, 예측 가능한 발언이라고 생각합니다. 식민지 지배국들이 자기네 식민지를 잃지 않을 욕심으로 서로 합세하여 민족자결주의를 거부할 수도 있습니다. 우리는 그런 사태에 대한 대응책을 미리 강구……. (갑자기 호루라기소리가 사방에서 날카롭게 울려댄다.)

학생들: 이게 뭐야, 이게! 경찰이다, 경찰. (학생들이 와아 일어서면

서 장내가 소란해진다.)

경찰들: 꼼짝 마라, 꼼짝 마! 움직이면 쏜다! 두 손 다 머리에 올려!

학생 ㄱ: 너무 겁먹지 말게. 신입생이니까 아무것도 모른다고만 잡아떼면 되네. (빠르게 속삭인다.)

정도규: 아, 예……. (겁난 얼굴을 태연한 척하려고 애쓴다.)

경찰들: 한 줄로 서라, 한 줄!

이새끼들, 빨리빨리 걸어!

(총을 휘둘러대는 경찰들의 고함 속에 학생들이 줄줄이 잡혀가고 있다. 1918년 12월 28일 밤이 깊어가고 있다.)

장면 4 하와이 국민군단 훈련소

(밝은 달빛 아래 병사들이 훈련을 받고 있다. 파인애플나무들이 무성한 저편에서 파도소리가 들려온다. 막사 쪽에서 종소리가 들려온다.)

교관: 수고들 했소. 오늘 훈련은 이만 끝내도록 하겠소.

병사들: 대한독립 만세! 만세! 만세! (다같이 합창하고 해산한다.)

병사 ㄱ: 교관님, 만주로는 언제 건너가게 됩니까?

교관: 아직 잘 모르겠소. 야간훈련이 늘어나서 일들이 더 힘들지 않으시오?

병사 ㄴ: 우리 후보대원들 훈련이야 젊은 정대원들한테 비하면 아무것도 아닌걸요.

병사 ㄷ: 헌데, 우리를 부르더라도 큰일입니다.

교관: 뭐가요?

병사 ㄷ : 만주 독립군들은 신식 장총으로 싸운다는데 우린 목총으로만 훈련을 하고 있으니 큰일이 아니고 뭡니까.

교관 : 그런 건 하나도 걱정할 게 없어요. 목총으로도 훈련만 착실히 받아두면 진짜 총은 하루이틀이면 익힐 수 있으니까요. (친근하게 웃음짓는다.)

방영근 : (지나다가 슬그머니 끼어들며) 교관님도 이 박사님 소문 들으셨제라?

교관 : 들었소. 출국 불허는 국무성에서 잘한 조처요. 자기네가 조선 대표는 무슨 놈에 조선 대표요. (노골적으로 감정을 드러낸다.)

방영근 : 아니, 나가 헐라는 말언 고것이 아니구만이라. 저어 교회서 나도는 소문얼 들어봉게 미국 대통령이고 민족자결주의고 어찌 믿겄느냐, 우리 대표럴 회의에 못 가게 헌 것언 그 속에 우리가 몰르는 야로가 있는 것이다 허는 것인디, 교관님언 어찌 생각하시는가요?

교관 : 글쎄요, 나도 그런 말들을 듣기는 들었는데 그 깊은 속이야 어찌……. (어물거린다.)

병사 ㄴ : 그거야 미국이 일본 눈치보느라고 그런다는 것 아니오?

병사 ㄱ : 그야 두말하면 잔소리 아니겠소. 여기 하와이서도 경찰들이 일본놈들 눈치는 봐도 우리 조선사람들 눈치는 안 보잖소. (한숨을 내쉰다.)

남용석 : 단장님언 머시라고 말씀 없으시든가요?

교관 : 너무 속상해하시고, 또 바쁘셔서 아무 말도 여쭤보지를 못했소.

방영근: 민족자결주의고 머시고 우리가 짐치국보톰 마신 것이 아닐랑가 몰르겄소.

병사 ㄷ: 난 무식해서 유식한 말 할지도 모르는데, 애시당초 거 민족자결주의라는 유식한 말을 믿지를 않았소. 왜 그런고 하니 말이오, 큰 짐승이 작은 짐승 잡아먹고, 큰 물고기가 작은 물고기 잡아먹고, 지주가 소작인 잡아먹는 빤한 이치대로 큰 나라는 작은 나라를 잡아먹는 것 아니겠소. 헌데 민족자결주의는 그 반대니 영 믿어지지가 않는단 말이오. 윌슨 대통령이 부처님 가운데토막도 아닐 건데…….

병사 ㄱ: 그 말 듣고 보니 그렇네. 정말 그리되면 우린 어찌 되는 거요?

병사 ㄴ: 어찌 되긴 뭘 어찌 돼. 거짓장단에 헛춤 춘 것이지.

교관: 아니, 아니, 이러지들 마시오. 깊은 속 모르면서 자꾸 헛소문만 내서는 우리한테 좋을 게 하나도 없소. 우린 미국하고 윌슨 대통령을 믿고 훈련이나 열성으로 하는 게 상책이오. (분위기를 수습하려고 한다.)

남용석: 어째 교관님 말씀이 앞뒤가 안 맞는 것 겉은디요. 윌슨 대통령얼 믿으면 손 안 대고 코 풀긴게 훈련 열성으로 헐 것이 없고, 훈련 열성으로 허는 것이야 윌슨 대통령 못 믿겄다 허는 뜻 아니겄소? 어째, 나 말이 틀렸는게라?

교관: 맞기는 맞소. 헌데 내 말은 혹시라도 실수 없이 단단하게 준비해 두자는 것이오.

방영근: 야아, 고것얼 다 안게 낮일이 고단혀도 이리 훈련 나오는 것 아니겄능게라. 그저 속 답답헝게 허는 말 아닌감요.

교관: 우리 다같이 힘을 냅시다. 우리 하와이동포들도 더 이상 분열되지 않고 감리회연합회로 단합하고 있잖소. 반년 동안 성과가 좋아 박용만 단장님께서도 아주 기뻐하고 계시오.

병사 ㄷ: 지금쯤 고향에서는 얼음이 얼고 눈이 오고 할 텐데……. 눈 못 본 지가 벌써 몇 해쟀는가……. 이런 빌어먹을 놈의 땅은 사시장철 여름이니 원. 지상의 낙원? 돈 많아 놀고먹는 백인놈들한테나 지상의 낙원이지 날이면 날마다 땡볕 속에서 일하는 우리한테는 이게 뭐야 그래.

병사 ㄱ: 뭐긴 뭐야, 지상의 지옥이지.

병사 ㄴ: 지옥이든 낙원이든 그만 가서 자세. 내일 또 일해야잖아.

병사 ㄷ: 가세, 가세, 우리 팔자가 그렇지. (사람들 흩어져 간다.)

장면 5 간다구의 조선기독교청년회관

학생 ㄱ: 신년벽두부터 이렇게 모인 것은 다름이 아니라 독립선언의 실행방침을 논의하기 위해섭니다. 만주에서 대한독립선언서가 공포되고, 파리에서는 마침내 민족자결주의를 채택하게 될 강화회의가 개최되기에 이르렀습니다. 이러한 정황들은 우리 유학생들로 하여금 독립선언을 실행하지 않으면 안 되게끔 촉구하고 있는 것입니다. 따라서 우리는 하루속히 그 임무를 수행해야 할 각오로 이 자리에 모인 것입니다. 여러분들께서는 좋은 의견을 기탄없이 개

진하여 주시기 바랍니다.

　학생 ㄴ : 예, 우리 학도들이 독립선언을 한다는 대원칙은 정해졌습니다. 그럼, 그 다음으로 중요한 것이 우리 청년학도들의 참여 범위가 아닐까 합니다. 물론 누가 선언서를 작성할 것인가, 내용은 어떻게 쓸 것인가 하는 문제를 더 중요시할 수도 있습니다. 그러나 그 문제도 이미 정해진 것이나 마찬가집니다. 선언서는 이미 글 잘 쓰기로 소문난 몇 사람이 합심하면 될 것이고, 내용이야 그 누가 읽어도 우리 조선이 꼭 독립을 이룰 수 있도록 절절하게 잘 써야 하는 것 아닙니까. 그런데 참여 범위의 문제는 아직 여러 가지로 막연하고 불분명합니다. 만주의 선언서는 국내외에 사는 우리 조선 사람들 전부, 우리 조선민족 전체를 총망라하고 있습니다. 그에 비해 우리는 청년학도이므로 그 범위와 대상을 보다 구체적이고 명확하게 밝히는 것이 효과적이지 않을까 합니다.

　학생 ㄷ : 예, 그거 좋은 말씀입니다. 그런데 발의하신 김에 좀더 자세하게 그 내용을 밝혀주시는 게 효과적인 회의진행이 될 것 같은데요.

　학생 ㄴ : 예, 그건 다름이 아니라 첫째, 청년과 학생을 구분할 것이냐 안 할 것이냐, 둘째, 학생으로 제한했을 경우에 국내 학생들과의 관계는 연결할 것이냐 안 할 것이냐, 이상 두 가지로 정리할 수 있을 것입니다.

　학생 ㄹ : 예, 아주 좋은 의견이라고 생각합니다. 첫째, 청년과 학생을 구분하고, 둘째, 국내 학생들과 연결을 끊으면, 남는 건 우리 동경유학생 오륙백 명뿐입니다. 우리 유학생 오륙백 명만 독립선언을 하게 되면 얼마나 허약하며, 또 얼마나 왜놈들의 웃음거리가 되겠습니까. 그리고 더 큰 문제는, 전 민족적 전 동포적 견지에서 독립을 선포한 만주의 대한독립선언서의 정신에 위배된다는 사실입니다. 그러므로 그 문제는 재고할 필요조차 없을 뿐만 아니라 그 반대로 일을 추진할 것을 제의하는 바입니다.

학생 ㄴ : 그럼, 청년과 학생을 구분하지 않고 동일하게 한다, 학생들 또한 국내 학생들과 유대를 맺는다, 이렇게 말입니까?

학생 ㄹ : 예, 그렇습니다.

학생 ㄴ : 예, 고맙습니다. 저도 처음부터 그렇게 생각하고 있었습니다만 너무 제 주장을 앞세울 수가 없어 먼저 문제로 제기했던 것입니다.

학생 ㄹ : 예, 독립은 민족 전체의 문제인 만큼 민족의 성원인 국내외 청년과 학생들 모두가 포괄되어야만 마땅하다고 생각합니다.

학생 ㅁ : 예, 찬동합니다. 이 안건을 표결에 부쳤으면 합니다.

학생 ㄱ : 예, 이번 거사 참여자들의 범위를 국내외 전체 청년과 학생들로 한다, 이 의견에 찬성하시는 분들은······.

일동 : (모두 거수를 한다.)

학생 ㄱ : 예, 만장일치로 결정되었습니다.

학생 ㄹ : 예, 그럼 다음 의견을 말씀드리도록 하겠습니다. 범위가 정해졌으니까 거기에 어울리게 명칭을 정했으면 합니다.

학생 ㄱ : 좋은 생각입니다. 합당한 명칭이 있으면 발의자가 먼저 제시해 보시지요.

학생 ㄹ : 여러 가지 좋은 명칭들이 있겠습니다만, 전체적이고 포괄적이어야 하는 의미를 살리기 위해 조선독립청년단 정도로 하면 어떨까 합니다.

학생 ㄷ : 저어…… 그런데 학도나 학생이란 말이 빠진 것 아닙니까? 일부러 그런 것입니까?

학생 ㄹ : 예, 그건 계층간에 불화가 일어나지 않게 하려고 일부러 뺀 것입니다. 무슨 말인가 하면, 학생들은 조선청년들 중에서 지극히 일부에 지나지 않습니다. 그 소수의 학생들을 따로 구분하면 학생이 아닌 다른 수많은 청년들의 감정이 어찌 되겠습니까? 학생들은 검손하고 자중할수록 좋다고 생각합니다.

학생 ㄴ : 예, 그것 참 좋은 의견입니다. 전적으로 찬동합니다.

학생 ㄱ : 다른 의견 또 말씀해 주십시오.

(진지한 회의 진행 속에서 1919년 1월 6일이 저물고 있다.)

장면 6 중앙학교의 밤모임

(바람소리가 차고 매섭다.)

현상윤 : 이것이 바로 동경유학생 대표가 불초한 저에게 맡긴 선언섭니다. 그날이 공교롭게도 폐하(고종)께서 승하하신 스무하룻날이기도 합니다. (속주머니에서 봉투를 꺼내 책상 위에 조심스럽게 올려놓는다.)

최린 : 그것 참 경탄하지 않을 수 없는 일입니다. 청년학도들이 어

느새 선언서까지 작성해 가지고 현해탄을 건너오다니……. 이거야 말로 여지껏 아무 결정도 못 내리고 있는 우리를 내려치는 철퇴가 아닌가 합니다. 청년들 앞에서 우리 장년들이 차마 고개를 들 수가 없는 일입니다.

송진우 : 예, 사실이 그리됐습니다. 이제부터라도 박차를 가해야만 될 것 같습니다.

최남선 : 예, 하루라도 빨리 서두르지 않으면 안 됩니다. 여러 가지 여건이 알맞게 조성되고 있는 중에 상감까지 승하하셨으니 거사 기회로는 이 아니 좋습니까. 민심이 크게 호응할 것입니다.

최린 : 옳은 판단인 것 같소. 상감의 승하를 애도하는 민심을 곧바로 애국심으로 돌려 구국운동에 궐기시킬 수 있을 것입니다. 그러니까 일을 빨리 추진해야 한다는 데는 모두 의견이 일치하고 있습니다. 그러면 그 다음으로 거사를 대표할 민족 대표들을 누구로 할 것인지 정해야 하지 않겠습니까?

현상윤 : 예, 독립운동의 민족 대표니까 최소한 다음 두 가지 조건은 갖추어야 하지 않을까 합니다. 첫째는 친일의 흠 없이 곧아야 할 것이고, 둘째는 동포들이 모두 알 수 있도록 지명도가 높은 분들이어야 할 것입니다.

김성수 : 지조 있고 유명한 분들을 모신다……. 일리 있는 의견입니다. 헌데 그런 마땅한 분들이 어디 흔해야 말이지요.

현상윤 : 예, 용이한 문제는 아닙니다만 우선 구한말의 요인들을 대상으로 해보면 좀더 손쉬워지지 않을까 합니다.

송진우: 그거 썩 괜찮은 복안입니다. 거 박영효 대감 같은 분은 그 두 가지 조건에 아주 합당한 것 같습니다.

최린: 예, 그 방안이 좋습니다. 우선 돌아가면서 생각나는 대로 거명해 보는 게 어떻겠습니까?

최남선: 예, 그게 좋겠습니다. 한규설 대감이 어떨까 합니다.

김성수: 예, 윤용구 대감도 합당하지 않을까 합니다.

현상윤: 김윤식 대감은 어떤지요.

최린: 윤치호 대감도 올리지요.

송진우: 예, 다섯 분이 거명됐습니다. 우선 이 정도로 해놓고 차츰 가감하는 게 어떨까 합니다.

김성수: 예, 그분네들 다섯 분이면 우리 민족 대표로서 아무런 손색이 없지 않나 싶습니다. 다섯이란 수도 모자람도 더함도 없이 마땅하구요.

현상윤: 예, 그 다음에 중요한 것이 선언서 작성입니다. 그 중임을 누구한테 맡겨야 할 것인지 큰 걱정 아닙니까?

최린: 큰 걱정이라니 그 무슨 서운한 말씀이신가요. 희대의 대문장가 육당을 목전에 두고 말입니다.

최남선: 아니, 그, 그 무슨 말씀을 그리하십니까. (펄쩍 뛰듯 한다.)

현상윤: 이거 참, 결례가 이만저만이 아닙니다. 등하불명이라 하기엔 제 불민함이 너무 큽니다.

송진우: 예, 여러 말 할 것이 뭐 있겠습니까. 육당이 짐을 지셔야지요.

최남선: 아닙니다, 어림없는 일입니다. 그저 작은 생각, 얕은 생각을 옮겨놓을 때나 어찌 좀 문장에 빛이 발할 뿐이지 그 중차대한 일을 해내기에는 저는 둔필일 뿐입니다.

김성수: 물론 다른 글쓰기와는 판이하게 다르겠지요. 허나 육당말고 그 누구의 문장으로 그 막중한 일을 감당해 낼 수 있겠습니까.

최린: 맞는 말씀입니다. 우리 모두가 육당을 밀고 받칠 터이니 육당은 이번에 큰 짐을 지도록 결심해 주셔야 되겠소이다. (최린과 모두의 눈길이 육당에게로 쏠린다.)

최남선: 예, 알겠습니다. 어차피 누군가가 맡지 않고는 안 될 일이니 제가 맡도록 하겠습니다. 허나 일을 제대로 해낼 수 있을지 걱정이 태산입니다.

일동: 걱정이 큰 만큼 명문이 나올 것이오.

그렇구말구요. 명문 중에 명문을 쓰도록 하시오.

장면 7 전 민족의 운동으로 확대 결정

최린: 식자층의 반응은 어떠한지요?

송진우: 예, 예상했던 대로 반응이 좋은 편입니다. 세계적인 조류를 감지하고 있는 식자들은 거의가 지금쯤 운동이 전개돼야 할 적절한 시기라고 생각하고 있습니다.

최린: 역시 식자층들의 판단이 민감하고 예리하군요. 헌데…… 한가지 중대 문제가 있습니다. (망설이는 눈치로 상대방을 유심히 쳐다본다.)

송진우: 예, 어서 말씀하시지요.

최린: 예, 그게 무언고 하니 말씀입니다. 이번 거사에 참여할 단체를 재고하는 것이 어떨까 합니다.

송진우: 어떻게 말씀입니까?

최린: 지금까지 우리가 합의한 것은 천도교와 비종교계 식자층과의 합작운동 아니었습니까. 헌데, 우리 천도교 내에서 여러모로 논의해 본 결과 그 참여 범위를 최대한 확대하는 것이 좋지 않겠는가 하는 결론이 나왔습니다. 송 선생께서 즉각 파악하셨을 줄 믿습니다만, 모처럼 운동을 일으키면서 최대의 참여로 최대의 효과를 도모하자는 것입니다. 다시 말해 거족적으로 참여하여 거국적으로 효과를 얻자는 것입니다.

송신우: 예에, 일리 있는 말씀입니다. 헌네, 그것이 실세로 가능한 일이겠습니까? (의아스럽게 상대방을 바라본다.)

최린: 예, 그러기로 뜻을 정하기만 하면 정작 그 일은 별로 어려울 게 없습니다. 우선 전국에 걸쳐 있는 큰 조직들을 꼽아보십시오. 종교단체로 기독교와 불교가 더 있고, 그리고 각 학교의 학생조직이 있지 않습니까. 먼저 종교단체만 규합하면 학생들은 아주 쉽게 합류되리라 믿습니다.

송진우: 예, 아주 정확한 분석이십니다. 허나, 서로 다른 종교단체들이 어떻게…… 그게…… 가능하겠습니까? (말을 삼가며 난처한 얼굴로 상대방을 바라본다.)

최린: 예, 송 선생께서 난처해하시는 뜻 잘 알고 있습니다. 종교계가 서로 반목하고 경원해 온 것이 사실입니다. 허나 그건 교세 확

장을 위한 평소의 소행일 따름입니다. 허나, 이번 거사는 한 종교에 국한된 문제가 아니라 우리 민족 전체의 사활이 걸린 문젭니다. 민족의 생존 없이 종교가 무슨 필요가 있겠습니까. 이건 상호 공동의 문제이니 어렵지 않게 협동이 이루어지리라 믿습니다. (확신에 찬 태도를 보인다.)

송진우: 그렇게만 된다면 그보다 더 좋은 일이 어디 있겠습니까.

최린: 두고 보십시오, 틀림없이 성사될 것이외다. 그럼 당장 정주의 이승훈 선생께 사람을 보내도록 하지요. 이 선생은 기독교계를 대표할 수 있는 인물이니까요. 어찌 생각하십니까?

송진우: 아 예, 이승훈 선생이면 일이 얼마든지 잘될 것 같습니다.

최린: 예, 왜놈들 눈을 피하느라고 다 모이지 못한 것이니 다른 분들께 이 결정을 전해주시기 바랍니다.

송진우: 예, 모두가 기뻐할 것입니다.

(1919년 2월 7일의 밤이 깊어가고 있다.)

장면 8 동경의 2·8독립선언

(조선기독교청년회관에 600여 명의 학생들이 가득 차 있다. 그 많은 학생들이 하나같이 엄숙하고 비장한 얼굴들이다.)

백관수: ……오족(吾族)은 생존의 권리를 위하여 모든 자유행동을 수(受)하여 최후의 일인까지 자유를 위하여 열혈의 투쟁을 불사할 것이다. ……일본이 만약 오족의 정당한 요구에 응치 않으면 오족은 일본에 대하여 영원히 혈전을 선언하겠다. ……자(玆)에 오

족은 일본 또는 세계 각국이 오족에게 민족자결의 기회를 부여할 것을 요구하여 만불성(萬不成)하면 오족은 생존을 위하여 자유행동을 취하여 오족의 독립을 기성(期成)할 것을 선언한다.

학생들 : 와아 ─.

우와아 ─.

(학생들의 환호성과 함성이 거친 파도처럼 일어나며 장내를 진동시키고 있다.)

사회자 : 본 조선청년독립단의 13명 실행위원들은 민족대회소집청원서, 독립선언서 및 결의문을 작성하여 이를 각국 대사, 공사, 일본정부의 각 대신, 양원의원, 조선총독부 그리고 각 언론기관에 송달히였음을 이에 보고드리는 바입니다. 그럼, 다음은 결의문 채택이 있겠습니다. 여러분들께서는 결의문 낭독을 들으시고 그 채택 여부를 박수로써 표시해 주시기 바라는 바이올시다.

백관수 : 결의문! 1. 본단은 일한합병은 오족의 자유의사로써 된 것이 아닐 뿐 아니라 오족의 생존과 발전을 위협하여 동양의 평화를 교란하는 원인이 되는 이유에 의하여 독립을 주장한다.

2. 본단은 일본 의회 및 정부에 대하여 조선민족대회를 소집하여 그 결의로써 오족의 운명을 결(決)할 기회를 부여할 것을 요구한다.

3. 본단은 만국평화회의에 민족자결주의를 오족에게도 적용할 것을 청구하며 그 목적을 달(達)키 위하여 일본에 주재하는 동국(同國) 대공사(大公使)에 대하여 본단의 의사를 각 그 정부에 전달할 것을 의뢰하며 동시에 위원 2인을 만국평화회의에 파견할지며

그 위원은 기히 파견된 오족의 위원과 일치 행동을 취할 것이다.

4. 전항의 요구가 거절될 시는 오족은 일본에 대하여 영원히 전(戰)을 선(宣)할지며 이로 인하여 생(生)하는 참화는 오족이 그 책(責)을 임(任)치 않는다.

학생들 : 옳소오—.

　　좋습니다아—.

(학생들은 목청껏 외치면서 열렬하게 박수를 치고 있다.)

사회자 : 여러분들께서 직접 확인하신 바대로 결의문이 만장일치로 채택되었습니다. 그럼 끝으로 대한독립 만세를 삼창하겠습니다. 학도 여러분들께서는 모두 기립하시어 조선청년독립단 대표자 중의 한 사람인 최팔용 동지의 선창에 따라 힘차게 삼창해 주시기 바랍니다.

최팔용 : 대한독립 만세에!

학생들 : 대한독립 만세에에—.

최팔용 : 대한독립 마안세에!

학생들 : 대한독립 마안세에에—.

최팔용 : 대한독립 마안세에에!

학생들 : 대한독립 마안세에에에—.

장면 9 한국위임통치 청원서 발송

민찬호 : 아니, 그, 그런 결정을 내려도 되겠습니까? (겁에 질려 말을 더듬는다.)

정한경: 맞습니다, 그런 중대한 결정은 우리 셋이서 내릴 수 없는 것 아닙니까? (역시 당황하고 놀라 입술이 떨리며 어찌할 줄을 모른다.)

이승만: 뭐가 그리들 걱정이오. 우린 대표요, 대표! (역정을 내듯 하며 두 사람을 꼬나본다.)

정한경: 그야 파리강화회의에 가는 대표였지 우리나라 위임통치를 결정하는 대표는 아니잖소.

민찬호: 맞아요, 아무래도 이건 월권인 것 같소.

이승만: 아하, 장부들이 어찌 그리 소심하고 생각이 좁소. 우린 미국을 위시해서 국제적으로 독립운동을 추진하는 대표로 뽑힌 것이지 파리강화회의 한 가지 일에만 국한된 대표가 아니라는 걸 똑똑히 알아두시오. 아무도 그런 권한 제한을 하지 않았잖소. 그런 일이 있으면 어디 대보시오.

민찬호: 저어…… 그런 일은 없지만, 미국에 우리나라를 위임통치해 달라고 청원서를 낸다는 건…… 그건, 그건 독립운동이 아니라 나라를 또 한번…….

정한경: 그래요, 바로 그거요. 나라를 또 한번 팔아넘기는 꼴로 우린 제2의 이완용이가 되는 것 아닙니까?

이승만: 아하, 이런 답답할 일이 있나. 어찌 그리들 사리분별이 없소. 미국에 위임통치를 바라는 건 나라를 팔아넘기는 게 아니라 가장 용이하고 확실하게 나라를 찾는 첩경이라는 걸 알란 말이오. 자아, 두 눈 똑똑히 뜨고 보시오. 이삼십 명이 만주 한구석에서 독립선언서를 발표한다고 해서 나라가 찾아지는 거요? 아니오, 세상

은 들은 척도 안 하고, 일본도 까딱도 하지 않소. 왜 그렇겠소? 우리가 실제로 아무 힘이 없기 때문이오. 독립군이라고 해보았자 만주땅 여기저기 몇십 명씩 흩어져 있을 뿐인데, 그걸 가지고 뭘 어쩌겠다는 거요? 말이 좋아 무장투쟁이지, 일본군들이 가소롭게 웃지 않을 수가 없단 말이오. 우린 이 시점에서 정신 똑바로 차리고 우리가 처한 상황을 직시하고 투시하지 않으면 안 되는 것이오. 자아, 눈을 크게 뜨고 보시오. 지금이 어떤 시대요? 지금은 바야흐로 국제화 시대요. 이 국제화 시대의 도도한 물결 속에서 우리는 나라를 잃고 표류하고 있는 것이오. 우리는 이 위급한 상황에서 벗어나려면 어찌해야 되겠소? 우리 스스로에게 힘이 없으면 우리를 도와줄 힘센 협력자를 구해야 할 것 아니겠소. 그 힘세고 믿을 만한 협력자가 누구냐. 그게 바로 미국이오. 신흥대국인 미국이 국제화 시대의 주역이 될 만큼 힘이 강력한 것이야 주지의 사실이고, 거기다가 윌슨 대통령은 민족자결주의까지 주창하고 주도하고 있으니 미국이야말로 그 얼마나 믿음직스럽소. 자아 보시오, 그런 미국에 우리 조선의 위임통치를 간곡히 청원해서 미국이 들어주기만 하면, 일본은 꼼짝 못하고 조선의 통치권을 미국에 넘겨주게 될 것이오. 조선의 통치권을 넘겨받은 미국은 민족자결주의 원칙에 입각하여 조선사람인 우리한테 통치권을 넘겨주는 것이오. 그럼 우리는 독립되는 게 아니냔 말이오.

정한경 : 맞습니다, 맞습니다. 정말 기막힌 생각이십니다.

민찬호 : 허나…… 그 생각은 우리 쪽 생각일 뿐이지 어떻게 미국

이 우리 뜻대로 하게 할 수가 있는 겁니까?

이승만 : 그게 바로 외교술이라는 것 아니오. 바로 이런 국제화 시대에 외교술이란 백만대군의 힘보다 큰 것이오. 미국이 우리 뜻대로 하도록 내가 외교술을 부릴 테니까 두고 보시오.

민찬호 : 글쎄요…… 미국이 일본한테서 통치권을 넘겨받아 그걸 우리한테 넘겨주게 되면 그건 미국이 일본을 속인 거짓말이 되는데, 미국이 그런 입장 곤란한 일을 하려고 할까요?

정한경 : 예, 그도 그렇군요. 미국이 우리보다는 일본을 훨씬 더 중하게 여기는 것이야 삼척동자라도 다 아는 사실 아닙니까?

이승만 : 아하, 왜들 그리 일이 안 되는 쪽으로만 생각을 하고 그러는 거요. 아까 내가 말한 대로 그런 건 다 외교술로 해결될 문제요.

정한경 : 윌슨 대통령은 지금 파리강화회의에 가 있으니까 그리 서두를 건 없지 않습니까?

이승만 : 그게 무슨 소리요. 강화회의에 가 있으니까 더욱 좋은 기회요. 윌슨 대통령은 지금 강화회의에서 오로지 약소민족들을 위한 민족자결주의만 생각하고 있소. 그 앞에다 한국위임통치 청원서를 보내면 그보다 더 효과적인 방법은 없단 말이오. 무슨 말인지 알겠소?

정한경 : 예, 그렇겠습니다. 청원서를 보내는 게 좋겠습니다.

민찬호 : 예, 그게 좋겠습니다. 그렇게 하시지요.

이승만 : 좋소, 어서 우체국으로 갑시다. 청원서를 발송한 다음에 곧 연합통신에도 보도하도록 해야겠소.

(이승만이 앞장서 커피집을 나간다. 눈구름이 낮게 드리우고 바람이 매운 2월 16일의 정오가 을씨년스럽다.)

장면 10 모든 운동세력들의 대연합

이승훈: 우리가 다른 종교와 힘을 합쳐서 독립운동을 추진해야 하는 건 하느님의 뜻일 것입니다. 어쩌들 생각하시는지요.

박희도: 말씀 듣고 저도 생각해 보았습니다만 선생님 말씀이 옳습니다.

오기선: 예, 제 생각도 같습니다. 천도교 측에 합동의 뜻을 빨리 전하는 게 좋을 것 같습니다.

이승훈: 그렇게들 넓은 이해를 앞세워주어 기쁘기 한량없습니다. 헌데, 학생들은 어찌해야 되겠습니까.

박희도: 예, 이 결정이 끝나는 대로 각 학교 대표들에게 연락을 취하도록 예정해 놓고 있습니다.

이승훈: 예, 잘되었습니다. 오늘이 21일인데 언제 누가 만나게 되는 겁니까?

박희도: 시일이 촉박하니까 내일이라도 당장 제가 만나도록 하겠습니다.

이승훈: 예, 그랬으면 좋겠습니다.

박희도: 여러분도 다 알다시피 힘은 모아지고 합쳐질수록 커지는 것 아닙니까. 각 종교단체들과 사회단체들이 연합을 이루어나가고

있습니다. 학생단체들도 함께 힘을 합쳐 독립운동이 한층 더 기운차게 솟구칠 수 있게 되기를 바라는 것이오.

김원벽 : 예, 저희 연희전문에서는 그런 기회가 오기를 고대하고 있었습니다. 대동단결하도록 하겠습니다.

강기덕 : 저희들 보성전문도 마찬가집니다. 영광스럽게 공동대열에 서겠습니다.

한위건 : 예, 저희 경성의전도 그 계획에 적극 찬동입니다.

박희도 : 아, 참으로 고맙소. 여러분들의 연합으로 이번 거사가 대성공을 거두게 될 것입니다. 앞으로 긴밀하게 연락을 취하도록 합시다.

이승훈 : 독립운동 앞에서 무슨 조건이고 무슨 이의가 있을 수 있겠습니까. 다 힘을 합쳐야지요.

최린 : 크신 뜻 고맙습니다. 기독교와 천도교가 뜻을 합쳤으니 불교도 곧 합류하게 될 것입니다.

이승훈 : 불교 쪽은 언제쯤이나……?

최린 : 내일, 24일에 회합이 열립니다.

한용운 : 조선사람으로서 그보다 더 중한 일이 어디 있겠습니까. 모두가 한덩어리로 똘똘 뭉쳐야지요.

최린 : 고맙습니다. 불교계까지 뭉쳤으니 힘이 더할 수 없이 커졌습니다. 역시 민족 대표는 허명보다는 직접 운동에 나서는 사람들

로 하는 게 좋겠습니다.

한용운: 예, 그렇게 바뀌는 것이 여러모로 좋을 것입니다. 우리가 독립을 획득한다는 것은 단순히 국권회복만이 아니질 않습니까. 나라도 새롭게, 세상도 새롭게 이룩되어야 하는 것 아니겠습니까? 그 새 세상은 만인이 평등하고 저마다의 실질이 존중되는 세상이 되어야 할 것입니다. 그런 견지에서 볼 때 민족 대표를 구태의연한 허명에서 벗어나 실제로 독립운동에 앞장서는 사람들을 중심으로 의암 선생에서부터 학생 대표들까지 아무 차등 없이 함께 적게 된다면 그 일 자체만으로도 큰 의미가 되지 않을까 합니다.

최린: 예, 옳으신 말씀이십니다. 불교유신론을 집필하신 스님답게 세상유신론의 일면도 과감하고 혁신적이십니다.

한용운: 허허허허…… 소승이 원래 처자 있는 몸으로 늦깎이라 땡초 취급을 당하는 판인데 그 불교유신론을 짓고 나서 완전히 땡초로 몰리고 말았습니다. 허, 어디 그뿐입니까. 사회 일각에서는 친일파로까지 몰아대고 있으니 참 고마운 일이기도 합니다. 내용을 곡해를 했거나 어쨌거나 저의 졸저를 읽었으니 고맙지 않을 수가 없지요. 저어, 선언문은 육당이 준비하고 있다는 게 맞습니까?

최린: 예, 초고는 다 됐습니다.

한용운: 육당이 수고가 많습니다. 동경 선언문은 춘원이 짓고, 한양 선언문은 육당이 짓고, 조선 2대 천재의 활약이 아주 제격으로 어울립니다.

최린: 하하하하…… 그러고 보니 그리됐습니다. 원래 어떻게 해

서 생겨난 말인지는 잘 모르지만 벽초 홍명희까지 합해서 조선 3대 천재라고 하지 않았습니까?

한용운: 예, 동경유학생들 사이에서 붙여진 별호라고 하지 않던가요. 객기가 넘쳐흐르는 젊은 한때 해볼 만한 아주 어여쁜 행동들이 아닙니까.

최린: 아, 예 예, 그렇습니다, 그렇습니다. (의미 깊게 고개를 주억거린다.)

한용운: 물론 육당의 필력이 잘 써내리라 믿습니다. 허나 인쇄에 들어가기 전에 일차 회람이 있었으면 합니다.

최린: 예, 당연지사입니다. 하루이틀 사이에 살펴보실 수 있도록 자리를 마련하도록 하겠습니다. 대표자들이 만나 전제적인 주장과 입장을 정리하고, 그것이 선언서에 차질 없이 반영될 수 있도록 최종 점검을 해야 할 것입니다. 만주의 선언서와 동경의 선언서는 다 읽어보셨는지요?

한용운: 예, 다 읽어보았습니다.

최린: ……. (그는 한용운을 쳐다보는 눈길에 말을 담고 있다.)

한용운: 글쎄요, 뭐라고 말하기 곤란한 문제 아닙니까. 굳이 말을 하자면, 둘 다 우리의 독립의 당위성과 독립의 의지는 잘 나타내고 있습니다. 허나 지역적 차이 때문에 그런지 어쩐지 동경의 것이 만주의 것에 비해 박력과 투지가 약하지 않나 싶었습니다.

최린: 예, 저도 그런 느낌을 받았습니다. 솔직히 말씀드려서 우리의 선언서가 세 번째라 신경이 많이 쓰입니다.

한용운 : 중지를 모아 최선을 다하면 우리 2천만 동포의 뜻을 손상 없이 담아낼 수 있을 것입니다.

(흐린 전등불빛 아래 인쇄기가 철거덕거리며 돌아가고 있다. 잠을 못 잔 인쇄공들이 연상 하품을 해대고 눈을 비비면서도 기계를 지키고 있다. 인쇄기 한쪽 편에서는 청년들이 인쇄물을 세고, 묶고, 싸느라고 일손이 정신없이 바쁘다. 그리고 몽둥이를 든 청년들이 문 앞을 지키고 있다. 벽에 걸린 작은 칠판에 인쇄소 이름이 보성사(普成社)라고 흐릿하게 적혀 있다.)

중년남자 : 저거 닭이 울지요? 얼마나 남았습니까? (초조한 기색이다.)

인쇄공 : 2만 장이 넘었고…… 한 육칠백 장 남았습니다. 곧 끝날 겁니다.

중년남자 : 날이 밝기 전에 선언서를 여기서 전부 옮겨야 하니까요.

인쇄공 : 아이고, 야근을 밥 먹듯 해도 이렇게 밤을 꼬박 새우기는 생전 첨이네. (입이 찢어지라고 하품을 해댄다.)

중년남자 : 자아, 곧 출발하게 됩니다. 빨리빨리 일을 끝내기 바랍니다. (청년들에게 지시한다.)

다른 인쇄공 : 저어…… 독립만세는 학생들만 부르는 건가요?

중년남자 : 아니오, 조선사람이면 누구나 부르는 것이오. 아니, 사람들이 많이 나설수록 좋으니까 그리 알아두시오. (인쇄공의 어깨를 힘주어 잡는다.)

31

폭발하는 화산

"내한독립 만세에!"

"대한독립 만세에에……."

"대한독립 만세에에에……."

종로 거리는 온통 사람들로 넘치고 있었다. 대열의 앞에서 일어
난 만세소리는 사람의 물결을 따라 파도치며 뒤로 뒤로 이어져 나
가고 있었다.

학생들이 앞장서서 대열을 이끌고 있었다. 만세소리가 뒤로 멀어
져 가면 학생들은 다시 목이 터져라 만세를 선창해 댔다. 그 우렁
찬 만세소리는 커다란 파도로 일어나며 뒤로 끝없이 물결쳐 나갔
다. 그건 연습한 것이 아니었다. 또한 약속한 것도 아니었다. 그런데
도 학생들의 선창을 따라 긴 대열을 이룬 군중들은 복창에 복창으
로 이어지는 만세의 물결을 이루어나가고 있었다. 일심동체가 바로

그것이었다.

물론 대열을 이룬 것부터가 미리 약속한 것도 연습한 것도 아니었다. 독립선언문을 낭독하는 동안 그 열기는 탑골공원을 넘쳐흘렀다. 그 팽창하는 열기를 따라 학생들은 탑골공원을 벗어나 시위에 앞장섰고, 수많은 군중들은 당연한 것처럼 그 뒤를 따르기 시작했다. 그리고 독립만세의 선창과 복창이 아주 자연스럽게 어우러지게 되었다. 그 한마음 한뜻을 아무도 이상하게 여기지 않았다.

만세의 대열은 넓은 종로를 진동시키며 종각 쪽으로 행진해 나가고 있었다. 사람으로 가득 찬 길에는 전차고 자동차고 다닐 수가 없었고, 대열은 자꾸만 길어지고 있었다. 대열의 앞쪽으로는 구경꾼들이 갈수록 불어나는 데다 뒤쪽에서는 연상 대열에 합류하고 있었던 것이다. 그런데 남녀칠세 부동석은 거짓말이었다. 구경꾼들은 그야말로 남녀노소를 구분할 수 없이 뒤섞여 있었다. 그들은 그냥 구경꾼들이 아니었다. 그들은 하나같이 감격스러움과 걱정스러움이 엇갈리는 기색으로 만세를 따라 부르거나 박수를 쳐서 응원을 보내는 것이었다.

불교학생회원으로 다른 학생들과 함께 대열의 선두에 선 도림은 목이 터지고 가슴이 뻐개지도록 만세를 외치고 있었다. 도림은 자기보다 젊은 학생들에게 질세라 온 힘을 다해 소리를 지르는 것이었다. 자꾸 흘러내리려고 하는 눈물을 막기 위해서는 그 길밖에 없었던 것이다. 학생들은 하나같이 얼굴이 벌겋게 상기되어 있었고, 어떤 학생들은 만세를 부르면서 눈물을 흘리고 있었다.

뜨거운 웃음 속에 흘리는 눈물…… 그처럼 감격이 넘치는 얼굴들을 도림은 전에 본 적이 없었다. 그 감격에 찬 모습들이 자신의 가슴을 흔들며 눈물이 솟구치게 하고 있었다. 아아, 10년 세월이 이렇게도 모두를 일심동체로 만드는 것인가……. 도림은 새롭게 밀려드는 감동으로 새 힘을 얻고 있었다.

눈물을 흘리는 것은 학생들만이 아니었다. 대열 속에서 허허대고 웃으며 눈물을 흘리는 양복쟁이가 있는가 하면, 손등으로 연상 눈물을 훔치느라고 만세를 제대로 부르지 못하는 흰 갓을 쓴 촌노인네도 있었다. 흰 갓은 고종이 세상 떠나는 것을 슬퍼해서 쓴 것이었다. 그리고 길가에서 구경하는 여자들도 옷고름으로 눈시울을 찍어내고 있었다.

도림은 목이 쉬어가는 것을 느끼며 사방을 두리번거리고 있었다. 공허가 어디로 갔는지 알 수가 없었던 것이다. 탑골공원을 나오기 직전까지는 분명 옆에 있었는데 언제 자취를 감추었는지 모를 일이었다.

"이, 학생덜 심이 무섭구마. 요분에 학생덜이 참 큰일 해냈어. 어쨌그나 젊은 사람덜밖에 믿을 것이 없어. 하면, 젊은 사람덜이 질이제."

선언서 낭독이 끝나자 공허가 꿍꿍 힘을 쓰며 했던 혼잣말이었다.

학생들의 활약상을 다시 확인하고 그 공을 못박듯 그런 말을 하고는 공허는 어디론가 모습을 감추고 말았다. 그러나 도림은 공허를 걱정하지는 않았다. 다만 그 행방이 궁금할 뿐이었다.

공허는 학생들이 대열의 앞장에 서는 것을 보며 옆으로 빠져나왔다. 그 대열 속에 휩쓸리기보다는 따로 떨어져 시위의 전체 모습을 살피고 싶었던 것이다. 공허는 대열보다 앞서 광화문 쪽으로 빨리 걷고 있었다.

공허는 연상 놀라며 감격하고 있었다. 인파가 갈수록 불어나고 있었던 것이다. 사람들은 우렁찬 만세소리가 되풀이되는 것을 듣고 길거리로 몰려나오고 있었다. 만세시위를 경찰서나 헌병대에서 좋아하지 않는다는 걸 그들이 모를 리 없었다. 그런데도 사람들은 두려워하는 기색을 보이지 않았다. 만세시위는 일단 성공하고 있었다.

경찰이나 헌병을 두려워하지 않고 집을 뛰쳐나와 한덩어리로 뭉쳐진 무수한 사람들을 보며 공허는 가슴 뻐근하고 콧날 매운 감격을 느끼고 있었다. 이제 시위대고 구경꾼이고 따로 없었다. 시위대가 일으키는 만세의 물결은 언제부턴가 구경꾼들한테까지 번지고 있었고, 구경꾼들은 모자를 벗어 치켜들거나 손수건을 흔들어대며 그 물결에 휩쓸리기를 주저하지 않았다. 아아, 얼마나 목타고 애타게 기다려왔던 것인가……. 공허는 온몸 구석구석에서 힘이 용솟음치는 것을 느끼고 있었다,

공허는 종각에서 청계천 쪽으로 돌다가 멈칫 걸음을 멈추었다. 그의 눈길은 어느 지게꾼에게 머물러 있었다.

그 지게꾼은 빈 지게를 진 채 구경꾼들 뒤에 서 있었다. 그런데 지게꾼은 그냥 서 있는 것이 아니었다. 다른 사람들처럼 기운차게 만세를 부르고 있었다. 그가 팔을 치켜들며 만세를 부를 때마다 남루한 옷깃이 너풀거렸다. 그리고 오른손에는 지겟작대기가 태극기

마냥 꼭 들려 있었다.

공허는 그 지게꾼을 얼싸안고 싶은 충동을 느꼈다. 만주의 어느 오지에서 만난 독립군처럼 그 지게꾼이 반갑고도 고마웠던 것이다.

공허는 지게꾼의 어깨를 감싼 마음 한 자락을 남겨놓고 부청 쪽으로 걸음을 재촉했다. 부청 앞 광장에서는 벌써 새로운 만세판이 벌어져 있었다. 그런데 그 광장은 백의의 군중으로 뒤덮여 있었다. 그 사람들은 다름 아닌 고종의 애도객들이었다. 그들은 덕수궁에서 세상을 떠난 고종의 죽음을 슬퍼해서 갓까지 희게 만들어 쓰고 전국에서 날마다 모여들고 있었던 것이다. 그런데 그 사람들이 고스란히 시위 군중으로 변한 것이었다.

그러나 그들은 자생력으로 만세를 부르게 된 것이 아니었다. 흰옷의 무리 속에 검정옷들이 무슨 얼룩무늬처럼 섞여 있었다. 그들은 바로 학생이었다. 얼마 되지 않는 학생들은 수많은 문상객들을 시위대로 변모시켜 놓은 것이었다.

공허는 학생들의 그 치밀하고 조직적인 행동에 또 한번 감탄하고 있었다. 학생들은 탑골공원에서 이쪽으로 이동한 것이 아니었다. 이쪽에는 학생들이 따로 배치되어 있다가 탑골공원에 맞추어 만세시위를 일으킨 것이었다. 공허는 마침내 명확한 사실 하나를 확인하고 있었다. 이번 만세운동에서 학생들은 그저 단순 시위자거나 보조자들이 아니었다. 학생들은 실질적인 주동자요 추진자였던 것이다. 학생들은 젊은 용기에다 많이 배운 값을 톡톡히 해내고 있었다.

공허는 새삼스럽게 학생들의 소중함을 마음에 새기고 있었다. 죽순처럼 싱싱하게 돋아오르는 그들의 젊음에 공허는 문득 부러움을 느꼈다. 그러면서 자신의 나이를 생각했다. 아아…… 공허는 스스로의 나이에 놀라 소리 없는 신음으로 입을 벌리며 눈을 내리감았다.

학생들과 엇비슷한 나이인 스물하나에 의병으로 나섰던 것이다. 그리고 흘러간 세월이 열네 해였다. 무엇을 하며 서른다섯 살이나 먹게 되었는지 망연하고 허망할 뿐이었다. 남자 나이 서른다섯, 열예닐곱에 장가를 들어 바로 아들을 낳았다면 그 아들이 열여덟 전후일 것이고, 그 아들을 또 열예닐곱에 장가들여 아들을 낳았다면…… 자연스럽게 손자를 볼 수 있는 나이가 서른다섯이었다.

짙은 허망감이 큰 파도로 밀어닥쳤다. 몸이 파묻히고 숨이 막혔다. 공허는 숨을 몰아쉬며 부리나케 눈을 떴다. 그렇게 마음이 허물어지고 몸조차 삭아내릴 것 같은 생각을 막아내야 했던 것이다. 공허는 자신의 몰골을 내려다보았다. 딴마음 없이 열성으로 살아왔지만 아무것도 이루어놓은 것 없는 세월이 묻은 몸뚱어리였다. 그러나 마음은 물론이고 몸도 나이를 먹은 것 같지가 않았다.

"우리는 헛산 것이 아니오. 저 젊은이들을 보시오."

송수익의 담담한 말이었다.

그 젊은이들과 힘을 겨루어도 지지 않을 자신이 있었다. 그러나 그건 마음일 뿐이었다. 옛날 자신이 그랬듯 무슨 힘쓰는 일에 앞장서는 것은 스무 살 안팎의 젊은이들이었다. 젊은이와 늙은이의 중간에 서 있는 자신을 보며 공허는 더 나이 먹고 싶지 않은 강한 거부감을 느끼고 있었다. 공허는 이런저런 복잡한 심사를 떼치기라도 하듯 갑자기 소리를 질렀다.

"대한독립 만세에!"

공허가 외친 만세소리는 때마침 일어난 군중들의 만세소리와 한물결을 이루었다. 비둘기 몇 마리가 함성에 놀란 듯 서로 다른 방향으로 질정없이 날고 있었다.

공허는 광장을 가로지르며 대한문 쪽으로 나아갔다. 대한문 앞에도 벌써 한 달이 넘게 음산한 곡성이 퍼지던 것과는 달리 만세를 부르는 사람들의 생기로 넘치고 있었다. 그동안 대한문 앞에서는 고종의 승하를 애도하는 사람들이 날마다 거적 위에 엎드려 스스로 지칠 때까지 곡을 읊어댔던 것이다. 그들은 각지에서 모여들고 있는 유림(儒林)이었다. 그런데 그들은 날마다 모여들기만 했지 돌아갈 줄을 몰랐다. 그건 볼일이 다 안 끝난 탓이었다. 그들이 군이 한양 걸음을 한 것은 고종의 장례를 치르기 위해서였던 것이다. 고종의 장례는 이제 이틀 앞으로 다가와 있었고, 그 국장을 기다리는 유림들은 10만을 헤아렸다. 지금 광장에 가득한 사람들은 그들 중의 일부였다.

"참 야릇하지 않은가? 어째서 경찰도 헌병들도 얼씬을 하지 않는가."

"글쎄…… 그놈들이 이 기세에 눌린 것 아닌가?"

"그놈들이 눌려? 아니야, 아닐 것이네. 이 사태를 하도 느닷없이 당해 어찌해야 좋을지 몰라 지금 방책을 세우느라고 그러는 것 아니겠나?"

"음, 그 말도 그럴듯하이. 헌데, 이리 만세를 목터지게 불러 어쩌자는 건가?"

"이사람, 자다가 봉창 두들기나? 독립을 찾자는 것 아닌가, 독립!"

"봉창은 자네가 두들기는군. 독립이 뭐 잃어버린 물건인가? 찾게. 결국 왜놈들이 국권을 돌려줘야 하는 건데, 맨손으로 이리 만세만 불러댄다고 왜놈들이 국권을 내놓을 것 같은가?"

"글쎄에…… 그게 그러니까……."

"내 생각으로는 이거 다 부질없는 짓일세. 왜놈들은 꼼짝도 안 해."

"그렇다고 언제까지나 죽은 듯이 있을 수는 없는 일 아닌가. 이렇게라도 국권반환을 요구하고 나서야지."

"그렇기야 그렇지. 허나, 아무 실속도 없이 불상사만 당할까 봐 걱정이네."

"그러니까 우리 쪽에서도 다 방비하지 않았던가. 아까 학생들이 뭐라고 알리고 다니던가. 경찰에게 제재를 당해도 대항하지 말고 질서를 지키라고 하지 않던가."

"나는 그게 무슨 소린지 모르겠네. 대항하지 않고 질서를 지키면서 만세를 부르면 왜놈들이 놔둘 거란 말인가? 그건 어림없는 소리네. 왜놈들이 듣기 싫어하며 막으려는 게 만세소린데 자꾸 만세를 불러대면 어찌 되겠나. 결국 일 저지르지 않겠나."

"일을 저지르다니, 설마 맨주먹인 사람들한테 칼을 휘두르겠나 총을 쏘겠나."

"그사람 참, 왜놈들 10년을 겪어보고도 그런 태평스런 소린가."

공허는 자신도 모르게 두 사람의 대화에 귀기울이고 있었다. 그들의 이야기는 어제 자신과 도림이 했던 걱정과 너무 흡사했던 것이다.

인편에 도림의 연락을 받고 공허는 부랴부랴 상경했던 것이다. 그러나 공허는 평화적으로 독립만세를 부른다는 것이 별로 달갑게 여겨지지 않았다. 그 '평화적'이라는 말이 꽤나 신경에 거슬렸던 것이다. 이쪽에서 아무리 '평화적'으로 행동한다 하더라도 총칼을 제멋대로 휘둘러대는 놈들이 어떻게 나오게 될지 전혀 예측할 수 없는 일이었던 것이다.

공허는 불현듯 남대문 쪽으로 고개를 돌렸다. 뜻밖에 그쪽에서도 만세소리가 터져나오고 있었다. 공허는 다른 생각을 지우며 그쪽으로 방향을 바꾸었다. 과연 남대문 쪽에서도 대열을 이룬 인파가 독립만세를 연창해 대며 이쪽으로 행진해 오고 있었다.

공허는 다시 가슴이 부풀어오르는 감격을 느끼고 있었다. 한성 사람들이 모두 자리를 박차고 일어난 것이었다.

"우리 불교계서도 나섰고, 만세운동은 전국 각지서 일으켜야 허네. 어서 내래가소."

도림이 독립선언서와 지하신문인 《조선독립신문》을 내놓으며 선 자리에서 돌려보내려고 했던 것이다.

"아무리 다급해도 일에넌 순서가 있는 법이지. 기왕 온 걸음에 한성서 시작허는 것 배와갖고 가야 되겠구마."

고집을 부려 이틀을 더 머무른 것이 더없이 잘된 일이라고 공허는 생각했다.

잘헌다! 학생덜 잘헌다! 사람이 많은 대목대목을 어찌 그리도 잘 짚었다냐. 어쨌그나 사람언 갤쳐야 혀.

선봉에 선 학생들을 보며 공허는 다시금 가슴 울렁거리는 응원을 보내고 있었다. 학생들은 평소에 사람이 많이 모이는 경성역 근방에서 또 한 무리의 사람들을 몰아오고 있었던 것이다. 꼭 경험 많은 어른들처럼 일을 빈틈없이 해내고 있는 학생들이 그렇게 기특하고 장해 보일 수가 없었다.

"한시가 급형게 오늘 해 안으로 내래가야 허네."

문득 떠오른 도림의 말이었다. 공허는 신명이 꺾이며 무르춤해졌다.

자신도 학생들처럼 맡아서 처리해야 할 일이 있었다. 어서 되돌아가 독립선언서를 등사하고, 지하신문을 제작해 만세운동을 일으켜야 했던 것이다. 아침에 도림이 강조했던 말이 아니더라도 한성에서 화산이 폭발한 이상 형편은 더욱 급박하게 변하고 있었다. 전국 도처에서 화산이 연달아 폭발해야만 서로의 사기가 고무되고 힘이 커질 거였다. 더 이상 한성에 머물러 있는다는 것은 그만큼 임무를 소홀히 하는 것이었다.

공허는 출렁이는 감정을 억제시켰다. 광화문 쪽으로 돌리려고 했던 발길을 경성역으로 돌리기로 했다. 도림의 말로는 오늘 평양이며 개성 같은 데서도 만세가 일어날 거라고 했다. 그렇다면 군산이나 전주 같은 데서도 하루빨리 만세가 벌어지도록 해야 하는 것이었다.

학생들이 지방까지 그 조직을 어떻게 움직이고 있는지 모르지만 자신이 감당해야 할 일은 또 따로 있었다.

일단 마음을 정하자 공허의 발길은 빨라지기 시작했다. 공허는 만세행렬을 마주 보며 남대문 쪽으로 걸었다. 만세행렬의 흥분되고 감격한 기세는 종로통과 전혀 다를 것이 없었다. 사람들은 너나없이 울부짖듯 몸부림치듯 만세들을 부르고 있었다. 물결짓는 만세소리를 따라 뻗쳐올려졌다가 내려지곤 하는 무수한 팔들이 지어내는 물결 속에서 작은 깃발들이 나부끼고 있었다. 그건 지난 10년 동안 눈 씻고 찾아도 볼 수 없었던 태극기였다. 태극기는 별로 많지 않았지만 그 청홍색 선명한 나부낌은 무척 자극적이었다.

공허는 또 가슴이 뭉클한 것을 느꼈다. 아까 탑골공원에서 처음 태극기를 보았을 때도 가슴이 뭉클하며 눈물이 핑 돌았던 것이다. 그 태극기를 사람들에게 나눠준 것도 학생들이었다. 그런데 그 태극기들은 일일이 손으로 그린 것이었다.

공허는 남대문을 바라보며 웃음을 피웠다. 동대문과 마찬가지로 양쪽 성벽이 잘려나가면서 축대가 허물어지고 있는 남대문 좌우로는 사람들이 빽빽하게 올라서 있었다. 동대문 성벽보다 더 먼저 왜놈들의 손에 허물어진 남대문 성벽 위에서 사람들은 시위대에게 성원을 보내고 있었다.

경성역에는 어느 때보다도 많은 사람들이 웅성거리고 서성거리고 있었다. 사람들은 끼리끼리 모여서 무슨 이야기들인가를 나누는가 하면 여기저기 눈치를 살피기도 했다. 기차를 탈 사람들보다는 만세 소식을 듣고 인근에서 몰려나온 사람들이 더 많은 것 같았다.

공허는 기차표부터 끊었다. 시간이 좀 여유가 있어서 공허는 다시 밖으로 나왔다. 무언가 색다른 소식이 있으면 귀동냥하자는 것이었다. 한 가지라도 더 새로운 소식을 알아가지고 가자는 욕심이 동하고 있었다.

"아까 용산 쪽에서 총소리가 많이 났다면서요?"

"글쎄, 그런 말이 돌기는 하는데……"

"그놈들이 혹시 만세 부르는 사람들한테 총질한 것 아니겠소?"

"글쎄요, 용산 쪽에 그럴 만큼 사람들이 많이 모였을까요?"

"아니, 용산에 있는 왜병들이 출동한다는 말이 있는데 어찌 된 거요?"

"용산에 있는 군대가? 만약에 그리되면 큰탈나는 것 아니오?"

"말해 뭐하겠소. 용산에 진을 치고 있는 왜병들은 사납기가 늑대 같은 놈들이라고 소문이 파다한데."

"이것 참 야단났군. 그놈들이 여태 잠잠한 게 묘하기는 해요. 출동 준비하느라고 그러는 것 아닐까요?"

"너무 걱정덜 마시오. 난동얼 부리는 것이 아닝게 그리넌 못헐 것이오."

공허는 큰소리로 말했다. 그러나 불안이 조성되는 걸 막으려는 것일 뿐 스스로도 자신이 있는 말은 아니었다.

정말 소문은 바람보다 빠른지도 몰랐다. 공허는 이리역에 내리면서 자기보다 먼저 와 있는 서울 소식에 그저 아연할 뿐이었다. 그러나 그건 아무것도 아니었다. 그보다 더욱 놀라운 일이 그의 뒤통수를 치고 들었다.

3월 3일 군산에서 화산이 폭발했던 것이다. 공허는 그 난데없음에 너무 놀라 까무러칠 지경이었다. 자신은 독립선언서 1천 장을 등사해서 배포하고 있는 중이었던 것이다. 자신은 빨라야 사나흘 뒤로 거사를 계획하고 있었다. 그런데 군산에서는 어떤 조직이 그렇게 신속하게 움직여 만세를 외치고 나선 것인지 모를 일이었다.

공허는 줄달음치는 마음을 묶어놓고 사람을 군산으로 띄웠다. 햇발 아래 군산 출입은 호랑이굴이었던 것이다.

"학상덜이 앞장스고 부두 짐꾼덜이 따라나섰는디, 그 기세가 아조 무섭드만이라. 왜놈덜이 살짝만 건디려도 확 불이 붙을 기세든디요."

공허는 이 말을 전해 듣고서야 그 상황을 이해하게 되었다. 군산에서도 중심을 이룬 것은 학생들이었다. 자신이 선언서를 가지고 한성에 이틀 간 머물러 있는 사이에 학생조직은 벌써 한발 앞서갔던 것이다.

군산 본정통은 학생들과 부두노동자들로 넘치고 있었다. 시위를 주도하고 있는 것은 영명중학교 선생들과 학생들이었다. 그리고 길가에도 평소와는 달리 조선사람들로 북적거리고 있었다. 길가에 즐비한 일본상점들 중에 어느 곳은 문을 닫은 데도 있었다.

"대한독립 만세에!"

학생들이 팔을 치뻗어올리며 선창했다. 어떤 학생들은 태극기 대신 모자를 벗어 치켜들고 있었다.

"대한독립 만세에에……."

노동자들의 우렁찬 복창이었다. 머릿수건을 질끈질끈 동여맨 노동자들은 학생보다 한결 기세가 드세 보였다.

"함께 만세럴 부릅시다!"

"오시오, 오시오! 다덜 줄얼 스시오!"

대열을 바로잡으며 학생들이 길가에 서 있는 사람들에게 외치고 있었다.

"우리도 돼요?"

"하면이라. 조선사람이면 누구든지 다 되고말고요."

"이, 글먼 사람 노릇 히야제."

한 사람이 대열로 섞여들면 그 사람을 따라 네댓 사람이 우르르 합세하곤 하면서 대열은 갈수록 실하고 길어지고 있었다.

"한양서도 요런 일이 벌어졌담시로?"

"그렇제. 한양바람이 여그꺼정 불어온 것 아니라고."

"그려, 진작에 요런 바람이 일어났어야 허능겨. 그간에 얼매나 쌩고상덜 험서 살았냔 말이여."

"말도 말어. 그 분허고 서러운 것 어찌 말로 다 허것어. 그 농새

잘되든 땅 다 뺏기고 팔자에 없는 날품팔이 신세가 됐으니 요것이
어찌 사람 사는 꼬라지겄어."

"우리가 요 드런 놈에 신세 면허자먼 왜놈덜얼 몰아내야는 것 아
니겄어?"

"더 말허먼 잔소리제. 요분에 이놈에 시상얼 휘까닥 뒤집고 엎어
왜놈덜얼 싹 다 몰아내야 허능겨."

"하먼, 더 이를 말인가. 10년 참었으면 많이 참은 것이제."

노동자들은 만세를 연창하는 사이사이에 이런 말로 서로의 기
운을 돋우고 있었다.

그러나 부두의 노동자들이 전부 시위에 나선 것은 아니었다. 남
아 있는 노동자들이 부두 이곳저곳에서 웅성거리고 있었다. 그들
은 시위에 나서지 않았으면서도 일을 하지도 못하고 있었다. 노동
자들이 학생들의 선동을 따라 절반이 넘게 부두를 떠나버리자 곧
바로 작업중지 명령이 내려졌던 것이다. 그리고 모든 쌀창고의 문
이 닫겼다.

쌀창고를 지키는 척하고 있는 손판석의 마음은 진작 시위대를
따라가 있었다. 일을 중단당한 채 여기저기서 우왕좌왕하고 있는
등짐꾼들을 손판석은 경멸스럽게 바라보고 있었다. 노동조합에도
가입하지 않는 그들은 평소부터 눈치는 빠르고 배짱은 약한 사람
들이었다.

손판석의 마음은 그들의 볼기짝에 몽둥이질을 해 큰길로 내몰
고 싶었다.

"어이 손샌, 자네넌 무신 눈치 못 챘등가? 담배나 한 대 주소."

가까운 창고의 유 십장이 궁금증을 풀려는 듯 손판석을 찾아 왔다.

"글씨, 눈치넌 무신 눈치?"

손판석은 쌈지를 내밀며 시침을 뗐다.

"거, 학상덜허고 이 사람덜허고 미리미리 내통이 있었든 거 아니여?"

"그런 것이야 귀신이나 알 일이제 우리 십장덜이 누가 땅짐이나 허겄어? 그런 중헌 일일수록 우리덜 몰르게 헐라고 철통겉이 짰을 것인디."

손판석은 곰방대에 담배를 재며 아주 태연하게 말했다. 그러나 사실은 한성의 만세 소문이 퍼지기 시작한 그저께부터 이상한 낌새를 눈치챘던 것이다.

"그렇기야 헌디, 경찰에서 또 우리보고 허깨비 꼴 혔다고 닦달 안컸어?"

"그리 화풀이헐란지도 몰르제. 헌디, 속힐라고 드는 디야 귀신도 속는 판 아니여? 닦달허면 당해야제."

"그야 그렇고. 저 인종덜 나스는 것 못 막았다고 그냥 안 넘어갈 것인디?"

"몰르겄네, 어찌 될란지. 십장 권세가 목구멍에 풀칠허겄다고 순순히 고개 숙이는 짐꾼덜 앞에서나 사또님 권세제 풀칠이고 머시고 다 소양없다고 내차고 뛰는 인종덜 앞에서야 똥 친 작대기 아니

여? 배곯아도 즈그덜 배 곯겄다는디 나랏상감인들 막을 수 있겄
어?"

손판석의 말은 묘하게 꼬이고 있었다.

"이치야 그런디, 그 이치가 트집 잡겄다고 드는 순사덜헌티 통해
야 말이제."

"안 통허먼 우리럴 잡아묵겄능가?"

"어허, 이사람 배짱 보소. 십장자리 뺏어불먼 어쩔랑가?"

"그리되먼 당허제 어째." 손판석은 기죽는 척 대꾸하고는, "근디
그리 걱정 안 해도 될 것이네. 우리 다 없애고 나먼 부두일이 난장
판이 될 것잉게 말여." 그는 오기를 부리듯 느릿하게 말했다.

"히기넌 그려. 우리 십장덜이 아님사 누가 그리 인부덜얼 척척 부
릴 것이여. 쌀이 제때제때 들고나지 않으면 일본본토서 난리가 날
것인디." 유 십장은 그제야 안심하는 눈치를 보이며, "근디 말이여,
저리 만세럴 불러댄다고 무신 일이 될랑가?" 새삼스럽게 시내 쪽을
향해 턱짓을 했다.

"글씨…… 누가 알겄능가."

손판석은 그저 막연하게 대꾸했다.

만세소리가 째보선창 쪽으로 옮겨가고 있었다. 행렬이 역전으로
가는 것이 분명했다.

"집합, 집합! 십장들 집합!"

호루라기소리와 함께 퍼지는 일본말 외침이었다.

"무신 일인고?"

유 십장이 후닥닥 몸을 일으켰다.

"그냥 넘어갈 일언 아닝게……."

곰방대를 왼쪽 손바닥에 쳐서 털며 손판석은 느리게 일어섰다.

"십장들은 다들 똑똑히 들어라. 지금 길거리에서 만세를 부르고 있는 인부놈들은 학생들보다 훨씬 더 나쁜 놈들이다. 그놈들은 앞으로 절대 일을 시켜서는 안 된다. 십장들은 지금부터 그놈들 명단을 하나도 빠짐없이 작성해서 보고하라. 만약 내용이 정확하지 않고 누락자가 있을 시에는 십장들을 문책할 것이다."

계급 높은 일본인 순사가 험악하게 구긴 얼굴만큼 살벌하게 외쳐대고 있었다. 그 순사의 양쪽으로는 네 명의 부하가 총을 받쳐들고 호위하고 있었다. 그 네 명 중에 장칠문이도 섞여 있었다.

"요거 어찌 되는 것이여?"

"어찌 되기넌. 경찰에서 칼을 뽑아든 것이제."

"이래도 괜찮헐랑가?"

"안 괜찮으면? 총칼 쥔 것이 누군디?"

"아니여, 이리 몰아서는 안 되는 법이여."

"그려, 개도 맥힌 고샅으로넌 안 모는 법 아니드라고."

"차암, 그 인부놈덜 속얼 알다가도 모를 일이여. 요런 일 터질지 몰라서 학상덜 편들고 나서서 만세여, 만세가."

"이름얼 골라내라니…… 우리 팔자도 참 드러운 팔자시."

십장들은 혀를 차고 쓴 입맛을 다시고 하며 제각기 흩어져 갔다.

경찰이나 헌병들은 시위대를 제지하지 않았다. 무장을 갖춘 경찰이나 헌병들은 관공서와 은행 같은 곳을 경비하고 있을 뿐이었다. 시위대는 목들이 쉬도록 만세만 부를 뿐 관공서나 은행 같은 곳은 거들떠보지도 않았다. 시간이 오래 지나도 경찰과 헌병들이 제지를 하지 않게 되자 시위대의 수는 갈수록 불어났다.

학생들은 시위대열을 큰길마다 이끌고 다니며 독립만세를 열창해 대고 있었다. 일본건물들이 유난히 많은 군산 시가지는 온통 독립이 된 것처럼 만세의 축제를 이루고 있었다. 해가 기울면서 만세 소리도 차츰 가라앉아 가고 있었다.

공허는 군산의 시위를 최대한 확산시키고자 날이 어둑어둑해지기 시작하자 활동을 개시했다. 바랑에는 독립선언서가 가득 들어 있었다. 독립선언서를 넓게 배포해서 군산의 시위 소식이 너욱 실감나게 하자는 것이었다.

군산의 시위 소식은 이미 사방 50리 안팎으로 퍼졌을 거였다. 진작 퍼져 있는 한성의 소문에 군산의 소식이 겹쳐지고, 거기다가 독립선언문까지 읽게 되면 사람들은 누구나 감정이 꿈틀거리지 않을 수 없을 상황이었다. 지금 무엇보다 중요한 것은 사람들의 마음에 불을 붙이는 것이었다. 그 불꽃들이 모여져 불길로 타오르게 해야 했다.

"소문만 무성허고, 시님 오시기만 기둘리고 있었구만요."

안재한이 반색을 했다.

"예, 요것얼 등사허니라고 소문보담 한발 늦어졌구만요. 요것이 한성서 공포헌 독립선언서구만이라."

공허는 열 장씩 두루마리 한 종이묶음 하나를 내놓았다.

"웬걸 이리 많이……?"

"예에, 뜻이 있는 친지덜헌티 널리 돌려주시라고……."

"예에, 예, 알겄구만요."

"글이 잠 에로운 디가 있응게 글 못 읽는 사람덜헌티넌 쉽게 풀어서 읽어주시는 수고도 잠 혀주시고요."

"예에, 그러고말고요."

"갈 디가 많어서 이만……."

공허가 한 동작으로 바랑을 지면서 몸을 일으켰다.

"아니, 경성 이얘기도 듣고, 앞으로 일도 의논허고, 나눌 이얘기가 많은디……."

안재한이 당황스러워했다.

"한 사흘 뒤에 또 오겄구만요."

공허는 지체없이 방을 나섰다. 그리고 바람이듯 빠르게 어둠 속으로 자취를 감추었다.

공허가 서너 군데를 더 들러 신세호의 사랑을 찾아든 것은 자정 무렵이었다. 막 잠이 들었던 신세호는 부랴부랴 잠자리를 걷었다.

"이것 참 면목 없이 됐구만요. 스님언 이 고생이신디 지넌 잠이나 자고 있으니. 나이가 말얼 허는 것인지 어쩐지, 낮에 지게질 잠 허먼 밤에 이리 노곤해지니 원……."

신세호는 면구스러워하며 변명하듯이 말꼬리를 흐리고 있었다.

공허는 그 말이 그냥 흘러가지 않고 가슴에 걸리는 것을 느꼈다.

신세호의 나이는 이제 지게질할 나이가 아니었다. 송수익과 동갑인 신세호는 마흔이었다. 실한 농사꾼도 마흔이면 지게질을 아들에게 떠넘길 나이였다.

"안직도 지게질얼 허시면 되간디요. 춘추 불혹이면 인자 머심농사럴 지셔야지라. 그러다가 엉뚱헌 득병허시능마요."

공허는 정색을 하고 말했다. 그러는 한편으로 미안함을 느끼기도 했다. 그동안 이모저모로 폐를 끼쳐왔으면서도 그런 일에는 전혀 신경을 쓰지 못했던 것이다.

"예, 차차 그러기는 해야 될 모양이구만요. 세월에 녹슬고 삭지않는 것이 없으니 원." 신세호는 스산한 웃음을 흘리고는, "스님 오시기릴 고대허고 있었지요. 세상 돌아가는 것이 어찌 되고 있는가요?" 먼저 말문을 열었다.

"한성얼 댕개왔구만요. 요것이 독립선언문인디요."

공허는 두루마리 한 묶음을 내놓았다.

"예에, 선언문은 얼핏 읽어봤구만요."

이렇게 말하면서도 신세호는 두루마리를 빠르게 집어들었다.

"예에……? 어디서 그것얼……."

공허는 당황하면서도 놀랐다. 한성에 다녀온 것인가 하는 생각이 순간적으로 스쳐갔다.

"예, 사위가 지닌 것얼 잠시 잠깐 훑어보았구만요. 학생들 사이에서 돌고 있는 것이드만요."

공허는 그때서야 군산의 시위와 학생조직이 직결되는 것을 느꼈다. 그리고 곧 전주에서도 시위가 일어날 것을 직감했다.

"올 것이 오기넌 온 것인디……. 그리 만세만 불러서 무신 일이 될 것 겉은가요?"

신세호는 흐린 불빛 사이로 공허를 유심히 바라보았다. 그 낮은 음성은 무거웠고 흐린 불빛의 그림자가 어린 얼굴에는 근심이 서려 있었다.

"예, 소승도 그것이 질로 걱정이고 맘 못 놓는 대목이구만요. 허나, 우선에 다른 방도가 없이 벌어진 일잉게……."

공허의 음성은 더 무겁게 가라앉았다.

다음날 아침 일찍부터 군산부두에는 살벌한 기운이 감돌기 시작했다. 노동자들과 경찰들이 대치하게 된 것이었다.

평소와 다름없이 일을 나온 노동자들을 처음에 가로막은 것은 십장들이었다. 십장들은 어제 명령을 받은 대로 만세를 부른 노동자들을 가려내려고 했다.

"아니, 어째 이런다요?"

"못헐 일 헌 것도 아닌디 이러덜 말드라고요."

노동자들은 처음에 어색한 웃음이나마 지으며 사정조로 나왔다.

"요것언 우리 맘대로 허는 것이 아니여. 우에서 내린 령이제."

십장들은 거의가 이런 식으로 뻣뻣하게 노동자들의 사정을 튕겨 버렸다.

"우에서 령얼 내리다니, 우가 어디요?"

"어디넌 어디겄어, 경찰서제."

"글먼, 우리럴 골라내서 어쩌랍디여?"

"골라서 상 주라고 혔겄어? 물으나마나제."

"아니 글먼, 몰아내란 것이오?"

"허, 지 똥 쿠린지 아네."

"아아니, 그 무신 개잡소리여. 그 개좆물만도 못헌 소리럴 나불나불 씹어대고 있는 주딩이는 머시여!"

뒤쪽에서 누군가가 벌컥 쏘아질렀다.

"머, 머시여! 거그 누구여!"

십장이 바락 고함을 질렀다.

"누군지 나스먼 어쩔 것이여. 지년 조선놈 아니여!"

다른 목소리의 야유였다.

"그려, 조선놈이 아니제. 장헌 왜놈 아니드라고, 왜놈!"

또다른 목소리의 희롱이었다.

"왜놈이나 됨사 말도 안 혀. 왜놈좆물이나 뽈아대는 저런 놈덜 땀시 조선사람덜 골창 빠지는 것이여!"

말이 말을 물고 넘어가면서 분위기가 살벌하게 돌변하고 있었다. 말대꾸할 기회를 잃어버린 십장은 이미 기가 눌려 있었다.

"아, 멋덜 혀! 저런 것 하나 싹 밀어붙여 불덜 못허고."

누군가가 불을 당겼다.

"그려, 싹 밀어붙여 불드라고."

누군가가 제때 부채질을 했다.

"그려, 그려, 밀어붙여!"

여기저기서 불똥이 튀어올랐다.

우와아아ㅡ.

함성이 일어나면서 노동자들은 한꺼번에 앞으로 무찔러나갔다. 수십 명의 기세 앞에서 십장 하나는 북풍에 실리는 가랑잎이었다.

그 사태를 수습하려고 경찰은 긴급 출동하게 되었다. 경찰들이 들이댄 총칼 앞에서 노동자들은 어찌할 수 없이 뒷걸음질을 쳐야 했다. 십장들이 나서고 말고 할 것도 없었다.

"어제 만세를 부른 놈들은 한 놈도 빠짐없이 모두 철망 밖으로 나가라. 십장들이 다 알고 있으니까 거짓말을 말아라. 속인 놈들은 당장 영창에 처넣고 말 테다."

경찰의 이런 으름장 앞에서 어제 시위에 참가했던 노동자들은 고스란히 철조망 밖으로 밀려날 수밖에 없었다.

300여 명을 헤아리는 그들은 철망 저쪽에서 총을 꼬나잡고 선 경찰들과 맞서 웅성거리면서 흩어질 기미는 전혀 보이지 않았다.

"너희들한테는 절대 일을 다시 시키지 않는다. 일할 사람들은 얼마든지 있다. 여기 있어봤자 소용없으니 다들 물러가라! 다들 해산하라!"

경찰간부가 종이나팔을 입에 대고 벌써 서너 번째 외치고 있었다. 그러나 노동자들은 해산하기는커녕 더 대열을 이루어나가는 것같이 보였다. 그러더니 한쪽에서 느닷없이 여러 사람들의 외침이 터져올랐다.

"대한독립 만세에!"

그 외침의 메아리인 듯 다른 쪽에서 더 큰 함성이 일어났다.

"대한독립 만세에에!"

"해산하라, 해산하라! 명령에 복종하지 않으면 쏜다."

경찰간부가 발악적으로 소리질렀다.

"대한독립 만세에에!"

그러나 경찰간부의 외침은 노동자들의 세 번째 함성에 떼밀려 파묻혀버렸다.

그런데 그 시간에 경찰서에서는 긴급 간부회의가 소집되어 있었다.

"다들 똑똑히 들으시오. 마침내 총독부 경무국에서 명령이 하달되었소. 이제 폐왕(廢王)의 장례가 끝났으니 모든 시위는 즉각즉각 습격·해산시킬 것이며, 시위 가담자와 혐의자들은 모조리 체포하라는 명령이오. 그리고 우리 일본민간인들도 무장을 시키라는 명령이오."

경찰서장은 구둣발로 마룻바닥을 힘껏 굴러대며 간부들을 휘둘러보았다. 간부들은 모두 결의를 가다듬는 긴장된 얼굴들로 똑바로 앉아 있었다.

세키야는 문득 보름이를 생각했다. 아무래도 보름이가 의심스러웠던 것이다. 목소리가 쉰 것 같으면서 어딘가 눈길을 피하는 듯한 눈치였던 것이다. 낮에 시위대열을 구경 나갔다가 만세를 따라불렀을 가능성은 얼마든지 있었다. 그것이 자신도 모르게 그 짓을 하는 것도 문제였지만, 그 짓을 하다가 잡혀 들어와 자신과의 관계가 드러나면 그야말로 난처한 문제가 아닐 수 없었다. 시위대를 체포하기 전에 발밑 단속을 소홀히 했다가는 망신살 뻗치기 십상일 판이었다.

"초반에 일벌백계로 다스려 꼼짝을 못하게 하는 우리의 전통적인 전술을 다시 쓰는 것인 만큼 모두 명심해서 시위를 완전 근절시킬 수 있도록 해주기 바라는 바이오. 질문들 하시오."

서장이 다른 간부들을 휘둘러보았다. 간부들은 한층 더 단단해진 얼굴들로 입을 꾹 다물고 있었다.

"질문들 없소?"

"예, 없습니다."

"됐소, 업무수행들 하시오."

간부들이 일제히 자리에서 떴다.

간부들이 서장실에서 나오기를 기다리고 있는 소식이 있었다.

"또 시위가 벌어졌다고 합니다."

"뭐라고? 자세히 보고해!"

"예, 어제하고는 달리 부두에서 노동자들이 먼저 시위를 시작해서 학생들하고 합세를 했다고 합니다."

"됐어. 어제까지는 참았지만 오늘부터는 무조건 체포한다. 전원무장을 갖춰라!"

"옛, 전원 무장을 갖추게 하겠습니다."

호루라기소리가 울리고, 경찰들이 재빠른 동작으로 이리저리 뛰고, 경찰서는 삽시간에 비상상태로 돌입했다.

시위대는 어제보다 훨씬 더 많았다. 어제는 머뭇거리며 구경만 했던 사람들이 오늘은 친근해진 마음으로 대열을 이루었던 것이다. 소학교 아이들도 대열 속에서 팔들을 힘차게 뻗쳐 올리며 카랑카랑한 소리로 만세를 외쳤고, 할머니 등에 업힌 네댓 살 난 꼬마도 고사리손을 활짝활짝 펼치며 만만세를 불렀다.

부두 앞길을 떠난 시위대가 본정통 중간쯤에 이르렀을 때였다. 경찰들 10여 명이 시위대의 앞을 가로막으며 총을 겨누었다.

"해산하라, 해산! 말을 안 들으면 전부 체포하겠다."

경찰간부가 시위대를 향해 외쳤다. 그의 얼굴은 험상궂게 찡그려지고 목소리도 살벌했다. 그러나 10여 명의 경찰은 시위대에 비해 너무 보잘것없는 숫자였다.

"대한독립 만세에!"

몇몇 사람들의 외침이었다.

"대한독립 만세에에!"

사람들이 득달같이 복창했다. 그 소리가 어찌나 우람한지 경찰들을 떠넘길 것만 같았다. 그러나 그 외침은 대열의 앞쪽 사람들이 외친 것에 불과했다. 그 외침은 큰 물결이 파도쳐 나가듯 대열의 뒤로 뒤로 소리의 물굽이를 이루어나가고 있었다.

따앙!

총소리가 만세소리를 찢어댔다. 대열이 순식간에 얼어붙었다. 섬뜩한 정적이 덮쳐왔다.

"다들 체포하라!"

이 소리가 정적을 깨는 것과 동시에 대열이 무너지기 시작했다.

경찰들이 개머리판을 휘두르며 대열로 뛰어들었고, 대열을 이룬 사람들은 도망치기 시작했던 것이다.

그런데 경찰은 대열의 앞만 가로막은 것이 아니었다. 총소리를 신호로 이 골목 저 골목에 숨어 있던 경찰들이 대열을 토막내며 뛰어들었다. 몇 토막으로 잘린 대열은 걷잡을 수 없이 허물어지고 있었다.

"바까야로!"

"어이쿠메 나 죽네!"

"칙쇼!"

"아이구구……."

경찰들이 사정없이 휘두르는 총대에 맞아 맨손인 사람들은 픽픽 나둥그러지고 고꾸라지고 있었다.

딸아이를 업고 구경을 나와 있던 보름이는 그 끔찍스러움에 떠밀려 뒷걸음질을 치고 있었다. 겁에 질린 얼굴이 실룩거리다가 눈물이 주르륵 흘러내렸다. 손등으로 눈물을 훔친 보름이는 돌아서서 뛰기 시작했다. 머뭇거리고 있다가는 잡혀갈 것만 같았다.

보름이의 눈앞에는 시아버지와 남편의 모습이 오락가락하고 있었다. 그동안에 애써 멀리하려고 했던 기억이었다. 차마 얼굴을 들 수 없는 죄스러움으로 꿈꾸는 것조차 피하려고 했었다.

그런데 어제 갑자기 울려퍼지기 시작한 만세소리는 가슴을 뒤흔들며 시아버지와 남편의 모습을 생생하게 떠올리게 했다. 그 끝없이 이어지는 만세소리는 산 굽이굽이를 메아리쳐 울리는 시아버

지와 남편의 목소리 같았다. 시아버지와 남편의 원혼이 그렇게 목
놓아 만세를 부르는 것 같기도 했고, 어서 나와서 만세를 부르라고
자신을 불러내고 있는 것 같기도 했던 것이다.

그동안 가슴에 묻었던 서러움과 한스러움이 너무 많았다. 그런
데 만세소리를 듣게 되자 가슴이 울렁거리고 뜨거워지면서 뛰쳐나
가고 싶어졌다. 그 만세소리를 따라 자신도 마음껏 만세를 불러대
면 가슴이 후련해질 것 같았다. 허둥지둥 딸아이를 들쳐업었다. 그
러나 커다란 짐승이 앞을 가로막았다. 딸아이의 애비 세키야였다.
다리가 풀리며 주저앉고 말았다.

그러나 끊임없이 이어지는 만세소리를 이겨낼 수가 없었다. 남편
과 시아버지의 힘이 세키야를 이긴 것이었다. 구경꾼들 속에 몸을
숨기고 만세를 따라불렀던 것이다. 하루에 한두 끼를 먹어도 좋으
니 제발 왜놈들을 몰아내게 해달라고 빌며 만세를 불렀다.

그런데 오늘 또 만세소리가 들려왔다. 오늘은 주저할 것 없이 길
거리로 나섰다. 어제보다 더 속시원하게 만세를 부를 작정이었다.
그런데 구경꾼들이 만세를 부르기도 전에 순사들이 시위대를 몰아
치기 시작했다.

보름이는 숨을 헐떡거리며 대문을 떠밀었다. 놀란 딸아이가 울
어대고 있었지만 보름이는 미처 달랠 생각도 못하고 있었다. 집 안
으로 들어선 보름이는 비로소 어깨를 부리며 안도의 숨을 내뿜었
다. 그리고 대문을 닫으려고 했다.

"아짐씨, 아짐씨, 나, 나 잠……."

숨가쁜 소리와 함께 대문이 왈칵 떠밀렸다. 그 힘에 밀려 보름이는 넘어질 뻔하면서 비틀거렸다.

눈앞에 서 있는 것은 피를 줄줄 흘리고 있는 학생이었다. 보름이는 정신없이 대문을 닫아걸었다. 학생의 볼에서도 입에서도 피가 심하게 흘러내리고 있었다. 목이며 교복 앞자락이 피범벅이었다.

"시상에…… 시상에……."

울상이 된 보름이는 학생에게 어서 안으로 들어가자는 손짓을 했다.

보름이가 막 마루로 올라서려는 참이었다.

"문 열어라, 문!"

일본말 고함소리와 함께 대문 걸어차는 소리가 요란하게 울렸다.

"안 열면 때래부신다! 한 놈 숨는 것 봤응게 얼렁 열어."

또 대문 걸어차는 소리와 함께 조선말 외침이 울려왔다.

"이거, 이거, 방으로, 얼렁 방으로……."

보름이는 어쩔 줄을 모르며 허둥거렸다.

"아니구만이라, 저짝으로 피헐라능마요."

학생은 대문 반대쪽 담을 가리켰다. 그리고 지체없이 그쪽으로 뛰기 시작했다.

"거그 서, 거그! 쏜다!"

대문 쪽 담에서 순사가 뛰어내리며 조선말로 외쳤다.

그러나 학생은 멈추지 않고 담에 매달렸다. 보름이는 앞이 캄캄해지는 걸 느꼈다.

"이새끼, 스라니께!"

마당을 가로지른 순사가 담을 반쯤 기어오른 학생의 등짝을 개머리판으로 후려쳤다.

"아이고 엄니!"

학생이 비명을 토하며 아래로 곤두박였다. 몸뚱이가 땅에 부딪히는 섬뜩한 소리에 보름이는 귀를 막았다.

"이 조센징 계집년아, 왜 문을 안 열고 까불어!"

일본말 외침에 보름이는 눈을 떴다. 그때 일본순사가 휘두른 총대가 보름이를 후려쳤다.

"워메 엄니!"

보름이는 머리가 터지는 충격에 휩쓸리며 쿵 나가떨어졌다. 등에 업힌 아이가 진저리치듯 울음을 터뜨렸다. 보름이는 아이의 그 숨 넘어가는 울음소리에 아뜩해지는 정신을 가까스로 붙들었다.

"빨리빨리 걸어, 빨리."

보름이는 등을 떠밀렸다. 왼쪽 이마에서 피가 줄지어 흐르고 있었다.

보름이는 큰길까지 나오면서 사방을 질정없이 두리번거리고 있었다. 피를 닦을 생각도, 울어대는 아이를 달랠 생각도 하지 못하고 있었다. 아니, 이마가 깨진 아픔조차도 느끼지 못하고 있었다.

보름이는 아들 삼봉이를 찾고 있었다. 삼봉이는 아까 자신이 구경을 나설 때 벌써 집에 없었던 것이다. 제 아버지의 건강을 타고 난 삼봉이는 밥만 먹었다 하면 사방을 발발거리고 쏘다녔다. 세키야의 눈치와 구박을 받으면서도 삼봉이는 고뿔 한번 앓지 않고 무병하게 자라났다. 삼봉이는 더 어렸을 때부터 눈치가 빨해 세키야 앞에는 아예 얼씬거리지를 않았다. 밥만 먹으면 밖으로 나도는 것도 세키야의 눈길을 피하려는 것인지도 몰랐다. 눈치살이를 하면서도 튼실하게 자라나는 아들을 생각하면 보름이는 그저 고맙고 가슴 아렸다.

세키야는 삼봉이를 학교에 보내줄 기미를 전혀 보이지 않았다. 그렇다고 보름이는 사정하고 싶지도 않았다. 세키야는 어찌나 인정머리가 없는지 제 딸마저 한 번도 안아본 적이 없었다. 자신이 임신한 것을 알고 세키야는 싫은 기색을 그대로 드러냈다. 그러더니 딸을 낳으니까 더 싫어하며 알아들을 수 없는 욕을 내뱉었다. 세키야는 딸만 싫어하는 것이 아니었다. 자신을 대하는 마음도 식어들고 있다는 것을 보름이는 눈치만이 아닌 잠자리에서 느끼게 되었다. 보름이는 그것을 오히려 다행스럽게 생각했다. 무슨 짓을 하고 살든지 어서 놓여나고 싶었던 것이다.

보름이는 앞이 흐려져 걸을 수가 없을 지경이었다. 아들만 생각하면 솟는 눈물이었다. 그런데 아들의 얼굴을 덮치며 다가드는 얼굴이 있었다. 화가 치솟아 눈을 부릅뜬 세키야의 얼굴이었다. 성질이 급하고 포악한 세키야가 그냥 넘어갈 리가 없었던 것이다.

경찰서에는 잡혀온 사람들이 너무나 많았다. 유치장이 모자라 넓은 마당에까지 가득 차 있었다. 그런데 피를 흘리는 사람이 절반을 넘는 것 같았다. 보름이는 마당의 구석 쪽으로 가려고 사람들

틈을 비집고 들었다. 여자들이 거의 없는 데다 남자들의 눈길이 쏠리고 있었던 것이다.

"아이고 이 아짐씨, 그리 피럴 쏟아서야 되겠능게라? 요것이 깨끗덜 못허요마는 어찌 잠 묶어보시오."

보름이와 눈길이 마주친 한 노동자가 깜짝 놀라며 머릿수건을 풀었다.

"아니, 괜찮허구만요……."

보름이는 이마를 가리며 고개를 떨구었다. 이마의 욱씬거리는 아픔이 더 심해지는 것 같았다.

"아닌디요, 상해도 아조 많이 상했는디요. 그냥 묶어서넌 안 되겠고 급헌 대로 무신 약얼 써야 피럴 막겠는디."

다른 노동자가 끌끌 혀를 찼다.

"그렇제 이. 근디 여그서 무신 약이 있겠능가. 어디서 된장 한 뎅이도 구헐 수가 없고……."

첫 번째 남자도 혀를 찼다.

"된장만 약이간디 된장보담 더 씨리고 애리기넌 해도 피 막는 디넌 담배가리가 더 직방이시."

"그려, 담배가리야 많제. 자네 여그다 얼렁 담배가리 잠 뿌리소."

"오살육시럴 헐 놈덜, 아그 업은 엄니럴 이리 무작시럽게 패다니……."

두 번째 남자가 겹으로 접은 수건 위에 담뱃가루를 동그랗게 펴놓으며 중얼거렸다.

"말도 말소, 이 꼬라지 당허는 우리가 다 빙신이제. 총칼 앞에 맨 주먹이니 계란으로 바우 치기가 딱 요것이 아니고 머시여. 피 토허 고 죽을 일이랑게."

"어디 봅시다, 아짐씨. 피가 끄쳐야 사람이 산게 쬐깨 씨리고 애 래도 참고, 보기가 잠 숭해도 참어야 허요 이."

"너무 미안시러바서……."

보름이의 목소리는 기어들었다.

"별소리 다 허시요. 요것이 다 사람 사는 일 아닙디여."

두 남자가 담뱃가루 놓인 수건을 조심스럽게 보름이의 이마로 가져갔다.

"어허, 요거 살만 찢어진 것이 아니라 속뼈꺼정 깨진 것 아니라 고?"

"아이고 참말로 많이 상했는디. 요거 아까와서 으쩌까?"

"머시가?"

"인물이 고운디, 숭이 크게 잽힐 것 아니겄어."

"이, 무신 소리라고. 고운 인물도 다 세월 가면 주름 잽히는 법 잉게."

보름이는 너무 오랜만에 느끼는 고마움에 눈물을 머금고 있었다.

경찰과 헌병들이 펼친 기습적인 체포작전으로 시위대는 산산조 각이 나고 군산 시가지는 너무 조용할 만큼 평온해졌다. 큰길에는 다시 인력거와 자전거들이 굴러다니기 시작했고, 게다짝 따그락거 리는 소리가 차츰 요란해지고 있었다. 한바탕 완력을 쓴 경찰과 헌병들도 몇 명씩 짝을 지어 길목길목을 지키며 한가로운 시간을 보내고 있었다.

누가 보거나 너무 허망하고 싱거운 한판 싸움이었다. 경찰과 헌병은 너무 강했고 시위대는 너무 약했던 것이다. 그 사실을 경찰서와 헌병대에서는 구체적으로 입증하고 있었다. 양쪽에서는 잡혀온 시위대들이 매질당하는 비명소리가 이 방, 저 방에서 얽히고설키며 끊임없이 이어지고 있었다. 잡혀온 사람들이 많아 그 비명소리들은 땅거미가 내릴 때까지 계속되고 있었다.

"대한독립 만세에!"

어둠살이 짙어지면서 어디선가 갑자기 터져나온 소리였다.

"대한독립 만세에!"

그 반대쪽 어디에선가 터져나온 소리였다. 그 만세소리는 낮에 울리던 우렁차고 장중한 만세소리는 아니었다. 그러나 여러 사람들의 목소리가 합쳐진 힘찬 소리였다.

"대한독립 만세에!"

신사 쪽에서 울리는 소리였다.

"대한독립 만세에!"

정반대쪽인 부두에서 울리는 소리였다.

"대한독립 만세에!"

그 측면인 역 쪽에서 울리는 소리였다.

"대한독립 만세에!"

유곽 쪽에서 울리는 소리였다.

도깨비불이 여기저기서 번쩍거리듯 만세소리는 어둠에 덮여가는 군산의 사방팔방에서 울려대고 있었다. 날이 어두워지자 안심하고 길목길목의 경계를 푼 경찰과 헌병들은 질겁을 하지 않을 수 없는 일이었다.

호루라기소리가 발작적으로 울려대고 횃불들이 어둠을 밝히며 타오르고, 다급하게 땅을 차는 구둣발소리들이 요란했다. 산산이 흩어져 죽어버린 듯이 조용했던 시위대들은 밤이 되기를 기다려 사방에서 다시 독립만세를 외치기 시작한 것이었다.

그즈음에 보름이는 끌려나갔다. 하루종일 물 한 모금 얻어먹지 못하고 지칠 대로 지쳐버린 딸아이는 죽은 듯 등에 찰싹 붙어 있었다. 보름이는 이마만 아픈 것이 아니라 머리 전체가 깨지는 것 같은 통증과 어지럼증에 휘둘리며 경찰서 안으로 끌려갔다. 얼마를 맞든지 간에 어서 매질을 당하고 풀려나고 싶었다. 하루종일 굶은 채 자신을 찾아 사방을 헤매고 있을 아들을 생각하면 그만 미칠 것만 같았던 것이다.

어느 방으로 끌려 들어갔다.

"꼴좋다."

앞에 선 것은 뜻밖에도 세키야였다. 보름이는 숨이 막히는 걸 느끼며 고개를 떨구었다.

"못된 계집년, 날 속이다니." 세키야는 칼날 같은 눈초리로 보름이를 노려보며 어금니를 뿌드득 갈더니, "빨리 집에 가 있어." 싸늘하게 내뱉었다.

보름이는 허둥지둥 밖으로 나섰다.

아들 삼봉이는 집에 없었다. 보름이는 손판석네 집으로 부랴부랴 달려갔다. 마음에 짚이는 곳은 그 집밖에 없었던 것이다. 역시 삼봉이는 눈물자국이 범벅인 얼굴로 부안댁네 안방에 쪼그리고 앉아 있었다. 보름이는 아들을 얼싸안으며 눈물이 쏟아졌다.

"아이고, 요것이 무신 꼴이랴. 자네도 만세 불르로 나섰드랑가?"

부안댁은 무슨 영문인지 모르겠다는 얼굴로 보름이를 바라보았다.

"나 물 한 그럭 주실라요."

보름이는 비로소 물을 마실 마음의 여유를 찾았다.

"자네 가심에 서린 한이 얼매나 진헌지 아네. 허나 새끼덜 생각히서 앞팔자 더 꾀이게 허지넌 말어."

부안댁이 보름이의 어깨를 어루만지며 걱정스럽게 말했다.

"야아, 더 꾀일 팔자나 머 있간디라……"

보름이는 중얼거리며 아들의 손을 잡고 일어섰다

"어디릴 간가, 밥 묵어야제."

"아니구만이라. 얼렁 집이 가서 기둘려야제라. 무지허니 화가 났응게……"

부안댁은 한숨을 쉬며 어서 가라고 손짓을 했다.

"그리되기 다행이야. 안 그랬으면 내 손에 반 죽었을 건데. 병원에 가봐, 내가 연락해 둘 테니까."

세키야의 말은 너무 뜻밖이라 보름이는 잠시 어리둥절했다.

"왜 대답이 없어. 병원 안 갈 거야?"

"아니요, 가졌구만요."

보름이는 쫓기듯 대답하며 몇 년 만에 처음으로 고마움을 느꼈다. 머리가 너무 아파 견딜 수가 없는 판에 그 말 한마디는 아픔을 모두 씻어내 주는 것 같았던 것이다. 그러나 전에 한 번도 보인 일이 없었던 그 선선함이 어찌 된 영문인지 알 수가 없었다.

군산의 소문은 그날그날로 사람들의 발길이 닿는 대로 50리든 100리든 거침없이 퍼져나가고 있었다. 군산의 소문은 고종의 장례를 치르고 돌아온 유림들이 풀어놓는 한성 소식에 겹쳐져 사람들의 마음을 더욱 자극해 대고 있었다.

송중원과 이광민 같은 학생들은 그 누구보다도 군산의 소식에 귀기울이며 몸달아하고 있었다. 그들은 군산에서 먼저 시위가 벌어진 것에 당황한 데다가 아침저녁으로 달라지는 소문에 더욱 초조해지고 있었다.

그들은 자꾸 험해지고 있는 소문에 쫓기며 하루라도 빨리 시위를 일으킬 준비를 해나가고 있었다. 그런데 군산의 소문에 발을 맞추듯 경찰과 헌병대의 경계가 표나게 강화되고 있었다. 학생들은 물론이고 일반인들까지도 불심검문을 하는 것이었다.

송중원은 어둠에 몸을 숨기며 교회에 도착했다. 안으로 들어가기 전에 또 한번 주위를 살폈다. 교회는 어둠 속에 묻혀 있었고 그 어디에서도 인적은 느껴지지 않았다.

회의실은 교회 뒷문 쪽에 있는 목사 사무실이었다. 사무실에는 호롱불이 밝혀져 있었지만 창문에는 커튼이 드리워져 있어서 불빛이 밖으로 새나가지 못했다. 비좁게 둘러앉은 열 명의 학생들은 전혀 말이 없이 무거운 얼굴들이었다.

"무신 말얼 허겄다는 것이제?"

송중원은 벽시계를 올려다보며 이광민에게 귓속말로 물었다.

"잘 모르겄어."

이광민이 알 수 없다는 표정을 지으며 고개를 저었다.

"좋은 이얘기넌 아닌 것 아니여?"

"글씨, 그럴란지도 몰르겄어."

송중원의 예감과 이광민의 예감은 말보다 먼저 눈빛으로 일치하고 있었다.

목사 윌리엄스는 회의 시작시간인 8시에 나타났다. 코가 유난히 큰 그는 화가 난 것 같은 얼굴이었다. 그러나 학생들은 그가 위엄을 부리느라고 그런다는 것을 잘 알고 있었다. 학생들은 그 얼굴이 요구하는 대로 일제히 자리에서 일어났다.

"됐소, 다들 앉으시오." 윌리엄스는 손짓을 하며 고개를 끄덕이고는, "내가 학생들에게 간략하게 전할 말이 있소. 학생들은 내 말을 아무 오해 없이 받아들이기 바라는 바이오. 물론 내가 지금부터 하는 말은 나의 사적인 의견이 아니라는 것도 알아두시오. 에에, 그게 무슨 말인고 하니, 여러분들이 추진하고 있는 만세운동을 오늘부터 교회에서 더 이상 도울 수가 없게 되었소. 왜 그러냐 하면 일본인들과 총독부에서는 이번 만세운동을 우리 미국선교사들이 사주하여 일어났다고 생각하고 있고, 그 사실을 신문에 보도하기 시작했소. 그들이 내세우는 증거는 경성 평양 정주 등지에서 기독교 신자들이 대대적으로 가담했을 뿐만 아니라 더 확실한 증거로는, 상태가 비교적 평온을 유지한 남한에서 제일 먼저 시위가 일어난 군산에서도 우리 크리스천 학교 학생들이 주동이 되었다는 사실이오. 벌써 경성이나 평양에서는 일본 경찰과 헌병들이 우리 미국선교사들의 집을 수색하거나 경찰서로 불러 심문하는 사건이 벌어지기 시작했소. 이건 미국과 일본 간의 심각한 외교문제로 등장한 것이오. 그러니까 이 문제를 해결하기 위해서는 우리가 더 이상 여러분들을 도울 수가 없게 되었다 그 말이오. 너무 섭섭해하지 말고 여러분들이 우리 사정을 이해해 주기 바랍니다. 혹시 할 말 있으면 하시오."

10년 넘게 조선땅에서 살아온 선교사답게 윌리엄스는 조선말이 막힘이 없었다.

학생들의 얼굴은 침통하기 그지없을 뿐 아무도 입을 열지 않았다.

"오늘 회의는 해도 되겠지요?"

대표격인 이광민이 물었다.

"오늘부터 안 된다고 하잖았소."

윌리엄스의 또렷하고 싸늘한 대꾸였다.

학생들은 놀라고 어이없는 얼굴들로 서로서로 쳐다보고 있었다.

"갑시다, 공동묘지로."

이광민이 벌떡 일어나며 한 말이었다.

"공동묘지?"

누군가의 놀란 반문이었다.

"거그야 순사놈덜도 헌병놈덜도 얼씬얼 못허닝게."

"그려, 안전허기년 질로 안전허겄다."

다른 학생이 동의하며 일어섰다.

학생들은 윌리엄스의 사무실을 나섰다. 이광민의 제안은 너무 엉뚱한 것도 같았다. 그러나 밤낮없이 감시가 심해진 형편에 갑자기 안전한 회의장소를 구하기는 쉽지 않았다. 그렇다고 한시가 급한 상황에 회의를 연기할 수도 없었던 것이다.

"다항께 가먼 위험헝게 둘씩 짝지어서 가기로 헙시다."

어둠 속에서 이광민이 낮게 말했다.

"그럽시다. 담력훈련도 헐 겸에 겸사겸사 잘되았구만그려."

누군가가 배짱 두둑하고 능글맞은 어른의 말투를 흉내 내듯 말했다.

그들은 둘씩 짝지어 서로 다른 방향으로 사라지기 시작했다. 이광민과 송중원은 마지막으로 교회를 벗어났다.

"참 아는 정 보든 정 없이 몰인정허게 내쳐부네 이."

송중원은 참고 있던 말을 꺼냈다.

"그려, 서운해헐 것 없어. 저 냉정헌 것이 우리허고넌 달른 백인종덜 기질잉게. 맺고 끊는 것이 무섭제."

송중원이보다는 교회 출입을 오래 한 이광민이 결론짓듯 말했다.

"서운해허는 것이 아니여. 미국사람덜 생각이 틀려묵었응게 하는 소리제.”

“틀려묵다니 머시가 틀려묵어?”

“조선땅에 와서 조선사람덜헌티 선교란 것얼 허면 응당 조선사람덜 편얼 들어얄 것 아니여. 헌디, 선교넌 조선사람덜헌티 허고 비우넌 왜놈덜 비우 맞치고, 요리저리 실속만 채우는 못된 놈덜이 아니고 머시여.”

“그려, 나도 이럴지넌 몰랐다. 선교사덜언 우리 조선얼 인정하고, 우리가 독립되게 돕는지 알았등마 인자 봉게 그것이 아니여. 참말로 기맥히다.”

“긍게로 미국이고 서양 여러 나라덜이 우리 독립얼 도와줄 것이라고 믿는 것언 잘못된 것 아니여?”

“글씨…… 그것꺼정언 잘 몰르겄는디…….”

“요것얼 속씨언허니 물어볼 사람이 누구 없는가?”

“나라 안 일도 아니고 그 넓고 넓은 시상일얼 이 촌에서 누가 알겄냐.”

“동경유학생덜언 알란가?”

“글씨…… 우리보담 귀동냥언 많이 혈랑가 몰라도 그 사람덜도 학생인디…….”

“아이고 답답해!”

송중원은 고개를 젖히며 가슴을 쳤다. 봄별들이 포근한 느낌으로 반짝거리고 있었다. 그의 눈앞에는 불현듯 아버지가 떠올랐다. 아버지는 아시고 계실까! 아버지에 대한 그리움이 슬픔처럼 밀려

들었다. 그 그리움의 한편에는 야속함도 깃들어 있었다. 아버지는 무사하다는 소식만 드문드문 인편에 보낼 뿐 편지 한 번 보낸 일이 없었던 것이다. 만에 하나 발각이 날 것에 대비해 그렇듯 철저하게 하는 것은 이해할 수 있었다. 그러나 홀로 늙어가는 어머니를 생각하면 아버지의 그 철저함이 야속하지 않을 수가 없었다. 그렇지만 그건 어디까지나 사사로운 감정에 지나지 않았다. 대의 앞에 그리도 오랜 세월 동안 사적인 감정을 죽여온 아버지의 태도에 남자로서 그저 머리가 숙여질 뿐이었다.

공동묘지에는 그야말로 음산하고 깊은 적막만이 서려 있었다. 어둠마저도 더 짙고 짙은 것 같았다. 어둠에 눈이 익은 그들은 봉분들을 등지고 둘러앉았다.

"귀신들 회의다."

누군가가 불쑥 말했다.

"무신 소리여. 왜놈덜 잡아갈 저승사자덜 회의제."

"이, 그 말이 존디. 인자 봉게 비밀회의장으로넌 이보담 존 디가 없는디."

"민족 대표 33인도 요런 생각언 못 해냈을 것이다. 흐흐흐……."

"아이고, 참말로 귀신 웃는 소리시."

"아니, 농담헐 일이 아니고 말이여, 그 민족 대표란 사람덜 대관절 머허는 사람덜이여? 어지께 소식 들은게 3월 1일날 탑골공원에 나오지도 안 했드람서?"

"태화관이란 요릿집서 선언문 읽고 자진해서 경무청에 연락해

갖고 잽혀 들어가신 분네딜 아니시여?"

앞의 격한 목소리에 비해 느릿하게 감겨도는 야유조였다.

"참 알다가도 모를 일이여. 밤새 겁이 난 것도 아닐 것이고, 무신 일이까?"

"자아, 거그에넌 우리가 몰르는 무신 사연이 있을 것이오. 밤도 늦어간디 우리가 헐 일이나 의논헙시다."

이광민이 개회를 알렸다.

"윌리엄스가 저리 나오면 등사기럴 빌래쓸 수가 없게 되고, 또 지장받게 되는 일이 머시가 있소?"

"태극기 그릴 물감얼 못 얻어쓰게 되는 것뿐이오."

송중원이 얼른 대답했다.

"그런다고 일얼 중지헐 수넌 없덜 않소?"

"중지라니, 말도 안 되는 소리요."

"맞소, 윌리엄스 그까짓 것이 머신디."

"무신 수로든 우리 심으로 해결히서 정헌 날짜에 만세럴 부릅시다."

"맞소, 더 늦어서넌 안 되오. 학생덜이 전부 애타게 기둘리고 있소."

모두 다 강경하고 단호한 어조였다.

"되았소, 등사기가 없으면 우리가 손수 쓰면 될 일이고, 예정헌 날짜에 만세럴 불르도록 헙시다."

이광민이 최종적으로 결정을 내렸다.

그런데 다음날 전주에 군산의 소문이 퍼졌다. 쌀창고 두 개에 불이 났다는 것이었다. 어째서 불이 났는지 아무 설명이 없었다. 그러나 사람들은 다 알아차렸다. 쥐새끼들이 불장난을 했을 리 없었던 것이다. 그리고 군산에 쌀창고들이 생긴 이후로 십수 년이 지나도록 불이 난 일이란 없었던 것이다. 사람들은 군산에서 만세시위가 벌어졌다는 소식을 들었을 때보다도 더 예민한 반응을 보였다.

"어쩔라고 쌀창고에다 불얼 질렀을꼬?"

"아 왜놈덜이 사람덜얼 무작정 패고 잡아간우고 헝게 그리 안 허게 생겼어."

"하먼, 잘허는 일이여. 그리 씨게 대들어야 왜놈덜이 정신 채리제."

"누가 간보도 크시. 근디 왜놈덜이 가만이 안 있을 것인디?"

"체, 쉽게 잽힐 사람이 그리 뱃보 큰 일얼 저질렀겄어?"

"허기사 그려. 그나저나 그 쌀 아까와 으쩌까."

"이, 많이 아까와허소. 왜놈덜이 재라도 한 삽 줄지 아능가."

"씨엉쿠 잘되았제 머시가 아까와. 왜놈덜 돈이 잿더미 된 것잉게 나야 오장육부가 다 씨어언허구마."

"어허 참 그거 안되았네그려. 불질르는 김에 온 창고럴 홀라당 다 태워부러야 허는 것인디 말이여."

"아니여, 한술 밥에 배부르기럴 바랠 수넌 없는 일이고. 저리 쌀창고럴 불질르고 나스는 것언 우리도 당허고만 있지넌 안 허겠다 허는 표시 아니여?"

"그야 두말 이를 것인가. 인자보톰 쌈판이 지대로 벌어지는 것 아니라고."

"그나저나 우리 전주 학상덜언 멀허고 앉었능겨. 미리 겁묵고 주저물러앉은 것잉가 더 씨게 일어날라고 준비릴 야무지게 허능 것 잉가."

"그 무신 속 딜에다뵈는 소리여? 학상덜만 못혈 일 시킬라고 허덜 말고 자네가 앞장스먼 될 것 아니여."

"아니, 누구 무참 주자는 것이여 시방? 나가 나스자도 머시럴 아는 것이 있어야 나스제. 만세야 따라불를 수 있어도 사람덜 앞에 나서서 무신 말얼 허겄냔 말이여, 이 일자무식이."

"그려, 무식이 죄고 한이여."

이틀 뒤에 전주에서도 마침내 만세의 열풍이 일어났다. 학생들의 주도에 사람들은 제때 호응하고 나섰다. 그러나 경찰과 헌병들의 제지도 신속했다. 그들은 군산에서와 마찬가지로 총대를 마구 휘둘러대며 체포와 해산을 동시에 시도하고 들었다. 그들이 시위에 대비하고 있었던 만큼 학생들도 그들의 의도를 다 간파하고 있었다. 학생들은 그들의 총대에 얻어맞기 전에 민첩하게 흩어졌다가는 다른 길목에서 기민하게 다시 모이는 전법을 구사하고 있었다. 그러니까 학생들의 대열은 겉보기에는 그저 길게 늘어선 것뿐이었다. 그러나 내용적으로는 여러 개의 소대로 편성되어 지휘자가 배치되어 있었던 것이다. 그 숨바꼭질 만세시위로 경찰과 헌병들은 하루종일 골탕을 먹으며 크고 작은 길들을 뛰어다녀야 했다. 그리고 정작 주모자들은 대열의 앞에 나서지 않고 중간중간에 끼여 있었다. 지구전을 위해 체포를 피하려는 것이었다.

전주에 이어 강경에서 일어났고, 강경에 이어 이리에서 일어났고, 전주와 강경에서 동시에 일어나기도 했다. 그런데 학생들이 주도하지 않은 시위가 김제에서 불이 붙었다. 김제 장날 장터가 그대로 시위장이 되어버렸던 것이다.

김제장의 장꾼들은 이런저런 장사들을 빼놓으면 모두가 농부들이었다. 김제가 넓고 넓은 들판 가운데 자리잡고 있으니 모여드느니 농사꾼들일 수밖에 없었다.

어느 장터나 그렇듯 점심때가 되자 김제장도 장다운 분위기가 한껏 무르익어 오르고 있었다. 원동 삼사십 리 거리에서 발길한 장꾼들까지 다 모여들어 와글와글 끓는 속에서 서로 값을 부르고 깎고, 손님을 외쳐 불러대고, 말싸움으로 고함을 질러대고, 이웃사람을 찾느라고 목청껏 소리치고 하는 시끌시끌하고 왁자지껄한 소리들은 뭉게구름 일듯 뭉클거리고 있었다. 그 활기찬 분주함과 소란 사이로 노천에 내걸린 가마솥에서는 돼지고기 삶는 냄새가 진동해 시장한 장꾼들의 속을 휘젓고, 국밥집마다 도마 두들겨대는 경쾌한 소리가 손님들을 어서 오라고 부르고 있었다. 그리고 장사꾼들의 마수걸이를 기다리며 장터 한편에서 곯은 배를 쓸며 신 침만 삼키고 있던 거렁뱅이들이 슬슬 기동을 시작했다. 그들이 빈 바가지를 두들겨 장단 맞추며 맘껏 뽑아대는 장타령은 구성지고도 흥겹게 잘도 넘어가고 있었다.

장터에 나온 농사꾼들치고 빈손인 사람은 없었다. 보리 한 됫박이거나 닭 한 마리라도 처분한 그들은 점심때 막걸리 한잔씩은 걸치게 마련이었다. 그 술기운으로 시름을 잃고 대장간에 맡긴 낫이며 팽이를 찾아가지고 또 지루한 들길 걸어갈 기운을 얻는 것이었다.

술기운 젖은 육자배기 타령이 장터 여기저기서 흐늘어지고, 거렁뱅이들의 장타령이 가라앉아 가면서 밥때가 마무리되고 있을 즈음이었다. 장터 한쪽에서 느닷없이 터져오른 소리가 있었다.

"대한독립 만세에!"

청년들 열댓 명이 팔들을 뻗쳐올리며 기운차게 외친 소리였다.

"대한독립 만세에!"

두 번째 울려퍼진 소리까지 듣지 못한 장꾼들은 하나도 없었다.

"아이고, 저것이 무신 소리여!"

"우리 불르는 소리 아니라고!"

"옳여, 여그꺼정 왔구마 이."

"가세, 얼렁 가드라고."

"대한독립 만세에!"

농사꾼들은 소리나는 곳으로 우르르 몰려가기 시작했다.

"아이고, 도회지서나 만세럴 불르는지 알었등마 요런 촌구석서도 만세가 일어나네그려."

"자네, 말 그리허덜 말어. 군산이나 김제나, 전주나 김제나, 삼사십 리 상관에 김제가 무신 촌구석이란 것이여!"

"그려, 그려, 도회지라 치고 만세나 지대로 불러. 그래야 왜놈덜 몰아내진게."

"나 걱정 말소, 나가 뺏긴 논이 몇 마지기라고. 기둘렸든 챔이여."

"저 청년덜언 누구다요?"

"누구넌 누구겠소. 말로만 듣든 애국지사덜이제."

"애국지사가 저리 젊소?"

"젊어야 기운 써서 나라 찾제 늙어서 어디다 쓰겠소."

"허기사 그러요."

기분이 들뜨기 시작한 사람들이 뛰어가면서 나누는 말이었다.

그리도 북적거리고 소란스럽던 장터가 잠깐 사이에 텅 비다시피 되어버렸다. 장사꾼들이 맥빠진 얼굴로 눈을 껌벅거리거나 서로를 멀뚱히 바라보고 있었다. 그러나 청년들을 못마땅해하거나 싫은 소리를 하는 사람들은 없었다.

군중들은 곧 만세시위를 시작했다. 그런데 주재소 순사들이 그들의 앞에 나타났다. 시위대는 시오백 명이었고 순사들은 열서넛이었다. 순사들이 다 총을 꼬나들고 눈을 부릅떴다고는 하지만 시위대의 기세 앞에 어딘가 왜소했다.

"해산하라! 거역하면 발사한다!"

주재소장이 휙 칼을 뽑아들며 날카롭게 외쳤다. 크지 않은 몸집에 비해 그 기세가 주재소장다웠다.

"저놈덜얼 밀어붙여 부러!"

군중 속에서 누군가가 외쳤다.

"맞어, 열서너 놈헌티 질 수 있간디!"

누군가가 맞받아서 외쳤다.

"해산하라, 해산하라!"

조선말을 다 알아듣는 주재소장이 다급하게 소리치며 칼을 내리쳤다.

"저놈덜 밀어붙여라!"

"왜놈덜 몰아내자!"

이런 외침이 신호인 것처럼 사람들이 와아 함성을 지르며 앞으로 내닫기 시작했다. 그 서슬에 밀려 순사들이 총을 겨눈 채 뒷걸음질 치기 시작했다.

그런 상황을 멀찍이 떨어진 국밥집에서 어느 중이 지켜보고 있었다.

그렇제, 잘허는구만. 밀어, 더 씨게 밀어붙여. 괭이가 지아무리 쥐 앞에서넌 왕이라도 괭이 한 마리가 쥐 백 마리넌 못 당허는 법이다. 잘헌다, 잘혀!

공허는 맨주먹을 말아쥐며 자신도 모르게 힘을 쓰고 있었다. 그러면서 공허는 속으로 무릎을 칠 만큼 새 사실을 발견하고 있었다. 2천만 동포가 전국 방방곡곡에서 일시에 일어나 왜놈들을 몰아치는 것이었다. 그럼 지금처럼 수적으로 압도해서 이길 수 있었던 것이다.

그러나 공허는 다음 순간 맥이 빠지고 있었다. 그건 상상이고 환상일 뿐이었다. 그럴 만한 전국조직이 짜여져 있지를 않았다. 감시와 밀고의 그물을 치고 있는 무단통치 아래서 그런 조직을 짜기란 불가능했던 것이다.

순사들은 계속 밀리고 있었다. 총을 쏘겠다고 위협만 할 뿐 쏘지는 못했다. 일단 승기를 잡은 농부들의 기세는 갈수록 높아지고 있었다.

"왜놈덜 몰아내자!"

군중 속에서 누군가가 느닷없이 외친 구호였다.

"왜놈덜 몰아내자!"

이미 복창에 입이 익은 군중들은 그 구호도 거침없이 복창했다.

아이고메 장헌 거. 진짜배기가 나오네. 얼매나 속덜이 씨언허겄
냐. 더 혀, 더!

공허는 가슴이 확 트이는 통쾌감을 느끼며 주먹을 더 힘껏 부르
쥐고 있었다. 그 구호는 한성에서는 들을 수 없는 것이었다. 농민들
은 그동안 논밭을 빼앗기며 당해온 고통과 울분을 마침내 폭발시
키고 있었던 것이다. 농민들의 속 깊은 사정을 다 알고 있는 공허
는 목이 메고 전신이 저릿거렸다.

순사들은 계속 뒤로 밀리고, 시위대의 수는 자꾸 불어나고 있었
다. 공허는 국밥집을 나와 시위대의 뒤를 멀찍이 따라가고 있었다.
이미 경찰로서의 사기를 잃어버린 순사들은 결국 주재소까지 밀리
고 말았다.

"대한독립 만세에에!"

시위군중들이 주재소를 에워싸고 터뜨린 함성이었다. 그 만세소
리는 순사들과 주재소를 단숨에 휩쓸어 날려버릴 것처럼 우렁찼
다. 공허는 그들과 함께 만세를 외치고 싶은 충동을 참아내며 일을
성공시킨 만족감을 넘치게 느끼고 있었다.

순사들을 밀어붙여 버리자 시위대를 방해하는 것은 더 이상 나

타나지 않았다. 시위대는 맘껏 만세를 불러대며 길이란 길을 다 휩쓸었다. 김제는 만세소리 그대로 그야말로 독립된 땅이었다.

공허는 아까부터 시위대 중의 한 사람을 눈여겨보고 있었다. 그건 다름 아닌 거렁뱅이 사내였다. 그 거지는 처음부터 시위대의 뒤를 따르며 열심히 만세를 불러댔던 것이다. 그는 남다른 거지 행색이라서 유난히 눈에 띄는 데다가, 팔을 뻗쳐올려 만세를 부를 때마다 한쪽 손에 빈 바가지를 들고 있어서 더욱 표가 났던 것이다.

그 거렁뱅이 사내가 공허의 마음을 끌어당긴 것은 물론 그 색다른 행동 때문이었다. 장터에는 거지가 한둘이 아니었는데 만세를 부르고 나선 것은 그 혼자였던 것이다. 그놈 참 기특한 녀석일세! 공허의 직감적인 느낌이었다. 그러나 다음 순간 정반대의 생각이 퍼뜩 떠올랐다. 저것이 왜놈들 끄나풀이 아닐까! 경찰과 헌병대에서는 거지들까지 정탐원이나 연락원으로 써먹는다는 말을 얼핏 들었던 것이다. 그러나 곰곰이 생각을 굴리던 공허는 또다른 생각을 하게 되었다. 왜놈 앞잡이가 아닐 수도 있는데, 그렇다면······.

석양이 되면서 만세시위는 저절로 수그러들기 시작했다. 먼 길을 가야 하는 장꾼들이 차츰 대열을 벗어나게 되었던 것이다. 공허는 조심스럽게 그 거지에게로 다가갔다.

"인자 만세 불르기도 파장이고 배도 다 꺼졌을 것인디? 배나 채우로 가는 것이 어띠여?"

공허는 부드럽게 웃어 보이며 거지의 얼굴을 살폈다. 지저분하게 때 전 얼굴이 열대여섯 살쯤 되어 보였다.

"얼랴, 당신 누구요?"

거지가 고개를 꼿꼿하게 세우며 눈을 똑바로 떴다. 그 날카로운 눈빛과 함께 목소리가 무척 반항적이었다.

"중이제 누구여."

요것이 예삿것이 아니로구나 생각하며 공허는 더 정답게 웃음지었다.

"중이면 염불이나 허제 넘 배 채울 걱정언 멀라고 허고 나스요? 나도 장타령 한바탕이면 배불른 한 끄니요."

거지는 당신 염불만 대단하냐는 듯 코웃음을 쳤다.

"허, 붕알 단 사내라고 한바탕 큰소리가 들을 만헌디. 나가 니놈 장타령일 무시해서 허는 소리가 아니고 나도 옛적에 동냥질 해묵은 일이 있고, 그리 쪽박 찬 신세에 만세 불르는 것이 신통허고 장해서 잠 보자는 것이다."

이야기를 짧게 끝내려고 공허는 이렇게 말하며 시건방진 거지의 눈을 똑바로 쏘아보았다.

"아니, 시님도 동냥질 해묵었다고라?"

공허의 예상대로 거지사내는 반색을 했다.

"식구덜이 흉사허고 혼자 남었응게 에린 나이에 동냥질 않고 머 허겄냐."

공허는 입질하는 낚싯대를 잡아채는 기분으로 말했다.

"야아아…… 시님도 그러셨구만이라……."

거지는 순해진 얼굴로 공허를 올려다보며 고개를 끄덕거렸다.

"가자, 장타령 안 허고도 배불리 묵을 디가 있다."

공허는 빠르게 주위를 살피며 걷기 시작했다. 거지사내는 때가 꼬질꼬질 끼고 덕지덕지 기운 바지를 두어 번 추켜올리며 발 빠른 공허의 뒤를 따랐다.

공허는 장터를 지나고 주재소를 피해 김제를 벗어나고 있었다. 해가 뉘엿뉘엿 져가고 새들이 부산스레 날아가고 있었다.

"시님, 밥집 다 두고 어디로 가시는게라?"

거지사내의 목소리가 불만스러웠다.

"어허, 장부가 진득허니 참을지럴 알아야제. 붕알도 영글었을 나인디."

뒤도 돌아보지 않는 공허의 대꾸였다.

"나 안 갈라요. 김제서 볼일도 있는디."

거지사내의 말이 끝나자마자 공허의 몸이 획 돌려졌다.

"김제서 볼일? 그것이 머시제!"

위압적인 목소리와 함께 매서운 눈초리가 사내를 노려보고 있었다.

"저어 머시냐…… 그것이 저어……."

거지는 기가 질려 더듬거렸다.

"니 왜놈덜 앞잽이제!"

공허가 순간적으로 사내의 팔을 낚아챘다. 사내가 질겁을 했다.

"무, 무신 소리당가요. 왜놈덜언 우리 아부지 엄니 웬순디요. 왜놈덜이 우리 아부지 엄니럴 죽였는디요."

사내가 숨가쁘게 쏟아놓았다.

"머시! 참말이여?"

공허는 눈을 부릅뜨며 사내의 팔을 한 번 더 잡아챘다. 사내의 몸이 휘둘리며 비틀거렸다.

"하먼이라. 그렇게 나가 요 꼬라지 되았제라. 그려서 만세도 볼르고……."

"헌디, 동냥아치가 암디나 떠도는 것이제 김제럴 안 뜨고 무신 볼일이냐?"

"그것언 저어…… 에래서 갈라진 여동상얼 찾아볼라고……."

그 거지는 여동생 옥녀를 찾아 헤매는 득보였던 것이다.

"머시라고? 글먼 엄니 아부지넌 왜놈덜 손에 죽고 니넌 어동상 허고 에래서 생이별했다는 것이여?"

"야아……."

고개를 끄덕이는 득보의 눈에 눈물이 번지고 있었다.

"요런 놈에 일이 있능가. 그려, 나가 너무 넘게짚었다." 공허는 미안쩍어하며 득보의 팔을 놓고는 "가서 여동상얼 찾아보도록 혀." 그의 목소리는 착 가라앉고 있었다.

"아니구만요. 어지께허고 오늘 다 찾아봤는디도 없드만이라. 아까 헌 말언 따라가기 싫어서 그런 것이고……."

"니 팔자 사납기가 나허고 벨로 다를 것이 없구나. 니가 엄니 아부지 웬수 갚을 맘얼 품고 있냐?"

공허가 득보의 어깨를 어루만지며 측은한 듯 물었다.

"야아, 동상 찾고 웬수도 갚아야제라."

득보의 다부진 대답이었다.

"잘되았다, 나허고 가자."

공허가 득보의 어깨를 다독거렸다.

"중 노릇 허라고라?"

득보가 화들짝 놀라며 뒤로 주춤 물러섰다.

"놀래덜 말어. 여동상 찾어야 허는디 산속에 처박어 중얼 맨들어야 쓰겄냐. 동상도 찾고 부모님 웬수도 갚을 일이 많은게, 가자."

공허는 득보를 깊은 눈길로 바라보았다. 총기 서린 득보의 눈이 함께 갈 뜻을 나타내고 있었다.

들마을에 파아란 저녁연기가 피어오르고 있었다. 그 먼 실연기들은 노을빛이 밴 하늘로 아른아른 사라지고 있었다. 득보는 언제나 저녁연기를 보면 눈시울이 뜨거워졌다. 그 파란 연기가 피어오르는 마을의 저녁풍경에서는 자신을 부르는 어머니의 목소리가 아련하게 들리는 것이었다. 멍멍이 짖는 소리도 들리고, 여동생이 팔짝팔짝 뛰는 모습도 보이고, 아버지가 지게 지고 들녘에서 돌아오는 모습도 보였다. 그 어느 것도 눈물 아닌 것이 없었다. 득보는 어스름에 잠겨가는 들마을을 바라보고 걸으며 변함없이 사무쳐오는 그리움 속에서 아버지 어머니 여동생의 이야기를 해나갔다. 공허는 묵묵히 걷고만 있었다.

"……또 김제럴 와봤는디도 여동상언 없었구만이라우……"

득보는 이야기를 마치며 코를 들이마셨다.

"그 밥집년이 아조 숭악헌 년이시." 화난 목소리로 공허는 불쑥 내뱉고는 "니 그년얼 찾아가 봤냐?" 그는 득보에게 고개를 돌렸다.

"아니오. 안직 기운이 모지랜께 2년 더 있다가 열야닯 살 묵으면 갈랑마요."

"더 기운 모타갖고……?"

공허는 득보를 물끄러미 바라보았다. 여동생을 찾아 6년을 떠돌고도 2년을 더 참으려 하고 있는 득보라는 총각의 눈에 묘한 빛이 이글거리고 있었다. 그건 원한이 서린 살기였다. 앞으로 2년을 더 참으면 그 빛은 더 진해질 것이고, 그 밥집 여자는 열여덟 살의 원한이 서린 기운 앞에 저승객이 되기가 십상일 것이었다. 그 여자가 당하는 것은 어쩔지 모르겠으나 득보가 살인죄인 되는 것은 곤란한 문제였다.

"2년이나 참고 말고 헐 것 없다."

"야아?"

"그 못된 년얼 당장 찾아가는 것이다. 그년 목얼 나가 비틀 것 잉게."

공허는 시원스럽게 말하며 두 손으로 정말 목을 비트는 시늉을 했다.

김제의 시위 소문은 군산이나 전주 같은 도회지에서 일어난 시위보다 농민들을 더 자극했다. 왜냐하면 장날 농사꾼들이 일으킨 것이었고, 주재소 순사들을 밀어붙여 이겼기 때문이었다.

그 소식을 듣고 누구보다도 가슴 설렌 것은 외리의 박건식이었다. 그는 내촌의 김춘배를 찾아갔다.

"아재, 김제 소문 들었제라?"

"어이, 들었네."

"우리 농꾼덜이 들고일어나 순사놈덜얼 꼼지락달싹 못허게 밀어붙여 분 것얼 어찌 생각허시요?"

"그것이야 더 말해 멀허겄능가. 씨언허고 장헌 일이제."

"참말로 그렇제라 이. 근디 아재, 그간에 우리가 영 잘못했소."

"머시럴?"

"긍게 말이요, 요분에 봉게 그간에 우리찌리만 나슨 것이 잘못됐당게라. 사람 수가 수백으로 많어 그 심으로 밀어붙인게 총 든 순사놈덜도 꼼짝얼 못허고 당했단 말이오."

"그것이야 당연지사 아니라고. 순사놈덜도 사람잉게 많은 사람덜 기에 눌린 것이제. 근디, 그간에 우리가 나슨 것언 우리덜 땅얼 찾자는 것이고, 요새 사람덜이 수없이 일어나는 것언 나라럴 찾자는 것 아니라고?"

"야아, 맞구만이라. 그렁게 우리도 인자 전답얼 찾자고 우리찌리만 나서서 또 당허덜 말고 나라럴 찾기로 허고 일얼 꾸미잔 말이오. 나라럴 찾으면 우리덜 땅이야 지절로 찾아지는 것잉게라."

"이, 그 말이 이치에 딱 들어맞는 공자님 말씸이시. 시방 사람덜 맘이 만세바람얼 봉봉 타고 있응게 일 꾸미기도 아조 좋겄구마. 글면 우리도 장날 들고일어나는 것이 이래저래 좋덜 안컸능가?"

"야아, 지 생각도 그렇구만이라."

"근디 우리 동네넌 서당 선상님덜이 은근허니 사람덜 맘에 부싯돌얼 치고 있는디, 자네 동네넌 어쩐가?"

"우리 동네서도 마찬가지구만이라. 밤에 몇몇썩 모아 독립선언문얼 읽어준 것도 서당 선상님이신게요."

"잘되았네. 우리 생각얼 서당 선상님덜헌티 상의디려서 일이 빈틈없이 되도록끔 허는 것이 더 좋겠네."

"야아, 그리허면 그분네덜도 반가와헐 것이구만이라."

"그나저나 요분참에 왜놈덜얼 싹 몰아내게 돼얄 것인디. 이리 분허고 원통허게 산 것이 발써 몇 년이여."

김춘배가 핏빛 한숨을 내뿜었다.

"야아, 요분참에 잘만 허면 왜놈덜얼 싹 몰아낼 수 있을 것이구만요. 만세 불르는 기세가 들불 붙디끼 사방천지로 퍼지고 있으니께요."

"그려, 우리 전라도땅만이 아니고 충청도 경상도서도 들고일어난다는 소문잉게 그것이 다 우리 농새꾼덜 가심에 맺힌 한이 불붙은 것 아니여."

"그렇제라. 이대로넌 더 못살 것잉게 죽으나 사나 무신 끝장얼 봐야제라. 낼보톰 일 시작이요 이!"

"알겠네, 일이 어긋나지 안 허게 잘 꾸며나가 보드라고."

두 사람은 서로를 응시하며 말보다 더 강하게 다짐했다.

3월 중순으로 접어들면서 각지의 만세시위는 소문으로만 떠도는 것이 아니었다. 언제 어디서 몇 명이 시위를 일으켰는지를 자세히 등사한 전단이 밤사이에 마을마다 뿌려지고는 했다. 그 전단의 아래위에는 격문과 구호들이 적혀 있었다.

동포여 일어나라 독립을 찾자
기회가 왔다 강토를 탈환하자
외치자 대한독립 되찾자 조국강토

그런 전단을 누가 만들고 누가 뿌리는지 사람들은 알지 못했다. 그런데 전단만 뿌려지는 것이 아니었다. 어느 때는 벽보가 나붙기도 했다. 사람들은 내놓고 이야기하지는 못했지만 그런 일들은 청년학생이나 학식자들이 한다는 것을 다 알고 있었다. 그들은 바로 평소에 생각하고 있던 독립운동가들이었던 것이다.

그런데 일반사람들 사이에서는 독립운동가보다 훨씬 가깝고 한결 친근하게 느껴지는 '만세꾼'이란 말이 은밀하게 퍼지고 있었다. 어느 날 밤에 돌팔매질로 주재소나 면사무소의 유리창들이 박살이 났다. 또 어느 날 밤에는 전홧줄이 수십 발씩 절단되어 버리기도 했다. 일본농부들 집 앞에 똥이 질펀하게 부어지기도 했고, 마당에 불붙은 짚단들이 떨어지기도 했다. 그런 일들을 바로 만세꾼들이 하는 것이라고 했다.

만세꾼들이 하는 일은 그것만이 아니었다. 삼베보자기에 보리밥덩이를 싸가지고 장터를 찾아다니며 시위에 앞장서고, 수십 명씩

떼를 지어 이 마을 저 마을을 돌며 사람들을 시위에 나서게도 했다. 그런가 하면 달이 밝은 밤마다 이 산 저 산에서 독립만세나 구호들을 불러대는 산호(山呼)를 했다. 그뿐만이 아니었다. 만세꾼들이 하는 가장 신바람 나는 일은 봉화올리기였다. 캄캄한 밤에 봉화는 이 산 저 산에서 너훌너훌 타올랐다. 그 큰 불길 둘레로는 작은 횃불들이 수십 개씩 경중경중 춤을 추고, 함성소리들이 먼 메아리처럼 아득하게 울렸다. 농부들은 그 불길들을 보고 함성소리를 들으며 가슴이 두근거리고 감정이 들뜨며 집을 뛰쳐나가고 싶은 충동에 휘말렸다. 그리고 그들은 생생하게 떠오르는 지난날의 기억들에 사로잡히기도 했다. 봉화와 횃불과 산호…… 그것들은 갑오년 농민군들이 올렸던 기세였고, 10여 년 전에 의병들이 올린 기세였던 것이다.

"그려, 만세꾼덜언 예삿사람덜이 아니여. 요것조것 허는 일덜얼 보면 그간에 짚이짚이 숨었던 동학군이고 의병덜이 새로 박차고 나슨 것이여."

"나도 첨에넌 그 소문이 긴가민가혔는디 갈수록 봉게 그 사람덜이 틀림이 없구마. 근디, 그 사람덜언 참 찔기기도 찔기구마."

"하면, 맘덜이 강단진 디다가 한이 맺힌 사람덜잉게."

"참말로 용혀. 왜놈덜이 그리도 지독시리 잡아내서 씨럴 몰릴라고 혔는디도 어디서 그리 잘덜 피해 살었능고."

"허! 왜놈들이 지아무리 잘난 칙허고 눈치 빨른 칙혀도 한 구석 지넌 모지래고 미친놈덜이여. 옳은 일 헌 사람덜 숨켜주고 지킬라는 맘이 사람 사는 골골이 있다는 것얼 알아야 혀. 허고, 이 시상이 또 얼매나 넓은디 지놈덜이 씨럴 몰려."

"그려, 맞는 말이여. 근디, 만세꾼덜 중에 그 사람덜 말고 새로 나슨 사람덜도 있겄제?"

"하면, 있고말고. 세월이 사람얼 키워내고, 시절이 인물얼 맨글어낸다고 안 혀? 그간에 커서 철든 사람덜이 새로 많이 나섰겄제."

"우리넌 이 나이에 만세꾼으로 나서기넌 틀렸고, 만세넌 한바탕 불러야제?"

"하면, 만세 한바탕 안 불러서야 무신 염치로 살겄어. 만세바람이 곧 우리 쪽에도 불어닥칠 것잉게 목터지게 불러야제."

농부들은 두셋씩 모여앉으면 이런 이야기들을 나누었다.

득보는 거지 행색 그대로 장터를 찾아 떠돌았다. 그러나 그는 이제 흔한 거지가 아니었다. 거지 노릇을 하는 만세꾼이었다. 그는 공허가 시키는 대로 전단을 운반하거나 뿌렸고, 경찰이나 헌병 주재소의 움직임을 정탐하기도 했다. 밤길을 오가면서 면사무소나 일본농가에 돌팔매질하는 것은 덤이기도 했다.

그러나 그런 가슴 설레고 힘이 솟는 일들만 있는 것이 아니었다. 시위가 많이 일어날수록 사람들이 많이 다치고 많이 잡혀 들어가는 것이었다. 그리고 아주 불길한 소문이 퍼지고 있었다.

일본에서 새로 군대가 건너올 거라고 했다. 아니, 벌써 현해탄을 건너오고 있다고도 했다. 시위가 전국 곳곳에서 너무 심하게 일어나 현재의 군경으로는 당해낼 수가 없게 된 총독부에서 본국에 긴급 요청을 했다는 것이었다.

그러나 그런 소문을 비웃기라도 하듯 시위는 더욱 불붙어 오르고 있었다. 이미 만세꾼으로 나서서 마음이 다져지고 눈치가 빨라진 박건식은 서너 사람을 이끌고 장날을 찾아가고 있었다. 박건식과 김춘배가 내촌과 외리에 내통하고 있는 사람들은 스물이 넘었다. 그러나 아무에게도 눈에 띄지 않게 하려고 서넛씩 분산되어 움직였다.

흥정이 어우러지기 전부터 장터에는 긴장이 감돌고 있었다. 둘씩 짝진 순사들이 눈초리 사납게 순찰을 돌고 있었던 것이다. 순사들은 조금만 의심스럽다 싶으면 총을 들이대며 불쑥불쑥 검문을 해댔다. 그러나 검문에 걸려드는 사람은 없었다. 어느 장터에서나 검문한다는 것을 다 알고 있어서 전단이나 태극기 같은 것은 아예 지니지 않았던 것이다.

순사들이 아무리 눈에 불을 켜도 소용이 없었다. 점심때가 지나고 한잔 마신 술기운이 깨어날 즈음 쇠전 쪽에서 만세소리가 터져 올랐던 것이다. 그러자 장꾼들은 여기저기서 호응하는 소리를 지르며 자리를 박차고 일어났다. 그들은 조금 전까지 흥얼거리고 허허대던 모습과는 전혀 다른 모습으로 바뀌고 있었다.

장터 옆 큰길로 몰려나간 장꾼들은 긴장된 열기 속에서 대열을 이루어나갔다. 대열 앞에는 벌써 선봉대가 갖추어져 있었고, 청년 몇 명이 재빠르게 움직이며 대열을 정비해 나가고 있었다. 그러나 적지 않은 장꾼들이 여기저기서 힐끔힐끔 눈치보며 옆걸음질 치고 뒷걸음질 치며 몸을 숨기기도 했다.

장꾼들의 행동이 민첩한 만큼 순사들의 기동성도 기민했다. 시위대가 만세를 겨우 서너 차례 외치며 스무 발짝도 떼어놓지 못했는데 순사들이 앞을 가로막고 나타났다.

"해산하라! 해산하지 않으면 모두 쳐죽인다. 이건 협박이 아니라 상부의 명령이다. 빨리 해산해!"

주재소장이 목에 핏대를 세우며 외쳐댔다. 그는 외침에 맞추어 정말 사람의 목을 치는 것처럼 긴 니뽄도를 힘차게 휘둘렀다. 그때마다 칼날이 허공을 찢는 예리한 소리와 함께 햇빛을 되쏘며 번쩍거렸다. 그러나 순사들은 너무 적었고 시위대는 너무 많았다.

"대한독립 만세에!"

시위대 선봉이 외쳤다.

"대한독립 만세에!"

시위대원들의 우렁찬 복창이었다. 그건 주재소장의 해산 명령에 대한 응답이었다. 그 외침과 함께 시위대열은 앞으로 나아갔다. 그때 외침이 찢어졌다.

"도쓰게끼(돌격)!"

예닐곱 명의 순사들이 괴성을 지르며 일제히 칼을 뽑아들었다. 그리고 칼들을 휘두르며 시위대를 향해 돌진했다.

"피해라!"

"칼이다, 칼!"

"아이구메 나 죽네!"

"아이구구……."

시위대 선봉은 미처 피할 겨를도 없이 칼을 맞으며 쓰러지고 있었다.

순식간에 벌어진 일이었다.

"피해, 얼렁 피해!"

박건식은 칼에 맞은 김춘배를 부축하며 미친 듯이 소리쳤다.

"살인이여, 살인!"

"칼로 친다, 칼!"

사람들은 어지럽게 흩어지며 소리치고 있었다.

"바까야로 조센징!"

"조센징들 다 죽여라!"

눈에 불을 켠 순사들이 무자비하게 칼을 휘두르며 사람들을 뒤쫓고 있었다.

대열은 삽시간에 무너지고 사람들은 갈팡질팡 뒤엉키고 있었다.

"몽딩이럴 찾어, 몽딩이!"

"저그 장작데미가 있다!"

"대장깐으로 가자, 대장깐!"

어지러운 사람들 속에서 터져나오는 외침이었다. 그 외침들은 앞을 다투어 도망가려는 사람들을 정신 차리게 했다. 사람들은 장작개비며 지겟작대기며 닥치는 대로 집어들기 시작했다. 대장간의 농기구들이 순식간에 없어지고 말았다.

"저놈덜 죽여라!"

"저 웬수덜 쳐죽여라!"

"왜놈덜언 다 죽여!"

몽둥이 장작개비 낫 곡괭이 쇠스랑 도끼 같은 것들을 휘둘러대며 시위군중들은 순사들을 향해 내닫기 시작했다. 성난 농민들의 기세는 그대로 성난 불길이었다. 아무리 칼을 휘두른다고 해도 몇 안 되는 순사들은 금방 박살이 날 것만 같았다.

시위대가 무장한 것을 알게 된 순사들은 황급히 도망치기 시작했다. 순사들이 쫓기는 것을 보게 되자 농민들의 사기는 더욱 뜨거워졌다.

"잡아라, 저놈덜 잡아라!"

"죽여라, 저놈덜 잡아죽여라!"

"와아아—."

농민들 수백 명은 앞다투어 순사들을 뒤쫓고 있었다.

한참 달아나던 순사들이 갑자기 돌아섰다. 농민들은 그 까닭을 모르고 앞으로만 달리고 있었다. 그런데 느닷없이 총소리들이 요란하게 울려댔다.

"아악!"

"으윽!"

달리던 농민들이 픽픽 쓰러졌다.

"총질얼 헌다!"

"내빼, 내빼!"

농민들은 허겁지겁 사방으로 흩어지기 시작했다. 순사들은 도망가는 사람들의 등뒤에다 대고 계속 총을 쏘아댔다. 사람들이 연이어 고꾸라지고 곤두박질쳤다. 순사들은 다시 장터로 달려오며 총을 난사해 대고 있었다. 장터는 순식간에 텅 비고 말았다. 시위에 나서지 않은 장사꾼들도 허둥지둥 물건들을 챙기거나 아무 상점으로나 들어가 몸을 숨기려고 했다.

박건식은 정신을 잃은 김춘배를 떠메고 우왕좌왕하다가 어느 곡물상으로 아슬아슬하게 숨어들었다. 김춘배는 왼쪽 어깨에 칼을 맞은 것만이 아니었다. 배까지 찔려서 온몸이 피투성이였다.

"쥔장 어른, 어찌 의원 잠 부를 수 없을게라? 피가 너무 쏟아지는디 이러다가 큰탈 만내겄구만요."

박건식은 주인에게 매달렸다.

"시방 저놈덜이 저리 눈에 불얼 달고 난리판굿인디 의원얼 불르면 어찌 되겄소. 여그 만세꾼 있응게 잡아가라는 꼴 아니겄소. 쬐께 기둘려야제 어찌겄소."

우선 피를 막으라는 뜻으로 주인은 수건을 건네주었다.

넓은 장터에는 개도 한 마리 움직이지 않았다. 시위에 나서지 않았던 장사꾼들이나 여자들은 꼼짝을 못하고 얼어붙어 있었다. 총을 겨눈 순사들은 눈을 희번덕이며 시위대를 찾고 있었다. 그러나 시위대들은 총알만큼 빠르게 도주를 해버렸지 그때까지 장터에 남아 있을 리가 없었다. 다만 길바닥 여기저기에 칼과 총에 부상한 사람들이 쓰러져 신음하고 있었다. 그 부상자들은 이미 노획물이라는 듯 순사들은 거들떠보지도 않았다.

박건식은 애가 타서 온몸이 비비틀리고 있었다. 김춘배의 어깨와 배를 감싼 수건은 금세 피를 흥건하게 머금고 말았다. 그리고 김춘배의 나이든 얼굴은 자꾸만 창백해져 가고 있었다.

박건식은 춘배 아저씨까지 앞으로 나서게 한 것이 너무나 후회스러웠다. 순사들이 칼을 빼들었을 때만 해도 그저 위협하는 것이지 그렇게 무자비하게 휘두를 줄은 몰랐던 것이다. 그런데 그놈들은 총까지 쏘아댄 것이었다. 앞으로 어디서나 총을 쏘아댄다면…… 그는 눈앞을 가로막는 막막한 어둠을 느꼈다.

"요것 소금물인디 입에 잠 떠넣어보시오. 어찌 정신이 들란지도 몰릉게."

주인이 조심스럽게 사발을 내밀었다.

소금물을 조금씩 조금씩 흘려넣었다. 몇 숟가락인가 소금물이 들어가자 김춘배는 입술을 달싹거리며 힘겹게 눈을 뜨게 되었다.

"나가…… 나가 살아생전에 논밭얼 찾을라고…… 혔는디…… 우리 장섭이헌티 논밭 꼭 찾으라고…… 자네 우리 장섭이…… 우리 식구덜 자알, 자알……."

김춘배는 숨이 끊어지고 말았다.

박건식은 밤이 깊어 김춘배를 들것에 들고 길을 나섰다. 곡물상 주인이 사람 하나를 구해주었던 것이다.

김춘배가 죽었다는 것은 표를 내지도 못했다. 다음날 내촌과 외리에 헌병들이 들이닥쳤던 것이다.

"아새끼들까지 집에 하나도 남지 말고 다 나와, 다!"

헌병들은 총칼을 휘두르며 사람들을 밖으로 내몰았다. 내촌과 외리 사람들은 모두 야산자락으로 끌려나갔다.

어제 장터에서 마구잡이로 총질 칼질을 한 것을 아는 사람들은 하나같이 두려움에 차 있었다. 아이들까지도 겁에 질려 입을 꼭 다문 채 부모들에게 매달리며 종종걸음을 치고 있었다. 어른들은 무슨 영문인지 알아내려고 서로가 불안한 눈길을 질정없이 나누고 있었다.

풀들이 파릇파릇 돋아나고 있는 야산은 싱그러운 연초록빛으로 물들어 있었다. 평지와 별로 다를 것 없이 경사 완만한 산자락에는 따스한 봄볕이 솜처럼 포근하게 내려쌓이고 있었다.

"빨리빨리 저쪽으로 눌러서!"

헌병들이 총대를 휘두르며 몰아대는 대로 사람들은 산자락에 반원을 그리며 둘러섰다. 그때 마을 쪽에서 세 사람이 걸어오고 있었다. 그 방향이 정면이어서 마을사람들은 그들 세 사람을 보지 않을래야 보지 않을 수가 없었다.

양쪽의 두 명은 헌병이었고 가운데 사람은 농사꾼 차림이었다. 그런데 그 가운데 사람은 검은 천으로 눈이 가려져 있었다. 그리고 뒷짐결박이 되어 한쪽 다리를 심하게 절룩거리고 있었다.

그 사람을 보는 순간 마을사람들은 왜 자기들이 이곳으로 끌려 나왔는지 알아차렸다. 10여 년 전에 의병들을 잡아다가 저지른 일들을 또 저지르려고 하는 것이었다. 사람들 사이에서는 억누를 대로 억누른 귓속말들이 빠르게 오가고 있었다.

"저, 저 사람이 누구여?"

"잘 모르겠는디."

"우리 동네 사람일 것 아니여?"

"내촌 사람인지도 몰르제."

"요런 환장헐 일이 있능가⋯⋯."

사람들의 얼굴은 참담하게 일그러지고 찡그러지고 있었다.

두 헌병에게 팔을 끌려 그 남자가 마침내 풀밭 가운데 멈춰섰다. 그때 다른 헌병 하나가 미루나무 아래로 뛰어갔다. 사람들의 눈길이 일제히 그쪽으로 쏠렸다. 헌병이 무슨 물건을 끌기 시작했다. 묵직하게 끌리고 있는 물건은 다름 아닌 작두였다. 사람들은 그 순간 그만 질리고 말았다. 여자들은 눈을 가리거나 입을 막았고, 남자들은 된 신음을 물거나 어금니를 뿌드득거리도록 맞물었다. 사람들은 그동안 너무 당황하고 경황이 없어서 나무 아래 작두가 있는 것을 눈여겨보지 못했던 것이다.

"다들 똑똑히 들어라. 이놈은 어제 장터에서 난동을 일으킨 주동자들 중의 한 놈이다. 대일본제국의 천황폐하를 욕되게 한 이놈을 사형에 처한다. 너희들도 앞으로 불경한 짓을 저지르면 이놈처럼 사형을 면치 못할 것이다. 다들 똑똑히 기억해 둬라."

헌병대장이 니뽄도를 획 뽑았다.

그것이 신호인 것처럼 그 남자를 붙들고 있던 헌병 하나가 남자의 눈을 가린 검정 천을 풀었다. 그때 사람들이 술렁거렸다. 그 남자가 누구인지 알아보았던 것이다. 그 남자는 내촌 한 첨지네 늦다리 총각머슴이었다.

"사혀엉 집행!"

헌병대장이 니뽄도를 내리쳤다.

명령이 떨어지자마자 총각머슴의 양쪽 팔을 끼고 있던 두 헌병이 총각머슴을 잡아끌었다.

"요런 도적놈덜아! 이 살인강도덜아! 나가 무신 죄가 있어!"

총각머슴이 갑자기 외쳐대며 끌려가지 않으려고 몸부림을 치기 시작했다.

"뭣들 해. 박수 쳐, 박수!"

헌병대장이 사람들을 향해 칼을 휘저으며 고함을 질렀다. 그러자 사람들 쪽으로 돌아서서 총을 거누고 있던 헌병 넷이 개너리판으로 사람들을 갈겨대며 소리쳤다.

"박수 쳐, 박수!"

"빨리빨리 박수 쳐!"

사람들은 박수를 치기 시작했다.

"더 세게 쳐, 더!"

박수소리는 더 커지고 있었다.

"요런 도적놈덜아! 살인강도덜아!"

총각머슴은 발버둥치고 부르짖으며 작두 가까이 끌려가고 있었다. 수건이 동여진 그의 오른쪽 허벅지는 온통 검붉게 말라붙은 피맥질이었다. 어제 장터에서 총을 맞고 사로잡힌 것이었다.

두 헌병은 총각머슴을 작두 옆에 쓰러뜨렸다. 엎어진 총각머슴이 몸을 일으키려고 버둥거렸다. 그러자 헌병 하나가 총각의 등을 짓밟았다. 다른 헌병이 총각의 둔부를 짓밟았다. 총각은 목쉰 비명을 지르며 목을 치켜들었다. 작두날을 들고 있던 헌병이 작두를 총각 쪽으로 약간 밀었다. 그리고 총각의 머리카락을 작두 쪽으로 사정없이 잡아끌었다.

"박수 더 세게 쳐라! 더 세게!"

헌병대장이 칼을 휘두르며 외쳤다.

"더 세게 쳐, 더 세게!"

"박수 더 세게 치라니까!"

헌병 넷이 다시 이 사람 저 사람을 닥치는 대로 후려치며 더 세게 박수를 치게 하고 있었다. 아이들까지도 기를 쓰며 박수를 쳐댔다.

머리카락에 끌려 총각의 목은 기어이 작두 위에 올려졌다. 다음 순간 작두날이 여지없이 목을 내려쳤다.

목이 뎅겅 잘렸다. 머리통이 굴러떨어지고, 몸뚱이가 들썩 솟다가 가라앉았다. 머리통이 두어 바퀴 굴렀다. 총각의 몸뚱이를 짓밟고 있던 두 헌병과 작두질을 한 헌병이 잽싸게 뒤로 물러섰다. 두 토막이 난 목에서 피가 거세게 뿜어져 나왔다. 머리통에서 흐르는 피는 곧 약해졌다. 그러나 몸통에서 나오는 피는 마치 소방호스에서 물을 뿜듯 하고 있었다. 박수소리가 그친 사람들 쪽에서는 억누른 울음소리와 신음소리가 흘러나오고 있었다. 시뻘건 피가 풀밭에 흥건하게 고이면서 몸통에서 나오는 피도 약해졌다.

헌병들은 담배를 피워물었다. 그들은 뭐라고 지껄여대고 토막 난 시체를 손가락질하며 키들거렸다. 그러나 사람들은 꼼짝을 못하고 얼어붙어 있었다. 헌병 넷은 여전히 그들에게 총을 겨누고 있었다.

"자아, 출발 준비!"

헌병대장이 기세 좋게 담배꽁초를 튕기며 칼을 꽂았다.

작두질을 했던 헌병이 바지 뒷주머니에서 무엇을 꺼냈다. 그는 연상 담배를 빨아대며 그것을 털었다. 다 펼쳐진 그것은 검은 천으로 된 자루였다. 그는 자루의 아가리를 벌리더니 아직도 피가 질질 흐르고 있는 머리통의 머리카락을 움켜잡았다. 그가 들어올린 머리통의 얼굴은 입을 응등물고 있었고, 두 눈을 부릅뜨고 있었다. 그는 그 머리통을 자루 안으로 집어던졌다.

"앞으로 얼마든지 만세를 불러라. 전부 나 이 꼴을 면치 못할 것이다!"

헌병대장은 사람들에게 이 말을 남기고 돌아섰다.

작두질을 했던 헌병이 묵직하게 처진 검은 자루를 덜렁거리며 걸어가고, 다른 헌병들도 서둘러 떠나갔다. 풀밭에 번진 피는 검붉게 엉겨붙으면서 비린내를 풍기고 있었다.

작두질을 한 소문은 해질녘이 되면서 방향 없이 어지럽게 뒤엉키고 있었다. 한날 그 흉한 꼴을 당한 동네가 한둘이 아니었던 것이다. 어제 장터에서 칼이나 총에 부상을 당하고 잡힌 사람들은 모두 그렇게 죽어간 것이었다.

며칠이 지나면서 경상도에서도 충청도에서도 총질을 했다는 소문이 들려왔다. 대구에서는 하루에 100명 가까이나 죽었다는 것이었다. 그러나 시위는 줄어들지 않았다. 장날이면 시위가 일어나지 않는 곳이 없을 정도였다.

그런데 시위 양상이 달라지게 되었다. 장날과 상관없이 시위들이 밤에 일어나기 시작했다. 그건 단순히 경찰과 헌병을 피하려는 것이 아니었다. 그 밤중시위는 만세 부르는 것을 주목적으로 삼지도 않았다.

"성님, 나도 끼도란 말이오."

"어허, 안 된다니께그려. 자네넌 상제란 말이시, 상제."

"참말로 답답허요 이. 부모 원수 갚는디 상제가 다 무신 소용이 있다요."

"상제넌 3년상 안에넌 궂은일, 험헌 일 피험서 몸조심허능 거 아니여."

"아이고, 그것이야 신간 편코 배때지 뜨뜻헌 양반놈덜이나 지키는 예법이제 나가 시방 그리 태평허게 생겼소. 전답 다 뺏기고 소작질허는 판에 아부지꺼정 왜놈덜 손에 뺏기고도 가만이 있으면 그것이 어디 붕알 단 사내새끼다요."

"그뿐이 아니여. 나이도 그런 위태시런 일에 나스기에넌 안직 에리단게로."

"아이고메, 나 미치고 환장허겄소 이. 나이 열아홉이 에리다니 고것이 말이나 되는 소리요!"

김춘배의 아들 장섭은 너무 어처구니없어하며 제 가슴을 쳤다.

"열아홉이 자네넌 많이 묵은 것 같애도 안직 풋나이에 풋기운이여."

박건식은 고개를 저었다.

"알겄소. 성님이 정 그러면 나도 방도가 있소. 나도 패럴 짜면 된 게."

김장섭은 몸을 벌떡 일으켰다.

"머시여? 아니, 안 되겄다. 그리허느니 나허고 함께 허는 것이 낫 겄다. 니 무신 고집이 그리도 씨냐?"

"성님이 부모 웬수 갚을라고 넘덜보담 독허니 나스는 것이나 나가 아부지 웬수 갚을라는 것이나 머시가 달브요?"

김장섭의 말은 퉁명스러웠다. 그러나 얼굴에서는 웃음이 피어나 고 있었다.

"그려, 지랄 겉은 시절이고 팔자시."

박건식은 스산하게 웃으며 김장섭의 어깨를 꽉 잡았다.

박건식은 밤이면 활동을 개시했다. 그는 봉화를 올리거나 신호 를 하는 만세꾼 노릇을 집어치웠다. 그런 것으로는 울분을 삭일 수 가 없어서 더 적극적인 방법을 찾아나섰던 것이다. 그는 열댓 명을 이끌고 주로 일본인 농가들을 기습했다. 짚단에 불을 붙여 그들의 집에 던지는 것이었다. 농가들은 들판에 있어서 경찰이나 헌병들 의 발길이 멀었고, 일본농민들을 겁먹여 저희들 나라로 내몰자는 것이었다.

박건식은 하시모토의 집에 다른 때보다 두 배가 넘는 짚단을 던 졌다. 집을 전부 태워버릴 작정이었던 것이다. 집은 반 가까이 타다

꺼져 못쓰게 되었고, 자다가 뛰어나오던 하시모토는 다리를 삐어 절룩거리고 다녔다. 그 정도 보복으로나마 박건식은 만족했다. 하시모토에게는 두고두고 보복할 작정이었던 것이다.

그런 식의 야간기습은 여러 곳에서 일어나고 있었다. 면사무소가 습격당해 세금징수 장부가 불타고, 우편소의 모든 기물들이 다 부서지고, 일본인 상인이나 고리대금업자들이 몰매를 맞고, 관청과 친한 조선인 지주들까지 폭행을 당했다.

친화회장 백종두가 몰매를 맞아 다 죽게 된 것도 야간기습을 당한 때문이었다. 백종두는 친화회의 젊은 건달패들을 이끌고 시위대 진압에 나섰던 것이다. 경찰서에서 내준 박달나무 몽둥이를 친화회 건달패들이 휘두른 그날 밤 백종두는 수건으로 얼굴을 가린 사람들에게 몰매를 맞고 정신을 잃어버렸다. 병원으로 옮겨진 그는 이틀 만에 겨우 정신을 차렸다. 그러나 의사들은 소생의 가망이 없다고 고개를 저었다. 갈비뼈가 거의 다 부러져 폐에 물이 차오르고 내장이 터져 배가 동산처럼 부어오른 그의 얼굴에는 사색이 짙게 드러나 있었다.

숨이 목에 차오르고 있는 그는 입술을 달싹거리며 무슨 말인가를 하려고 했다. 머리맡을 지키고 있던 아들 남일이가 다급하게 제 아버지 입가에다 귀를 갖다 댔다.

"야아 아부지, 남일인디요, 허실 말씸 허시시요, 말씸허시랑게라."

"……그, 그, 그노옴덜…… 애비…… 애비…… 워어…… 워언수럴……"

목에서 가래 끓는 소리가 심해지더니 더는 아무 소리도 들리지 않았다.

"아부지, 아부지!"

백남일은 애꾸눈을 부릅떴다.

백종두는 애비의 원수를 갚으라는 말을 제대로 다 끝내지 못하고 숨이 끊어진 것이었다.

3월 하순보다 4월 상순이 되면서 만세시위는 더욱 열렬하게 일어났다. 그에 맞서 경찰과 헌병들도 더 심하게 총을 쏘아댔다. 그들은 총만 쏘아대는 것이 아니라 공개처형도 더 빈번하게 자행했다. 그리고 공개처형에서 작두나 칼로 자른 목을 수십 개씩 가마니에 넣고 나니며 장터나 역전 같은 곳에 즐비하게 늘여놓고 구경을 시켰다. 공개처형에서 박수를 치게 했듯 그들은 사람들을 줄 세워 구경하게 만들었다.

그리고 그들은 시위현장에서만 사람들을 체포하는 것이 아니었다. 따로 주모자들을 색출하기 위해 혈안이 되어 있었다. 학생들의 시위가 점차 줄어드는 것은 그 때문이었다.

"어디로 갈 것이제?"

송중원이 침통하게 물었다.

"국경 수비가 심해져서 만주로 가기넌 위험헌게 상해로 가야제. 여그서넌 배로 빠져나가기가 더 쉬운게."

이광민이 무겁게 대답했다.

"이리 끝나면…… 얻은 것이 머시제?"

"그걸 시방 따질라고 허덜 말어. 우리 민족이 안 죽고 생생허니 살아 있다는 것얼 왜놈덜헌티 뵌 것만도 큰일 헌 것잉게."

"그려, 헛일이야 아닌디……. 그러기로넌 너무 많이덜 죽고 다치고 갇혔응게……. 근디, 일행언 몇이여?"

"나꺼정 넷. 니넌 어쩔 참이냐?"

"메칠 더 생각해 봐야제……."

"그려, 조심허고. 근디, 독립운동에 뜻얼 뒀으면 인자 더 국내서넌 안 된게 그리 알어."

"그려…… 가면 소식이나 주소."

"그래야제. 또 만내야 헝게."

이광민과 송중원은 서로의 손을 으스러지라 맞잡았다.

4월 중순으로 넘어가면서 시위는 현저하게 줄어들었다. 조선총독부의 조직적인 폭력행사 앞에 그 불길은 사그라들 수밖에 없었다. 그리고 시위를 주도할 만한 사람들은 거의가 죽거나, 잡혀 들어갔거나, 피신한 상태였던 것이다.

"만세궐기가 줄어들게 되니 저놈덜이 남는 병력으로 주모자 색출에 더 열얼 올리는구만요. 여그넌 눈도 많고 아조 위태로운디 어디 잠……."

신세호는 말끝을 흐리며 근심 어린 눈길로 공허를 바라보았다.

"예, 당장에 떠야겄구만요. 소승이 산속으로 피신시키는 것이야 에로운 일이 아닌디, 얼매나 피해 있어야 헐란지 딱헐 노릇이구만이라. 공부허든 나이에……."

"한 반년 피해 있으면 잠잠해지딜 안컸능가요. 그때 가서 일본으로 보내면 어쩔랑가 싶구만요."

"그리만 됨사 좋겄습지요. 헌디, 어디 나라 밖으로 뜰 맘언 안 묵든가요?"

"그것이 요새 학생덜 생각이고, 함께 시위럴 도모했든 동무덜이 상해로 만주로 뜨는 바람에 사위도 제 춘부장 찾아 만주로 가겄다고 해서 그걸 만류허니라고 큰 고역이었구만요. 스님이 기셨으면 일이 수월했을 것인디, 아무리 기둘려도 스님언 아니 오시고……"

신세호는 쓸쓸한 느낌의 웃음을 흐릿하게 지었다.

"잘허셨구만이라. 대장님 뜻이 어쩔란지넌 몰라도 부자가 그리되면 벨로 안 좋을 것 겉은 생각이 드능마요."

공허가 고개를 주억거렸다.

"스님도 애만 쓰시고……. 스님 권유대로 뒷일만 쬐깐 돕고 만세럴 안 불러서 이리 살아남기넌 혔는디……. 그간에 잘허지도 못헌 술만 늘었구만요." 신세호는 한숨을 쉬며 눈길을 떨구고는, "인자 앞일이 어찌 되겄능가요?" 근심스럽게 다시 공허를 쳐다보았다.

"글씨요…… 요분 일이 10년 분통이 터진 것이기넌 헌디, 애초에 이리 끝막음허게 되야 있든 일이구만요. 학생덜이고 농꾼덜이고 품팔이덜이고 사방천지 방방곡곡서 생각보담 용맹시럽게 잘덜 일어났는디, 그 기세에 합당헌 대비가 하나또 없었구만요. 민족 대표란 사람덜언 만세만 불러 우리가 독립헐 뜻이 있다는 것얼 만방에 알리자는 생각이었으니 준비헌 것이라야 독립선언문, 그것 하나 아닝게라. 읍·면꺼지 연락이 착착 취해지는 조직망이 없고, 그리 무서운 기세로 들고일어난 사람덜 분얼 풀게 해줄 무기도 없었구만요. 허나 지독헌 감시 염탐에 지멋대로 총칼 내둘러대는 왜놈덜 시상에서 그런 준비넌 애시당초 꿈도 꿀 수가 없는 일잉게 그 누구 잘못이라고 헐 수도 없구만이라. 다 죽은 자석 붕알 맨지기겄지요 이. 어쨌그나 한성서 첫날 만세가 일어난 걸 봄스로 걱정했든 것이 그대로 들어맞어 부렀구만이라. 허나 시상살이에 공밥이 없는 법이고, 헛일이 없는 법잉게 요분 일이 피흘리고 죽고 헌 만치 앞날 밑천이 안 되겠능가요. 새로 심얼 내고 살아야제라."

공허는 두 주먹을 쥐며 신세호를 응시했다.

한편, 열흘이 넘게 도망을 다니던 박건식은 어둠을 타고 뒷동산으로 숨어들었다. 누군가의 밀고로 야간활동을 하는 것이 경찰에 알려지고 말았던 것이다. 가까스로 체포되는 것을 면하고 피해다니며 생각해 보았지만 다시 동네에 들어가 살길은 없었다. 죽음을 피해 동네를 뜰 수밖에 없었다. 그래서 남상명에게 선을 대서 식구들을 데려나오게 했던 것이다.

어둠 속에서 인기척이 들렸다. 박건식은 숨을 몰아쉬며 눈을 크게 떴다.

"여그 어디서 만내기로 혔구만이라."

저쪽에서 들리는 숨죽인 소리였다. 박건식은 상명이 아저씨의 목소리를 금방 알아차렸다.

"아재, 아재, 여그요, 여그."

박건식은 부리나케 어둠을 헤쳤다. 식구들이 다 나온 것을 확인하며 그는 아들을 얼싸안았다.

"가면 어디로 가는 것이여?"

남상명의 목이 메었다.

"군산언 너무 가찹고 목포로 갈랑마요."

"품팔이보담 화전이 더 안 나스까?"

"이자석얼 갤쳐야 헝께요."

"이, 사람언 갤쳐야 사람이제."

"땅 찾는 일 잘허시요 이."

"그려, 걱정 말고 종종 소식이나 보내. 기왕 갈 길이면 어여 가, 어여."

32

무장투쟁의 대열

통화 시가지 마차역에서 패싸움이 벌어지고 있었다. 열 명 남짓한 청년들이 서로 뒤엉켜 치고받는 기세가 맹렬했다. 그 청년들은 하나같이 건장한 데다가 주먹질이며 발길질이 힘차고 억셌다. 누가 보아도 그들의 싸움솜씨는 예사가 아니었다.

구경꾼들이 금방 그들을 에워쌌다. 그렇지 않아도 사람들이 많이 모여드는 마차역에서 단둘이 멱살잡이를 하는 것이 아니라 패싸움이 벌어졌으니 구경꾼들이 앞을 다툴 것은 너무 당연한 일이었다.

"아니, 저거 조선사람들 아닌가?"

"그렇구만. 다 조선사람들 같네."

"왜 자기들끼리 싸우지?"

"무슨 소리야? 우린 우리들끼리 안 싸우나?"

"아니, 싸움이 아주 심하니까 하는 소리지. 조선사람들은 자기들끼리 저렇게 싸우는 일이 드물지 않나."

"그렇기는 하네. 그나저나 싸움을 아주 잘하네그려."

"그렇구만. 조선사람들이야 원래 일본사람들보다 몸집도 크고 몸도 단단하거든."

싸움 구경에 신명난 중국사람 둘이서 나누는 말이었다. 지삼출은 그 옆에서 곰방대를 빨며 빙긋이 웃고 있었다. 다른 중국사람들도 눈들을 반들반들 빛내며 와자지껄 떠들어대고 있었다.

싸우고 있는 청년들이 조선사람인 것은 옷으로 금방 표가 났다. 그들은 다 한복을 입은 것은 아니었지만 중국옷을 입은 사람은 하나도 없었던 것이다. 그런데 자기들이 조선사람인 것을 확실히 알리기라도 하는 것처럼 서너 사람은 상투를 틀어올리고 있었다.

발길질에 나뒹굴어지고 업어치기로 곤두박이고 할 때마다 지삼출은 제물에 불끈불끈 힘을 쓰고 있었다. 싸움이 길어지면서 얻어맞고 쓰러져 더는 일어나지 못하는 탈락자가 생겨나기 시작했다.

"비켜라, 비켜!"

"어떤 놈들이 또 싸우는 거야!"

구경꾼들을 밀어젖히며 나타난 것은 중국관헌이었다. 그러나 그들 두 사람은 소리치던 서슬과는 달리 싸우는 젊은이들을 한번 살피고는 서로 마주 보며 싱긋 웃었다. 그들은 싸우는 젊은이들이 조선사람이라는 것을 한눈에 알아본 것이었다. 두 관헌은 제복이 무색할 정도로 태평스럽게 구경꾼으로 변하고 말았다. 그들의 태도는 저희들끼리 박이 터지든 말든 알 바 아니라는 식이었다. 그건 조선사람들끼리의 일을 대하는 중국관헌들의 전형적인 모습이었다.

지삼출은 연기도 나오지 않는 곰방대를 빨며 느긋하게 웃음짓고 있었다. 싸움은 이미 대근이네가 판세를 휘어잡은 것이었다. 상대방 쪽 여섯 중에서 셋이 나자빠졌고, 대근이네의 다섯 중에서 하나가 널브러져 있으니 더 싸우나마나였던 것이다.

"어허, 인자 되았어, 되았어. 그만덜 혀, 더 허다가넌 몸덜 상허고 뙤국놈덜 앞에서 우세시런 일잉게. 그 존 기운덜 딴 디 써얄 것 아니라고."

지삼출은 컬컬한 소리로 외치며 젊은이들 사이로 파고들었다.

지삼출과 방대근의 눈길이 마주쳤다. 주먹을 날리려던 방대근이 주춤 멈추었다. 다른 청년들도 잇따라 싸울 태세를 풀었다. 구경꾼들 속에서 갖가지 외침이 들려왔다. 그건 구경거리가 없어져 아쉬워하는 소리들이었다.

"다덜 정신 채리시오. 당신네도 젊다나 젊은 사람덜이 무신 헐일이 없어서 이 만주땅꺼지 와갖고도 보황(保皇)이오, 보황이! 중국도 아라사도 진작에 황제럴 다 없애부렀소. 중국황제도 아라사 황제도 나라럴 뺏긴 잘못얼 저질르지 안했는디도 궁에서 내쫓기고 죽고 혔소. 근디 우리나라 황제넌 나라럴 뺏긴 대죄럴 졌는디도 또 떠받들자니, 그것이 말이나 되는 소리요? 당신네덜, 당장 생각 고쳐묵어야 헐 것이오."

왼쪽 팔은 허리에 받치고 오른쪽 팔을 곧게 뻗어 상대방들을 겨누며 버티고 선 방대근의 자신감 넘치는 말이었다.

"독립운동 할라카믄 생각부텀 바르게 묵어얄 기 아이가. 지금이 어떤 시상인데 그 상투가 머꼬. 그 상투 당장 짤라삐리고 우리헌트로 오소."

김시국이 야유조로 맞장구를 치고 나섰다.

상대방 청년들은 얻어맞던 데를 매만지고 옷을 털고 하면서 어물거리고 눈치를 볼 뿐이었다.

"낼보톰언 여그 안 나오도록 혀!"

지삼출이 그들에게 못박듯 말했다.

그들은 대답을 하는 둥 마는 둥 하고 슬금슬금 돌아섰다. 어지럽게 헝클어진 서너 명의 상투머리가 싸움을 할 때보다 더 어색하고 거추장스러워 보였다.

"니 총만 잘 쏘는지 알았등마 쌈도 아조 이골나게 잘허는디? 그만헌 솜씨면 니가 부러와허든 서무룡이도 식은 죽 묵기겄다."

멀어져 가는 그들을 지켜보며 지삼출이가 방대근에게 속삭였다.

"아니 아재, 안직꺼지도 서무룡이럴 안 잊어불고 있으시오?"

방대근은 놀라움과 함께 반색을 했다. 그 순간 그의 눈앞에는 군산포구가 선하게 떠올랐다. 해거름이면 유난했던 갯내음도 물씬 풍겨오고, 밀물을 타고 들어오던 배들의 통통거리는 소리들도 선명하게 들려오고 있었다. 그 불현듯 떠오른 그리움이 무슨 슬픔 같기도 하고 어떤 아픔 같기도 하면서 가슴이 저렸다.

"하면, 판석이 아재가 거그 남었는디 나가 어찌 군산얼 잊어분

다냐."

지삼출은 중얼거리듯 말하며 눈길을 멀리 보냈다.

"판석이 아재고 서무룡이고 만세바람에 어찌덜 되았는지 몰르겄소. 죽고 다치고 잽혀 들어간 사람덜이 수만 명이라고 그러는디."

"공허 시님이나 오셔야 알 일잉게 맘쓰덜 말고 우리 코앞에 닥친 일이나 잘허자. 저그 마차가 또 온다."

지삼출은 서둘러 말머리를 돌리며 방대근의 등을 밀었다. 서무룡이의 이야기를 길게 끌지 못하게 하려는 것이었다. 대근이는 서무룡이가 어떻게 변해 있는지 까맣게 모르고 있었다. 공허 스님이 대근이에게 알리지 말고 덮어두라고 했던 것이다. 그런데 자신도 모르게 서무룡의 이야기가 나왔던 것은 대근이의 억세고도 날랜 주먹솜씨를 보자 그놈을 혼내주게 하고 싶은 마음이 불쑥 동했던 것이다.

그들은 막 도착한 마차로 달려갔다. 그러나 그 마차는 압록강 쪽에서 오는 것이 아니라 압록강 쪽으로 가는 것이었다. 그들은 그동안 한자리에 모아놓은 젊은이들에게로 발길을 옮겼다.

여관 모퉁이에는 열댓 명의 젊은이들이 조금씩 불안하고 긴장된 기색으로 모여서 있었다. 그들은 한눈에 타향길을 나선 표가 났다.

"아까 쌈 귀경덜 안 혔소?"

지삼출이 그 젊은이들에게 환한 웃음을 보내며 물었다.

그들은 주저하고 쭈뼛거리며 아무도 대답을 하지 못했다.

"허, 이리 얌전허니 안 있어도 되는디 그랬소. 공짜배기 귀경 중에 질인 것이 불 귀경이고 쌈 귀경인디 참 아깝게 되았소. 오늘 헌 쌈언 예사쌈이 아니기도 헌디."

지삼출은 정말 아깝다는 듯 혀를 차며 여전히 정답게 웃음짓고 있었다.

예사 싸움이 아니라는 지삼출의 말은 아까 그 상대들이 대한독립단 단원들이라는 뜻이었다. 대한독립단에서도 압록강을 건너오는 청년들이나 학생들을 맞이하기 위해 며칠 전부터 마차역에 단원들이 배치되었던 것이다. 4월 중순이 넘어서면서부터 많은 청년학생들이 압록강을 건너 만주땅을 찾아들기 시작했다. 그들은 만세시위를 주동했다가 피신해 오는 것이거나, 만세운동을 계기로 독립투쟁에 나설 각오로 집을 떠나온 젊은이들이었다. 물론 그들 중에는 농민들도 꽤나 섞여 있었다. 그런 그들이 압록강을 건너면서 찾게 되는 것이 독립운동 단체인 것은 더 말할 것이 없었다.

그동안 신흥학교를 운영하며 젊은이들을 독립군으로 길러내 온 부민단에서는 4월 하순으로 접어들면서 남만주의 한인지도자들을 폭넓게 결속하여 조직을 보다 확대 강화시킨 새로운 독립운동체를 결성하게 되었다. 그것이 유하현 삼원보에 본부를 둔 군정부(軍政府)였다. 그리고 군정부에서는 자치단체로 한족회를 조직함과 아울러 그동안의 신흥학교를 신흥무관학교로 명칭을 바꾸었다. 독립투쟁의 뜻을 품은 젊은이들을 맞아들여 더욱 본격적으로 독립군을 양성해 내기 위해서였다.

군정부에서는 한족회의 조직을 동원해서 압록강변의 안동이며 집안 등지에서 도강해 오는 젊은이들을 통화로 보내도록 조처하고 있었다. 그리고 통화 마차역에서는 매일같이 그들을 맞이하는 단원들이 배치되었다. 그런데 대한독립단에서도 단원들이 나오게 되면서 시비가 잦아지다가 마침내 싸움판이 벌어지고 말았다.

"저어…… 아까 그분네들도 같은 독립운동 단체 분들 같은데, 같은 조선사람에다가 같은 독립운동 단체끼리 그렇게 싸워서야 되겠습니까?"

교복에 모자까지 반듯하게 쓴 학생이 또렷한 목소리로 말했다.

"이, 그것이야 영축없이 맞는 말인디, 그것이 그렇게 머시냐……."

지삼출은 어떻게 말을 엮어야 할지 몰라 옹색스러운 얼굴이 되다가는, "아이고, 나넌 무식해서 안 되겄다, 대근아, 니가 속시언허니 답해 부러라" 하며 방대근이의 어깨를 쳤다.

"체, 아재도 다 암스로 멀 그러시오."

방대근은 지삼출의 체면을 생각해서 바로 나서지 않았다.

"에이, 속사정얼 아는 것허고 그것얼 유식헌 말로 쫘악 엮어내는 것허고 어디 똑겉으냐. 나야 그 유식헌 말언 죽었다 깨나도 못허겄드라."

지삼출은 숨김없이 털어놓으며 껄껄대고 웃었다.

"예, 그 말언 맞구만요. 허나 독립단체라고 혀서 다 똑겉지가 않다는 것얼 명백허니 알아둬야 헐 것이구만요. 시방 독립운동 단체덜언 서로 다른 두 가지 주의 주장을 내세우고 있는디, 그것이 무엇인고 허니 보황주의허고 공화주의로구만요. 요것이 무신 뜻이냐

허면 우리가 뺏긴 나라럴 되찾자고 독립투쟁얼 허기넌 허는디, 누구럴 위허는 어떤 나라럴 세울 것이냐 허는 중대사럴 논허는 것이 올시다. 다른 말로 복벽주의라고도 허는 보황주의넌 나라에 주인언 임금이니 독립운동도 임금얼 다시 받들기 위해 해야 헌다는 것이고, 공화주의넌 그 반대로 나라에 주인언 백성이니 독립운동도 온 백성의 뜻얼 받드는 나라럴 세우기 위해 해야 헌다는 것이오. 우리 군정부에서넌 공화주의럴 내세우는 것이고, 아까 그 대한독립단언 복벽주의럴 내세움으로 여러분덜얼 끌어갈라고 헌 것이구만요. 그러니 쌈이 안 일어날 수가 있겠소?"

차분하게 말을 마친 방대근은 젊은이들을 둘러보았다.

반이 넘게 고개를 끄넉이거나 수긍하는 얼굴들이었다. 그런데 서넛은 의문스럽거나 미심쩍은 표정이었고, 나머지 몇몇은 무슨 말인지 못 알아들은 듯 무덤덤한 얼굴로 눈만 껌벅거리고 있었다.

"양반족보 질로 침서 나라 뺏게뿐 짜잔헌 임금 받들어야 되겠다고 생각허는 사람이 있음사 안 붙들 것잉게 지끔이라도 당장 대한독립단 찾아가도록 혀. 백리 밖 유하현 삼원본게."

지삼출이 자신만만하게 말하며 젊은이들을 휘둘러보았다. 지삼출의 기에 눌린 것인지 어쩐지 떠나겠다고 나서는 사람은 아무도 없었다.

"여기 만주서도 만세를 불렀다던데, 얼마나 많이 불렀는지요?"

어느 젊은이가 조심스럽게 물었다.

"하면, 여그서도 한양 소식 듣고 만세가 바로 일어났는디, 아조

굉장혔소. 여그 통화현서 질로 먼첨 일어나서 서간도 현마다 안 일
어난 디가 없소. 글고 저짝 북간도서도 골골이 다 일어났는디, 용
정서넌 사람이 여섯이나 총 맞아죽고 멫천 명이 잽혀 들어갔소."

"아니, 중국땅에서 누가 총을 쏘고 누가 잡아간단 말입니까?"

"이, 안직 잘 몰라서 그러는디, 만주땅 북간도 용정허고 서간도
봉천허고넌 왜놈덜 발밑에 든 조선땅이나 매일반이여. 중국관헌이
란 것덜이 왜놈덜 손에 멋대로 놀아나고, 왜놈덜 영사관이란 디에
사복 입고 육혈포 찬 형사놈덜이 드글드글헌 판잉게. 그런 만주 사
정언 차차 알게 될 것이구마."

지삼출이가 이야기를 하고 있는 사이에 방대근 일행은 또 역으
로 뛰어갔다. 어디선가 새 마차가 도착했던 것이다.

통화에서는 3월 6일날 만세시위가 일어났고, 용정에서는 13일날
대대적인 시위가 벌어졌던 것이다. 그 만세의 물결은 서간도 유하
현 집안현 환인현 홍경현 관전현 장백현 무송현 안도현으로 퍼져
나갔고, 북간도 연길현 화룡현 왕청현 훈춘현으로 굽이쳐 3월에서
4월 중순까지 백두산의 서남쪽 줄기들과 동북쪽 줄기들은 만세소
리로 메아리가 쉴새없이 울렸던 것이다.

그 만세의 메아리와 함께 독립운동 단체들이 결성되기 시작했
다. 압록강과 두만강 건너에서 타오른 만세투쟁을 계기로 기존했
던 단체들이 조직을 개편하고 강화하는 한편 새로 생기는 단체들
도 많았다. 그런데 그 단체들이 지향하는 바나 특성은 서로 달랐
던 것이다.

4월 말까지 서간도에서 결성된 독립운동 단체들은 13개에 이르렀다. 그중에서 규모가 크고 대표적인 것 두 개가 군정부와 대한독립단이었다. 그런데 군정부에서는 공화주의를 표방하고 있었고, 대한독립단에서는 복벽주의를 주창하고 있었다. 그 상반된 이념은 간부들의 성분과 의식에서 비롯되는 것이었다.

대한독립단은 지난날 의병에 나섰던 양반들이 주축을 이루고 있었다. 거의가 평안도 출신인 그들은 양반 의병장으로 이름을 드날렸던 유인석의 문하이기도 했다. 유인석은 평민 출신의 부하장수가 양반 출신의 부하장수에게 상반의 예를 갖추지 않고 덤볐다 하여 그 목을 쳐서 죽여버릴 정도로 상반의식이 철저한 인물이었다. 그러니 임금에 대한 숭상이 어떠한지는 더 말할 것도 없었다. 그런 유인석이 평안도에서 몇 년 머무르며 서원생활을 한 일이 있었다. 그때 공부를 한 사람들이 을사보호조약과 함께 의병을 일으켜 싸우다가 형편이 여의치 못하게 되자 압록강을 건너갔던 것이다.

그 시기에 유인석의 의병부대도 압록강을 건너가 통화현과 집안현 일대에 자리잡게 되었다. 그 근방 현들로 이동하게 된 여러 의병장들은 당연히 스승과 결속될 수밖에 없었다. 그들은 중국이나 러시아가 어떻게 변하든 아랑곳하지 않고 상투를 틀고 지내다가 3·1 만세를 계기로 모두 하나로 뭉쳐 대한독립단을 만들면서 복벽주의를 내세웠던 것이다.

군정부의 간부들도 족보를 따지자면 거의가 양반이었다. 그러나 그들은 신학문을 접했거나 개화사상을 가진 한편으로 대종교 교도들이었다. 그 전형적인 인물이 군정부의 대표자 이상룡이었다. 경상도사람인 이상룡은 골수로 한학을 공부한 육십객이면서도 신학문을 이해했고, 비밀결사 신민회가 계획하는 독립전쟁 기지를 건설하려고 서간도로 망명한 다음 독립 성취를 종교적 과업으로 삼는 대종교의 교도까지 되었던 것이다.

물론 군정부에도 양반 출신 의병장들이 많았다. 그러나 그들은 송수익처럼 일찍이 상반의식을 버리고 생각을 바꾼 사람들이었다. 그리고 특히 그들 대부분이 대종교인이 된 것은 대종교가 배달의 땅을 독립시켜야 한다는 것을 최우선 과제로 내세웠기 때문만은 아니었다. 대종교는 독립의 성취와 함께 배달민족이 다 함께 아무 차등 없이 잘살 수 있는 화평한 나라의 건설을 앞세우고 있었다. 그것은 곧 양반·상민의 계급을 타파하고 새 세상을 이룩하겠다는 뜻이었다. 다른 종교들의 선교 기세가 만만찮음에도 불구하고 대종교가 만주에서 가장 많은 조선사람들을 신도로 확보한 것은 결코 우연한 일이 아니었다. 그리고 간부들 중에 대종교도들이 많은 군정부에서 공화주의를 채택한 것은 너무 당연한 일이기도 했다.

한편, 양치성은 봉천의 비밀장소에서 회의에 참석하고 있었다. 그건 명목만 회의였지 언제나 그런 것처럼 정보활동에 대한 작전지시였다. 회의장을 채우고 있는 20여 명은 모두 조선남자들이었다. 그들은 서간도 일대를 더듬고 다니는 정보원들이었다.

"에에 또, 먼저 만세폭동에 대한 조선총독부의 통계자료를 알려

줄 테니 다들 똑똑히 듣도록 하시오."

단상에 선 사복 차림의 일본남자가 카랑카랑한 목소리를 높이며 좌중을 훑어보았다. 마치 군인들처럼 경직된 자세로 앉아 있는 정보원들 사이에서는 긴장된 침묵이 배어나오고 있었다.

"에에 그러니까 전국적으로 발생한 만세폭동에 가담한 조센징들의 수는 총 200여만 명이고, 그중에서 사망자 7,500여 명, 부상자 1만 6천여 명, 체포 7만 4천여 명이오. 그리고 가담자 200여만 명 중에서 계층별·직업별로 구분한 결과는 농민이 제일 많아 56빠센또, 노동자가 제일 적어 3빠센또, 나머지가 학생 20빠센또, 지식인 21빠센또로 되어 있소. 그 폭동으로 조선총독부가 입은 피해는 이민지민이 아니지만 폭동이 진압되었으니 그 피해는 일단 접어두기로 하고, 우리가 주시하고 주목해야 할 바는 무엇인가!"

그 남자는 느닷없이 소리치며 구둣발로 단상을 굴렀다. 좌중에서 몇몇이 움찔하며 놀랐다.

"그건 다름이 아니라 이곳 만주에서 일어나고 있는 변화란 말이오. 만주에서 일어나고 있는 변화는 두 가지요. 첫째 젊은 놈들이 많이 몰려드는 것이고, 둘째 폭도단체들이 많이 생겨나고 있는 것이오."

이런 사실을 알고 있느냐는 듯 그 남자는 다시 좌중을 찬찬히 훑어보았다.

"여러분들도 대강 눈치는 채고 있겠지만 그건 아주 중대한 사실이 아닐 수 없소. 왜냐하면 조센징들은 만세폭동의 여세를 몰아 여기 만주에서 새로운 폭동을 일으킬 음모를 꾸미고 있기 때문이오. 그 새로운 폭동이란 무엇인가! 그건 바로 무장세력을 모아 우리 대일본제국에 대항하겠다는 것이오. 그 무장세력이라고 해봤자 우리 대일본제국의 무력에 비하면 호랑이 앞에 토끼요, 고양이 앞에 쥐새끼에 불과한 거요. 허나 한 가지 문제가 있소. 그것이 무엇인고 하니, 만주가 조선땅이 아니라 중국땅이라는 점이오. 조선땅이라면 그까짓 것들 하루아침에 일망타진하고 말겠지만 중국땅이니 우리 일본군대를 마음대로 출병시킬 수가 없다 그것이오. 이런 형편이기 때문에 여러분들의 임무가 막중하고 효과적인 활약이 중요하단 말이오. 여러분들은 그동안 온갖 위험을 무릅써가며 수고를 많이 했다는 사실을 잘 알고 있소. 그러나 만주의 사정이 급변하고 있으니 우리는 새로운 각오로 가일층 분발하지 않으면 안 되게 생겼소. 따라서 다음 지시사항을 다들 똑똑히 명심하시오. 첫째, 해당 지역에서 새로 생기는 폭도단체를 신속히 파악할 것. 둘째, 그 단체의 내부조직을 샅샅이 알아낼 것. 셋째, 무장 실태를 자세히 조사할 것. 넷째, 민간인들과의 관계를 치밀하게 탐지할 것, 이상이오. 그리고 첨부할 말은, 이번 임무를 수행한 다음에 기밀유지를 위해서 북간도 쪽과 대폭적인 인원교체가 있을 것이오. 그러니까 처치할 필요가 있는 놈들은 이번 기회에 과감하게 없애도록 하시오. 이미 다 알고 있는 대로 앞으로도 활동성과에 따라 여러분들의 고향 가까운 경찰서로 발령을 내줄 것이오. 여러분들의 출세는 바로 여러분들의 손에 달렸소."

그 남자는 말을 마치며 좌중을 차가운 눈초리로 쏘아보았다.

양치성은 회의실을 나오며 불안이 부풀고 있었다. 북간도와 대폭적인 인원교체……? 그 말과 함께 그의 눈앞에는 수국이의 모습이 어릿거리고 있었다. 위험한 만주땅을 벗어나 고향 가까이 가는 것도 좋고, 출세하는 것도 좋았다. 그러나 수국이를 차지하지 못하면 그런 것은 반쪽일 뿐이었다. 더구나 고향 가까이 가지도 못하고 북간도행이 되고 말면……. 그거야말로 허망하고 또 허망할 일이었다. 그동안 수국이의 환심을 사보려고 공을 들일 만큼 들였던 것이다. 그러나 수국이는 눈썹 하나 까딱하지 않는 돌덩어리고 얼음장이었다.

다만 한 가지 확인한 것이 김시국이가 사신 못지않게 수국이에게 홀려 있다는 것이었다. 그렇다고 수국이는 김시국에게 마음을 주는 것도 아니었다. 나이를 먹어가면서도 수국이는 시집갈 기색이라고는 보이지 않았다. 저것이 얼굴만 고왔지 남자를 모르는 배냇병신이 아닐까 하는 생각도 여러 번 해보았다.

그러나 그 불룩한 젖가슴이며 바라진 엉덩이를 보거나, 부끄러움 타고 곧잘 얼굴 붉어지는 것을 보면 그런 것도 아니었다. 무슨 곡절이 있는지도 모른다 싶어 필녀에게 여러 차례 캐물어보기도 했다. 열 분 찍어서 안 넘어가는 낭구도 있습디여? 두말을 못하게 해버리는 필녀의 대꾸였다. 양치성은 어떻게 해서든 북간도로 밀려가지 않게 해야 된다고 마음을 다졌다.

그런데 수국이는 아주 곤궁한 처지에 빠져 있었다. 지주 추가(鄒

哥)의 아들이 눈독을 들이며 어떻게 피할 도리가 없이 몰아대고 있었던 것이다. 그러나 추가의 아들은 자식까지 여럿 둔 30대 중반의 남자였다. 그는 수국이를 첩으로 들어앉히려고 탐내는 것이었다.

추가 집안은 만주땅 전체에서 다섯 손가락 안에 꼽히는 거대한 지주로 서간도 열 개 현의 땅이 거의 그들의 것이라고 해도 과언이 아니었다. 유하현 삼원보에서는 제일 오래되고 큰 길의 이름이 추지가(鄒之街)일 정도였다. 추가의 아들은 그런 위세로 수국이를 차지하려고 들었다.

사실 그 엄청난 땅을 가진 추가는 소작인들에게 또다른 임금이나 마찬가지였고, 소작인들을 상대로 마음먹어서 못할 일이라고는 없었다. 추가의 아들이라고 해서 그 위세가 덜할 것이 없었다. 더구나 조선소작인들로서는 그 위세 앞에서 옴쭉달싹하지 못할 처지였다. 그러나 수국이는 그 첩살이를 당차게 마다했다. 그리고 옆사람들도 하늘을 보고 헛웃음을 쳤다.

그렇지만 그건 이쪽의 기분대로 될 일이 아니었다. 추가 아들은 사흘거리로 사람을 보내 이쪽을 몰아대고 있었다. 그 심부름꾼은 다름 아닌 추가네의 마름이었다. 마름을 앞세운 것이 바로 목을 조이는 위협이었다. 추가 아들은 지주로서 가장 편리하고 신효한 무기를 사용하는 셈이었다. 말을 듣지 않으면 소작을 뺏어버리겠다는 그 노골적인 위협 앞에서 수국이도 옆사람들도 고심하지 않을 수가 없었다.

그 일도 송수익이가 맡고 나설 수밖에 없었다.

"그것 참 미안하게 됐소. 그 처자는 진작 정혼해 둔 총각이 있소이다."

송수익은 점잖게 방어해서 마름을 돌려보냈다. 마름이 군소리 못하고 돌아가는 것을 보고 옆사람들은 역시 송수익이 제일이라고 입모아 기뻐했다. 그러나 정혼한 처녀는 넘보지 않는다는 것은 어디까지나 조선사람들의 예절일 뿐이었다. 아니, 조선사람이라고 하더라도 심성 사나운 지주가 소작인을 상대로 그런 예절쯤 얼마든지 짓밟아버릴 수 있는 일이었다. 추가 아들 역시 지주다운 공격을 가해왔다.

"정혼이야 파하면 될 거 아니오. 당자 호강하고 다른 사람들도 편히 살려면 우리 어른 뜻을 받들어야 할 것이오."

마름이 남기고 간 말이었다.

이 말은 동네에 먹구름이 끼게 했다. 송수익은 깊은 시름에 빠졌다. 아무런 해결 방안이 없었던 것이다. 사방 수백 리가 추가의 땅이니 어디로 옮겨갈 수도 없었다. 그렇다고 대근이네만 북간도 어디로 떠나보내기도 딱한 노릇이었다.

사태가 그리되자 줄곧 수국이에게 마음을 품어왔던 김시국이가 적극적으로 혼인을 들고 나왔다. 혼인을 해서 북간도 쪽으로 가자는 것이었다. 그 말을 받아들일까 한 것은 감골댁이었다. 중국사람에게 첩살이를 보내는 것보다 훨씬 나았고, 자기네 집안만 떠나면 다른 사람들에게는 해가 미치지 않을 것이기 때문이었다. 딸자식 전정을 위해서라면 외로움 같은 것은 얼마든지 이겨낼 수 있었던 것이다. 그러나 수국이는 싸늘하게 고개를 돌려버렸다.

"아니, 니가 시방 이 에미 잡아묵을라고 이러냐? 이 총각도 싫다, 저 총각도 싫다, 니가 나이가 몇 살인지나 알고 이러냐? 몽달귀신 되야 이 에미 가심에 한 맺혀 죽게 헐라고 이러지야?"

"엄니, 나넌 남자가 무섭당게로."

수국이는 고개를 떨구며 주르륵 눈물을 흘렸다.

"아이고, 또 그 이얘기여? 그놈에 일 잊어불 만도 헌디, 잊어부러야 허는디……."

감골댁은 딸을 끌어안으며 목이 메었다. 몸을 망친 그 일이 벌써 몇 년인데 아직도 그 기억에서 벗어나지 못하고 있는 딸이 너무 가엾고도 가슴 쓰라렸던 것이다.

송수익은 마름에게 시달리며 벌써 두 달이나 고심해 오고 있었다. 어쨌거나 만세시위를 벌이려고 수국이가 통화 시가지로 나갔던 것이 잘못이었다. 그러나 한창 바쁜 농사철이면 개 손도 빌리고 싶더라고 그때는 아이들까지도 다 나가서 기세를 올려야 했던 것이다. 추가 아들은 조선사람들의 만세시위를 구경하다가 수국이를 본 것이었다.

"대근아, 우리가 여그서 뜨자. 골백분 생각혀 봤는디 그것이 니 누나 살리는 질이고 이웃덜도 살리는 질이다. 북간도에도 니겉이 학식 들고 총질 잘허는 사람 환대허는 디가 많담스로?"

깊은 밤에 감골댁이 아들을 불러앉히고 어렵사리 꺼낸 말이었다.

방대근은 한동안 방바닥만 내려다보고 있다가 입을 열었다.

"지도 그 생각얼 안 헌 것이 아닌디, 엄니가 적적히서 어찌 사실 게라?"

"아니여, 아니여, 나 걱정이사 말어. 사람언 다 이웃사촌이 되는 법잉게."

"야아, 엄니만 괜찮허면 뜨겄구만이라."

방대근은 어머니 마음을 편하게 하려고 힘 넘치게 말했다.

"그래, 정의단에서야 자네 같은 군관을 얼마나 반기겄나. 이쪽 군정부와 그쪽 정의단은 긴밀히 상통하고 있고, 정의단에는 신흥학교 출신인 자네 동무들도 꽤나 있지 않나. 가서 잘하고 있게나. 더러 만나게 될 테니까."

송수익이 소개장얼 씨주며 한 말이었다.

방대근이는 다음날 바로 떠나기로 했다. 떠나는 김에 김시국이도 떼쳐내자는 생각이었다.

"아이고 이 까탈시러운 가시네야, 니가 나럴 두고…… 니가 나럴 두고……."

그날 밤 늦게서야 소식을 알게 된 필녀는 수국이를 붙들고 퍽퍽 울었다.

"하, 요것 참……. 하, 요것 참……."

지삼출은 한숨과 함께 이 소리만 연상 토해내고 있었다.

방대근이네 세 식구는 새벽에 집을 나섰다. 송수익의 말에 따라 지삼출이 혼자서만 배웅을 나섰다. 다른 사람들은 이별을 하면서도 말조차 크게 하지 못했다.

그리고 그날 밤이 깊어 방대근이네 초가집에 불이 났다. 이웃동네에서까지 불을 끄려고 몰려왔다. 그 사람들은 집주인이 보이지 않는 것을 알았다. 물론 집 안에 갇혀 있는 것도 아니었다. 그들은 뒤늦게서야 집주인이 불을 놓고 도망갔다는 것을 알아냈다. 그런데 집주인이 어디로 갔는지 한동네 사람들도 모르고 있었다.

송수익한테서 수국이네 행방을 알아내려다 실패한 마름은 동네 사람들을 찾아다니며 으름장을 놓고 닦달을 해댔다. 그러나 사람들은 멀뚱한 얼굴로 한결같이 고개를 저을 뿐이었다. 그 바람에 환장을 하게 된 사람이 따로 있었다. 수국이만 바라보고 더 편한 근무지도 거들떠보지 않고 방대근이와 함께 붙어다녔던 김시국이었다.

방대근은 마차를 갈아타 가며 나흘 만에 왕청현 춘명향 덕원리에 도착했다. 대한정의단 본부는 쉽게 찾을 수 있었다. 대종교도들이 일으킨 단체답게 시교당(施敎堂)과 나란히 붙어 있었다.

방대근은 생각했던 것보다 훨씬 더 환대를 받았다. 그것이 다 송수익 선생의 소개장 덕이겠거니 생각했다. 그러나 다음날 노병갑을 만나보고 그 까닭을 자세하게 알게 되었다.

노병갑은 다리를 다쳐 기동이 불편했다. 벌써 두 달째 치료를 받고 있다면서도 기백은 펄펄했다.

"그쪽 서간도에서 먼저 만세가 일어나자 이쪽에서도 13일로 날을 정했지. 다 용정촌으로 모이게 되어 있어서 나도 학생들을 인솔하고 용정으로 간 거야. 아주 굉장했어. 3만 명이 모여들었으니 용정이 어찌 됐겠나. 영사관 왜놈들이 질겁을 한 거지. 헌데, 그 사람들이 목이야 터져라 하고 만세를 불러대는데, 그런 장관이 어디 또 있겠어. 용정이 전부 뒤집어지고, 왜놈들 영사관이 허물어질 지경이었지. 용정에 있는 왜놈들이고 밀정놈들은 다 잡아죽일 기세였고, 그러니 총질이 시작된 거야. 총질을 해대는 바람에 수천 명이 발이 묶이게 됐는데, 나도 그 속에 들어 있었지. 밤이 되면서 곰곰이 생각해 보니 안 되겠더군. 총질을 한 중국관헌놈들이 결국 우릴 왜놈들한테 넘길 것 아닌가 말야. 그 꼴 당하기 전에 도망치기로 했지. 수십 명을 여러 패로 짜서 일시에 사방으로 내뛰지 않았겠나. 놈들을 정신없이 만들어놓고 멀리 도망친 것까지는 좋았는데, 재수 없이 산속에서 굴러떨어지고 말았어."

노병갑은 쓰게 웃으며 장난스럽게 콧등을 찡그렸다.

"체, 원생이가 낭구에서 떨어졌구마. 그나저나 그만허기 다행이여."

방대근이 눈을 흘기며 혀를 찼다.

"헌데, 김시국이 그놈이 생김대로 음충한 데가 있어. 버릇없이 어찌 동무 누나를 넘보고 그래."

"그야 다 끝막음된 일잉게 더 말 말고 여그 사정이나 이야기혀."

"아니야, 김시국이 그놈이 질긴 데가 있는데 여기까지 찾아올지도 모르지."

"괜찮혀, 김시국이가 추가놈언 아닝게. 얼렁 그 이야기나 허랑게."

"사람 참 급하기는. 여기 사정을 한마디로 하자면, 실한 독립군 부대를 갖추려고 마음들이 다급해져 있네. 왜 그러냐 하면, 그동안 우리 대종교 중광단에서 여기 북간도의 독립운동을 주도해 왔으니 새로 대한정의단을 만든 형편에 독립군도 제일 막강하게 조직하자는 거지. 다시 말해서 대한국민회에 뒤져서는 안 된다는 생각이야. 대한국민회는 야소교 사람들이 만든 단첸데, 우리 정의단 다음으로 규모가 클 거야."

"야소교? 거그넌 군대가 있능가?"

"아니, 아직 없어. 허나 곧 갖추게 될 거라는 소문이야."

"근디, 여기 북간도넌 독립운동 단체덜이 몇 개나 되제?"

"으음…… 한 열댓 개 될 거야. 만세가 일어난 뒤로 부쩍 생겨난 거지."

"서간도도 그런디, 만세바람이 무섭기넌 무섭네."

방대근은 자신이 환대받은 이유를 알았다.

서간도와 마찬가지로 북간도에서도 독립운동 단체들이 5월까지 17개가 생겨났다. 그중에서 조직의 규모로나 영향력으로나 대표적인 것이 대한정의단과 대한국민회였다.

본국에서 3·1만세가 일어나고 그 불길이 서간도로 옮겨붙자 북간도의 여러 단체들은 만세시위를 계획했다. 그 단체들은 대종교계의 중광단, 기독교계의 간민회, 공자를 모시는 공교도, 성리교 단체 등이었다. 그들은 시위가 벌어진 그날 저녁 연길현 국자가에서 통일조직으로 조선독립기성회를 결성했다. 그리고 4월에 접어들어 명칭을 대한국민회로 바꾸면서 조직을 개편하게 되었다. 그런데 그 과정에서 기독교인들이 간부직을 장악하는 사태가 벌어졌다. 중광단에서는 그 사태를 묵과하지 않았다. 외래 종교에 대해서 비판적인 대종교도들로서는 기독교인들의 그런 독주를 용납할 수 없었고, 또 그동안 많은 학교를 세우고 무오독립선언을 추진하는 등 북간도의 독립운동을 주도해 왔던 중광단의 명예를 지키고자 했던 것이다. 그래서 중광단은 5월에 대한국민회를 탈퇴하여 대한정의단을 결성한 것이었다.

따라서 대한국민회는 기독교인들을 중심으로 다시 짜여질 수밖에 없었다. 지리적으로 서간도에 평안도사람들이 많듯 북간도에는 함경도사람들이 많았다. 그리고 서간도와 또 한 가지 다른 것은 기독교세가 아주 강한 것이었다. 왜냐하면 캐나다 북장로파 선교사들이 맹렬하게 선교활동을 벌일 뿐만 아니라 조선의 독립을 지원하는 입장을 취했던 것이다. 기독교의 영향으로 국민회 간부들은 의식이 개화된 데다가 신학문을 공부한 사람들이 많았다. 그래서 대한국민회는 공화주의를 내세우고 있었다.

단군의 부활을 의미하는 중광단(重光團)은 함경도 출신 의병장들을 중심으로 조직된 것이었다. 그런데도 그들은 처음부터 서간도의 의병장들과는 달리 임금을 떠받들려고 하지 않았다. 그건 평안도하고는 정반대로 함경도가 조선왕조로부터 배척당하고 괄시를 받아서 그런지도 몰랐다. 그 사실을 입증이라도 하듯이 함경도 출신 의병장들은 거의가 평민이었다. 그런 데다 그들은 신학문을 접하는 동시에 대종교도가 되었던 것이다. 대한정의단이 공화주의를 내세우는 것은 지극히 당연한 일이었다.

감골댁과 수국이는 시교당의 부엌일을 맡게 되었다. 대한정의단의 일들이 활발하게 진행되면서 손님들이 자꾸 많아져 일손을 늘린 것이었다.

"시상에 이리 고마울 디가 어디 있다냐. 그까진 정재일 험스로 입만 얻어묵어도 어디헌디, 집얼 내주덜 않나, 살림 살 돈꺼정 주니 요런 후헌 인심이 어디 또 있겄냐. 농새일 면허고 이리 편케 살게 된 것이 꿈만 겉으다."

감골댁이 눈물을 글썽이며 아들에게 한 말이었다.

"엄니넌 대근이가 허는 일언 어찌 안 치고 그러요. 어디 엄니허고 나가 허는 일 보고 집도 주고 돈도 주고 허겄소. 대근이가 해내는 일이 큰게 그러는 것이제라."

수국이가 어느 때 없이 밝은 얼굴로 대근이를 보며 생긋 웃었다.

"하먼, 하먼, 그것이야 더 일러 멀혀. 우리 대근이가 참말로 복덩어리제. 잘 믹이지도 못허고 고상만 고상만 험서 컸는디도……."

감골댁은 목이 메며 눈물을 찍어댔다.

"음마, 복덩어리넌 따로 두고 그러네. 나가 아니였음사 북간도로 올 생각이나 혔간디?"

수국이가 냉큼 던진 말이었다.

"아이고 요 망헐년아, 어찌 그리 속도 편냐. 얼렁 시집갈 궁리나 혀!"

감골댁은 손바닥으로 수국이의 등짝을 철퍽 쳤다.

"누나도 독립군으로나 나스제."

방대근이 씨익 웃으며 말했다.

"그려? 여그서넌 여자도 받아주는겨?"

수국이는 농담인지 아는지 모르는지 정색을 하고 덤볐다.

"아니, 야가 참말로 미쳤다냐 어쩼다냐. 니 골리는 소린지도 몰러? 좌우간에 쩨보든 곰배팔이든 금년 안으로넌 시집얼 보내고 말 것잉게 그리 알어!"

감골댁은 바락 소리를 지르며 눈이 찢어져라 하고 딸을 흘겨댔다.

방대근은 일이 그렇게 풀린 것이 너무 흡족하고 기뻤다. 이제 어머니도 소작농사에 시달릴 나이는 아니었던 것이다. 북간도로 떠나오면서 서렸던 불안이 말끔히 가시고 마음이 더없이 가벼웠다.

방대근은 군자금을 모금하는 모연대에서 날이 바뀌는 줄도 모르게 바쁜 나날을 보내고 있었다. 모연대에서 활동을 잘해야만 독립군을 본격적으로 양성할 사관연성소도 빨리 실치하고 무장부대도 제대로 갖출 수 있었던 것이다.

대한정의단에서는 연길현 화룡현 왕청현 훈춘현에 걸쳐서 5개 분단과 70여 개 지단을 설치하고 단원 1,600여 명을 확보하고 있었다. 그 단원이란 언제든지 명령에 따라 독립군으로 나설 수 있는 사람들이었다. 모연대에서는 그 조직을 이용해 1차적인 모금활동을 진행했다. 2차의 모금은 본국을 대상으로 하고 있었다.

모금은 동포들을 전부 대상으로 하되 기독교인들의 집은 제외했다. 왜냐하면 대한국민회 쪽에서도 모금을 하고 있으므로 이중 부담을 지우지 않기 위해서였다. 벌써 동포들 사이에서는 불평과 원성이 일어나고 있었다. 여러 단체들이 모금을 나서는 바람에 동포들은 이중 삼중으로 시달리는 형편이었던 것이다. 모연대에서는 대종교도들을 중심으로 모금을 추진하면서 동포들의 그런 피해를 막으려고 애썼다.

방대근은 힘드는 줄 모르고 8월의 만주 더위를 무릅써가며 날마다 동포들의 마을을 돌았다. 모금이 순조로운 데다가 사관연성소를 설치하기 위해 군사경험이 많은 인물들을 초빙하는 계획이 추진되고 있었던 것이다.

그런데 뜻밖의 소식이 들려왔다. 연해주에서 이동해 온 대한독립군과 대한국민회가 연합했다는 것이었다. 대한독립군이란 바로 홍범도부대였던 것이다. 방대근은 혼자서 발을 굴렀다. 자기네 대한정의단과 홍범도부대가 연합하지 못한 것이 그렇게 안타깝고 아쉬울 수가 없었던 것이다. 말로만 들어왔던 홍범도부대가 가까이 왔는데도 그 부대원이 될 기회는 없어지고 만 것이었다. 신흥학교를 졸업하면서 홍범도부대를 찾아갈 생각을 몇 번인가 했었다. 그러나 어머니와 누나 때문에 포기할 수밖에 없었던 것이다. 동창들 가운데 그런 생각을 가진 학생들이 적지 않았다.

"대한독립군이야 싸우는 부대니까 누가 뒤에서 지원해 주는 것이 필요하고, 대한국민회에서는 앞에 내세울 독립군 부대가 필요하고, 그러다 보니 서로 궁합이 잘 들어맞은 거지."

노병갑은 별다른 느낌이 없는 눈치로 말했다.

"그야 나도 아는 것이고, 나가 알라는 것언 어찌서 우리 정의단서넌 대한독립군허고 손얼 못 잡았냐 그것이여."

방대근의 말에는 짜증이 섞여 있었다.

"그래 참, 너 학생 때부터 홍범도부대 좋아했었지? 지금이라도 안 늦다, 짐 싸들고 가."

노병갑은 비죽비죽 웃었다.

"참 알다가도 모를 일이여……."

방대근의 얼굴이 쓰게 일그러졌다.

그런데 방대근이 앞에 불청객이 나타났다. 김시국이었다.

"니 우예 그럴 수가 있노. 친구지간에 그래도 되는 기가!"

땀범벅인 김시국이가 부르짖은 첫마디였다. 그는 부들부들 떨기까지 했다.

"그려, 말 한마디 안 허고 뜬 것언 미안시러운디, 소문 안 나게 허자니 어쩌겄냐."

방대근은 미안한 생각보다는 지겨운 생각이 앞섰다. 또 새중간에서 골치 아플 일이 한심스러웠던 것이다.

"무신 소리 씨부리고 있노. 내가 추가 아덜놈헌테 발설헌다 말이가!"

김시국의 열기는 곧 주먹질이라도 할 듯싶었다.

"그만혀, 나도 답답해 죽겄응게."

방대근은 정색을 하고 김시국을 쏘아보았다. 그 뜻을 감지한 김시국이 한숨을 토해내며 기가 수그러들었다.

"무사허니 왔응게 되았어. 찬물에 낯 씻고 밥보톰 묵어."

그렇게 금방 기가 꺾이는 김시국이가 또 딱해 방대근은 그의 어깨를 두들겨주었다.

"참 내가 미친놈인 기라. 내 맘얼 내가 모리겄시니 우짜먼 좋노."

김시국은 먼 하늘을 바라보며 볼멘소리로 중얼거렸다.

"송 선생님이 전허시는 말씸 머 없드냐?"

"안 뵙고 그냥 왔삐맀다."

"머시여? 글먼 니 맘대로 온 것이여?"

"우짜겄노, 말하믄 안 보내줄 낀데."

방대근은 어처구니없는 한숨을 토했다. 자기네가 이쪽으로 온 것을 누가 가르쳐주었는지는 아예 묻지도 않았다.

"아이고메, 요것이 누구당가! 시상에나 요런 기맥힌 정성이 어디 또 있겄어."

감골댁은 김시국의 손을 덥석 잡으며 반색을 넘어 감격해하고 있었다. 그 등뒤에서 수국이는 싸늘하게 중얼거렸다.

"워메, 징허기도 징헌 거. 비암이 따로 없네."

김시국을 환대한 감골댁은 짬만 생겼다 하면 수국이를 몰아댔다.

"돌미륵도 3년 지극정성이면 화답헌다고 혔다. 시국이 총각이 그리 일편단심허고 정성 바쳤으먼 됐제 머럴 더 바래냐. 학식이 없냐, 인물이 못났냐, 어디가 빙신이기럴 허냐."

"엄니, 엄니도 여잠스로 같은 여자 맘얼 어찌 그리도 몰라주요."

"니넌 여자가 아니라 엄니여, 엄니. 니넌 엄니 맘얼 어찌 그리도 몰르냐."

방대근은 이런 실랑이를 아예 외면해 버렸다. 어머니의 편을 들자니 누나가 가엾었고, 누나의 편을 들자니 어머니가 딱했던 것이다. 그는 정의단 일에만 정신을 쏟았다. 세상 돌아가는 형편이 자고 나면 달라지는 판이라 어머니와 누나의 실랑이에 신경을 쓰기도 어려웠다.

한성·노령·상해 세 곳의 임시정부가 하나로 통합한다는 원칙에 따라 한성과 노령의 임시정부가 해산했다는 소식을 들은 것은 지난달 7월이었다. 노령임시정부는 3·1만세를 뒤따라 3월 21일에 생겼고, 상해임시정부는 4월 10일에, 한성임시정부는 4월 23일에 생긴 것이었다.

그런데 8월 들어서 큰일들이 잇따라 일어나고 있었다. 대한정의단에 김좌진을 비롯해서 군사경험이 많은 사람들이 합류하면서 정의단은 군정부로 개편했다. 뒤이어 조선총독이 바뀌고 헌병경찰제가 폐지되었다는 소식이 전해져 왔다. 그러더니 홍범도 휘하의 대한독립군이 두만강을 넘어 갑산과 혜산진 등지의 일본군 병영을 습격했다는 소식이 퍼진 것이었다. 홍범도부대의 그 공격은 만주지역의 여러 독립운동 단체들이 꾀하고 있는 무장투쟁의 첫 신호였다. 정의단에서는 사관연성소 준비에 더욱 박차를 가하게 되었고, 방대근은 더 바쁘게 동포들의 마을을 돌며 추수철인 9월을 보내고 있었다.

그런데 김시국은 기회만 있으면 방대근이를 붙들고 늘어졌다.

"보래, 나 좀 살래도고. 나 이러다 미치고 환장해 죽어삐리겠다."

"참말로 나도 죽겠다. 니 만주에 독립운동 허로 온 것이 아니라 장개들라고 왔냐?"

"독립운동도 허고 장개도 들고 허는 것 아이가. 그런 사람이 어데 한둘이고. 니 내가 그리 맘에 안 드나?"

"무신 소리여? 누나가 그렇게 나도 헐 말이 없는 것이제."

"이눔마야, 니가 어무이맨치로 밀어붙이면 누난들 우얄 끼고? 안 글나?"

"허 참······."

방대근은 답답한 한숨만 내쉬었다. 누나가 어떤 일을 당해서 그렇게 시집을 안 가려고 하는지 실토할 수는 없었던 것이다.

"정 그리되면 나도 생각이 있는 기라."

김시국은 자리를 박차고 일어났다. 그려, 업어갈 재주라도 있으면 업어가기라도 혀.

방대근은 화가 뻗친 김시국의 뒷모습을 바라보며 그런 생각을 하고 있었다. 누나는 여전히 젊고 예뻤다. 그러나 처녀로서는 너무 늙은 처녀였다. 언제까지 머리를 땋아내리고 살 것인지, 누나를 생각하면 걱정은 걱정이었다.

11월의 만주는 한겨울이었다. 북풍은 칼날이었고, 하늘도 땅도 다 얼어붙어 있었다. 그런데 사람들이 엮어내는 소문이나 소식들은 전혀 얼어붙을 줄을 모르고 싱싱하게 살아 움직이고 있었다. 서간도의 군정부가 명칭을 바꾸었다는 소식이 전해져 왔다. 새로 붙인 이름이 서로군정서(西路軍政署)라고 했다. 그 까닭인즉 상해임시정부에서 여운형을 파견하여 군정부도 상해임시정부에 통합해 줄 것을 요청했고, 군정부의 총재 이상룡은 하나의 민족이 두 개의 정부를 가져서야 되겠느냐고 간부들을 설득하여 '군정부'라는 명칭을 양보한 것이라 했다. 그것은 곧 상해임시정부를 유일 정부로 인정함과 아울러 그 위상을 높여주는 조처였던 것이다.

그 영향은 북간도의 대한정의단에도 그대로 미쳤다. 대한정의단도 군정부 편제를 바꾸고 북로군정서로 새 명칭을 붙였다. 그리고 기독교계의 대한국민회도 상해임시정부를 지지하며 통합 노력에 호응하고 나섰다.

그 단체들이 그렇게 상해임시정부를 인정하고 그 산하조직이 되는 것을 주저하지 않았던 것은 두 가지 분명한 이유가 있었다. 첫째는 그들 모두가 공화주의를 표방한다는 정치이념의 공통점 때문이었다. 둘째는 독립을 하는 데는 무장투쟁과 함께 국제적인 외교도 겸비해야 한다는 필요성 때문에 상해의 외국조계에 자리잡은 임시정부를 중시했던 것이다.

그런데 그 단체들과는 대조적으로 서간도의 대한독립단은 상해임시정부의 지지를 거부했다. 그 이유 또한 분명했다. 상해임시정부가 자기네들처럼 임금을 받들지 않는다는 것이었다. 북간도의 공교도들이 조직한 군무도독부도 마찬가지 이유로 상해임시정부에 등을 돌렸다. 머리를 자주 감지 않아 역한 냄새를 폭폭 풍기면서도 상투를 신주단지 모시듯 하는 복벽주의자들의 고집이었다.

바람이 세차게 불고 있었다. 하늘에 구름마저 끼여 어둠은 짙을 대로 짙어 있었다. 독한 중국술에 취해 김시국은 주막을 나섰다. 오늘도 수국이의 마음을 돌려보려고 참빗을 하나 사다 주었다가 면박만 당하고 울화가 치밀어 혼자 주막을 찾아들었던 것이다. 방대근이는 물론이고 노병갑이도 그의 속타는 푸념을 들어주려고 하지 않았던 것이다.

김시국은 어둠 속을 휘청거리고 걸으며 슬픈 가락을 흥얼거리고 있었다. 그런데 갑자기 뒤에서 인기척이 나는가 싶더니 눈에서 불이 번쩍했다. 김시국은 정신이 아찔해지면서 쓰러졌다.

정신을 차려보니 입은 틀어막혀 있었고, 두 팔은 뒤로 묶여 있었다. 김시국은 그때서야 자신이 왜놈들 밀정이나 앞잡이들에게 잡힌 것인지 모른다고 퍼뜩 생각했다. 그러나 그건 믿어지지 않았다. 여기는 용정이나 국자가가 아니고 안전하다는 춘명향이었던 것이다. 그럼 누가 장난을 하는 것인가? 그렇지만 숨이 막히도록 입이 틀어막혀 있으니 무슨 소리 한 가닥 낼 수가 없었다. 김시국은 몸부림을 치며 콧소리를 냈다.

"정신 채렸다. 끌고 가."

전라도말이었다. 김시국은 정말 방대근이가 장난을 하나 생각했다.

두 사람이 양쪽 팔을 끼더니 와락 잡아끌었다. 김시국은 그 우악스러운 힘에 끌려 발을 떼어놓지 않을 수가 없었다. 아무리 소리를 질러보았지만 콧소리가 나올 뿐이었다.

추운 어둠 속을 한정 없이 걸었다. 30리쯤 걸었을까 싶은데 어느 움막에 다다랐다. 김시국은 그 안으로 끌려 들어갔다. 등잔에 불을 켜서야 김시국은 그들이 셋인 것을 알았다. 그런데 그들은 전혀 모르는 얼굴이었다. 김시국은 꿇어앉혀졌다.

"저 수건 빼내여."

전라도말을 하는 사내가 통나무 위에 올라앉으며 턱짓했다.

입에서 수건이 빠져나가자 김시국은 답답하던 숨을 토해냈다.

"니 나가 누군지 알겄어?"

사내가 차가운 웃음을 흘리며 물었다.

"……뉘, 뉘신교? 잘 모르겠는데 예……."

김시국은 눈을 키워 사내를 올려다보았지만 아는 얼굴은 아니었다.

"그럴지 알었다. 그런 썩은 눈깔얼 갖고도 독립운동얼 혀? 참 싸다."

사내가 더 싸늘하게 코웃음 쳤다.

"……."

김시국은 더 신경을 곤두세우며 등잔불빛을 옆으로 받고 있는 사내에게 눈길을 모았다. 어디서 본 것 같기도 하고 아닌 것 같기도 하고 아리송하기만 헌다.

"그려, 채림새가 달라지기넌 혔제. 서간도 수국이 동네서 나한테 분 한 곽 산 생각 안 나는감?"

"머시라꼬예!"

김시국은 자신도 모르게 부르짖었다. 그 젊은 장사꾼, 바로 그 사내였던 것이다.

"흐흐흐…… 인자 알아보겄어?"

"그, 그라믄 장사꾼이 아이고……."

김시국의 더듬거리는 목소리는 두려움에 떨리고 있었다.

"그려, 인자 알았냐? 나넌 느그가 말허는 밀정 양치성이다."

"아이고, 살려주이소. 잘못했십니더⋯⋯."

"이새끼, 겁언 되게 많네. 니 잘못이 먼지나 알고 잘못했다고 허능겨? 니 죄넌 독립운동헐라는 것이 아니고 수국이 좋아험서 나 앞 가로막는 것이여."

"머, 머시라꼬예? 수, 수국이 안 좋아허겄십더. 사, 살려만 주이소."

"좆겉은 자석, 좆겉은 소리 허네."

양치성은 칼을 획 꺼내들었다.

33

가면극

    돌잔칫상은 키가 크고 잎이 무성한 샌들우드 나무 아래 차려졌다. 날씨가 더워 그늘을 크게 드리우는 나무 아래로 찾아든 것만이 아니었다. 하와이 원주민들은 샌들우드 나무를 성스럽게 섬겼다. 조선사람들이 당산나무를 신성시하는 것이나 마찬가지였다. 소원을 들어주고 액을 물리치며 길운을 내려준다고 하여 원주민들은 궂은일이 생기면 샌들우드 나무에 빌고 경사스러운 날에는 그 아래서 잔치를 벌이는 것이었다. 하와이의 조선사람들도 샌들우드 나무를 당산나무로 여겨 마음을 의지해 온 지가 오래였다.

    한낮이었지만 둥그렇고 큰 나무그늘은 변함없이 시원했다. 샌들우드 나무의 크고 짙은 그늘은 잔치를 벌이기에도 안성맞춤이었다. 푸짐하게 차린 잔칫상에는 20명 남짓한 남자들이 둘러앉아 느긋하게 술잔을 나누고 있었다. 날마다 농장노동에 시달리는 그들에게 일요일날의 잔치란 더없이 한가하고 즐거웠던 것이다. 부부가 함께 노동을 하는 경우가 많은 데다 누구나 다음날 노동에 지장을 받지 않게 하려고 어느 집에서나 잔치는 으레껏 일요일날 벌였다.

"차린 것은 없어도 많이들 드세요."

양쪽 손에 술병을 들고 온 김칠성이가 사람들을 둘러보며 약간 들뜬 것 같은 유쾌한 목소리로 말했다. 그의 얼굴에도 벙글벙글 웃음이 넘치고 있었다.

"채린 기 없는데 묵을 기 있어야 묵제."

좌장인 구상배가 말을 받으며 껄껄 웃었다. 다른 사람들도 따라 웃었다.

"예에, 아들 하나 더 낳게 되면 그때는 이보다 열 배로 차릴 테니 오늘은 용서하십시오."

김칠성이가 헤벌쭉 웃으며 받아넘긴 말이었다.

"저 사람 저 욕심 좀 봐. 남들은 하나도 없는데 둘씩이나 바라네."

"혹시 또 안사람이 애 밴 것 아닌가."

"아니여, 애넌 안직 안 뱄어."

"아니, 이사람 참 이상하네. 자네가 어찌 남의 집 이불 속 사정까지 다 안다고 그리 큰소리야."

"어허, 척허면 삼천리 아니여. 저 집 애 섰다 허면 망고가 저리 누렇게 잘 익어 주렁주렁 달렸겄어. 풋것일 적에 다 없어졌제."

그 말에 사람들이 다같이 와아 웃음을 터뜨렸다. 김칠성이만 멋쩍은 듯 얼굴이 붉어졌다.

마당 저쪽으로 하와이의 명물인 망고열매들이 황금빛으로 잘 익어 주렁주렁 달려 있었다. 그 열매들은 투명한 햇살을 받아 더욱 탐스럽게 보였다.

망고 이야기에 사람들이 다함께 그리 웃는 까닭이 있었다. 김칠성의 아내는 입덧을 하면서 유난스럽게도 신것을 밝혔다. 신것을 찾다 못한 그 여자는 풋망고를 따먹기 시작했던 것이다. 풋망고는 그냥 신맛만 나는 것이 아니었다. 신맛과 함께 쓰고 떨떠름했다. 그 이상야릇한 맛 때문에 아이들도 손대지 않는 것이 풋망고였다. 그런데 김칠성의 아내는 헛구역질을 해가면서 밥보다는 풋망고를 더 많이 먹어댔다. 그 별난 짓은 곧 여자들 사이에 소문으로 퍼졌다. 그러나 그건 지나가는 웃음거리로 끝나지 않았다. 어느 날 김칠성의 아내는 온몸이 퉁퉁 붓고 두드러기가 돋아 안절부절못하게 되었다. 병원으로 업혀가는 소동이 벌어졌다. 병원에 가서야 풋망고를 너무 많이 먹어 일으킨 식중독인 것을 알게 되었다. 그런데 사람들을 놀라게 한 것은 그 다음이었다. 병원에서 며칠 고생을 하고 나온 김칠성의 아내는 또 풋망고를 따먹는 것이었다. 김칠성은 말리다가 지쳤고 이웃여자들은 식초 못 먹어 환장한 삼신할매가 점지한 애인 모양이라고 입들을 모았던 것이다.

"내사 마 죤 어무이가 풋망고럴 그리 엄청시리 좋아헐 적에 아덜날지 알아뺐능기라."

누군가가 불쑥 말했다.

"그건 또 무슨 소리야?"

"무신 소리기넌 무신 소리. 귀신 씨나락 까묵는 소리제."

"머시락카노, 무식허게. 거 망고가 뭐꼬? 붕알 아이가 붕알!"

"옛끼, 이사람아."

"저, 저 또 싱거운 소리."

이런 말들이 튕겨나가는 가운데 사람들은 또 흥겨운 웃음들을 터뜨렸다.

"맞다, 풋망고야 지천잉께네 많이많이 묵고 기왕지사 죤 동상얼 아덜로 보소."

구상배가 이렇게 덕담을 하며 김칠성을 옆에 끌어앉혀 술잔을 건넸다.

김칠성의 아들 이름은 그저 흔하게 '죤'이었다. 그 영어이름은 김 칠성이가 좋아서 붙인 것이 아니었다. 교회에서나 국민회에서 그렇 게 하기를 유도하고 있었다. 아이들의 장래를 위해서 그렇게 하는 것이 좋다고 했다. 어차피 미국학교를 다녀야 하고, 미국아이들하 고 어울려 자라야 하는데 표기하기 어렵고 발음하기 어려운 조선 이름은 곤란하지 않느냐는 것이었다. 더구나 관청에서 출생신고를 받으며 미국식 이름이기를 거의 노골적으로 바라기도 했던 것이다.

"아들 많이 낳는 것은 좋은데 장가 못 간 사람은 어디 서러워 살 겠소."

누군가가 정말 서러운 듯한 가락으로 말하며 한숨까지 내쉬었다.

"아이고 야, 내가 눈치 없이 너무 과했나?" 구상배는 멋쩍은 듯 사람들을 둘러보고는, "그러이 내가 머라카드노. 한 살이라도 더

젊었을 직에 퍼뜩퍼뜩 장개딜 들라 안카드나. 인자 그놈에……." 그는 말을 얼버무리며 혀를 차댔다.

구상배가 어물거려버린 말이 무슨 말인지 그들은 다 알고 있었다. 미국정부는 2년 전인 1917년에 '동양인 절대배척법'을 만들었던 것이다. 그 법에 따라 사진결혼도 중단될 수밖에 없었다. 김칠성이는 그 법이 시행되기 직전에 아슬아슬하게 장가를 든 것이었다. 국민회에서는 그때까지 하와이에 건너온 처녀들을 1,066명으로 집계했다. 그러니까 장가를 든 남자들보다 장가를 못 든 남자들이 훨씬 더 많은 형편이었다. 그러나 그 노총각들은 하와이여자나 중국여자들하고는 한사코 결혼을 하려고 하지 않았다. 그러니 일본여자하고는 더 말할 것이 없었다.

그런데 하와이에서 조선처녀를 신붓감으로 구하는 노총각들도 가끔 있었다. 서너 살, 예닐곱 살에 부모를 따라 하와이로 건너온 처녀들이었다. 그동안의 세월이 아이들을 처녀로 만들어놓은 것이었다. 그러나 그런 처녀들에게 장가를 들기란 지극히 어려운 일이었다. 나이 차이가 워낙 많이 나 처녀들도 집안에서도 노총각들을 원하지 않았던 것이다.

"아이고, 장가도 못 들고, 돈도 못 모으고, 찾아갈 나라도 없고, 나이만 마흔이 다 되었으니 이런 처량하고 한심한 신세가 있는가. 빌어먹을……."

누군가의 취기 어린 탄식이었다. 술자리에서는 으레껏 나오게 마련인 탄식이고 신세타령이었다.

방영근은 묵묵히 앉아 그저 술만 마시고 있었다. 방영근은 그 신세타령을 자기의 것으로 듣고 있었다. 자신의 신세가 그 타령과 너무나 똑같았던 것이다.

"그나저나 애국금인지 독립금인지가 또 오를 거라는데 그걸 내야 되나 말아야 되나?"

누군가 말머리를 돌리고 있었다.

"무신 소리 하노. 이승만이가 상해임시정부 대통령이 됐시니께 네 지체 말고 퍼뜩퍼뜩 내란 말 듣지도 몬했나."

그냥 '이승만'이라고 불러대는 그 한마디에 이승만에 대한 반감이 노골적으로 드러나고 있었다.

"좆겉은 놈덜, 염병 개지랄덜 말라고 혀. 우리나라럴 미국놈덜 손에 넘게줄라고 헌 물건이 무신 놈으 대통령이여 대통령이. 고런 인종얼 대통령으로 뽑은 상해임시정부 것덜도 다 미친놈덜이여. 나넌 인자 돈 안 낼 참이여."

그때까지 술만 마시고 있던 남용석이가 갑자기 터뜨린 말이었다.

"맞어, 무슨 일들을 그리하는지 알 수가 없어. 우리가 뼛골 빠지게 일해서 꼬박꼬박 돈을 냈는데 그간에 된 일이 뭐가 있어."

"국민회 차지한 이승만이만 좋은 일 다 시켰지 뭐야."

"아이라, 그리 욕만 헐 일이 아닝 기라. 이 박사가 그리헌 것언 미국에 심얼 빌리갖고 우리나라 독립얼 시켜보자 헌 것이 아니겄나."

구상배가 좌장답게 이야기가 한쪽으로 쏠리는 것을 막으려고 했다.

"성님요, 그런 소리 마시오. 우리가 미국놈덜헌티 얼매나 지독시리 당허고 사는교. 이승만이넌 노동일얼 안 해보고 편케만 살아서 미국놈덜 진짜 속얼 모리는 기라요."

"여러 말 헐 것이 없어. 우리허고 일본놈덜얼 놓고 미국놈덜이 누구 편얼 드는지 보면 알 일 아니여. 우리겉이 무식헌 놈덜도 훤허니 아는 일얼 박사란 사람이 몰르다니. 고것이 사람이여."

그때까지 말이 없던 방영근이가 고개를 번쩍 치켜들며 내뱉은 말이었다.

그들 사이에서는 더 이야기가 이어지지 않았다. 방영근의 어조가 너무 단호했던 것이다.

그들은 그동안 그런 식의 성토를 한두 번 한 것이 아니었다. 이승만이 윌슨 대통령에게 한국위임통치 청원서를 냈다는 사실이 알려진 당시에는 거의 날마다 모여앉아 성토하고 분해했던 것이다.

"그나저나 박용만 선생언 어째 감감무소식이여. 떠난 지 반년이 넘었는디."

남용석은 혀를 차던 한숨 끝에 술잔을 단숨에 비워버렸다.

"어데, 그리 조급허니 맘묵으면 되나. 큰일 할라카는데 반년이야 우리 한나절 짬이겠제. 그 양반 기개가 있으니께네 진득허니 기다리믄 꼭 존 소식이 올 끼라. 영근이도 기운 잠 채리라."

구상배가 방영근이에게 술잔을 건넸다.

방영근은 술잔을 받으며 웃음을 지었다. 그러나 그 웃음은 어색하기 그지없는 억지웃음이었다.

구상배가 굳이 방영근에게 신경쓰는 것은 그럴 만도 했다. 방영근은 국민군단이 해산되고 뒤이어 박용만이 만주로 떠나게 되면서 말을 거의 하지 않고 우울하게 변했던 것이다.

국민군단이 해산되면서 물론 방영근만 그런 것이 아니었다. 모든 단원들은 허망해하고 허탈에 빠지게 되었다. 거기다가 박용만까지 만주로 떠나게 되자 더 황망하게 되었다. 그러나 사람들은 나날이 흘러가면서 그런대로 기분을 돌려 살아가고 있었다. 그런데 방영근은 그렇지가 못했다.

이승만이 국민회를 장악하게 되자 박용만만 궁지에 몰린 것이 아니었다. 국민군단에도 직접적인 타격이 미쳤다. 국민회에서 지원을 중단해 버렸던 것이다. 그건 외교독립론을 주장하는 이승만이 무장투쟁론을 주장하는 박용만에게 가하는 치명타였다. 그러나 박용만은 이승만의 공격에 굴복하지 않았다. 그는 샌프란시스코 국민회 본부로 돌아다니고, 재력을 가진 동포들을 찾아다니고 하면서 국민군단을 이끌어나가려고 애썼다.

한편으로 국민군단 단원들도 새롭게 정신무장을 했다. 전원이 낮에는 농장에서 일하고 훈련은 밤에 받기로 한 것이었다. 그때는 이미 단원들이 처음 설립할 때보다 세 배가 늘어 300명을 넘어서고 있었다. 그들이 낮에 일하고 밤에 훈련을 받기로 한 것은 돈벌이를 해서 운영비를 충당하려는 자구책이었다.

단원들은 고달프고 힘겨우면서도 곧잘 견디어냈다. 박용만의 독려와 의지가 그들의 힘과 용기가 되었던 것이다. 그러나 모두가 한

결같지는 않았다. 고생스러운 날들이 길어지고 해가 바뀌고 하면서 슬금슬금 빠져나가는 탈락자들이 생겨나기 시작했다. 그러나 대다수는 3년 동안이나 버티어냈다. 그동안 박용만은 힘을 회복하려고 애를 썼지만 잘되지 않았다. 결국 국민군단은 해산을 하지 않을 수 없게 되었다.

그런데 3·1만세 소식이 바다를 건너왔다. 하와이도 들뜨고 만세 시위가 벌어졌다. 그리고 국민군단이 다시 모아져 만주로 건너갈 거라는 소문이 퍼졌다. 만주에서 진짜 총을 들고 압록강 두만강을 건너 왜놈들을 친다는 것이었다. 사람들은 흥분했고, 국민군단 단원들은 주먹을 부르쥐었다.

그러나 국민군단은 다시 결성되지 않았고, 만주로 떠난 사람은 박용만 혼자였다. 먼저 가서 국민군단을 부른다는 것이 박용만이 남긴 말이었다.

독립군으로 당당하게 집을 찾아가리라는 꿈을 품고 있었던 국민군단 단원들은 실의에 빠지지 않을 수 없었다. 그런데 계속해서 바다를 건너오는 소식은 만세운동에서 수없이 많은 사람들이 죽고 다치고 갇혔다는 것이었다. 그들은 더욱 의기소침해지지 않을 수 없었다.

방영근은 생각하다 못해 교회를 찾아갔다. 그동안 억누르고 억눌러왔던 집에 대한 그리움에 걱정이 겹쳐져 밤잠도 잘 수가 없었고 일손도 잡히지 않았던 것이다. 목사의 손을 빌려 편지를 띄웠다. 그러나 석 달이 지나도 답장은 오지 않았다. 편지는 가는 데 한 달,

오는 데 한 달이 걸린다고 했다. 더 걱정이 커져 편지를 다시 띄웠다. 그리고 또 석 달이 지났지만 아무 소식도 오지 않았다. 방영근은 점점 더 말이 없어지고 우울해져 갔다.

땅끝이 하늘끝과 맞닿는 호남평야에 새봄은 어김없이 찾아왔다. 야산에 진달래가 피었다 지고 들녘이 푸르른 색조로 물들기 시작하면서 소들의 긴 울음소리가 들녘의 적요 속에 구성지게 울리고는 했다. 작년 이맘때 또 하나의 해가 밤에도 이글거리는 것 같았던 봉화와, 함성의 열기는 이제 들녘의 어디에서도 느낄 수가 없었다. 흰옷을 입은 사람들은 넓고 넓은 들녘의 깊은 고요 속에서 멀고 작은 점들로 소리 없이 움직이고 있을 뿐이었다. 한 해가 흘러가고, 무심한 들녘에서는 그때의 상처는 찾을 길이 없었다.

"자아 최 선생, 우리 이야기 간단하게 합시다. 이 자문위원은 돈을 내라는 것도 아니고 우리 편을 들고 나서라는 것도 아니오. 당신네 조선사람들을 위해 좋은 의견을 내고, 우리의 잘못을 지적하고 해서 총독부의 문화정책을 당신들을 위해 선도하는 게 자문위원들이 할 일이란 말이오. 이게 얼마나 좋은 일이오. 그러니 최 선생이 자문위원 한 자리를 맡아주시오."

새로 생긴 주재소의 소장은 미리 연습이라도 한 것처럼 그 말이 막힘이라고는 없이 매끈했다.

"글쎄요…… 저는 배운 것도 많지가 않고……. 저어, 식견도 별로 없어서 그런 중임을 맡을 위인이 못 된다니까요. 그러니 저어……

이해해 주시기 바랍니다."

최유강은 서툰 일본말을 더듬거렸다. 일본말이 서툰 데다 긴장을 하니까 말은 더 더듬거려지고 있었다. 최유강은 일본말을 하고 싶어 하는 것이 아니었다. 주재소가 그야말로 비 온 뒤에 죽순 돋아나듯 면(面)마다 빠짐없이 생겨나는 바람에 경찰간부들이 일본에서 새로 많이 건너오게 되었다. 용지면의 주재소장도 그런 부류들 중의 하나였다. 그는 자기의 조선말이 형편없이 서투니까 최유강에게 일본말을 하라고 명령하듯 했던 것이다. 최유강은 별로 내키지 않으면서도 공허의 권유를 받아들여 일본말을 익혀오고 있었다.

"거짓말 마시오. 학식이 없는 사람이 어떻게 서당 선생을 하고, 일본말도 그렇게 한다는 거요. 당신, 우리 총독부 정책에 반항하는 거요?"

주재소장의 목소리가 날카로워지며 눈을 치떴다.

"아, 아닙니다. 그 서당 선생이란…… 그게 아이들 가르치는 거니까 옛날에 한문 좀 읽은 것으로 해본 것이지 저어…… 학식이 있어서 한 것이 아니지요. 신식공부는 해본 적이 없으니 학식도 없고……."

"이봐, 당신 정말 이럴 거야!"

주재소장이 버럭 소리를 지르며 주먹으로 책상을 내리쳤다.

"당신, 누굴 바보 병신으로 아는 거야 뭐야. 서당 선생이란 자들이 한문만 가르친 게 아니라는 걸 다 알고 있어. 작년 만세폭동도 그자들이 선동해 대고 말야. 내 말이 틀렸나!"

최유강은 막다른 골목으로 몰리는 것을 느끼며 눈길을 돌렸다.

"당신도 사상이 불온하다는 것을 잘 알고 있어. 작년에 독립선언 문이란 불온문서를 불평불만 분자인 농민들에게 읽어주며 폭동을 선동한 죄로 유치장에 갇혔었지. 그때 당신이 아무 죄가 없어서 그 냥 풀려난 줄 아나? 어디 대답해 봐."

완전히 하대로 바뀌어버린 주재소장의 말투는 꼭 죄인을 다루 는 식이었다.

"빨리 대답해 보라니까."

주재소장은 책상다리를 걷어찼다.

"잘 모르겠소."

"잘 몰라? 지금이라도 조사를 다시 시작해 잘 알게 해줄까? 당신 이 한 짓은 폭동 사주·선동죄야. 그 죄면 몇 년 감옥살이를 시킬 수 있는 줄 알아? 10년에서 15년이야. 어때, 감옥살이를 한번 해보 겠어?"

"……"

"이봐, 사람이 눈치가 있어야지. 우리도 학식 있는 사람들은 관대 하게 대접하고 있는 거야. 대접을 해주면 대접받을 줄 알아야 피 차에 좋은 것 아닌가. 총독부에서 조선사람들의 뜻을 십분 받아들 여 무단정치를 폐지하고 문화정치를 시작했으면 당신같이 은혜를 입은 사람이 어떻게 해야 되겠어? 호응을 하고 나서는 게 옳지 않 나?"

이런 도적놈아, 헌병들을 일선에서 물러나게 해놓고는 그 대신 경찰서고 주재소를 두 배, 세 배 지어대는 것이 문화정치냐. 이 사기꾼, 날강도놈들아!

최유강은 속터지게 부르짖고 있었다.

"자아, 여기 이름 적고 도장 눌러."

주재소장이 최유강의 앞에다 종이와 만년필을 밀어놓았다.

최유강은 눈을 감으며 숨을 깊이 들이켰다가 긴 한숨으로 내쉬었다. 눈앞에 공허 스님의 모습이 선하게 떠올랐다. 최유강은 진퇴양난이란 말이 무슨 말인지 비로소 절감하고 있었다. 자문위원이 되는 것은 바로 친일파의 길이었다. 문화정치라는 그럴싸한 이름 아래 이런 식으로 관제 친일파를 만들리라고는 전혀 예측하지 못했던 것이다.

"예…… 소장님 말씀 잘 알아들었습니다. 허나 너무 갑작스러워서 그러니 며칠 좀 생각할 여유를 주시지요."

최유강은 도저히 강압하는 대로 이름을 적고 도장을 누를 수가 없었다. 굴욕스럽기도 하려니와 어찌해야 좋을지 전혀 판단이 서지 않았던 것이다. 어떻게 해서든 공허 스님을 한번 만나보고 싶었다.

"무슨 말이 그리 많아. 생각해 보나마나 감옥살이하고 싶지는 않을 것 아닌가. 날짜만 보내지 말고 당장 이름 적어."

주재소장은 마지막 속셈까지 다 드러내며 몰아붙였다.

"나한테도 인격이라는 게 있어요. 명색이 자문위원이라는데 이런 식으로 취급당해 가며 자문위원이 되어 무슨 자문을 하지요?

이삼 일 뒤에 다시 만나 서로 점잖게 일을 처리했으면 좋겠단 말입니다."

최유강은 주재소장을 똑바로 쳐다보며 또박또박 말했다. 평소에도 날카로워 보이는 그의 인상이 더욱 싸늘하게 날이 서 있었다.

"뭐, 서로 점잖게 처리해?"

주재소장은 헛웃음을 쳤다. 그러나 순간적으로 그의 얼굴에 당황하는 빛이 스치는 것을 최유강은 느끼고 있었다.

"예, 서로 하루이틀 얼굴 대할 사이가 아니니까요."

최유강은 공격하는 기분으로 말했다.

"좋소, 소원을 들어주겠소."

주재소장은 거창하게 '소원'이라는 말을 쓰며 종이와 만년필을 끌어당겼다.

최유강은 주재소를 나서며 마음이 더없이 착잡했다. 이삼 일 안에 공허 스님을 만나기도 어렵겠지만, 만난다 하더라도 그 그물을 빠져나갈 묘안은 없을 것 같았던 것이다. 만세운동의 여파로 조선총독이 바뀌고, 새 총독이 무단통치인 헌병경찰제를 폐지하고 문화정책을 공표한 것이 작년 9월이었다. 그 정책에 따라 헌병들이 자취를 감추는가 싶더니 헌병주재소며 헌병파견소들은 경찰주재소로 간판을 바꿔달았을 뿐이다. 그리고 새 경찰서며 주재소들이 사방에 생겨나기 시작했다. 그 야릇한 변화를 느끼지 못하는 사람은 없었고, 아이들도 새 주재소를 피해다녔다. 최유강은 문화정치라는 것이 그전의 폭력통치를 호도하기 위한 허울이라는 것을 깨달으며 고민하고 있다가 뜻밖에 자문위원이 되라는 강요를 받게 된 것이었다.

최유강은 자문위원 제도를 만든 총독부의 속셈을 환히 들여다 보고 있었다. 각 지역마다 어느 정도 신망을 얻고 있는 사람들을 끌어들여 제놈들의 꼭두각시와 방패막이로 이용하자는 속셈이었 다. 그것은 또 하나의 치밀한 교활이었다.

"아아······."

최유강은 신음하듯 소리를 내며 하늘로 고개를 젖혔다. 가슴만 답답할 뿐 치밀한 교활을 물리칠 수 있는 현명한 묘안은 떠오르지 않았다.

한편, 이서면의 안재한도 똑같은 강요를 당했던 것이다. 그런데 안재한은 최유강처럼 우선 급한 대로 피하지를 못하고 도장을 찍 을 수밖에 없었다.

"여러 말 할 것 없소. 도장만 찍으면 아들을 곧 선처하도록 하겠 소. 자문위원 아들을 어찌 감옥살이를 시킬 수 있겠소? 그건 우리 문화정책에 안 맞는 거란 말이오."

주재소장은 급소를 찌르고 들었던 것이다. 급소를 찔린 안재한 은 짧은 시간 동안 피가 타드는 고심을 했다. 아들은 가혹한 고문 을 당한 끝에 5년형을 언도받았던 것이다. 전주에서 학교를 다니던 아들은 만세시위를 주동했다가 미처 피신을 못하고 체포되었던 것 이다.

안재한은 떨리는 손으로 도장을 찍었다. 감옥에서 5년을 골병들이느니 일단 끌어내서 만주든 어디로든 보내는 것이 낫다. 안재한이 붙들었던 기둥이었다. 그러나 안재한은 가슴 한구석에 남은 죄스러움과 부끄러움을 씻어낼 길이 없어 며칠이고 술을 마셨다. 서당을 더 할 체면도 없었고, 공허 스님을 대할 면목도 없었던 것이다.

장덕풍의 널찍한 기와집에서는 큰 잔치가 벌어지고 있었다. 봄볕 따스하게 퍼진 넓은 마당에는 구름차일이 날갯짓하듯 쳐졌고, 사람들이 바글거리는 흥겨운 와자함 속에 전을 부치는 기름냄새와 돼지를 삶는 고기냄새가 진동하고 있었다. 사람들은 잇따라 밀려들고, 마루며 차일 아래로 음식소반을 나르는 여자들의 종종걸음은 더 분주해지고 있었다.

"어르신, 평안허신게라우?"

장덕풍이가 좌정하고 있는 큰방으로 들어서며 한 사내가 인사말을 했다.

"이, 자네 무룡이 아니라고? 그려, 그려, 다 안 와도 자네넌 와야제."

장덕풍은 흔쾌한 웃음을 얼굴 가득 피워내며 서무룡을 반갑게 맞이했다. 그러면서 그는 자신의 양쪽에 앉아 있는 예닐곱 사람을 바쁘게 휘둘러보며 어험 어험 헛기침을 했다. 그는 서무룡이가 자신을 '어르신'이라 부른 것이 그렇게 흡족할 수가 없었고, 그걸 옆사람들에게 분명하게 확인시키고 싶었던 것이다.

"어르신, 절받으시제라."

양복 차림에 파리가 미끄러져 낙상할 만큼 머릿기름을 반지르르하게 바른 서무룡이가 장덕풍의 앞에 두 손을 모아잡고 섰다.

"어디, 어디, 절얼 무신 큰절얼……."

장덕풍은 팔을 저었다. 그러나 그의 얼굴은 더 만족스러운 웃음이 넘쳐나고, 등이며 어깨는 절을 받을 준비로 꼿꼿하게 힘이 들어가 있었다.

서무룡은 넙죽 큰절을 했다.

"아드님 승진허시고, 아덜손지 보신 겹경사럴 축하디리겄구만요."

절을 하고 일어난 서무룡은 깍듯하게 인사말까지 갖추었다.

"어이, 어이, 고맙네 고마와. 어여 편허니 앉소, 어여 앉어. 어험, 이험!"

얼굴이 벌겋게 상기된 장덕풍은 서무룡에게 자리를 권하랴 옆사람들에게 자신의 위신을 과시하랴 몸짓이 두서없이 분주했다. 그는 여러 사람들 앞에서 자신의 위신을 그렇게 세워주는 서무룡이가 너무 고맙고 기특해 당장 돈 몇백 원을 줘도 아까울 것 같지 않은 기분이었다.

"야 땅벌, 그것 갖고 들어와."

서무룡이가 밖에다 대고 명령했다. 그 말이 떨어지기 무섭게 한 사내가 커다란 상자를 안고 방 안으로 들어왔다.

"요것 벨것 아닌디 그냥 지내가기 서운히서 쬐깨 장만혔구만이라우."

서무룡은 지극히 겸손해하며 상자를 장덕풍이 앞에 조심스럽게 놓았다.

"어허, 이리 걸음헌 것만도 고마운디 멀라고 요런 것꺼정 갖고 오고 그런가. 참말로 자네 예절에 공자님도 탄복허시고 맹자님도 감복허시겠네그랴."

장덕풍은 터무니없이 큰소리로 떠벌리며 양쪽에 앉은 사람들을 빠르게 훑고 있었다. 그들은 하나같이 고개가 수그러들고 있었다.

"짜아, 다덜 인사 나누더라고. 소문으로야 진작에 다 알고 있을 것인디, 이 예절 발른 젊은 사람이 누구인고 허니 말이여, 우리 군산바닥서 완력이 질로 씨기로 명난 일심회 서무룡 회장이로구만. 일심회넌 우리 보광회허고도 연이 맺어져 있응게 자네덜도 이참에 인사럴 트는 것이 좋을 것잉만."

장덕풍은 거드름을 피우며 사람들에게 서무룡이를 소개했다. 그는 주먹패 조직인 일심회 회장이 보광회 회장인 자신에게 이렇게 찾아와 굽실거린다는 것을 한껏 과시하고 있었다.

서무룡은 장덕풍의 휘하에 들어 있는 장사꾼들과 인사를 나누기 시작했다. 보광회 회원인 그들은 서무룡이 앞에서 어딘가 기가 꺾이고 주눅이 드는 것 같았다.

서무룡은 작년 10월에 세력을 더 확장해서 일심회를 만들었던 것이다. 일편단심으로 천황폐하께 충성한다는 뜻이었다. 그 조직을 짜게 한 것도 경찰이었고, 이름을 붙여준 것도 경찰이었다. 장덕풍이 대소상인들을 모아 보광회 회장이 된 것도 같은 시기였다.

"손님들한테 그냥 물건만 팔지 말란 말이오. 우리 일본상품들이 얼마나 싸고 좋은지 선전하면서 자연스럽게 일본이 조선사람들한테 베푼 은덕이 얼마나 큰지도 선전하란 말이오. 예를 들면 말이오, 일본이 철도를 놓아주어 조선사람들이 얼마나 살기 편해졌느냐, 일본이 학교를 많이 세워 조선청소년들이 얼마나 공부하기 좋아졌느냐, 일본이 신식 농기구를 보급해 조선농민들이 농사짓기가 얼마나 수월해졌느냐, 이렇게 말이오."

"예, 예, 잘 알겠습니다."

"그리고 잊지 말아야 할 게 있소. 새로 문화정치가 시작됐으니까 앞으로는 아주 딴판으로 살기 좋은 세상이 될 거라고 열심히 선전하란 말이오."

사찰과장은 장덕풍에게 의미 깊은 눈빛을 보내며 지시했던 것이다.

그런 식의 단체가 군산에만 열 개가 넘게 생겨났다. 그리고 각 군과 면마다 비슷비슷한 이름의 단체들이 풍년을 이루게 되었다.

서무룡은 장덕풍의 방에서 나와 마당의 구름차일 아래로 내려왔다. 거기에는 오늘의 주인공인 장칠문이 많은 사람들을 거느리듯 하고 상좌에 앉아 벌겋게 술에 취해 있었다.

"차석님, 아부님 뵙고 왔구만이라."

서무룡은 일부러 '차석님'에다가 힘을 주어 부르며 장칠문이 옆으로 다가섰다.

"어이, 자네…… 아니 일심회 회장님이 납시는 거여? 욜로 와, 욜로."

장칠문은 서무룡의 손을 잡아끌어 굳이 자신의 옆에다 앉혔다.

"차석님으로 승진도 허시고 생남도 허시고, 참말로 요런 겹경사에 쌍경사가 어디 또 있겠소. 지가 술 한잔 권헐랑마요."

서무룡은 유식한 말들을 골라 몇 번이고 연습했던 인사말을 써 먹으며 장칠문에게 술을 따랐다.

"촌구석지 차석이 머 볼 것 있간디."

이렇게 잔치까지 벌이고 있으면서도 장칠문은 차석 승진이 별것 아닌 것처럼 거만을 떨고 있었다.

"아니, 평상얼 촌구석지에만 있간디라? 장 차석님이야 원체로 공 얼 잘 세우싱게 금세 군산으로 나오실 거구만이라."

서무룡이는 사람들이 듣거나 말거나 내놓고 귀에 단 말만 하고 있었다.

"그려, 촌구석지서 허송세월헐 수야 없제. 어디 두고 보드라고."

장칠문은 무슨 묘안이라도 있는 듯 자신 있게 말을 받았다.

장칠문은 경찰서와 주재소들이 많이 생기는 바람을 타고 주재소 차석으로 승진된 것이었다. 거기다가 딸만 내리 셋을 낳다가 마침 내 아들을 보게 되었던 것이다.

"우리 집안이 훤허니 열릴라고 복덩어리가 태인 것이다, 복덩어 리! 잔치혀, 크게 잔치혀!"

장덕풍이 벌렁벌렁 춤을 추며 소리쳤던 것이다.

차일 아래서는 장칠문에게 아부하는 소리들이 만발하고 있었다.

"장 차석님이 조선사람으로 차석이 되기로넌 이찌방(첫 번째) 아 니겠소?"

"그려, 그려, 그럴 것잉마. 우리 차석님이야 일진회서보톰 세운 공이 원체로 큰게로 당연지사제."

"그 먼 소리여. 일본사람 같았음사 진작에 차석 따고 주재소장언 차고앉았을 것인디 조선사람이라 이리 늦은 것이제."

"그려, 그 말이 맞구만. 인자 곧 주재소장이 되셔야제."

"어디 주재소장만이여? 인자 출세질이 신작로맨치로 훤허니 열렸응게 경찰서장도 낼 모레여."

"글씨…… 경찰서장꺼지야 되겠능가?"

술기운과 함께 붕붕 떠오르는 기분을 만끽하고 있던 장칠문은 경찰서장이라는 말에 고개를 갸웃했다. 경찰서장이야 골백번도 더 되고 싶었지만 술기운에도 그 자리는 어려울 것 같았던 것이다.

"무신 말씸이다요. 공만 크게 세움사 그 자리라고 못 앉을 것 머시가 있당가요. 독립운동인지 머신지 헌다는 폭도덜얼 많이만 잡아내면 경찰서장이야 절로 될 것 아니겠소."

"그려, 그것도 존 방도제."

그때 한 남자가 허리를 구부정하게 구부리고 차일 안으로 들어섰다.

"오다봉게 한발 늦었네그랴."

"이, 어여 오소 친화회장."

장칠문이가 반색을 하며 일어났다. 장칠문이가 내민 손을 잡은 것은 한쪽 눈에 명씨박인 백남일이었다. 그는 자기 아버지가 죽은 다음에 친화회장 자리를 그대로 물려받았던 것이다.

"잔치럴 아조 크게 채랬구만……."

백남일은 외눈으로 사람들을 둘러보았다. 그의 입가에는 떫은 웃음이 엷게 서려 있었다.

"자네럴 기둘리든 챔이여. 앉기 전에 아부님 뵙고 올랑가?"

"잉, 그러제."

백남일은 마지못해 대답하며 속은 뒤틀려오르고 있었다. 내 신세가 어쩌다 이렇게 됐나 싶었던 것이다.

언제부터인지 모르게 장칠문이가 자신에게 '자네, 자네' 하면서 맞먹고 든 것부터가 잘못된 것이었다. 자신이 헌병대 보조원으로 있을 때만 해도 경찰보조원이었던 장칠문 정도는 상대도 해주지 않았던 것이다. 집안의 지체로는 엄연히 중인과 상놈의 차이였고, 부모의 직업으로는 면장과 잡화상의 차이였으며, 보조원이라고 해도 헌병보조원과 경찰보조원은 비교가 되지 않았던 것이다. 그때는 장칠문이는 더 말할 것 없었고, 그 애비 장덕풍이까지 자신에게 존댓말을 썼었다. 그런데 어떻게 된 것이 장칠문이하고는 말을 놓고 지내는 사이가 되어버렸고, 그 애비에게는 문안인사를 드려야 하는 신세로 변했던 것이다.

생각해 보면 그 이유가 없는 것이 아니었다. 자신이 눈을 다쳐 헌병대에서 쫓겨나게 된 것부터가 잘못이었다. 그 얼굴 반닥한 계집 하나 탐낸 것이 그리도 엄청난 화근이 될 줄은 상상도 못했던 일이었다. 하룻밤 재미 본 것으로 평생 눈병신이 되고 출셋길까지 막혀버렸던 것이다. 그런데 어쩌자고 아버지까지 면장자리에서 내몰리고 만 것인가. 그놈의 땅욕심 때문이었다. 자신은 그렇다고 하더라도 그리도 눈치 빠르고 앞뒤 분간을 잘하는 아버지가 어떻게 해서 그리 큰 실수를 저질렀는지 알다가도 모를 일이었다. 아버지가 면장자리에서 쫓겨나 갓끈 떨어진 신세가 되자 그만 세상 인심이 달라지고 말았다. 그전에 굽실거리고 눈치보던 사람들이 인사 없이 외면하거나 뒤에서 코웃음 치기가 예사였다. 아버지는 분을 참지 못해 친화회를 만들었다. 그러나 아버지의 권세는 예전같이 되돌려지지는 않았다. 장칠문이가 콧대를 높이며 어물쩍 말을 놓게 된 것이 그즈음이 아닐까 싶었다. 그런데 아버지까지 세상을 뜨고 말았다. 몸 기댈 데는 완전히 없어지고, 자신을 대하는 사람들의 태도는 더욱 달라지게 되었다. 내가 헌병대에만 그대로 있었더라도…… 내가 그년만 건드리시 않았더라도……. 그년 잘못 건드린 것을 후회하고 또 후회했다. 그러나 그건 다 부질없는 일이었고, 이제 자신 쪽에서 장칠문이에게 가까이해야 할 처지였던 것이다. 그런데 장칠문이가 차석으로 승진까지 하고 말았다. 잔치에 오라는 말을 흘려넘길 도리가 없었다.

아아, 그년만 건드리지 않았더라도……. 백남일은 문지방을 넘어서며 또 쓰디쓴 후회를 씹었다.

"그간 무고허신게라. 남일이구만요."

백남일은 장덕풍에게 고개를 꾸벅했다.

"이, 자네도 왔능가. 어여 오소."

보료 위에 비스듬히 앉아 있던 장덕풍이 앉음새를 고쳤다. 그 자세는 아까 서무룡이에게 큰절을 받을 때의 모양 그대로였다.

그런데 백남일은 큰절 같은 것을 할 기미는 전혀 없이 어물어물 밖으로 나가려는 낌새를 보이고 있었다.

"인사럴 허로 들왔으면 쬐깨라도 앉었다 나가야제. 거그 앉소."

야 이 후레아들놈아 그런 법도도 모르느냐 하는 식으로 장덕풍이 퉁명스럽게 말했다. 그는 큰절받기 틀린 것을 알고 심사가 꼬이고 있었다. 그러나 한편으로는 백종두의 아들이 자신에게 문안인사를 한다는 사실만으로도 장덕풍은 너무 속시원한 통쾌감을 맛보고 있었다. 그 후련하고도 짜릿한 통쾌감은 바로 승리감이었던 것이다.

백남일은 마지못해 자리잡고 앉았다.

"자네 정미소넌 잘 돌아간가?"

장덕풍의 말은 문안인사를 받은 어른이 아랫사람에게 그저 인사치레하는 것으로 들렸다. 그러나 장덕풍은, 우리 아들은 주재소 차석님인데 네놈은 정미소나 돌려먹는 놈이다 하는 말을 옆사람들에게 광고하는 것이었다.

"야아, 그작저작 돌아가능마요."

백남일은 마땅찮은 얼굴로 대꾸했다.

"가만있거라 보자, 자네 아부지 제삿날도 얼매 안 남었을 것인디?"

"야아……."

"쯧쯧쯧…… 팔십꺼정도 살 양반이 그리 고약시리 숨 끊어졌시니. 그 똑똑헌 양반이 어찌 잘못 생각혀서 폭도덜 앞에 나서갖고.

다 맘이 급해 그리된 것인디, 그것이야 여우가 덫에 치인 실수가
아니고 머시여. 참, 군수에 부윤도 까딱없이 해묵을 아까운 양반
인디."

장덕풍은 맘껏 인심을 써가며 맘껏 야유를 해대고 있었다.

백남일은 속이 부글거리는 것을 참아내며 밖으로 나갈 기회만
엿보고 있었다.

장칠문은 이틀 후에 금산면 주재소로 부임해 갔다. 그는 차석으
로 승진이 된 것은 너무 좋았지만 근무지는 영 마음에 들지 않았
다. 초임이니까 군산을 떠나지 않을 수 없다 하더라도 군산 근방인
옥구군 어느 면에서 근무하고 싶었다. 그러나 그건 뜻대로 되지 않
았다. 물론 뒷손을 썼지만 고작 자지가 온 것이 금산면이었다. 금산
은 군산에서 너무나 먼 촌구석이었다.

"이봐, 배부른 소리 말어. 무주나 장수 같은 데로 가지 않은 것만
도 큰 다행으로 생각하란 말야. 무슨 말인지 알아듣겠어?"

세키야가 눈살을 찌푸리며 쏘아붙였다. 손을 쓰지 않았다면 무
주·장수행이라는 뜻이었다.

"첫술에 배불르냐? 이 애비만 믿고 가서 잘허고 있어."

장덕풍은 아들을 떠나보내며 그동안 몇 번이고 했던 말을 또
했다.

"반년 안 넘게 허씨요 이."

"알어, 알어. 니보담도 이 애비가 더 급헝게 아무 걱정 말어."

이건 결코 위로의 말이 아니었다. 장덕풍은 자신의 돈벌이와 위

세를 위해서도 아들을 가까이 둬야 했던 것이다.

산을 모르고 살아온 장칠문을 금산면에서 가장 먼저 맞이한 것이 줄기를 이루고 있는 산들이었다. 장칠문은 그 우람한 산들을 보자마자 정나미가 떨어졌다. 얼마나 사람 못살 촌구석이면 산들이 저리 많을까 싶었던 것이다. 그리고 끝없이 넓은 들만 바라보고 살아온 눈에 앞을 가로막는 산들이 너무 갑갑하기도 했다.

"장 차석이 첫 번째로 수행해야 할 임무가 있소. 잘 듣고 차질 없이 완수하도록 하시오."

단둘이 마주 앉은 주재소 소장이 심각한 얼굴로 입을 열었다. 장칠문은 첫 번째 임무라는 말에 빳빳하게 긴장되어 있었다.

"그게 무엇인고 하니, 저 동쪽으로 솟아 있는 모악산의 혈을 끊는 일이오."

"예에? 산의 혈을 끊어요?"

장칠문은 어리둥절해서 반문했다.

"왜 그러는 거요? 혈이란 것을 몰라서 그러는 거요?"

소장의 얼굴이 약간 찡그려졌다.

"아닙니다, 산에 혈이란 것이 있다는 것은 알지요. 헌데, 그것을 왜 끊는지……."

장칠문은 자신이 너무 입을 빨리 놀린 것을 후회하며 소장의 눈치를 살폈다.

"아, 그건 묻지 않아도 설명할 참이었소. 자알 들으시오. 이 세상에는 산들이 많고, 그 산에는 산마다 혈이란 것이 있고, 이 세상에 쓸 만한 인물들은 그 맥을 타고난다고 하지 않소. 특히 조선에는 산들이 셀 수가 없을 정도로 많은데, 그건 아주 기분 나쁜 이야기요. 그러니까 이 고장에서 골치 아픈 놈들이 다시는 태어나지 못하게 우리 면에서 제일로 치는 명산인 모악산의 혈을 끊어야 된다 그 말이오. 알아듣겠소?"

소장의 태도는 너무 심각하고도 진지했다. 그런데 장칠문은 하마터면 헛웃음을 칠 뻔했다.

"글쎄요……. 그건 그저 전해져 내려오는 이야기고…… 믿는 사람도 별로 없는 미신인데요……."

장칠문은 소장의 눈치를 살펴가며 조심스럽게 말했다.

"모르는 소리 마시오. 앞으로 소센싱들이 다시는 작년 같은 만세폭동을 일으키지 못하도록 산마다 혈을 다 끊어야 한단 말이오. 이래도 못 알아듣겠소?"

소장의 어조가 달라지며 눈을 치떴다.

"그 많은 산의 혈을 다 끊어요?"

장칠문은 너무 어이없고 놀랍기도 해서 대답은 하지 않고 이렇게 되물었다.

"장 차석보고 다 끊으라고 하는 건 아니니까 그렇게 놀랄 건 없소. 우리 주재소가 맡은 건 모악산뿐이니까 간단하지 않소?"

"그럼 이게 소장님 혼자 생각이 아니라 그러니까……."

장칠문은 다음 말을 삼켜버렸다. 말을 하다 보니 눈치 없이 보일 것 같았던 것이다.

"그렇소. 이건 전국적으로 극비리에 추진되고 있는 일이오. 장 차석이 책임지겠소, 못 지겠소."

"예에, 채, 책임지지요."

장칠문은 자신도 모르게 말을 더듬었다. 대답을 하는 순간 불길한 생각이 스치며 가슴이 섬뜩해졌던 것이다. 당산이나 당산나무는 말할 것도 없고 길가의 장승을 더럽히거나 넘어뜨려도 꼭 해를 입는다는 말이 퍼뜩 떠올랐던 것이다.

"그런데 말입니다…… 혈이라는 게 어디 있는지도 모르고, 어떻게 끊는지도 모르는데 그걸……."

하물며 큰 산의 맥을 끊어서야……. 장칠문은 엄습해 오는 두려움에 밀리며 그 일에서 발을 뺄 구실을 찾으려고 했다.

"아, 그런 염려는 마시오. 그거야 지관을 앞장세우면 간단하게 해결될 문제요. 명당 찾아내는 것이 업인 지관들은 그런 것을 환히 아는 사람들이니까."

소장은 장칠문의 마음을 꿰뚫어보기라도 하는 듯 한마디로 그 해결책을 내놓았다. 장칠문은 더 할 말이 없어서 쓴 입맛만 다셨다.

"그 일을 한 다음에 두 번째로 할 일이 또 있소."

궐련을 뽑아문 소장은 불을 붙이려다 말고 장칠문에게도 담배를 권했다. 완전히 궁지에 몰려버린 장칠문은 속이 답답하던 참이라 얼른 담배를 뽑았다.

"그게 뭔고 하니 말이오, 부락마다 당산나무란 게 있잖소? 그걸 잘라버리는 것이오."

소장은 담배연기를 후욱 내뿜었다.

"아니, 당산나무를 잘라요?"

장칠문은 담배를 빨다 말고 소스라치게 놀랐다.

"아니, 왜 그리 놀라는 거요?"

소장이 얼굴을 구겼다.

"그러니까 저어…… 당산나무는 부락이 바로 옆이라 비밀리에 자를 수가 없고…… 그것을 밤에……."

"아, 아, 여러 말 할 거 없소. 그건 비밀리에 안 해도 되니까."

주재소장은 손을 내저으며 장칠문의 말허리를 잘랐다.

"예에? 비밀리에 안 해요?"

"아니, 장 사식은 왜 그리 자꾸 놀라기만 하는 거요?"

소장이 불쾌한 얼굴로 장칠문을 째려보았다.

"예, 그게 아니라…… 동네사람들이 보는 앞에서 당산나무를 잘랐다가는……."

장칠문은 말끝을 맺지 못했다.

"왜, 그것들이 어쩐단 말이오?"

소장의 얼굴에 비웃음이 스쳐갔다.

"저어…… 동네사람들이 나서서 못 자르게 하는 시끄러운 일이……."

"그자들이 왜 그러는 거요?"

"그러니까 거 뭔가…… 당산나무에 마을을 지켜주는 신령님이 있다고 믿고 있어서 그렇지요."

"바로 그거요. 조센징들이 그런 생각을 가지고 있으니까 당산나무는 전부 잘라 없애버려야 한다 그 말이오. 조센징들은 그런 잡귀 앞에 모여 제사지내면서 못된 생각들이나 꾸며내서 집단행동을 한단 말이오. 작년 만세폭동도 그 당산나무 잡귀 앞에서 모의했고, 그 잡귀의 괴력을 믿고 집단행동을 벌인 것이오. 당산나무를 전부 잘라 그 잡귀들을 다 몰아내야만 다시는 그따위 짓 하지 못한단 말이오. 알아듣겠소?"

"예…… 그런데 말썽이 아주 많이 일어날 텐데요."

"어허, 무슨 걱정이 그리 많소. 총은 뒀다 어디다 쓸 거요?"

"쓸데없는 걱정이 아니라 그간에 잠잠해진 민심을 건드리게 되면……."

"민심까지 장 차석이 걱정할 건 없소. 이번 기회에 당산나무를 다 쳐없애서 조센징들의 생각을 개조시켜야 하오. 조센징들이 섬기고 받들어야 할 생신(生神)은 천황폐하 한 분뿐이니까."

장칠문은 그만 말문이 막히고 말았다. 천황폐하라는 말이 나온 이상 더 딴소리를 해서는 안 되었다.

"내가 지시하는 대로 내일부터 극비리에 혈을 끊을 준비부터 하시오."

"예, 알겠습니다."

장칠문은 대답을 하면서도 아버지를 생각하고 있었다. 그런 일을 하면 정말 해를 입는 것인지 아버지한테 물어보고 싶었던 것이다. 그러나 집은 너무나 멀었다.

장칠문은 다음날 대장간부터 찾아갔다. 무쇠못 열 개를 주문했다. 굵기는 엄지손가락 두 배 정도에, 길이는 네 뼘 정도의 대못이었다. 그건 대못이라고 할 수도 없고 끝이 뾰족한 쇠막대였다.

"요것언 석공덜이 쓰는 연장도 아니고, 어디에 쓰실랑게라?"

대장장이가 사복 차림의 장칠문을 힐끗 쳐다보며 물었다.

"나도 모르겄소. 우리 쿤이 맹글어오라고 허능 것잉게."

"쿤이 멀허는디요?"

"고건 알어서 제사에 쓸라요? 말 그만허고 물건이나 잘 맹그시오."

장칠문은 퉁명스럽게 쏘아붙여 버렸다.

34

독립전쟁의 깃발

만주의 봄은 더디었다. 4월 중순인데도 꽃이라고는 볼 수가 없었고, 개울가나 들녘에 새싹들이 겨우 돋아나고 있었다. 아침저녁으로는 오슬오슬 떨릴 정도로 날씨가 차가웠다. 밤에는 가끔 진눈깨비가 내리기도 했다. 나뭇가지들은 아직 겨울 모습 그대로 움이 트지 않고 있었다. 그러나 개울에서는 얼음 풀린 물소리가 돌돌거리고, 작은 새들이 해맑은 소리로 지저귀며 하늘을 날고 있었다.

그런데 절기에 앞서 홀로 부지런한 것이 사람이었다. 농부들은 어디에서나 소나 말을 앞세워 쟁기질을 하고 있었다. 그 농부들의 모습이 봄내음을 진하게 풍겼다. 흑회색의 광막한 만주벌판에서 그 농부들의 모습은 때 이르게 피어난 봄꽃이었다.

이광민 일행은 연길현에 들어서자마자 첫 번째 마차역에서 모두 내렸다. 연길현에서 제일 번화한 국자가까지는 갈 필요가 없었던 것이다. 목적지가 국자가가 아니기도 했지만 위험을 미리 피하자는 것이었다. 국자가는 이제 용정과 하나도 다를 것 없이 일본영사관의 경찰력에 장악되어 있었다. 작년에 용정의 만세시위에 뒤따라 독립운동 단체들이 속출하게 되면서 훈춘과 함께 국자가의 영사분관에서는 경찰력을 대폭 강화시켰던 것이다.

"여기서부터 합마당(蛤蟆塘)까지는 걸어야 합니다. 다들 너무 힘들지요?"

부드러운 인상의 김명훈이 웃음을 지으며 네 사람을 둘러보았다. 그들은 마주 보고 웃으며 고개를 저었다.

"상해를 떠나서 여기까지 며칠이나 걸렸는지 누구 압니까?"

김명훈이 새로운 눈길로 네 사람을 빠르게 훑었다. 그 눈길은 부드러운 인상과는 달리 아주 날카로웠다.

"열이틀입니다."

누군가의 대답이었다.

"열이틀이 틀림없습니까?"

김명훈의 눈길이 나머지 세 사람에게 멈추었다.

"예, 열이틀이 맞구만요."

이광민이 자신 있게 응답했다.

"예, 역시 다릅니다. 그 정도로 치밀하면 독립군 될 자격들이 충분합니다. 내가 미리 말하진 않았지만 위험하고 불안한 생활을 할수록 그때그때 중요한 것들을 그런 식으로 기억해 두는 것은 아주 유익한 일입니다. 언제 어디서 무슨 일을 당할지 모르는데 그런 기억을 해두지 않으면 무척 난처하게 되지요. 예를 들면, 우리가 갑자기 무슨 일을 당해 뿔뿔이 흩어져 다시 상해로 돌아가게 되었다면 어떻게 되겠습니까? 우리가 지금까지 거쳐온 길을 다 기억해 둔 사람이 제일 안전하고 빠르게 상해에 도착할 것 아닙니까. 됐습니다, 그간에 고생들 너무 많이 했습니다. 목적지가 얼마 안 남았으니 마지막으로 힘을 내서 걸읍시다."

김명훈은 앞장서 걷기 시작했다.

이광민은 김명훈의 그 묘한 말투에서 선생냄새를 진하게 맡고 있었다. 김명훈은 꼭 학생들을 가르치듯이 명령이나 지시투가 아니라 넌지시 일깨우며 깨닫게 하고 있었다. 한성에서 소학교 선생을 하던 그는 3·1운동에 앞장섰다가 상해로 몸을 피한 사람이었다. 그는 상해임시정부에서 만주의 각 독립군 단체로 파견하고 있는 요원들 중의 한 사람이었다.

이광민은 그 파견원들이 맡고 있는 임무가 무엇인지 알 수가 없었다. 다만 양쪽을 오가며 중요한 비밀업무들을 수행하는 것이라고 짐작할 뿐이었다. 이광민은 자신이 파견원으로 뽑히지 못한 아쉬움을 지금까지도 버리지 못하고 있었다.

"자네는 아직 나이가 너무 어리네."

심사를 하고 난 결과였다.

파견원으로 뽑힌 사람들은 대개 나이가 서른 안팎으로 사회경험을 가진 사람들이었다. 나이 스물 안팎의 젊은이들은 상해임시정부를 위해 할 만한 일이 마땅하지가 않았다. 400여 명의 젊은이들은 상해임시정부를 배돌며 자기들에게 무슨 일인가가 맡겨지기를 기다리면서 몇 달을 보냈다. 그러는 동안에 돈이 떨어져 부두로 노동을 나가는 젊은이들이 늘어나게 되었다. 그들이 대체로 바라는 것은 임시정부가 독립군을 결성하는 것이었다. 그러나 임정에서는 그런 계획을 세우지 않은 채 한 해가 거의 다 가고 있었다. 그즈음부터 젊은이들 사이에서 나오기 시작한 말이 만주의 독립군을 찾아가자는 것이었다. 그리고 자취를 감추는 사람들이 생겨나게 되었다.

특히 파리강화회의가 끝나고 그 결과가 알려지면서 젊은이들의 동요는 심해지게 되었던 것이다. 파리강화회의에 대한 기대는 민족자결주의에 의한 조선의 독립이었다. 그런데 '조선'이란 이름은 회의에서 언급조차 되지 않은 채 김규식을 비롯한 대표들은 빈손으로 돌아왔던 것이다. 세계의 열강에게 호소해서 독립을 얻으려던 꿈은 산산조각이 나고 말았다. 그건 곧 외교독립론을 내세웠던 임정의 정책적 참패였다. 그 허탈한 실망감 속에서 모두가 확인한 것은 세계의 열강이란 일본 제국주의자들과 전혀 다를 것이 없다는 사실이었다. 그리고 다시금 확산되기 시작한 것이 무장투쟁론이었다.

젊은이들은 하나같이 무장투쟁론을 지지하고 호응했다. 그건 단순히 젊은 혈기 때문이 아니었다. 그들은 모두가 3·1운동에 앞장섰던 투쟁자들이었고, 그때의 거족적인 항쟁에 무장만 제대로 갖추었더라면 일본을 몰아낼 수 있었을 거라는 믿음을 가지고 있었던 것이다. 이광민도 그 생각에는 변함이 없었다. 무장한 200만 명!

외교독립론의 첫 성과로 노렸던 민족자결주의의 실현이 참담한 실패로 끝나버린 마당에 임정으로서는 무장투쟁론의 확산을 묵과할 수가 없는 입장이었다. 현실적으로나 논리적으로나 무장투쟁론이 주류를 이루게 된 것은 어쩌면 너무 당연한 귀결이기도 했던 것이다.

'……우리 당면의 대문제는 우리 독립운동을 평화적으로 계속하라는 방계(方計)를 고쳐 전쟁하려 함이요, ……군사적 훈련을 아니 받는 자는 국민개병주의에 반대하는 자요, 국민개병주의에 반대하는 자는 독립전쟁에 반대하는 자요, 독립전쟁에 반대하는 자는 독립에 반대하는 자요……'

마침내 도산 안창호는 1920년 정초 시정연설에서 모든 국민의 병사화로 독립전쟁을 수행해야 한다는 것을 명백하게 밝혔던 것이다. 그것은 시대적 상황과 대세에 따라 임정이 외교독립론이나 준비론보다 무장투쟁론을 앞세워 독립정책을 전환하는 것이었다.

그 시정연설을 계기로 젊은이들은 만주로 떠나기 시작했다. 젊은이들은 임정에서 소개하는 여러 독립군 단체들 중에서 자유롭게 선택을 했던 것이다. 그리고 신원보증과 신변안전을 위해 그들을 파견요원들이 인솔하게 했다.

"자아, 자꾸 길이 험해지는데 저기서 물 좀 마시면서 쉬어갑시다."

앞서 걷던 김명훈이 걸음을 멈추며 왼쪽의 개울을 손가락질했다.

"만주에는 끝도 없이 벌판만 있는 줄 알았더니 이런 험한 산들도 있군요."

누군가가 신기하다는 듯 말했다.

"예, 이 산줄기들을 중국에서는 장백산맥이라 부르는데, 우리 쪽에서 보면 백두산의 북쪽 줄기들이지요. 잘들 보세요, 우리나라 산들과 모양이 똑같지 않아요? 이 산줄기들은 동서로 두만강 압록강을 따라 뻗어나가고 있고, 독립군들은 이 산줄기들을 타고 다니며 싸우는 겁니다. 활과 창으로 싸우는 게 아니니까 벌판에서는 싸움이 안 되는 거지요."

김명훈은 부드러운 인상만큼 자상하게 설명하며 물가에 자리잡았다.

"그러면 지금 가는 디에 홍범도부대가 있능가요?"

이광민은 개울물에 손을 담그며 물었다.

"아니오, 우리가 지금 찾아가는 곳은 대한국민회 본부요. 홍범도부대는 전투를 하느라고 항상 이동하고 있으니 국민회 본부에서 다시 안내를 받아야 할 거요. 그리고 여러분한테 한 가지 알려줄 게 있소. 다름이 아니라 홍범도부대라는 명칭에 대해섭니다. 우리가 그저 쉽게 홍범도부대, 홍범도부대 하는데 그건 이제부터 안 쓰는 게 좋습니다. 왜냐하면 홍범도부대는 3·1운동 직후 노령에서 이동해 오면서 대한독립군으로 개칭을 해서 홍범도부대는 없어졌기 때문입니다. 그리고 홍범도부대라는 것도 의병투쟁 때부터 편의상 부른 이름이지 홍범도 장군이 그렇게 명칭을 붙인 것이 아닙니다. 더구나 나이 많은 어른의 존함을 아무런 존칭도 없이 불러대는 것은 예절에도 어긋나는 것이니까요."

이광민은 낯이 화끈 달아오르는 것을 느꼈다. 자신의 무식과 불손함이 동시에 꼬집히고 있었던 것이다. 그리고 김명훈이 갖추는 예의에 놀라지 않을 수 없었다. '어른의 존함'이라고 하면서 그는 홍범도 장군을 깍듯이 받드는 것이었다. 포수였던 천한 신분은 간 곳이 없고 용맹스러운 독립군 장군의 신분으로만 홍범도란 사람은 존경받고 있었던 것이다.

이광민은 김명훈의 그런 예의 바른 태도에서 큰 감명을 받고 있었다. 김명훈같이 학교 선생을 한 사람까지 홍범도 장군을 그렇게 존경한다는 것이 새삼스럽게 기뻤던 것이다. 자신은 홍범도 장군에 대한 오랜 흠모 때문에 그 많은 독립군 단체들 중에서 대한독립군을 서슴없이 골랐던 것이다.

"죄송헙니다. 지가 실언얼 했구만요."

이광민은 김명훈에게 고개를 숙였다.

"아니오, 이 동지. 내 말은 이 동지한테만 하는 말이 아니라 여러분들이 전부 대한독립군에 가기를 원하고 있으니 미리 해두는 말이오."

김명훈은 밝게 웃으며 이광민의 어깨를 두드렸다.

"저어…… 한 가지 여쭤볼 것이 있는디요. 이동휘 선생언 야소교 신자라는디 또 고려공산당 당수시니, 그것이 어찌 된 것인지……."

이광민은 조심스럽게 말을 꺼냈다.

"하하, 그것 참 답하기 어려운 질문이군요. 상해에서 이 선생님께 직접 여쭤보지 그랬어요."

김명훈이 어떤 의미 담긴 눈길로 이광민을 쳐다보았다.

이광민은 멋쩍은 표정을 지었다. 신채호며 이동휘 같은 분들은 먼발치에서 그저 바라만 보았을 뿐 감히 접근할 수가 없었던 것이다.

"에에…… 그건 생각의 차이인 것 같소. 무슨 말인고 하니, 이 동지는 이동휘 선생이 야소교인으로 공산당 당수를 한다는 생각이고, 내 생각은 그분이 고려공산당을 결성하기 전에 야소교를 청산한 거라고 생각하는 것이오. 이 점 어떻게 생각하시오?"

이광민은 아차 싶었다. 생각을 그렇게 돌리면 간단히 풀릴 수수께끼였던 것이다. 그러나…… 속은 시원해지지 않았다. 그 의문은 그보다 더 근본적으로 예수교인이 어떻게 정반대로 돌아설 수 있는가 하는 데서 시작되고 있었기 때문이었다.

"예, 그 말씀언 알겠는디요, 지가 생각허는 것언 야소교인이 어찌 야소교럴 청산허고 그리될 수 있는지……."

"아, 무슨 말인지 알겠소. 그러니까…… 그게 말이오…… 됐소, 이동휘 선생 이야기를 하기 전에 신채호 선생 이야기부터 하는 게 좋겠소. 신채호 선생이 대종교도인 것을 아시오?"

"잘 모르는디요."

"자아, 들어보시오. 신채호 선생은 성균관 학사가 되실 정도로 철저한 유학자셨소. 헌데 열강의 세력들이 우리나라에 뻗치면서 국운이 쇠퇴해 가자 그분은 생각을 바꾸기 시작했소. 나라를 바로 세우기 위해서는 유학으로 안 된다는 걸 깨달으신 것이오. 그래 그분은 애국계몽운동에 가담하면서 신문에 논설을 쓰는 논객으로 변모한 것이오. 그리고 을사조약으로 일본에 나라를 뺏길 것이 확실해지자 백성들을 일깨우고 힘을 주기 위해 을지문덕이며 이충무

공의 전기를 짓기도 했소. 그러다가 왜놈들의 마수를 피해 독립운동을 펼치려고 만주로 망명했소. 만주에서 그분은 대종교도가 되셨소. 대종교는 조국의 독립 실현을 목표로 삼는 단군신앙이었기 때문이오. 그리고 상해임정의 설립을 놓고 보황주의냐 공화주의냐로 국체논쟁이 치열하게 벌어졌을 때 공화주의를 가장 열렬하게 주장한 사람이 누군지 알지요? 바로 신채호 선생이시오. 보황주의자들은 수만 많았지 논쟁에서 신채호 선생을 이길 수 없으니까 어찌했소? 젊은이들을 시켜 감금까지 시켜가며 국체를 보황주의로 결정하려고 했소. 그러나 신채호 선생은 끝끝내 뜻을 굽히지 않았소. 신채호 선생 같은 분이 아니었더라면 임정은 국체를 공화주의로 내세우기가 어려웠을 것이오. 한마디로 말하자면 신채호 선생은 나라의 독립을 절대적인 목표로 세워놓고 일거일동을 그 수단으로 총동원하시는 거요. 이동휘 선생도 신채호 선생과 마찬가지라 생각하오."

"그럼 신채호 선생도 필요하면 공산주의자가 될 수 있다는 겁니까?"

누군가가 불쑥 물었다.

"글쎄요, 그것까지야 내가 뭐라고 단언할 수 있겠소? 그건 숙제로 남겨놓고 우리 모두가 지켜보도록 합시다."

김명훈이 씨익 웃었다.

"근디, 공화주의허고 공산주의허고넌 안 맞는디 어찌 이동휘 선생이 임정 국무총리럴 허시는지."

"아, 그거 좋은 질문이오."

이광민은 의문 많은 생도 같은 표정이었고, 김명훈은 성실한 선생 같았다.

김명훈은 손바가지로 개울물을 떠서 한 모금 마시고는 입을 열었다.

"그러니까 그 문제도 복잡하고 어렵게 생각할 게 없소. 아까 말한 것과 똑같이 이해하면 되는 거요. 상해임정이야말로 최대 목표가 뭐겠소? 대한민국의 독립 아니겠소? 그 목표를 성취시키기 위해서 상해임정은 국체를 공화주의로 내세운 속에 복벽주의자, 공화주의자, 공산주의자들이 연합을 이루고 있는 것이오. 그 연합은 아주 중요한 문제고, 소중한 결실인 것이오. 그런데 그렇게 수의 주장이 다른 사람들이 모여 하나의 정부를 이룬 것은, 내가 알기로는 이 세상에 하나도 없소. 임정 요인들은 독립을 달성시켜야 하는 우리의 특수 상황을 이해해서 서로가 양보하고 인내해 가며 세계에서 유일한 성격의 정부를 탄생시킨 것이오. 그 불가능한 일을 해내자니 오랜 논쟁을 거친 것은 당연한 일이오. 그런데 총독부의 왜놈들은 그 건설적인 논쟁을 조선놈들의 고질적인 파당싸움이니, 지방색을 드러낸 파벌싸움이니 했던 것이오. 그건 임정이 설립되는 것을 무엇보다 싫어했던 왜놈들이 고의적이고 악질적으로 임정을 모함하고 헐뜯으려고 지껄여대는 악담이었소. 그리고 왜놈들한테는 군국주의 하나밖에 없으니까 그저 명령과 복종이 있을 뿐이고 논쟁이나 토론이 무엇인지를 이해하지 못하는 야만인들이오. 다시 말해 임정의 연합은 독립운동 방책의 시범이고 모범을 보인 것이라는 점을 여러분들은 잘 이해해야 할 것이오. 다들 그렇게 이해가 됩니까?"

김명훈은 선생 노릇을 한 습관대로 다짐까지 하며 젊은이들을 둘러보았다.

"예, 인자 알겠구만요."

이광민의 대답에 잇따라 다른 젊은이들도 무언가 새롭게 깨달은 것 같은 반응을 나타내 보였다.

"자아, 너무 오래 쉬었소. 해 떨어지기 전에 도착해야 하니까 빨리 걸읍시다."

김명훈은 땅을 박차고 일어났다.

이광민 일행은 합마당의 대한국민회 본부에서 이틀 동안 노독을 풀었다. 대한국민회가 예수교인들의 단체답게 합마당에는 십자가를 높직하게 단 예배당이 있었다. 이광민은 만주에서 처음 보는 예배당이 신기했고, 묘한 향수를 느끼기도 했다. 전주의 윌리엄스 선교사의 얼굴이 떠올랐다. 윌리엄스가 예배당의 비품들을 이용할 수 있게 해주었던 것은 신자를 끌기 위해서였고, 자신들이 윌리엄스의 설교를 들었던 것은 예배당의 비품들을 이용하기 위해서였다. 그런데도 오랜만에 예배당을 보자 지난 기억들과 함께 친근감이 들었다. 내가 나도 모르게 야소교에 물든 것인가? 이광민은 자신의 마음을 새삼스럽게 더듬어보았다. 그러나 지난날과 마찬가지로 하느님이 있다는 것은 실감할 수가 없었다. 윌리엄스한테서 얼은 것이 있다면 하느님의 존재를 믿는 신앙심이 아니라 짧으나마 영어를 듣고 말하는 것이었다. 어쨌거나 자신은 이상하게도 예수교와 인연이 있다는 것을 이광민은 새삼스럽게 느끼고 있었다.

임정의 파견원 김명훈은 딴 곳으로 떠나고 이광민 일행은 대한국민회의 안내원을 따라 대한독립군을 찾아갔다. 하루종일 산길을 걸었다. 양쪽 산줄기 사이에 골짜기가 넓고 개울물이 흘러내리면 어김없이 마을이 이루어져 있었다

그런데 그 마을들의 집은 거의가 초가집이었다. 그리고 개울을 따라 논들이 일구어져 있었다. 한눈에 조선사람들의 마을인 것을 알 수가 있었다. 작은 마을은 집이 대여섯 채인 곳도 있었다. 그런 작은 마을일수록 골짜기가 좁고 산 깊은 곳에 자리잡고 있었다. 이광민은 그 작은 마을들을 보며 가슴 찡한 슬픔을 느끼고는 했다.

석양의 산그림자와 함께 어스름이 내릴 무렵 꽤나 큰 동네에 도착했다. 바로 눈에 띄는 제일 큰 건물은 교회였다. 교회는 보통 집들보다 몇 배는 큰 데다가 지붕이 기와라서 돋보이지 않을 수 없었다. 거기가 예수교인들의 마을인 것을 금방 알 수 있었다.

그런데 그 마을에서는 색다른 사람들이 오가고 있었다. 색깔이며 모양이 일본군복과 거의 똑같은 옷을 입은 사람들이었다. 그들은 바로 독립군이었다. 아니, 독립군 중에서도 가장 용맹을 떨치고 있는 홍범도 장군의 부하들이었다.

이광민은 가슴이 벌떡거리는 흥분과 긴장을 느꼈다. 어렸을 때부터 소문으로만 들어왔던 홍범도부대에 와 있다는 사실이 믿어지

지 않을 만큼 감격스러웠다.

"어서 오시오, 젊은 동지들! 원로에 얼마나 수고들이 많았소."

홍범도는 이광민 일행을 싸안을 듯이 두 팔을 벌려 맞이했다.

이광민은 홍범도를 보는 순간 멈칫했다. 가슴 한구석이 허물어지는 실망감이 순간적으로 스쳐갔던 것이다. 너무 늙어 있었다. 그리고 체구도 크지 않았다. 자신이 그려왔던 홍범도 장군은 저렇지가 않았다. 기골이 장대하면서 주름살이 없는 얼굴이었던 것이다. 저리 늙어서 어떻게 싸운단 말인가. 실망감과 함께 이 생각이 덮쳐왔던 것이다.

이광민의 그런 느낌은 어쩌면 당연한 것인지도 몰랐다. 스물두 살의 눈에 쉰두 살의 모습은 늙어 보일 수밖에 없는 것이었고, 15년 가까이 적과 싸우며 거칠게 살아온 홍범도는 나이보다 더 늙게 보였으면 보였지 젊게 보일 리는 없었던 것이다. 이광민이 상상해 왔던 홍범도 장군은 『삼국지』의 관운장 같은 인물이었다. 그런데 홍범도는 체구도 보통일 뿐이었다.

홍범도는 젊은이 하나하나와 악수를 나누며 아무 말 없이 유심히 쳐다보는 것이었다. 이광민은 세 번째로 악수를 하다가 그만 깜짝 놀랐다. 그 손아귀의 힘이 어쩌나 센지 자신의 손이 구겨지는 것 같았다. 그리고 자신을 쳐다보는 눈빛이 손아귀의 힘만큼 강하고 매서웠던 것이다. 이광민은 뒤늦게 손에 힘을 주었지만 손가락에만 힘이 들어갈 뿐 손아귀를 펼 수는 없었다. 얼굴의 주름살과는 달리 부리부리한 홍범도 장군의 눈에 압도당하며 이광민은 자신이 무언가 잘못 생각했다는 것을 깨닫고 있었다.

"다들 며칠 푹 쉬도록 하시오. 그리고 앞으로 잘들 해주시오. 난 그저 젊은 동지들만 믿으니까."

홍범도가 묵직한 목소리로 젊은이들에게 한 말의 전부였다.

그들은 다음날부터 닷새 동안 휴식을 겸한 신원조사를 받았다. 헌병대에서는 출생지에서부터 최근의 동향까지 치밀하게 따지고 캤다. 꼭 범인을 다루듯 냉정하고 살벌했다. 휴식이 아니라 오히려 긴장과 불쾌감이 쌓이는 나날이었다.

그런데 신원조사가 끝나고 나서 조사관이 말했다. 임정의 신원보증을 못 믿어서가 아니라고 했다. 만에 하나 임정에서 했을지도 모를 실수를 찾아내야 한다는 것이었다. 그 실수의 틈을 타고 밀정이며 끄나풀이 파고든다는 거였다. 하나의 첩자가 파고드는 것은 왜병들의 총 수백 자루보다 무섭다고 했다. 한 놈이 빼돌린 정보로 독립군 수백 명이 몰살당할 수도 있다는 것이었다. 그들은 그 설명을 듣고서야 신원조사의 까다로움을 이해할 수 있었다.

이광민 일행은 다른 데서 온 세 명과 함께 군사교육을 받기 시작했다. 아침 일찍 시작되어 해가 져서야 끝나는 교육은 날마다 혹독할 만큼 강행되었다. 군사교육은 크게 나눠 두 가지였다. 달리기와 총쏘기였다. 그리고 저녁을 먹고 나서는 한 시간씩 정신교육을 받았다.

"군인에게 있어서 달리기는 공격과 방어의 가장 중요한 기본 무기다. 무기가 아무리 좋아도 기동성이 약한 군대는 언제나 패전한다. 우리는 왜놈들보다 두 배는 빨리 달려야 한다. 그놈들이 하루에 100리를 가면 우리는 200리를 가야 하는 것이다."

교관의 말이었다.

달리기 교육장은 따로 없었다. 겹겹의 산줄기들이 다 교육장이었다. 날마다 산줄기를 넘고 또 넘었다. 홀몸이 아니었다. 여섯 관짜리 흙짐을 지고 총을 들었다. 달리기를 하면서 총쏘기도 배웠다. 달리기로 발이 부르트고 물집이 잡히고, 또 부르터 물집이 잡혀 터지고 하면서 굳은살이 박여갔다. 총쏘기 자세 연습으로 팔꿈치와 무릎에 멍이 들고 피가 맺혔다. 그러나 누구 하나 힘들다는 말을 할 수가 없었다. 전투에 나서지 않은 독립군들도 자신들과 똑같은 훈련을 하고 있었던 것이다.

꼬박 한 달 만에 훈련을 마쳤다. 그들은 흙짐을 지지 않고 걷는 것이 오히려 이상한 걸 느끼게 되었고, 그리도 무겁고 거추장스럽던 총을 막대기 다루듯 하게 되었다.

그들은 다 헐어빠진 옷차림으로 홍범도 장군을 다시 만나게 되었다.

"다들 장하시오. 오늘부터 여러분은 대한독립군이오. 이 군복을 받으시오."

단총(권총)을 찬 홍범도 장군은 새 군복을 한 사람, 한 사람에게 손수 나눠주며 굳은 악수를 해나갔다.

이광민은 훈련을 받느라고 해지고 찢어진 헌 옷을 벗고 군복을 갈아입었다.

참 이상하고도 묘한 일이었다. 군복을 갈아입고 허리에 혁대를 차고 다리에 각반을 두르자 전신이 가뜬하고 짱짱해지면서 마구 기운이 뻗치는 것이었다.

어렸을 때 새 옷을 입으면 날아갈 듯 기분이 좋고 누구 앞에서나 으스대고 싶은 설렘은 경험했었다. 그런데 옷을 갈아입자마자 온몸이 그리도 팽팽해지고 용기가 솟기는 처음이었다.

"근디, 어찌서 군복이 왜놈덜 것허고 분간이 잘 안 되는가요?"

이광민은 석연찮아 묻지 않을 수 없었다.

"그래야 위장이 잘될 거 아니오."

교관의 대답은 간단했다.

중대별로 예수교인 마을에 분산되어 있는 대한독립군은 한곳으로 집결했다. 300여 명의 숙식을 한마을에서 해결할 수가 없으니까 분산되어 있었던 것이다. 대한독립군은 연길현에서 이동하기 시작했다. 5월 하순으로 넘어가고 있는 산골마다 봄기운이 무르익고 있었다. 진달래가 화사하게 피어나고 나무마다 새잎들이 파릇파릇 돋고 있었다.

대한독립군은 며칠 동안의 행군으로 연길현에서 왕청현 봉오동에 도착했다. 그 행군을 통해서 이광민은 홍범도 장군이 늙었다는 생각을 완전히 고치게 되었다. 홍범도 장군은 지치는 기색이라고는 없이 줄기차게 앞장서서 걸었던 것이다.

봉오골이라고도 부르는 봉오동에는 다른 독립군 부대가 사방에 배치되어 있었다. 그 부대는 봉오동의 큰 부자 최진동이 이끄는 군무도독부의 독립군이었다. 그리고 대한독립군을 뒤따라 또다른 부대가 도착했다. 그 부대는 대한독립군과 함께 대한국민회의 지원을 받고 있는 안무의 국민회군이었다.

그 부대들이 봉오동에 집결한 것은 이유가 있었다. 세 부대는 연합통일을 하려는 것이었다. 홍범도는 전력을 증강시키고 전투의 효과를 높이기 위해 분산되어 있는 독립군 부대들을 통합해야 한다고 역설했다. 대한국민회에서는 그 의견에 찬동하여 일단 대한독립군과 국민회군을 통합했다. 그리고 그 통합노력은 계속되어 최진동의 군무도독부와도 연합하게 된 것이었다.

그들 세 부대의 연합으로 1920년 5월 28일 대한북로독군부가 탄생했다. 그리하여 북로독군부의 독립군은 4개 중대 1,200여 명의 대부대가 되었다. 그들은 기관총 2문, 군총(소총) 900여 정, 권총 200여 정, 폭탄(수류탄) 100여 개, 망원경 7개, 탄환 군총 1정당 150발로 무장되어 있었다.

부대 연합을 마친 대한독립군은 소규모의 작전을 준비했다. 30명으로 편성된 소부대에는 이광민을 비롯한 신병들이 포함되어 있었다. 대한독립군에서는 국내 진입작전을 펼칠 때면 그때그때 생긴 신병들을 꼭 포함시켰다. 실전을 경험하게 하는 동시에 두만강을 건너 국내로 진입하면서 독립군의 긍지와 보람을 느끼게 하기 위해서였다.

그들 국내 진입대는 봉오동을 출발하여 용정이 있는 서남쪽으로 산길 70리를 행군했다. 해질녘에 화룡현 월신강 삼둔자에 도착한 그들은 그곳을 숙영지로 정했다. 그러나 이광민은 밤이 깊어져도 잠을 잘 수가 없었다. 독립군들은 군복을 벗지 않는 것은 말할 것도 없었고 구두도 벗지 않고 잠을 자는 것이었다. 돌발사태에 대비하기 위함이었다.

진입대는 새벽에 삼둔자를 출발했다. 새벽어둠 속에 두만강을 건넜다. 6월 초순인데도 새벽의 두만강물은 살이 떨릴 만큼 차가웠다.

내가 두만강을 건너간다! 내가 독립군으로 두만강을 건너간다!

배꼽까지 차오르는 물 속을 걸으며 이광민은 소리 없이 부르짖고 있었다. 목메는 감격과 함께 송중원을 비롯한 벗들의 모습이 떠올랐다. 송중원을 데려오지 못한 것이 또 아쉽고도 후회스러웠다.

그들은 두만강 물줄기를 멀리 바라보며 산기슭을 타고 남쪽으로 전진했다. 강가로는 국경수비대에 장악당해 있는 강변길이 깨어나는 새벽빛에 모습을 드러내기 시작하고 있었다.

날이 밝자 그들은 산속으로 더 몸을 숨기며 움직임을 은밀하게 했다. 발소리를 내서는 안 되는 것은 물론이고 담배도 피우지 못하게 했다. 언제든지 사격할 수 있도록 총을 들고 그렇게 정숙보행을 하자니 걸음은 빠를 수가 없었다.

그들은 공격목표를 내려다보며 석양이 되기를 기다리고 있었다. 강양동 헌병순찰대 초소를 삼면에서 공격하기로 이미 병력배치는 끝나 있었다. 석양이 되기를 기다리는 것은 그때쯤이면 배도 고프고 하루의 긴장이 풀리기 때문이었다.

나무들의 그림자가 동쪽으로 길게 눕고 있었다. 과연 불그레한 석양빛 속에 총도 안 들고 오락가락하는 일본군들이 멀리 보였다.

소대장이 좌우 분대에 공격신호를 보냈다. 3개 분대는 제각기 공격방향을 따라 산기슭을 벗어나며 돌격을 감행했다.

탕, 타당 탕탕…….

정면에서 공격하는 1분대가 사격을 가하기 시작했다. 초소 앞의 일본군들이 소리를 질러대고, 혼비백산 뛰고, 우왕좌왕 법석이었다. 그러나 그 소란은 오래가지 않았다. 그쪽에서도 응사를 해왔다. 그와 함께 우측 2분대에서도 사격을 시작했다. 산울림을 일으키는 총소리들이 묘한 음향으로 엉키고 되엉키며 퍼져나가고 있었다.

진입대는 지형지물을 이용해 가며 계속 전진공격을 하고 있었다. 일본군은 우측공격에도 맞서고 있었다. 그때 좌측 3분대에서도 사격이 시작되었다. 수비대 초소는 삼면공격에 에워싸였다.

초소에서 총소리가 약해지는 것 같았다. 그런데 누군가가 소리쳤다.

"저놈들 도망간다!"

그때 초소 쪽에서 수류탄이 날아와 여기저기서 터졌다. 추격을 막으려는 투척이었다. 수류탄은 계속 날아와 터졌다. 수류탄의 폭연 저쪽으로 수비대들이 앞다투어 도주하는 것이 보였다. 그들은 남쪽으로 도망가고 있었다.

진입대는 수비대 초소를 점령했다. 총은 없었고, 총알 몇백 발과 수류탄 열댓 개를 노획했다.

"빨리 퇴각합시다. 날도 어두워지고, 저놈들이 종성으로 도망쳤으니까."

소대장이 서둘렀다. 더 큰 부대가 있는 종성까지는 5리밖에 되지 않아 총소리나 수류탄 폭음이 들릴 수 있는 거리였던 것이다.

수류탄으로 초소를 폭파해 버린 그들은 강변길을 따라 신속하게 퇴각했다. 대열의 중간에서 강변길을 뛰면서 이광민은 비로소 제정신이 돌아오고 있었다. 몸을 어떻게 피하고, 총을 어떻게 쏘았는지 정신이 없었던 것이다. 아직까지도 가슴은 두근거리고 있었다. 고참병들의 그 기민한 동작과 의연한 여유가 부럽기만 했다.

그런데 그들이 두만강을 건너 삼둔자에 도착한 지 얼마 안 되어 일본수비대는 그들을 추격해 왔다. 그 추격대는 두만강에서 멈춘 것이 아니었다. 그대로 두만강을 건너기 시작했다.

경계병에게 그 보고를 받은 소대장은 곧 정찰을 나갔다. 횃불을 밝혀 들고 도강을 하고 있는 적들의 수는 엄청나게 많았다. 2개 소대가 넘는 병력이었다. 소대장은 남양수비대의 주력부대가 추격에 나선 것임을 금방 알아차렸다.

소대장은 신속하게 병력을 삼둔자에서 뺐냈다. 동네에서 싸울 수 없는 일이었고, 자신들의 자취를 없애 동포들을 보호해야 했던 것이다. 그들은 삼둔자에서 맞바라보이는 서남쪽 산으로 이동했다.

그런데 뒤늦게 삼둔자에 나타난 추격대는 독립군이 흔적도 없자 민간인 네댓 사람을 닥치는 대로 살해했다. 독립군이 어디로 갔느냐고 물어서 고개를 저으면 그대로 쏘아죽였다. 그렇게 하룻밤을 보낸 수비대는 다음날 먼동이 트면서 삼둔자에서 물러나 북쪽으로 방향을 잡았다. 그쪽은 봉오동 쪽이었고, 그들은 독립군을 계속 추격할 의도를 드러내고 있었다.

밤을 새우며 그들의 동태를 감시해 온 독립군 진입대는 마침내 공격의 기회를 포착하게 되었다. 5개 분대로 분산한 진입대는 수비대의 뒤에서 공격을 가하기 시작했다. 그 기습을 당한 수비대는 반격을 할 여유도 찾지 못하고 가던 길로 그대로 도주하기 시작했다. 수비대는 독립군이 이미 봉오동 쪽으로 간 것으로 믿었다가 느닷없이 후면에서 기습을 당했으니 그렇게 도주할 만도 했다.

진입대는 한동안 수비대를 뒤쫓으며 공격을 가했다. 수비대가 도저히 반격할 생각을 못하도록 몰아친 다음에 산속으로 몸들을 감추었다.

"저놈들이 강을 건너온 건 첨 보지요?"

누군가가 소대장에게 물었다.

"그렇군, 저놈들이 달라진 거야. 자아, 중대 사건이니까 빨리 귀대합시다."

그들은 북쪽으로 걷기 시작했다.

봉오동에서는 긴급회의가 열렸다. 간부들은 모두 일본군 수비대가 월강했다는 사실을 중시했다. 그건 처음 일어난 일이라서 그런 것만이 아니었다. 언제든지 또 강을 건너 공격해 올 수 있는 일이기 때문이었다. 만일에 대비해서 경계를 넓히고 강화하자는 것이 회의 결과였다.

그런데 다음날 밤에 척후병들의 보고가 잇따라 들어왔다. 고려령 너머 서쪽에서 일본군 대부대가 진격해 오고 있다는 것이었다.

그 대부대는 연대병력 정도로 파악되었다.

　예상의 적중에 따라 사령관 홍범도는 작전지시를 내리기 시작했다. 제일 먼저 지시한 것이 상동·중동·하동의 세 마을 사람들을 전부 산으로 대피시키라는 것이었다.

　봉오골은 그만그만한 산들이 줄기를 이루며 사방을 에워싸고 있었다. 넓은 분지를 이루어나간 그 긴 골짜기는 25리였다. 골짜기의 입구에서부터 위로 올라오면서 세 개의 조선사람 마을이 자리잡고 있었다. 횃불을 밝혀든 독립군들은 입구에서 가까운 하동마을 사람들부터 대피시키기 시작했다.

　마을사람들의 대피가 끝나자 홍범도는 병력배치에 들어갔다. 먼저 적을 유인할 분대병력을 고려령으로 내보냈다. 그리고 적과의 전투지점을 상촌 위쪽 골짜기의 끝부분으로 정하고 병력을 배치하기 시작했다. 전투 지점으로 정한 곳은 ㅅ(시옷) 자로 형성된 분지였다. 그 분지를 에워싸고 있는 다섯 방향의 산중턱에 각기 중대병력을 배치했다. 그 다섯 곳의 어디에서나 ㅅ 자 분지는 훤히 내려다보였다. 완전한 포위망을 구축한 것이었다.

　한편, 고려령에 잠복해 있던 유인분대는 새벽어둠 속에서 일본군을 맞이했다. 그들은 2개조로 분산해서 번갈아가며 적에게 사격을 가하며 숨고, 사격을 가하고 숨었다. 적들은 응사를 해오며 점점 빠르게 따라오고 있었다. 산세를 환히 알고 있는 유인대원들은 새벽하늘이 희붐하게 열릴 때까지 숨바꼭질 공격을 계속했다. 적들은 꼼짝없이 유인작전에 걸려들어 이쪽에서 난사해 대는 총에 맞고, 산비탈에서 나뒹굴어지고 절벽에서 굴러떨어지고 한 부상자들을 내면서 봉오동 언저리까지 오게 되었다.

일본군 수비대는 부상병들을 골라내 후송시키는 한편 봉오동 입구를 수색하기 시작했다. 늦게 뜨는 산골 해가 완전히 솟은 그 시간에 그동안 총질을 해대며 쫓기던 불령선인들은 어디로 갔는지 흔적을 찾을 수가 없었다. 수색대는 봉오동 입구로 들어서 하동을 정찰했다. 그러나 역시 독립군의 모습은 보이지 않았다. 그들 앞에 보인 것은 북쪽으로 뚫린 골짜기였다. 그들은 불령선인들이 그 골짜기를 타고 도주하고 있다고 판단했다.

일본군 수비대는 봉오골을 들어서 첫 마을인 하동을 발칵 뒤졌다. 그들은 늙고 몸이 아파 피신하지 않은 네댓 명을 다 죽여버렸다. 그리고 그들은 골짜기 양쪽 산기슭을 수색해 가며 중동을 거치고, 점심때가 가까워 상동으로 진입을 시작했다.

수비대 첨병은 ㅅ 자 분지의 갈림목까지 진출했다. 그 지점이야말로 독립군 포위망의 중앙이었다. 그러나 ㅅ 자 분지를 에워싼 산들은 보드랍고도 아련한 유록색으로 물들어 있을 뿐 인적이라고는 느낄 수가 없었다. 얼마 후 첨병들의 뒤를 따라 수비대 주력부대도 ㅅ 자 분지의 갈림목에 다다랐다.

따아앙앙앙앙…….

한 발의 총성이 울리며 몇 겹의 산울림을 지었다. 공격신호였다. 고요에 묻혔던 유록색 산들에서 순식간에 총소리가 진동하기 시작했다.

갑자기 포위공격을 당하게 된 수비대는 삽시간에 난장판이 되고 말았다. 1천 명이 넘는 독립군들이 쏘아대는 총소리는 산울림으로 더욱 요란하고, 그 속에서 수비대 지휘관들은 아우성을 쳐대고, 놀란 병사들은 허둥지둥 뒤엉키고, 사방에서 빗발치며 날아드는 총탄에 여기저기서 비명을 지르며 쓰러지고, 서로가 은폐물을 찾으려고 어지럽게 뛰고 있었다.

수비대는 기관총들을 난사해 대며 포위망을 돌파하려고 했다. 그러나 지세가 워낙 불리해 기관총들도 맥을 쓰지 못하고 사상자만 속출하고 있었다. 그들은 부대를 분산시켜 각 고지를 향해 돌격 작전을 시도하기 시작했다. 그러나 몸을 노출시키며 산비탈을 기어올라야 하는 그 작전으로 사상자는 자꾸 늘어갈 뿐이었다.

그런데 아침부터 흐렸던 하늘이 점심 무렵부터 일기 시작한 냉한 바람을 타고 구름이 두꺼워지면서 자꾸 내려앉고 있었다. 그러더니 교전 서너 시간쯤이 되어 번갯불이 번쩍거리면서 천둥이 치기 시작했다. 바람도 더욱 거세게 몰아쳤다.

그 폭풍과 함께 우박이 쏟아지기 시작했다. 우박은 눈깔사탕이나 조약돌만큼씩 컸다. 그 우박들은 크기만큼 세게 떨어지기 때문에 얼굴에 잘못 부딪히면 살이 찢어지기도 했다. 그런 기상 변화나 우박이 쏟아지는 것은 백두산 줄기에서는 흔히 볼 수 있는 일이었다.

우박과 섞여 내리는 비로 옷들은 다 젖고, 살을 파고드는 추위와 함께 시야마저 어둠침침해지고 있었다. 그런데 서쪽 첫 번째 고지를 좌우에서 돌격해 올라오던 수비대 2개 소대가 자기들끼리 사격을 가하는 사태가 벌어졌다. 독립군은 그 협공을 미리 알고는 그들을 유인하면서 뒤로 빠져버렸던 것이다. 그 자살전을 막느라고 수비대 지휘부에서는 나팔을 불어대고 법석이었다.

수비대는 세 시간 정도의 응전 끝에 수많은 사상자를 내고 왔던 길을 되짚어 후퇴하기 시작했다. 그러나 독립군은 그 후퇴를 보고만 있지 않았다. 홍범도는 제2중대에 추격 명령을 내렸다.

일본군 수비대는 전사자 157명, 중경상자 300여 명을 내고 두만강 쪽으로 쫓겨가고 있었다. 봉오동전투가 끝난 6월 7일은 거센 바람과 요란한 천둥 속에서 저물어가고 있었다.

한편, 서간도에서는 '토벌'의 회오리바람이 일어나고 있었다. 중국과 일본의 합동수색대가 독립군 소탕작전을 벌이고 있었던 것이다.

시교당 밖이 갑자기 소란스러워졌다. 어른들의 소리가 거칠게 울리고 아이들의 놀란 비명과 울음소리가 시끌벅적했다. 그러나 배두성은 내다볼 생각은 하지도 않았다.

"문밖에 무신 일 난 것 아니여?"

천수동이 고개를 돌렸다.

"무신 일언 무신 일이겄소. 아새끼덜이 또 말썽 피운 것이겄제. 장귀나 안 지게 얼렁얼렁 뒤드라고요 이."

배두성은 장기판에서 눈을 떼지 않았다. 모처럼 한가하게 장기판을 벌인 데다가 장기는 이기고 있었던 것이다.

"손들엇! 손!"

한 남자가 마당으로 뛰어들며 외쳤다.

"야아……?"

천수동이 깜짝 놀라며 벌떡 일어났다. 그 바람에 한쪽 발끝이 장기판에 걸려 장기짝들이 흩어졌다.

"어허, 어찌 이려!"

배두성은 고개를 치켜들며 버럭 소리를 지르다가 그만 소스라쳤다. 바로 눈앞에 똥그란 총구멍이 빤히 뚫려 있었던 것이다.

"어, 어, 어……."

배두성은 무슨 뜻인지 모를 소리를 더듬거리며 두 팔을 번쩍 치켜들고 일어섰다. 총을 겨누고 있는 두 군인은 바로 일본군이었던 것이다.

"이봐, 김동수 나오라고 해."

민간복을 입은 남자가 나무그늘로 들어서며 눈을 치떴다. 송수익을 찾고 있는 그 사나운 서슬에 천수동과 배두성은 주춤주춤 물러섰다.

"시, 시방 안 기시는디요."

천수동의 목소리가 떨려나왔다.

"뭐야! 이 쥐새끼 같은 놈이 피한 거 아냐, 이거."

그 남자는 침을 탁 내뱉더니 두 군인에게 뭐라고 일본말을 했다. 그러자 군인들이 시교당으로 내달아 문을 걷어찼다.

천수동과 배두성은 벌써 그들이 독립군 토벌대라는 것을 알았고 그 조선놈은 토벌대의 앞장을 서고 있는 보민회(保民會) 회원이라는 것도 알았다. 보민회는 거류민회와 함께 만주에 퍼져 있는 친

일단체였다.

두 군인은 시교당 여기저기를 정신없이 뒤지고 있었다. 그들의 눈치를 살피고 있던 배두성이가 후닥닥 튀어달아났다.

"저놈 잡아라, 도망간다!"

그 남자가 잽싸게 천수동의 덜미를 잡아채며 일본말로 외쳤다.

그때 이미 배두성은 나무울타리를 넘어가고 있었다. 시교당을 뒤지고 있던 두 군인이 허둥지둥 마당으로 나왔다.

탕 탕 탕.

그런데 총소리가 밖에서 울렸다. 그리고 비명이 잇따랐다.

"병신 같은 새끼, 우리가 제까짓 것들만 못한 줄 아나."

그 남자가 천수동을 떠밀며 침을 내뱉었다.

두 군인이 천수동의 팔을 뒤로 꺾어 쇠고랑을 채웠다. 아랫입술을 꽉 물고 있는 천수동의 눈에 눈물이 그렁그렁 번지고 있었다. 잠복조의 총에 죽었을 배두성이가 너무 안됐던 것이다.

두 군인은 헛간 옆에서 짚단을 옮겨왔다. 그리고 짚단에 성냥을 그어댔다.

"아니, 아니……."

당황한 천수동은 그 앞으로 서너 발짝을 옮겼다. 그들이 무슨 짓을 하려는지 알았던 것이다. 그때 한 군인이 개머리판으로 천수동의 옆구리를 후려쳤다. 천수동은 비명을 물며 그대로 고꾸라졌다.

두 군인은 불붙은 짚단들을 시교당 안으로 집어던졌다. 그리고 처마밑을 따라 돌며 불을 붙였다. 초가지붕은 곧 불길에 에워싸였다.

천수동은 군인들에게 시교당 밖으로 끌려나갔다. 밖에 잠복해 있었던 두 군인이 합류해 그들은 마을을 떠나갔다.

그때서야 노인들과 아이들은 시교당이 불타거나 말거나 배두성이가 쓰러져 있는 곳으로 몰려갔다. 등에 두 방의 총을 맞은 배두성은 이미 숨이 끊어져 있었다. 엎어져 죽은 그의 두 손아귀에는 만주의 검은 흙이 가득 움켜잡혀져 있었다.

얼마 지나지 않아 논밭에 나갔던 사람들이 허둥지둥 돌아오고 있었다. 그들은 숨이 닿게 달려온 아이들에게 소식을 듣기도 했고, 동네서 불이 나는 것을 보고 일을 내동댕이치기도 했다.

"빙신이여, 빙신이여. 내빼기넌 멀라고 내빼. 왜놈덜이 그리 백여 신지 알었어야제. 미련 곰녕이, 이리 허망허니 죽을라고 만주꺼정 온 기여. 그냥 잽혀갔음사 살아날 구멍이 있었을 것 아니여……"

필녀는 남편의 얼굴에 묻은 흙을 손바닥으로 닦아내고 또 닦아내며 서럽게 울었다.

"요상허시, 필녀가 어찌 저리 서럽게 운디야?"

"글씨, 생각보담 서럽게 우능마."

"그려도 정이 있기넌 있었능갑네 이."

"무신 소리덜이여, 시방. 부부지간 정이 어쩐지 몰라서 그런 소리덜 혀?"

"허기사 그려. 고운 정, 미운 정 다 든 것이 그놈에 부부지간 정잉게."

여자들이 수군거리는 말이었다.

"요 일얼 어찌야 쓸랑고, 어찌야 쓸랑고. 선상님도 안 기시고 어찌야 쓸랑고. 아이고메 각다분해 환장허겄네……."

천수동의 아내는 필녀 때문에 소리도 크게 내지 못한 채 종종걸음을 치며 허둥거렸다. 그러나 남자들은 시무룩하게 기가 죽어 있을 뿐 그 어떤 묘책도 내놓지를 못했다. 이런 때 채를 잡고 나서야 할 송수익이나 지삼출이 마을을 비우고 없었던 것이다.

송수익과 지삼출은 이틀 뒤에 돌아왔다. 잿더미로 변한 시교당 마당에서 송수익은 눈을 내려감은 채 굳어진 듯 오래도록 서 있었다.

배두성은 삼일장으로 만주땅에 뻗어내린 백두산 끝자락에 남쪽을 보고 누웠다. 배두성이와 함께 만주로 떠나왔던 김판술이며 양승일 강기주가 산역으로 흙 묻은 손등을 자꾸 눈으로 가져갔다. 지삼출도 코를 풀고 또 풀었다. 송수익은 남쪽의 먼 하늘만 하염없이 바라보고 있었다.

배두성의 죽음은 막을 길이 없는 사태였다. 일본군의 만행은 날이 갈수록 심해지고 있었다. 만주땅의 군벌 장작림의 묵인 아래 그 군대가 방임하고 있으니 일본군은 제멋대로 서간도 일대를 분탕질하고 다니는 것이었다. 그러나 자신이 없는 사이에 배두성이가 시교당을 지키다가 죽게 되어 송수익의 쓰라림은 더 깊었다.

유하현 삼원보를 다녀온 것도 나날이 심해지고 있는 일본군의 만행 때문이었다. 서로군정서의 본부에서는 그 대비책을 세우기 위해 긴급회의를 소집했던 것이다. '중일합동수색대'가 생긴 것이 두 달 전인 지난 5월 상순이었다. 그건 3·1운동 이후 압록강 두만강을 중심으로 만주 일대에 독립군 단체들이 많이 결성되면서 그 활동이 맹렬해지자 조선총독부 경무국장은 몇 차례나 봉천을 왕래하며 장작림을 회유하여 결국 목적을 달성했던 것이다. 그러나 그 합동수색대란 명목뿐이었다. 장작림의 군대는 뒤로 물러선 상태에서 일본군들이 서간도를 휘젓기 시작했다. 두 개의 부대가 서간도 열 개의 현을 반으로 나눠 제멋대로 총질 칼질을 하고 나섰다.

그러나 독립군 부대들은 그 일본군들과 정면으로 맞서 총질을 하며 싸울 수가 없었다. 그건 엄연히 중국과 일본의 합동수색대였으며, 독립군들이 그 수색대에 총질을 하는 것은 바로 만주의 군벌 장작림에게 총질을 하는 것이나 마찬가지였던 것이다. 그건 조선총독부가 내보인 기막힌 교활이었다. 그들은 장작림을 회유해 합동수색대를 만드는 것으로 중국땅을 침범하는 불법을 합법화하는 동시에 독립군들의 공격을 아예 봉쇄해 버리는, 그야말로 돌 하나로 참새 두 마리를 잡는 효과를 보고 있었던 것이다.

그런데 6월 중순이 되면서 일본군의 만행은 부쩍 심해졌다. 걸핏하면 조선사람들을 살해했고, 마을에 불을 질렀다. 그건 그럴 만한 까닭이 있었다. 그때 이미 북간도의 봉오동전투 소식은 서간도에도 짜아하게 퍼져 있었다. 일본군들은 그 참패의 분풀이를 그렇게 하고 있었던 것이다. 그 분풀이의 소용돌이 속에서 일어난 큰 사건이 대한독립단 총재 백삼규의 죽음이었다. 먼저 총재 박장호가 밀정에게 암살을 당하자 부총재 백삼규는 총재를 맡았던 것이다. 그런데 환인현에서 일본군에게 피살되고 말았다. 대한독립단은 두 번씩이나 총재를 적의 손에 잃은 것이었다.

합동수색대와 맞싸울 수 없는 서로군정서에서는 장작림 쪽에 백방으로 손을 썼다. 일본군이 만주에서 학살과 방화를 자행하는 것은 엄연히 중국영토를 침범한 불법행위이니 하루빨리 퇴치시키든지, 그렇지 않으면 중국군과의 '합동'수색을 폐지해 달라는 것이었다. 그 반응은 엉뚱했다. 만주땅은 넓으니까 당신네들이 다른 데로 옮겨가라는 것이었다.

장작림 쪽에 더 이상 아무것도 기대할 수 없게 된 서로군정서에서는 간부회의를 소집하게 되었다. 이렇게 손발이 묶인 상태로 계속 당하는 것은 자멸의 길일 뿐이다. 어찌할 것인가. 그 대안은 한 가지뿐이었다. 장작림 쪽의 엉뚱한 반응이 곧 답이었다. 7월 중으로 유하현을 떠나 안도현으로 옮긴다는 것이 회의의 결정이었다.

송수익은 나라 잃은 비애를 또다시 뼈저리게 씹으며 돌아와 보니 그런 황망한 일이 벌어져 있었다. 먼 하늘을 바라보고 있는 송수익의 머릿속에는 줄곧 천수동의 일이 가득 차 있었다. 어차피 죽은 사람은 죽은 사람이었고, 잡혀간 천수동의 일이 가슴을 짓누르고 있었다.

"선상님, 선상님, 선상님 오시기만 목이 빠지게 기둘리고 있었구만이라우. 우리 상길이 아부지럴…… 우리 상길이 아부지럴……."

천수동의 아내는 애가 탔다.

"예, 예, 너무 걱정하지 말아요. 무사하도록 손을 쓸 테니까 아이들이나 잘 보살피고 기다리세요. 다른 동네에서도 잡혀갔던 사람들이 별 탈 없이 풀려나기도 했다는 소문 들었지요?"

송수익은 천수동의 아내의 거친 손을 감싸 잡아주며 지성스럽게 말했다. 그건 독립군 대장으로서가 아니라 대종교 시교사로서의 위안이었다.

송수익은 지체하지 않고 친교를 맺고 있는 중국관헌에게 선을 댔다. 그리고 공금에서 돈 50원도 함께 보냈다. 무기를 구입하기 전에 독립군을 구하는 데 그만한 돈은 의당 써야 했던 것이다.

그런 조처를 취했으면서도 송수익은 줄곧 불안을 떼치지 못하고 있었다. 그 어떤 고문을 당하더라도 천수동이가 독립군이라는 것을 실토하지 말아야 할 텐데 큰 걱정이었던 것이다. 그저 평소에 교육해 왔던 것을 믿을 수밖에 없었다.

송수익은 수심 깊은 마음으로 또다른 일을 시작했다. 안도현으로 이동하기 위한 준비였다. 서로군정서의 이동은 물론 임시방편이었다. 그러나 본부를 중심으로 해서 간부들만 옮겨가는 것이 아니었다. 소속된 독립군들도 함께 가야 했다. 그렇게 되니 독립군들의 가족이 문제였다. 독립군들 중에 상당수는 가족이 딸려 있었다. 가족이 딸린 독립군들은 만주 이주가 오래된 사람들로서 거의가 소작농 생활을 겸하면서 생계를 해결해 왔던 것이다. 그런데 그 가족들을 다 데리고 가자니 두 가지 난처한 문제가 야기되었다. 첫째는 저쪽에 가서 당장 생계 해결이 난망했다. 둘째는 이쪽의 소작권을 다 포기해야 하는 것이었다. 그건 피땀 흘려 개간했던 농토를 그냥 내주는 것인 동시에 그만큼 독립투쟁의 토대를 무너뜨리는 것이었다. 동포들이 농사지어 지원하지 않으면 독립군이란 존재는 있을 수 없었던 것이다.

한 치의 농토라도 넓혀가야 하는 처지에서 마련된 대책이 '인선작업'이었다. 가족을 거느리며 농사를 짓고 있는 독립군들 중에서 꼭 떠나야 할 대원들을 가려뽑는 것이었다. 그 대원들은 가족을 두고 혼자서만 떠나되 남아 있는 대원들이 그 가족들의 농사를 함께 돌보게 하는 것이었다. 그렇게 하면 대원들의 가족이 다 이동해 생기는 생계의 위협을 막을 수 있고 아울러 농토도 지킬 수 있었던 것이다.

송수익이 인선작업을 거의 마무리해 가고 있는데 천수동이가 나흘 만에 풀려나왔다. 천수동은 제대로 걷지를 못했다. 얼굴에도 여기저기 피멍이 잡혀 있었다. 그 고문의 흔적 앞에서 송수익은 아무 말도 못하고 천수동을 끌어안기만 했다.

"대장님, 고맙구만이라우……."

천수동은 울먹이는 낮은 소리로 '대장님'이라고 했다. 그 호칭은 작전 시가 아니고서는 쓰지 않도록 되어 있었다.

"아니오, 아니오, 천 동지가 장하오."

송수익은 천수동의 그런 마음을 헤아리며 자기도 '동지'라고 화답했다. 사실 천수동이 장하지 않을 수 없었다. 만약 고문을 이겨내지 못했더라면 아무리 손을 쓴다 해도 살아나올 가망은 없었던 것이다.

유하현 본부로 떠날 준비를 다 마쳤는데 지삼출이 헐레벌떡 급한 소식을 알려왔다.

"저어, 어지께 신흥무관학교에 마적떼가 들어닥쳐서……"

"또!"

송수익은 반사적으로 몸을 일으켰다. 그와 동시에 그의 머리를 치는 생각이 있었다.

이게 왜놈들의 사주를 받고 있는 게 아닌가!

순간적으로 떠오른 그 생각은 그러나 순간적인 것이 아니었다. 마적단이 신흥무관학교를 처음 습격한 것은 작년 7월 하순이었다. 군사교육을 받을 뿐 무장이 되어 있지 않은 학생들은 마적떼의 분당질을 고스란히 당할 수밖에 없었다. 말타기와 총쏘기가 능한 300여 명의 마적떼 앞에서 학생들의 훈련용 목총은 그야말로 무용지물이었던 것이다. 그런데 마적떼는 그 뒤로도 자주 학교를 습격했다. 그때마다 마적떼는 학생들을 두세 명씩 납치해 갔다. 그러면 서로군정서와 한족회에서는 금품과 피륙을 내놓고 중국관헌에게 교섭해 학생들을 데려오곤 했던 것이다.

그런데 마적떼의 습격이 빈번해지자 송수익은 무언가 심상치 않다는 느낌이 들게 되었다. 마적들은 흉포하기도 했지만 아주 영리한 도둑떼였다. 땅을 개간해서 동네가 새로 생기고 추수를 하게 되면 마적떼는 어김없이 나타났다. 그들은 거칠게 말을 몰아대고 총을 마구 쏘아대며 한바탕 난리굿판을 벌이고는 마을 대표를 불러 상납액을 통고했다. 그 액수는 대개 수확의 10분의 1 정도였다. 해마다 그 액수를 잘 바치면 마적들은 나타나지 않는 것이 상례였다. 자기네 구역을 가지고 있는 마적들은 그런 식으로 고정수입을 확보해 놓고 또다른 수입을 찾아 말을 몰고 총질을 하는 것이었다. 신흥무관학교의 습격이 그런 것 중의 하나였다. 그러나 신흥무관학교를 습격해서 얻는 그들의 수입은 별로 많은 것이 아니었다. 그런데도 그들은 한두 번으로 그치지 않고 습격을 계속했던 것이다. 그 점을 이상하게 생각해 오던 송수익은 마침내 그들이 일본정보기관의 사주를 받고 위협을 가하는 것이 아닌가 하는 생각을 하게 된 것이었다. 그동안 마적떼의 빈번한 습격으로 학생들의 사기가 많이 저조해지고 불안해하는 것이 문젯거리로 등장해 있었다. 또한 본부의 이동으로 학교의 운영을 어떻게 할 것인가 논의를 했었지만 아직 결론을 내리지 못한 상태였다.

이래저래 송수익의 심사는 복잡하기만 한데 또 엉뚱한 일이 불거졌다.

"선상님, 지도 따라갈라능마요."

필녀가 찾아와 한 말이었다.

"아니, 어디를!"

송수익은 안 된다는 말을 이렇게 했다.

"선상님이 가시는 디요."

고지식한 필녀의 대꾸였다.

"임시로 갔다가 곧 돌아올 거야."

송수익은 달래듯이 말했다.

"그려도 따라갈랑마요."

필녀는 고개를 저었다.

"고집 부리면 안 돼. 여자들은 아무도 안 가니까 필녀도 여기 있어야 해."

"아닌디요, 지도 총질헐지 아는디요."

필녀가 다부지게 말했다.

"뭐라고?"

송수익은 언뜻 놀라는 기색이다가 그만 픽 웃고 말았다.

"음마, 못 믿으시겄으면 삼출이 아재헌티 물어보시랑게라. 내빼는 퇴깽이년 못 맞힐지 몰라도 서 있는 사람이야 영축없이 맞히게 총질얼 힌당게요."

그러니 여자가 아니라 독립군으로 따라가겠다는 뜻이었다.

"아니, 언제 총 쏘는 걸 배웠다는 건가?"

송수익은 너무 어이없고 황당해서 믿을 수가 없으면서도 정색을 했다.

"강 너머서 왜놈덜 예펜네덜이 총질얼 배운다는 소문 듣고 지도 삼출이 아재헌티 졸라대서 배왔구만이라."

송수익은 말문이 막히고 말았다. 압록강과 두만강을 지키는 일본군 국경수비대의 장교 아내들에게 권총 사격을 가르쳐 무장시킨 것이 벌써 몇 년 전이었다. 그때 총 쏘는 것을 배웠다는데 자신은 까맣게 모르고 있었던 것이다. 그러나 자신을 속이고 그런 행동을 한 것을 뒤늦게 책할 마음은 없었다. 저쪽 여자들에게 맞서고자

한 것은 옳은 것이었다. 그리고 필녀다운 행동이기도 했다.

"수국이도 배웠나?"

둘이 하도 그림자처럼 붙어다닌 생각이 나서 송수익은 설마 하면서도 물었다.

"야아, 수국이도 열성으로 배왔구만이라."

"딴 여자들은?"

그 일에 지삼출만이 아니라 방대근이까지 가담된 것을 직감하며 송수익은 다른 여자들도 더 있을지 모른다고 생각했다. 그러나 필녀는 고개를 저었다.

"총을 쏠 줄 알아도 안 돼. 다 남자들뿐이고, 고생이 많을 거야."

송수익은 그 고달픈 생활 속에서도 남모르게 총쏘기를 배운 필녀의 마음을 갸륵하게 생각하면서도 먼 길을 따라나서는 것은 막으려고 했다.

"여자라고 총 못 쏘게 허면 밥허고 빨래라도 허겄구만이라. 선상님이 당허시넌 고상이면 지넌 암시랑토 안헌게요."

필녀는 말을 잘도 받아넘기고 있었다.

"어허, 그리 말을 안 들으면 쓰나."

송수익은 태도를 바꾸며 엄하게 꾸짖었다.

"선상님, 참말로 야속허싱마요 이. 지가 만주꺼정 멀라고 왔는디요. 선상님 안 기시는 디서넌 인자 하로도 안 살랑마요. 인자 지 혼자서……."

필녀는 금세 눈물이 크렁해졌다.

"어허, 그런 소리 하면 못써."

송수익은 더 엄하게 나무랐다.

"야아, 알겠구만이라. 만주에 지 발로 왔응게 앞으로도 지 발로 가겄구만이라."

필녀는 손등으로 눈을 썩 문지르고 돌아섰다. 그 몸짓은 단호하기 이를 데 없었다.

송수익은 난처한 심정으로 필녀의 힘 넘치는 뒷모습을 망연히 바라보고 있었다. 순박한 만큼 외곬이고 천진한 만큼 꾸밈이 없는 필녀의 성품을 다 이해하면서도 새로운 부담이 되는 것을 느끼고 있었다.

송수익은 대원들 20여 명을 이끌고 밤길을 떠났다. 필녀는 그 대원들 끝머리에 따라붙어 있었다.

서로군정서 회의에서는 신흥무관학교의 폐교를 다음 달로 결정했다. 그 이유는 여러 가지 때문이었다. 첫째 본부의 이동에 따른 운영의 난점, 둘째 일본군의 가열되어 가는 토벌에 의한 피해 우려, 셋째 마적떼의 빈번한 습격으로 인한 피해와 사기 저하, 넷째 내부의 분란 등이었다.

내부의 분란이란 교장의 몇 가지 실책으로 학생들이 편가리가 되어 교장 퇴임운동이 일어났고, 그 와중에서 학생 하나가 죽게 됨으로써 그 여파가 동포들에게까지 미치고 있는 사건이었다.

학교를 폐교시킨 다음에 학생들은 서로군정서와 북로군정서의 독립군으로 편성하기로 했다. 북로군정서와는 지난 5월에 운영 전반에 걸친 상호 협조를 위해 합의서를 작성했던 것이다. 그건 더욱 효과적인 무장투쟁을 전개하려고 그전의 협조를 강화시킨 연합이었다. 그 합의서에 따라 신흥무관학교 출신 교관들이 북로군정서로 파견되었던 것이다.

신흥무관학교는 예정대로 8월 들어 폐교되었다. 만주지역에서 그리고 해외에서 제일 먼저 세워졌고 가장 오래된 독립군 양성 학교가 문을 닫은 것이었다. 그 10여 년 동안에 배출해 낸 졸업생들이 2,500여 명에 이르렀다.

한편 북간도에서는 8월 말부터 독립군 단체들의 근거지 이동이 대대적으로 일어나고 있었다. 그건 중국군들과의 불필요한 무력충돌을 피하기 위한 조처였다. 다시 말하면 일본의 정치적 압력을 받고 있는 중국군벌의 입장과 체면을 세워주는 동시에 독립군을 보호하자는 것이었다.

일본에서는 서간도에서 중국과 합동수색대를 조직하면서 북간도에서도 똑같은 계획을 추진했다. 그러나 북간도에서는 실패하고 말았다. 왜냐하면 길림성장을 비롯해서 연길도윤이나 군부대장이 수색대 조직을 반대하며 응하지 않았던 것이다. 독립군 단체들은 그동안 그들과 친교를 두텁게 해왔던 것이고, 그들은 조선사람들의 입장을 이해하고 호의를 가지고 있었던 것이다.

그러나 그들도 일본의 압력을 언제까지나 피할 수는 없었다. 봉오동전투에서 참패한 일본은 한 달 후에 열린 봉천의 3차회담에서 조선주둔군과 관동군의 고위간부들을 참석시켜 장작림에게 다시 압력을 가하게 되었다. 그 결과 일본군 대좌가 고문이 되어 감시하는 가운데 중국군이 조선독립군을 토벌하기로 결정이 내려졌다.

그런데 그전에도 그랬던 것처럼 중국군 측에서는 그 사실을 독립군 단체에 은밀하게 알려주었다. 그리고 그 사태에 대비하기 위해서 양쪽의 대표자가 모여 '타협'을 하게 되었다.

첫째, 중국군은 일본군의 간도 침입을 막기 위하여 이번에는 부득이 독립군을 토벌하는 실제 출동을 하지 않을 수 없으므로 독립군은 이와 같은 중국 측의 입장을 고려하여 상호 타협하는 대책을 실시한다.

둘째, 독립군은 시가지나 대로상에서 군인 복장이나 무기를 휴대하고 대오를 지어 행동함으로써 중국 측을 난처하게 만들지 않는다.

셋째, 독립군은 현재의 근거지가 일본군에 알려져 중·일 간에 분쟁의 요소가 되고 있으므로 새 근거지를 산림지대로 이동시킨다.

넷째, 중국군은 출동하기 전에 그 사실을 독립군에 통보하여 독립군의 근거지 이동에 필요한 여유를 갖게 한다.

다섯째, 중국군과 독립군은 서로 교전하지 않으며, 중국군은 독립군의 이동과 산림지대 등지에서의 새 근거지 건설을 방해하지 않는다.

이러한 타협조건에 따라 이광민이 소속된 대한독립군은 8월 하순에 연길현 명월구를 출발했다. 그들은 봉오동전투 이후에 명월구로 옮겨와 있었던 것이다. 대한독립군은 안도현 방면의 백두산록을 향하여 낮에는 은거하고 밤에만 이동하는 조심스러운 행군을 했다. 타협조건의 두 번째 조항을 지키기 위해서였다.

조선사람들 마을에 은거할 때마다 이광민은 두 가지 사실에 놀라고는 했다. 하나는 독립군을 대하는 조선사람들의 따뜻함과 극진함이었고, 다른 하나는 홍범도 장군을 대하는 사람들의 진정 어린 숭앙이었다.

어디에서나 그렇지만 만주에서도 산골로 들어갈수록 조선사람들의 생활은 더 가난해지고 있었다. 농토가 적은 데다 밭농사를 하기 때문에 먹는 것도 조밥이 태반이었고 입성도 남루했다. 그런데도 사람들은 독립군들을 배불리 먹이려고 있는 정성을 다했다. 독립군들이 어쩔 수 없이 조선사람들 마을에 머무는 것은 큰 폐를 끼치는 일이었다. 만주에 사는 조선사람들치고 많든 적든 군자금을 안 내는 사람은 거의 없었다. 이미 군자금을 낸 그들은 이중 부담을 당하면서도 전혀 그런 눈치를 보이지 않았다. 독립군들은 그 고마움을 조금이라도 갚으려고 나무를 찍어다 장작을 만들거나 기울어진 울타리를 고쳐주거나 했다. 그건 홍범도 장군의 지시이기도 했다.

"총을 함부로 쏘아서는 안 되오. 총알 한 방으로 꼭 왜적 한 놈씩을 쏘아죽여야 되는 것이오. 총알 하나하나가 다 우리 동포들의 피땀이고, 동포들이 밥을 굶어가면서 낸 돈으로 산 것이오."

홍범도 장군이 항상 병사들에게 일깨우는 말이었다.

사람들은 홍범도 장군이 자기네 마을에 나타난 것을 알면 삽시간에 몰려들고는 했다. 내외해야 하는 처녀들까지도 그런 것쯤 아 랑곳하지 않았다.

"얼마나 고생들이 많습니까. 순전히 동포 여러분들 덕에 우리가 왜적과 싸우고 있습니다. 여러분들은 장하고 장한 독립군의 부모입 니다. 조금만 더 고생들을 참고 기다려주십시오."

어떤 말이고 길게 하지 않는 홍범도 장군의 말이었다.

홍범도 장군은 언제나 동포들을 따뜻하게 맞이했고 공손하게 고 마움을 나타냈다. 그리고 어린아이들을 하나하나 안아주었고, 안 기 거북하게 나이 먹은 아이들은 머리를 쓰다듬어주며 한마디씩 덕담을 했다.

이광민은 먼발치에서 그런 홍범도 장군을 바라보며 가슴 뭉클 한 것을 느끼고는 했다. 그 다정하고 인자한 모습은 평소에 부하들 을 대하는 모습이기도 했던 것이다.

대한독립군은 훈련을 해가면서 행군을 서두르지 않았다. 9월 초 순 장인강 구룡평에서 중국군 병사들과 독립군 병사들 사이에 가 벼운 충돌이 일어났지만 군관들이 나서서 서로 양해하고 비켜 지 나가기도 했다. 대한독립군은 9월 중순이 기울 즈음 안도현과 접경 을 이루고 있는 화룡현 이도구 어랑촌 부근에 다다랐다.

양쪽에 나지막한 산줄기가 벽을 치듯 하고 있는 어랑촌 골짜기 는 넓고도 길었다. 산줄기에는 아름드리 나무들이 빽빽했고, 폭넓 은 평지 가운데로는 맑은 물이 여울져 흘러내리고 있었다. 논농사 짓기에 아주 마땅해 조선사람들 마을이 들어서기 안성맞춤이었다.

대한독립군은 어랑촌을 중심으로 부대들을 배치하고 며칠을 휴식했다. 그러자 의란구에 주둔해 있었던 안무의 국민회군도 이도구에 도착했다는 소식이 전해져 왔다. 그런데 봉오동에서 함께 싸웠던 최진동의 부대는 처음부터 이도구로 오지 않고 북쪽인 라자구 지방으로 향했다. 새 근거지 확보에 대한 서로의 의견이 달랐던 것이다.

한편 방대근이 소속된 북로군정서는 9월 중순에야 부대 이동을 시작하게 되었다. 이동이 가장 늦어진 이유는 무기 구입과 사관연성소 필업식 때문이었다. 사관연성소 출신들을 무장시키기 위해 6월에 블라디보스토크로 떠났던 무기운반대 200여 명이 두 달이 걸려 8월 하순에야 도착했던 것이다. 그 운반대의 호위를 맡았던 방대근은 두 달 동안에 피가 타드는 초조감에 쫓겼던 것이다. 갑자기 실시된 소련의 화폐개혁으로 무기를 구하느냐 못 구하느냐 하는 위기에 빠져 있었던 것이다.

무기운반대가 블라디보스토크에 도착해 보니 그동안 화폐개혁이 실시되어 운반대가 가지고 간 돈은 아무 쓸모가 없게 되었던 것이다. 그렇다고 그냥 돌아올 수도 없는 일이었다. 어렵사리 구해놓은 무기였고, 200여 명씩이나 동원된 운반대였다. 현지에 가 있던 총재 서일을 중심으로 해서 간부들은 새 돈을 구하려고 나서게 되었다. 그동안 운반대는 동포들 집집마다 몇 명씩 분산되었다. 방대근이네 호위대 임무가 커지고 어려워진 것은 물론이었다. 그러나 운반대의 기거는 며칠로 끝나지 않았다. 보름이 넘고 한 달이 지났다. 동포들 집집마다 양식이 동나기 시작했다. 하루 두 끼에서 한 끼로 줄어들게 되었다. 그러나 돈을 구하러 간 간부들은 소식이 없었다. 다시 열흘이 지나고 보름이 가까워지고 있었다. 죽을 끓이다 못해 하루에 감자 하나로 때울 지경이 되었다. 그렇지만 막노동 돈벌이에 나설 수도 없었다. 불법으로 국경선을 넘어온 데다가 블라디보스토크에는 일본주둔군이 버글거리고 있었던 것이다. 꼬박 한 달 보름이 넘어 간부들이 새 돈을 구해오게 되었다. 운반대들은 굶주린 몸에 돌보다 무거운 무기짐을 지고 밤길만을 골라 국경선을 넘었던 것이다. 왕청현 본부에 돌아오니 8월이 저물어 있었다.

9월 9일 필업식을 마친 사관연성생 300여 명은 새로 사들인 무기로 완진무장을 하게 되었다. 그들의 부내편성과 함께 모든 이동준비를 끝낸 것이 9월 중순이었다.

북로군정서도 다른 독립군들과 마찬가지로 큰길을 피하고 밤에만 이동해야 했다. 그러다 보니 산길을 따라 멀리 우회하지 않을 수가 없었다. 북로군정서도 조선사람들 마을에 의지해 가며 왕청현에서 연길현을 지나 화룡현 삼도구까지 한 달에 걸친 행군을 했다.

그런데 북로군정서가 청산리 길목인 삼도구에 이르렀을 즈음에는 훈춘 사건을 빌미 삼아 두만강을 건넌 일본군들이 북간도 일대에서 한창 분탕질을 치고 있었다. 여러 지점에서 두만강을 건넌 일본군들은 북쪽으로 이동하며 조선사람들을 마구잡이로 죽이고 마을을 불질러대고 있었다.

중국군의 토벌이라는 것이 전혀 실효가 없는 눈가림이라는 것을 일본군은 알아내게 되었다. 그 해결방법은 자기네들이 직접 토벌에 나서는 것뿐이었다. 그러나 마음대로 중국영토에 일본군을 투입시킬 수는 없는 일이었다. 그 구실을 만들기 위해 그들은 훈춘 사건을 조작해 냈다.

일본군은 마적단을 매수하여 훈춘을 습격하게 했다. 훈춘을 습격한 마적단 400여 명은 상점들을 약탈하는 한편 일본영사관 분관도 분탕질했다. 마적들은 숙직하는 경찰과 가족들을 죽이고 분관을 불지른 것이다. 그런데 어찌 된 일인지 그 경찰의 관사말고 다른 관사들은 텅텅 비어 있었다. 다른 관원들은 감쪽같이 피신해 버렸던 것이다.

일본군은 바로 그날부터 병력을 만주땅에 투입시키기 시작했다. 그들이 내세운 명분은 만주에 사는 일본거류민들의 생명과 재산 보호였다. 그 불법행위를 정당화시키기 위해 만주거류민회에서 자기들의 보호를 요청하는 청원서를 본국에 급송하게 했다. 그리고 잇따라 보호를 독촉하는 거류민 시민대회를 이곳저곳에서 벌이게 했다. 시민대회는 만주에서뿐만 아니라 조선땅 두만강변의 여러 도회지에서 연달아 일어났다. 그런 분위기를 타고 일본군 병력들은 계속 두만강을 건너 북간도로 진격하고 있었다. 그런데 훈춘 사건의 진상을 취재하려고 특파된《동아일보》의 장덕준 기자가 취재 중에 피살되고 말았다.

그러니까 북로군정서 군대가 삼도구에 도착한 10월 12일께는 이미 일본군들이 북간도 요소요소에 주둔하면서 정탐원들을 사방에 뿌려놓았기 때문에 독립군들의 움직임은 거의 탐지되고 있었다. 또한 독립군들도 일본군의 만주 침입을 벌써부터 알고 있어서 그 대비책을 서두르고 있었다.

어랑촌 골짜기 일대에는 홍범도의 대한독립군과 안무의 국민회군을 뒤따라 신민단·의민단·한민회군 등이 집결해 있었다. 그들은 이도구에서 10월 13일날 대표자회의를 열고 홍범도를 사령관으로 하여 합동작전을 펼치기로 결정했다. 또한 그들은 10월 19일날 북로군정서와도 연합작전을 합의했다

독립군들이 집결한 화룡현 이도구와 삼도구 일대는 백두산록이 부챗살 퍼지듯 한 밀림지내로 험한 산줄기가 많은 안도현과 접경을 이루고 있었다. 백두산의 수많은 줄기들은 만주벌판을 향해 긴 꿈틀거림으로 뻗어내리면서 폭넓은 골짜기들을 이루어내고 있었다. 그중에서 삼도구와 연결되고 있는 남쪽 것이 청산리 골짜기였고, 그 북쪽으로 사오십 리 떨어져 이도구와 연결되는 것이 어랑촌 골짜기였다. 그 골짜기들은 큰 구렁이의 꿈틀거림처럼 몇 굽이씩 감돌고 휘돌면서 60~70여 리의 긴 자태를 짓고 있었다. 두 골짜기는 넓고 긴 만큼 네댓 개씩의 마을을 품고 있었다.

용정에서 100리 거리인 그 골짜기들은 안도현이 있는 서남쪽으로는 험준한 장백산맥의 줄기로 둘러싸여 있었고, 북쪽으로는 천보산 줄기에 감싸여 있었다. 다만 트인 데라고는 동쪽인 용정 방향이었다.

용정에서 출발한 일본군은 마침내 10월 20일 북로군정서군을 추격하며 청산리 골짜기 안으로 진입하기 시작했다. 북로군정서군 사령관 김좌진은 벌써 부대를 청산리 골짜기의 끝부분인 베개봉(증산봉) 노령봉 아래로 이동시켜 놓고 전투태세를 갖추었다.

부대를 2개 제대(梯隊)로 나누어 제2제대는 사관연성소 출신들로 편성해 연성대장 이범석이 지휘하게 했고, 제1제대는 일반 병사들로 구성해 김좌진 자신이 지휘하도록 했다. 그리고 훈련이 좀 더 잘된 제2제대는 일본군의 추격에 정면으로 맞설 수 있게 그 폭이 병목처럼 좁아지면서 경사가 급해지는 골짜기의 끝부분에다 배치시켰다. 제1제대는 제2제대가 잠복한 건너편의 약간 위쪽 산기슭에 배치했다.

40리 청산리 골짜기는 초입의 송하평 마을에서부터 심지평 마을을 거쳐 청산리까지는 그 폭이 1킬로미터가 넘는 질펀한 평지를 이루고 있었다. 그 평지 가운데로 물 맑은 개울이 흘러내리고 있어 양쪽으로는 논이 일구어져 있었다. 그리고 양쪽의 산줄기도 나지막하고 경사가 완만해 그 기슭을 따라 크고 작은 밭들이 자리잡고 있었다. 그러나 골짜기의 중간 부분인 청산리를 지나면서부터 지형은 달라지기 시작하는 것이었다.

산줄기가 높아지면서 경사가 차츰 심해져 가고, 골짜기의 폭이 좁아지면서 평지가 비탈로 변해가고, 개울도 가늘어지면서 논들은 사라지고 밭들만 남았다. 위로 올라갈수록 비탈이 점점 심해지다가 골짜기의 끝마을인 백운평 아래에 이르면 밭들마저 모습을 감추었다.

　백운평에서부터는 양쪽 산줄기가 맞닿은 것처럼 골짜기가 좁아졌고, 바로 위쪽으로는 봉우리가 꼭 베개를 닮아 평평한 베개봉과 노령봉이 다른 봉우리들과 겹겹으로 싸이며 험산줄기를 이루고 있었다. 북로군정서군이 배치된 곳이 그 험산줄기가 시작되고 있는 골짜기였다.

　나무들이 빽빽하게 들어찬 밀림지대인 그 골짜기는 폭이 좁을 뿐만 아니라 양쪽의 산비탈은 급경사를 이루고 있었다. 그리고 길도 좁아질 대로 좁아져 가느다란 오솔길로 뚫려 있었다. 제2제대는 그 오솔길을 중심으로 3면에 배치되어 있었다. 오솔길을 내려다볼 수 있는 산비탈을 따라 우측에 1개 중대를 배치했고, 같은 높이로 좌측 산비탈에도 1개 중대를 배치했다. 그리고 나머지 1개 중대를 정면 위치인 급경사에 배치해 골짜기를 차단하다시피 했다.

　그리고 제1제대는 건너편 산중턱을 따라 배치되고 있었다. 북로군정서군은 사다리꼴의 포위망을 구축하고 있었다. 그 포위망 속으로 일본군을 유인하기 위해서 벌써 각 마을의 노인들에게, 독립군들이 총도 별로 보잘것없이 허둥지둥 골짜기 위쪽으로 도망갔다고 대답하라고 일러두었다.

　그 나무들 울창한 밀림에는 저절로 쓰러져 누운 아름드리 통나무들이 많았고, 만주는 겨울이 빨라 잎이란 잎들이 다 떨어져 낙엽이 무릎이 빠지도록 쌓여 있었다. 그 통나무들은 더없이 좋은 엄폐물이었고, 낙엽을 뒤집어쓰고 엎드리면 그보다 더 좋은 위장이 없었다.

방대근은 소대장으로 좌측 산비탈에서 부하들을 배치하고 있었다. 빽빽한 나무들이 방어에 유리한 만큼 공격에는 불편했으므로 하나하나 좋은 사격위치를 잡아주는 것이었다.

모든 병사들이 제각기 위치를 잡아 배치가 끝났을 때 그들은 서로의 모습을 찾을 수 없었다. 쓰러진 통나무를 엄폐물로 하여 두껍게 쌓은 낙엽 속에 몸을 파묻어 그들은 완전하게 매복했던 것이다. 그날 밤 병사들은 군감자로 끼니를 때우고 낙엽을 이불 삼아 얼음이 얼어붙는 밤추위를 견디며 날을 밝혔다.

햇발이 제대로 퍼지지도 않은 아침 8시쯤에 일본군들이 제1제대가 매복해 있는 산 아래로 지나가기 시작했다. 그들은 200여 명 중대병력이었다. 제1제대는 미동도 하지 않고 그들을 통과시켰다. 일본군들은 아무런 거침 없이 제2제대가 매복하고 있는 골짜기 안으로 진입하기 시작했다. 그들이 제2제대의 포위망 속으로 완전히 들어왔을 때는 부대의 맨 앞이 포위망에서 10여 보 정도로 가까워져 있었다.

땅!

한 방의 총성이 울렸다. 공격신호였다. 공격만을 기다리고 있었던 북로군정서군들은 일제히 사격을 가하기 시작했다. 그야말로 독안에 든 쥐가 따로 없었다. 일본군들의 대열이 금방 흐트러지며 갈팡질팡했고, 아우성과 비명이 뒤엉키며 픽픽 쓰러지기 시작했다. 그들은 나무 뒤에 숨고 바위 옆에 엎드리며 응사를 시도했다. 그러나 총알은 사방에서 빗발치며 날아와 그들의 목숨을 앗아갔고, 독립군들이 은폐하고 있는 위치를 모르고 쏘아대는 총은 아무 효과도 없었다. 삽시간에 반이 넘게 죽자 나머지 일본군들은 후퇴를 감행했다. 그러나 얼마 가지도 못하고 정면으로 사격을 당하게 되었다. 제1제대에서 본격적으로 사격을 시작했던 것이다.

백운평 위의 비탈 급하고 좁은 골짜기는 요란한 총소리와 처절한 비명으로 진동하고 있었다. 그러기를 20여 분, 일본군 200여 명은 전멸하고 말았다.

전투는 그것으로 끝난 것이 아니었다. 뒤따라오던 일본군 본대가 박격포와 기관총으로 공격을 가해왔다. 그러나 독립군의 위치를 정확히 모르고 민 거리에서 쏘아대는 박격포와 기관총은 애꿎은 나무들만 상처 입히고 있었다.

그런 공격이 아무 효과가 없다는 것을 깨달은 일본군은 보병과 기병을 동시에 투입하여 북로군정서군을 양쪽으로 우회하며 포위 공격을 하려고 했다. 그러나 이미 유리한 지형을 빼앗겨버려 자기들을 다 노출해야 하는 그 공격은 희생자만 내고 실패하고 말았다.

2차공격까지 실패한 일본군은 한동안 잠잠했다. 해는 점심때가 기울고 있음을 알리고 있었다. 그러나 독립군들은 물 한 모금 마시지 못한 채 진지를 지키고 있었다.

일본군은 박격포를 쏘아대고 기관총을 난사해 보병을 엄호하면서 독립군의 정면과 좌우로 세 번째 반격을 시도해 왔다. 그건 첫 번째와 두 번째 반격을 혼합시킨 것이었다. 그러나 독립군의 위치를 확인하지 못한 채 쏘아대는 중화기 공격은 여전히 화력의 낭비일 뿐이었다. 그리고 몸을 노출시키며 산비탈을 기어오르는 일본군들은 철저하게 은폐상태에서 조준사격을 가하는 독립군들의 총에 계속 죽어가고 있었다. 그러나 일본군들은 악착스럽게 공격을 가해왔다. 자연은폐물을 찾지 못한 그들은 자기편의 시체들을 쌓아올려 은폐물을 만들어가며 전진을 시도했다. 그러나 사상자만 늘어날 뿐 아무런 성과도 얻지 못한 채 석양이 밀려왔다. 해가 기울면서 골짜기에는 산그늘이 드리워졌다. 그 스산한 산그늘은 얼마 가지 않아 어둠살로 변하기 시작했다. 일본군들은 결국 100명이 넘는 전사자만 더 보태고 급하게 퍼지는 산골의 어둠살에 밀려 골짜기 아래로 패주해 갔다.

"만약 왜적이 봉밀구에서 돌아오게 되면 한 시간 정도면 도착될 것이다. 그에 대비해 아군은 즉시 이도구 방면으로 철수한다. 제2제대는 제1제대의 철수를 엄호한 후 적당한 상황에 따라 철수하여 갑산촌에서 제1제대와 밤 2시까지는 합류토록 한다."

김좌진 장군의 작전지시였다.

다른 일본군 부대의 우회공격을 경계하며 제1제대는 어둠 속으로 모습을 감추었다. 적의 섬멸전에서 엄호전으로 배치를 바꾼 제2제대는 적의 돌출에 대비하고 있었다. 점점 추위가 심해지는 가운데 어둠만 짙어져 갈 뿐 어느 방향에서도 일본군의 새로운 공격은 감지되지 않았다.

한 시간 남짓 경계를 하고 있던 제2제대도 철수작전을 시작했다.

방대근은 어둠 속에서 부하들을 다시 점검했다.

"배고프제? 쬐깐만 더 참어. 갑산촌에 가먼 뜨끈뜨끈헌 밥이 있 응게."

방대근은 이렇게 말하며 부하들의 어깨를 두들겼다. 그 누구든 하루종일 아무것도 먹지 못한 상태였다. 그러나 병사들은 배고파 하는 기색을 보이지 않았다. 모두가 승리감에 젖어 배고픔쯤 거뜬 하게 이겨내고 있었던 것이다.

백운평 골짜기를 떠난 제2제대는 마천령을 넘어 갑산촌으로 강 행군을 해나갔다. 100여 리나 되는 산길을 걸어 새벽 2시까지 갑산 촌에 당도하자면 잠시도 쉴 짬이 없었다. 병사들은 허기에 지쳐 헉 헉거리다가 쓰러지고 어둠에 발을 헛디뎌 넘어지고는 했다. 그렇다 고 행군대열을 멈추지는 않았다. 자칫 잘못했다가는 대열에서 이 탈하기 십상이었다. 방대근은 자기 부대의 앞뒤로 오가며 그런 부 하들을 일으켜세우고 부축해서 대열에 끼워넣었다.

"여그서 혼자 떨어지면 호랭이 밥에 왜놈덜 밥이여. 기운 내, 기운!"

방대근은 기운 잃은 부하들의 귀에다 대고 숨가쁘게 속삭이고 는 했다. 그건 정신을 차리게 하려고 그저 하는 말이 아니었다. 날 이 추워질수록 그 일대는 호랑이들이 자주 나타나는 지역이었고, 일본군들 또한 어디서 나타날지 모르는 형편이었던 것이다.

"앞뒤 사람덜 서로서로 챙겨. 졸지 말고 앞사람 놓치지 않도록 혀."

방대근은 다른 부하들도 계속 일깨우고 있었다. 배가 고프고 기운이 빠지게 되면 걸으면서도 졸게 되는 것이었다. 총 운반대를 지휘하면서 얻은 경험이었다.

제2제대는 기어코 예정된 시각에 맞추어 갑산촌에서 제1제대와 합류했다. 그들은 평지를 걷는 것보다 더 빠르게 어두운 산길 100여 리를 행군한 것이었다.

"두어 시간 늦을 줄 알았는데 이렇게 빨리 오다니! 어서 병사들에게 요기시키고 쉬게 하시오."

김좌진 장군이 놀라움으로 반가움을 나타내며 병사들을 염려했다.

병사들을 휴식시키기 전에 전체 인원점검이 실시되었다. 전사자와 실종자는 모두 22명이었다.

"실종자들이 부대를 찾아와야 할 터인데……. 야간행군이 돼놔서……."

김좌진의 무거운 중얼거림이었다.

청산리 백운평전투를 완전히 승리로 끝낸 독립군들은 곧 깊은 잠으로 빠져들었다.

한편, 북로군정서의 독립군들이 청산리 독립전쟁의 첫 번째 전투를 승리로 끝내고 철수작전을 시작한 그즈음에 이도구 어랑촌 골짜기에서 서북쪽으로 뻗은 완루구 골짜기에서는 홍범도 장군이 이끄는 대한독립군과 그 연합부대들이 또다른 일본군들의 공격에 맞서 두 번째 전투를 벌이고 있었다.

어랑촌 골짜기로 이어지는 완루구의 골짜기는 두 개였다. 위쪽 골짜기가 북완루구였고, 아래쪽 골짜기가 남완루구였다. 독립군 부대들은 안도현 쪽의 억센 산들을 방패 삼아 등지고 북완루구의 골짜기 끝부분에 매복해 있었다. 그런데 일본군들은 북완루구와 남완루구 양쪽에서 포위공격을 해오고 있었다. 사방에 배치되어 있던 독립군 정찰병들은 그런 일본군들의 움직임을 다 탐지해 내고 있었다.

독립군은 그 포위공격에 맞서기 위해서 제1연대와 예비대로 부대를 편성했다. 제1연대는 홍범도의 대한독립군이었고, 그외의 연합부대들이 예비대였다. 제1연대는 다시 2개 대대로 나뉘어 북완루구와 남완루구 양쪽에 저항선을 구축했다. 그 위치는 산줄기 양쪽 중턱이었다.

일본군들은 어둠살을 타고 골짜기를 건너 공격해 왔다. 적을 내려다보고 있는 독립군들은 일본군의 공격에 맞서 응사하기 시작했다. 그 전투가 시작되는 것과 동시에 독립군 예비대는 어둠이 퍼지고 있는 산림을 헤치며 뒤로 빠지고 있었다. 예비대를 앞장서고 있는 것은 서너 명의 농부였다. 그들은 길안내를 맡고 나선 현지의 조선농민이었다. 예비대는 북완루구 쪽으로 방향을 잡고 있었다.

독립군 제1연대의 대응 앞에서 일본군은 전진을 저지당하고 있었다. 그건 일본군의 위치가 나쁘기 때문만이 아니었다. 독립군이 일본군의 포위공격에 대비해 양면수비를 하고 있었으므로 일본군의 포위는 양분된 상태에 빠져버려 아무런 효과도 나타내지 못하고 있었던 것이다. 시간만 끌면서 날은 완전히 어두워지고 말았다.

그런데 산자락 여기저기에서 불길이 일어나기 시작했다. 일본군들이 산에 불을 지르기 시작한 것이었다. 산에는 마를 대로 마른 낙엽들이 두껍게 쌓여 있어서 불길들은 금방 거칠어지며 산비탈을 타고 올랐다. 일본군들은 불길과 연기를 앞세우며 총을 난사해 대고 있었다.

연기와 함께 산비탈을 타고 오르는 불길은 독립군에게 무척 위협적이었다. 그러나 꼭 불리한 점만 있는 것이 아니었다. 불길은 일본군의 접근을 자연스럽게 막아주었고, 연기는 독립군들의 은밀한 움직임을 가려주었던 것이다. 홍범도 장군은 소대별로 제1연대의 퇴각 명령을 내렸다. 제1연대는 불길과 연기의 보호를 받아가며 예상했던 것보다 훨씬 쉽게 퇴각을 하고 있었다. 그들은 아까 연합부대가 이동한 쪽으로 신속하게 빠져나가고 있었다.

제1연대가 양쪽에서 포위공격해 오는 일본군을 저지하고 있는 동안에 연합부대는 완전히 우회하여 일본군을 공격할 태세를 갖추고 있었다. 연합부대가 공격할 일본군 부대는 북완루구 쪽에서 포위망을 좁혀오던 부대였다. 그러니까 그 일본군 부대는 이미 퇴각해 버린 독립군 제1연대의 위치였던 중앙에 놓이게 되고 말았다.

독립군 연합부대는 그 중앙에 놓인 일본군을 향해 기습공격을 감행하기 시작했다. 그런데 남완루구 쪽에서 공격해 오고 있는 일본군들은 독립군 제1연대가 퇴각한 줄을 전혀 모른 채 계속 사격을 가하고 있었다. 또한 북완루구 쪽의 일본군들도 독립군 제1연대가 퇴각한 것을 모르기는 마찬가지였다. 그러니까 양쪽의 일본군들은 서로를 독립군으로 착각하고 있었다.

어둠이 장막을 친 가운데 산은 불붙어 타고, 북완루구 쪽에서 진격하던 일본군은 가운데 갇혀 양쪽으로부터 독립군과 자기네 군대의 협공을 당하고 있었다. 일본군들은 홍범도의 유인작전에 꼼짝없이 걸려든 것이었다.

전투는 자정을 넘겨 새벽녘에 끝이 났다. 산골짜기에는 밀림이 타는 연기와 함께 새벽안개가 자욱하게 끼여 있었다. 북완루구 산비탈에는 400여 구의 시체들이 즐비하게 널려 있었다. 남완루구 쪽에서 넘어온 일본군들은 그 시체들이 바로 자기들과 같은 부대원들인 것을 뒤늦게야 알게 되었다. 독립군들은 어디로 사라졌는지 흔적도 찾을 수가 없었다.

홍범도의 대한독립군과 그 연합부대가 완루구전투를 승리로 끝내고 서쪽 험산 속으로 자취를 감춘 그 시각에 갑산촌에서 잠들었던 북로군정서군들은 새벽잠을 깨어나고 있었다.

"저 아래 샘물골에 말 탄 왜병들이 들어와 자고 있어요."

농군 차림의 두 남자가 숨을 몰아쉬며 산 너머를 손가락질했다.

"그래요? 몇이나 되지요?"

김좌진은 동포들의 그 솔선하는 협조에 마음 뜨거운 고마움을 느끼며 두 남자의 손을 잡았다.

"한 마흔 되는 것 같드만요."

"잘 알았소. 이렇게 소식 전해줘서 고맙소. 곧 몰살시키리다."

"고맙기는요…… 다 우리 일인데……."

두 남자는 당연히 해야 할 일을 한 것이라는 듯 오히려 쑥스러워하고 멋쩍어했다. 김좌진은 그런 그들의 태도가 더욱 믿음직스럽고 가슴 뭉클했다. 백운평전투에서도 일본군을 포위망 안으로 쉽사리 끌어들일 수 있었던 것은 순전히 마을 동포들의 공이었다. 무기도 변변찮은 독립군들이 겁에 질려 골짜기 위로 쫓겨갔다는 허위정보를 마을사람들이 일본군에게 고스란히 전해주었기 때문에 일본군들은 마음 놓고 골짜기의 막바지까지 치올랐던 것이다. 독립군들이 몸에 지닌 것은 총알 하나에서부터 양말이며 짚신까지 만주동포들의 피땀이 아닌 것이 하나도 없었다. 그뿐만이 아니었다. 독립군 부대에게 식량을 보급해 주는 곳이 따로 있을 리 없었다. 독립군들은 그때그때 동포들의 신세를 질 수밖에 없었다. 거의가 소작인인 동포들은 자기네 살기도 궁하면서 언제 어디서나 독립군을 환대하지 않은 곳이 없었다. 그 정성스러움에 독립군들은 더 힘을 얻고 용기를 냈다.

갑산촌 동포들은 다시 차조밥을 해서 병사들에게 한 덩이씩 먹였다. 잠이 설깬 병사들은 주먹밥을 우물거리며 대열을 지었다. 북로군정서군은 새벽어둠을 헤치며 샘물골인 천수평으로 진격했다. 그들은 30여 리를 한 시간 남짓 행군하여 천수평 외곽에 도착했다.

두 명의 척후병은 일본군 기병 40여 명이 민가에 분산해서 자고 있는 것을 방문까지 열어보고 확인해 가지고 왔다. 그리고 동쪽으로 10리 밖 어랑촌에 일본군 대부대가 숙영하고 있는 것까지 알아왔던 것이다.

천수평 근방은 골짜기의 폭이 별로 넓지 않았고 민가도 11채뿐이었다. 북로군정서군은 사방을 포위하여 적을 일시에 섬멸하기로 했다. 곧 동서남북 방향으로 부대배치가 시작되었다. 동서남쪽의 배치가 끝나고 건너편 산줄기인 북쪽으로 이동하던 부대에서 총을 오발해서 서너 방의 총성이 울리게 되었다. 그 소리에 놀란 일본군들이 자다 깨서 밖으로 튀어나와 우왕좌왕했고, 독립군들은 곧바로 기습공격을 감행했다.

사람들의 비명소리와 말들의 비명소리가 요란한 총소리 속에서 뒤엉키고 있었다. 그런데 총알이 빗발치는 속에서도 네 명이 용케도 말을 잡아타고 북쪽 산골로 노주해 갔다. 독립군의 공격은 곧 끝났다. 적진이 조용해졌던 것이다. 일본군 40여 명은 말들과 함께 여기저기 죽어 나자빠져 있었다.

"어랑촌은 여기서 10리밖에 안 된다. 도주한 놈들은 곧 어랑촌 본부에 도착할 것이다. 부대는 즉시 이동한다."

김좌진 장군의 지시였다.

청산리 독립전쟁의 세 번째 전투를 끝낸 독립군은 전사자 두 명을 산자락에 묻고 북쪽 산줄기를 넘어갔다. 동쪽의 어랑촌에서 몰려올 일본군을 피하기 위해서였다. 독립군이 야지골 골짜기로 내려올 즈음에 먼 동쪽에서 해가 솟아오르고 있었다.

북로군정서군은 야지골 골짜기를 가로질러 맞은편 산줄기로 곧바로 올라갔다. 900여 미터의 고지를 먼저 차지하기 위해서였다.

어랑촌에 진을 치고 있는 일본군 대부대가 공격을 가해오지 않을 리 없었고, 천수평 골짜기는 적과 싸울 만한 위치가 못 되었다. 어차피 피할 수 없는 일전을 위해서는 유리한 위치를 선점해야 했던 것이다.

그 고지는 어랑촌에서 서남쪽으로 5리의 거리였다. 그리고 그 산줄기와 나란히 뻗어내리고 있는 바로 북쪽 산줄기가 어젯밤 대한독립군과 그 연합부대가 전투를 벌였던 완루구지역이었다.

북로군정서군이 고지의 서남단에 병력을 배치하고 전투태세를 갖추었을 때 일본군들이 몰려오기 시작했다.

고지 위에서는 일본군들이 몰려오고 있는 것이 환히 내려다보였다. 일본군 연대병력은 보병만이 아니었다. 포병과 기마병들이 보병을 앞장서고 있었다.

독립군들이 일본군에 비해 유리한 것은 지형뿐이었다. 병력도 화력도 일본군보다 훨씬 열세였다. 더구나 병사들은 연이은 격전과 강행군으로 지쳐 있었고, 끼니마저 제대로 때우지 못해 허기져 있었다. 그러나 독립군들의 사기는 여전히 펄펄 살아 있었다.

일본군 연대병력은 포위공격을 시작했다. 박격포의 지원사격을 받으며 일본군들은 산비탈을 기어올랐다. 나무와 바위 같은 데에 은폐한 독립군들은 일본군을 내려다보며 반격을 가했다. 일본군들이 여기저기서 비명을 지르며 산비탈에서 굴러 내려가고 고꾸라지고 했다.

희생자들이 속출하자 일본군들은 공격을 중단하고 물러났다. 그러나 그들은 전열을 정비해서 다시 공격을 가해왔다. 그러기를 몇 차례고 되풀이했다. 그런데 일본군은 줄어드는 게 아니라 오히려 두 배, 세 배로 불어나고 있었다. 그건 다름이 아니라 독립군을 토벌하기 위해 청산리와 어랑촌 일대의 골짜기마다 투입되어 있었던 일본군들이 시간이 지날수록 모여들어 합세하는 것이었다.

"저놈들을 다 죽이고 우리도 모두 죽을 각오를 하라!"

김좌진 장군이 병사들에게 외쳤다.

일본군들의 수가 증가하면서 공격도 한층 거세어졌다. 그에 맞서 독립군들의 반격도 더욱 뜨거워졌다. 그러나 일본군들의 수가 워낙 많아 전세는 처음 같지가 않았다. 독립군에게 점차 위기가 닥치고 있었던 것이다.

그런데 서쪽에서부터 산줄기를 타고 북로군정서군 쪽으로 급히 이동해 오는 대부대가 있었다. 그 병력은 태극 깃발을 앞세우고 있었다. 그들은 바로 홍범도의 대한독립군과 그 연합부대들이었다. 그 부대들은 새벽녘까지 완루구전투를 치르고 서쪽으로 이동하다가 북로군정서군이 전투를 벌이고 있다는 것을 알고 지원하러 온 것이었다.

1,400여 명을 헤아리는 독립군 연합부대는 북로군정서군이 진을 치고 있는 고지의 바로 옆으로 솟은 또 하나의 봉우리를 차지하고 일본군의 공격에 나섰다. 그 뜻밖의 사태에 일본군은 북로군정서군을 에워쌌던 포위망을 풀어 병력을 분산시키지 않을 수 없었다.

전투는 한층 치열해졌다. 일본군들은 산비탈을 돌격해 올라오다가 많은 희생자를 내고 물러섰다가는 다시 돌격을 시도하다가 또 물러서고를 되풀이했다. 그러다가 오후가 되자 일본군은 기병대를 동원하여 천수평 쪽의 서북방 고지를 따라 독립군들의 측면을 공격하게 하는 한편 정면으로는 포병과 보병을 투입하는 입체작전을 시도했다. 그러나 지형이 워낙 불리해 일본군은 희생자들만 늘릴 뿐 아무런 효과도 거두지 못했다.

전투는 하루종일 계속되고 있었다. 그런데 뜻밖의 사람들이 독립군을 찾아왔다. 밥함지박이며 밥소쿠리를 이고 진 인근 마을의 동포들이었다. 그 남녀 동포들은 일본군들을 피해 북쪽 산비탈을 타고 온 것이었다. 그들이 가지고 온 밥은 병사들의 수에 비해 어림 없이 적은 양이었다. 그러나 병사들은 밥을 먹지 않고 그 사람들을 만나는 것만으로도 배가 부르고 힘이 솟구치는 것을 느꼈다.

석양빛은 곧 어스름으로 바뀌기 시작했다. 일본군의 공격이 약해지면서 그들은 전사자들의 시체를 운반하기 시작했다. 일본군들의 시체는 셀 수가 없을 정도로 산비탈을 뒤덮고 있었다. 독립군들도 경계를 풀지 않은 채 전사자들을 한곳으로 모았다. 전투가 치열했던 만큼 독립군 전사자도 100명이 넘었다.

어둠이 내리면서 전투는 끝났다. 독립군들은 적의 추격을 경계하며 산줄기를 타고 서쪽으로 신속하게 이동하기 시작했다. 독립군은 야지골을 지나 안도현 쪽의 험산줄기로 접어들었다. 일본군들은 더 이상 싸울 기력을 잃었는지 추격을 해오지 않았다.

독립군들은 산이 험해질수록 안심하게 되었다. 행군 속도가 약간 느려졌다. 독립군들은 몇 굽이 골짜기를 돌아 행군을 멈추었다.

인적이라고는 없는 삼림 속이었다. 그곳이 하룻밤을 자게 된 숙영지였다. 불을 피워도 좋다는 허락이 떨어졌다. 독립군들은 소대별로 모여 모닥불을 지피기 시작했다. 그런데 어디선가 노랫소리가 울리기 시작했다.

　나아가세 독립군아 어서 나아가세

　그 노랫소리는 금방 독립군들의 귀를 사로잡았다. 그리고 많은 목소리들이 그 노랫소리에 합해졌다.

　기다리던 독립전쟁 놀아왔다네

　노랫소리는 모든 독립군들의 마음을 끌어잡으며 뒤흔들고 있었다. 노래는 마침내 합창이 되었다.

　이때를 기다리고 10년 동안에
　갈았던 날랜 칼을 시험할 날이
　나아가세 대한민국 독립군사야
　자유독립 광복함이 오늘이로다
　정의의 태극 깃발 날리는 곳에
　적의 군대 낙엽같이 쓰러지리라

탄환이 빗발같이 퍼붓더라도

창과 칼이 네 앞을 가로막아도

대한의 용장한 독립군사야

나아가고 나아가고 다시 나아가라

최후의 네 핏방울 떨어지는 날

최후의 네 살점이 떨어지는 날

네 그리던 조상나라 다시 살리라

네 그리던 자유꽃이 다시 피리라

　독립군들은 어느새 모두 일어서 노래를 부르고 있었다. 여기저 기서 불붙기 시작한 모닥불이 산속의 어둠을 사르는 가운데 우렁 찬 독립군가는 백두산록에 메아리져 퍼져가고 있었다. 그 어느 때 보다도 힘차고 박진감이 넘치게 울려퍼지는 그 노래에는 연전연승 한 용사들의 기쁨과 감격이 그대로 담겨 있었다.

　독립군들은 노래를 마치고도 한동안 그대로 서 있었다. 모닥불 빛에 비친 그들의 얼굴은 모두 상기되어 있었다.

　산속의 추위는 점점 심해져 가고 있었다. 독립군들은 모닥불가 에 빽빽하게 둘러앉았다. 불길을 너풀거리며 타오르는 모닥불은 그 들의 추위를 녹여주는 반면에 배고픔을 더 자극하고 있었다.

　"어디 멧돼지라도 한 마리 안 잡히나. 저 이글거리는 불에 구워먹 으면 얼마나 맛있겠어."

　"저런, 바라기도 크게 바라네. 그저 감자라도 하나씩 구워먹으면 더 바랄 게 없겠네."

"헛것 바라면 배만 더 고프니까 물이나 많이들 마셔. 배고플 때
는 물도 살이 되는 법이래."

독립군들은 하루종일 굶으면서 싸웠던 것이다. 그러나 싸움이
끝나고서도 먹을 것은 아무것도 없었다. 그들은 실개울에서 떠오
는 물로 배를 채울 수밖에 없었다. 어느 눈빠른 사람은 무슨 나무
열매를 따서 우물거리기도 했다. 그러나 겨울이 시작된 산속에는
무슨 열매나마 흔하지 않았다.

불을 쬐고 있던 이광민은 갑자기 눈이 커졌다. 저 앞에 지나가고
있는 사람은 김명훈이 틀림없었던 것이다.

"저어, 김 선생님!"

이광민은 몸을 벌떡 일으키며 김명훈을 붙들기라도 할 것처럼
팔을 뻗쳤다.

"김 선생님, 김 선생님!"

이광민은 김명훈에게로 뛰어갔다.

"아니, 이게 누구요? 이 동지 아니오!"

이광민을 알아본 김명훈은 이광민만큼 반가워하며 손을 덥석
잡았다.

"여그넌 어쩐 일이신가요?"

보통 옷에 권총을 차고 있는 김명훈의 모습을 훑어보며 이광민
이 물었다.

"내 꼴이 좀 우습지요? 임무수행을 하느라고 이러고 다니는 거

요. 상해에 전과를 보고해얄 것 아니오."

"아, 예에······."

이광민은 그때서야 파견원의 임무가 한둘이 아니라는 것을 깨달 았다.

"그간에 얼마나 고생이 많았소. 이리 무사하니 더 반가울 게 없소."

김명훈은 새삼스럽게 이광민을 바라보며 고개를 끄덕였다.

"헌디, 전과 보고넌 어찌허능가요?"

"그게 그러니까······ 적의 피해, 아군의 피해, 전투상황 등등, 다 시 말해 전투장의 모든 것을 핵심적으로 요약하는 거요."

"그런 걸 어찌 다 아는가요?"

"아, 그건 싸우는 것에 비해 별것이 아니오. 이 동지 같은 사람들 이 앞에서 목숨을 걸고 싸우는 동안에 나는 뒤에서 그런 것들을 살피는 것뿐이오."

"예, 그렇구만요. 그러면 오늘 왜놈덜이 얼매나 죽었는가요?"

"오늘 어랑촌전투가 규모도 가장 컸고, 전투도 가장 치열했소. 그 래 왜놈들이 600여 명이나 죽어갔소. 부상자들은 그 세 배가 넘고 말이오."

독립군들은 먼동이 틀 무렵 모두 잠에서 깨어났다. 그리고 각 부 대별로 길 떠날 채비를 갖추었다. 독립군들은 청산리 일대와 반대 쪽으로 진로를 잡았다.

35

대학살

"우리 일본군이 간도출병을 한 소기의 목적을 달성하지 못한 원인이 어디에 있느냐, 그것이 문제인 것이오. 그 원인이 어디에 있느냐 하면 바로 이 간도땅에서 농사를 지어먹고 사는 조선농사꾼놈들한테 있소. 간도의 불령선인은 총을 들고 설치는 폭도들만이 아니라 농사꾼놈들 전부 다라는 사실이오. 우리가 조선농사꾼놈들을 무지하고 둔하다고 해서 경시하고 무시했던 것이 큰 불찰이었소. 이건 바로 정보원 여러분들이 저지른 씻을 수 없는 과오인 것이오. 무슨 말인고 하니, 농사꾼놈들이 그렇게 폭도들과 한통속으로 돌아가게 되어 있는 것을 사전에 미리미리 파악해서 군대가 작전에 들어가기 전에 그놈들의 관계를 끊도록 조처했어야 한다 그 말이오. 농사꾼놈들은 도처에서 폭도들에게 숙식을 제공하고 양식을 공급한 것만이 아니오. 그놈들은 이번 토벌전에서 우리에게 가장 치명적인 만행을 저질렀소. 그게 뭐냐! 첫째가 폭도들에게 길 안내를 한 것이고, 둘째가 우리 일본군의 동향을 폭도들에게 속속들이 알려준 것이고, 셋째는 우리의 군용 전화선을 도처에서 절단해서 작전수행에 치명상을 입힌 것이오. 특히 전화선 절단은 며칠에 걸쳐서 수십 군데에서 일어나 이번 토벌전을 망치게 된 결정적 요인이 되었소. 우리는 이번 토벌전을 통해서 간도의 불령선인들은 총을 든 폭도들만이 아니라 더 악질적인 것들이 농사꾼들이라는 것을 확인했소. 농사꾼놈들은 바로 폭도들의 발판이고 뿌리라 그것이오. 다시 말하면 폭도들의 뿌리를 뽑으려면 농사꾼들부터 소탕하지 않으면 안 된다 그 말이오. 여러분들은 그동안의 활동을 통해서 각자 담당구역의 어느 부락 누구누구가 불온한 성분을 가진 놈들인지 대략 파악하고 있을 것 아니겠소. 이번에 그런 놈들을 깡그리 소탕해 버릴 수 있도록 여러분들은 토벌대에 앞장서 최선을 다해야 할 것이오. 그래야만 여러분들이 앞서 저지른 과오를 씻을 수 있을 것이오. 다들 명심하시오."

나남사단의 작전참모장은 군화발로 단상을 굴렀다.

정보원들은 미동도 하지 못하고 빳빳하게 굳어져 있었다. 양치성은 작전참모장의 그 열받친 기세가 과하다고 생각하지 않았다. 겉으로 드러내지 못하고 쉬쉬하고 있지만 이번 토벌전에서 전사하고 부상당한 일본군들의 수는 너무나 엄청났던 것이다. 내부적으로 오가는 말로는 전사자가 1,300여 명에 부상자가 2천여 명이라고 했다. 그건 도저히 믿어지지 않는 일이었다. 그러나 어랑촌전투에서 연대장인 가노 대좌까지 죽어버린 형편이었으니 믿지 않을 수도 없는 일이었다.

일본군은 천하무적이라고 했다. 그 사실을 의심해 본 적이 없었다. 그런데 독립군 토벌을 나섰다가 오히려 참패를 당하고 말았던 것이다. 일본군이 천하무적이라고 하는 건 허풍이었던가? 아니, 분명 청국과 싸워 이겼고, 아라사를 무찌른 군대였던 것이다. 그렇다면 독립군들이 그렇게 세다는 것 아닌가? 일본군들은 독립군 토벌에 나서면서 '토끼몰이'를 간다고 했다. 독립군들을 그렇게 얕잡아본 것부터가 잘못이었다. 토끼는 토끼이되 독 오른 토끼였고, 무기를 가진 토끼였던 것이다.

거기다가 더 문제가 조선농민들이었다. 성발 그것들이 그렇게 겉 다르고 속 다를 줄은 몰랐던 것이다. 작전참모장의 말마따나 그거야말로 자신들이 농민들을 얕잡아보았다가 큰코다친 실수였다. 농민들이 독립군들에게 숙식을 제공하고 길안내를 하는 것까지는 있을 수 있는 일이라 싶었다. 그런데 전화선을 계속해서 절단해 대는 것은 너무나 뜻밖이었던 것이다. 그것들이 어떻게 전화선을 절단할 줄 알았단 말인가! 그 농사꾼들은 무식하지도 않았고 더구나 멍청하지도 않았던 것이다.

"이거 분풀이하자는 것 아닌가?"

회의실을 나선 동료가 낮은 소리로 툭 내쏘았다.

"어허, 말조심혀."

양치성은 눈을 흘기며 혀를 찼다.

"우리가 맡은 일이 답답해서 그래."

"그런 생각 말어."

"술이나 한잔하세."

"그려, 이따가 보드라고."

양치성은 건성으로 대꾸하고 돌아섰다. 그는 마음이 급해 술을 마실 여유가 없었다. 그는 아까부터 그 생각에 골몰해 있었다. 농민들의 토벌이 시작되기 전에 그 일을 해결해야 했던 것이다.

어떻게 해서든 선수를 써서 수국이를 빼돌리지 않으면 안 되었다. 북로군정서의 본부가 있었던 춘명향 덕원리의 조선사람들은 무사하기가 어려웠고, 더구나 동생이 독립군 지휘관이란 것이 드러나면 수국이는 두말할 것 없이 총살감이었던 것이다. 그렇게 죽이기에는 너무나 아까웠다. 그 빼어난 인물도 그렇고, 그동안 자신이 들인 공을 생각해도 그랬다.

그러나 어떻게 빼돌리느냐가 문제였다. 마음이 급하니까 그 묘안이 더 떠오르지 않았다. 위험이 닥칠 거라는 사실을 귀띔해서 피할 데를 구해주겠다고 회유하는 방법이 하나 있었다. 그러나 수국이가 쉽게 따라나설 것 같지가 않았다. 또 한 가지는 여태껏 감추어 왔던 신분을 밝히고 목숨을 구해주겠다고 선심을 쓰는 방법이었다. 그러나 오히려 더 정떨어져 할 것 같았다. 그리고 살을 섞고 살게 된다 하더라도 신분을 숨길 수 있을 때까지는 숨기는 것이 직분에 맞는 일이었다.

양치성은 묘안을 찾지 못하고 주둔군 임시본부의 뒷문을 벗어났다. 시가지 쪽으로 발길을 옮겼다. 용정은 번화하면서도 언제나 말썽 없이 평온했다. 길 저쪽으로 연분홍빛 영사관 건물이 육중하게 바라다보였다. 그 건물과 눈이 마주치는 순간 양치성의 머리에 퍼뜩 떠오른 생각이 있었다.

그렇지, 바로 그거다!

양치성은 속으로 무릎을 쳤다.

양치성은 영사관을 향해 뛰듯이 빨리 걸었다. 영사관에 맞닿은 것처럼 빤히 뚫린 본정통은 꽤나 길었다. 어느 도회지나 그렇듯 용정의 본정통 양쪽으로도 온갖 상점들이 빈자리 없이 촘촘하게 들어차 있었다. 그러나 그 상점이라는 것들은 거의가 초가집이었다. 그래서 벽돌을 쌓아올린 2층 건물인 영사관은 대조적으로 높고도 커 보였다. 그 건물은 영사관의 위세만큼이나 용정 어디에서나 다 보였다. 양치성은 지붕 가운데 부분이 종루처럼 드높게 솟긴 그 우람한 건물을 바라보고 걸으며 나는 언제나 이놈의 신세를 면하나 하는 생각을 하고 있었다. 어서 수국이를 차지하고 고향땅 근방의 경찰서로 돌아가고 싶은 마음이 간절했다. 그동안 고생을 할 만큼 하고 공도 세울 만큼 세웠는데도 전근시켜 줄 기미는 아직 보이지 않았다. 고향땅은 아니더라도 우선 여기서나마 경찰서에 자리잡았으면 싶었다. 정보원 생활이란 목숨이 내 목숨이 아니었던 것이다. 그러나 홍범도나 서일의 귀때기가 아니고 김시국 정도의 귀때기를 잘라다 바쳐서는 당장 자리바꿈하기가 어려웠다.

임 형사는 영사관 뒷길 주재소에서 권총을 분해해서 손질하고 있었다.

"응, 자네들 모임 다 끝났나?"

얼굴이 넓적하고 기운깨나 쓰게 생긴 임 형사가 먼저 알은체를 했다.

"예, 모임 있는 것 아셨능가요?"

"이사람아, 내가 모르는 일 있나. 모임은 어찌 됐어?"

"농사꾼덜 동태럴 사전에 파악 못헌 과오럴 저질렀다고 혼이 났군만요."

"그럴 줄 알았지." 임 형사는 피식 웃고는, "앉게. 어쩐 일인가?" 그는 말을 하면서도 능숙한 솜씨로 권총을 조립하고 있었다.

"예, 한 가지 부탁이 있어서 왔는디요."

양치성은 엉거주춤 의자끝에 엉덩이를 붙이며 상대방의 눈치를 살폈다.

"무슨 부탁인데? 말해 봐."

임 형사는 궐련을 빼물었다.

"저어……"

양치성은 임 형사 옆으로 바짝 다가앉았다. 그리고 아무에게도 들리지 않게 소곤거리기 시작했다. 그런 식의 비밀스러운 속삭임이 익숙한 듯 다른 사람들은 그들에게 아무 관심도 보이지 않았다.

양치성의 귓속말은 꽤나 길었다. 임 형사는 무뚝뚝한 표정으로 연상 담배연기만 내뿜고 있었다.

"어찌실랑가요?"

양치성이 허리를 펴며 또 상대방의 눈치를 살폈다.

"그러니까 내가 그 일을 도와주면 자네하고 어떤 사이가 되지?"

임 형사의 뜻한 말이었다.

"예에……?"

"아니, 그리 놀랄 건 없고, 내가 자네 중신애비가 되는 게 아니냔 말야."

"아 예에, 그리되겠구만요."

"중신애비한테 어떻게 대접하는지는 알고 있겠지?"

"예에, 아조 톡톡허니 허겠구만요."

"그래, 아무 걱정 말게. 곧 토벌이 시작될 테니까 일을 서둘러야 겠군."

이틀 뒤에 수국이는 체포되었다.

"아니 요것이 무신 일이다요, 무신 일이다요. 우리 수국이가 머럴 잘못했다고 이런다요."

감골댁은 임 형사에게 매달렸다.

"저리 비켜, 이놈으 늙은이. 죄가 있으니까 잡아갈 것 아닌가!"

임 형사가 감골댁을 사정없이 떠다밀었다. 늙은 감골댁은 여지없이 나뒹굴어졌다.

"엄니이……."

뒤로 쇠고랑을 찬 수국이의 울음 쏟아지는 소리였다.

"가자, 빨리빨리 걸어!"

임 형사가 수국이의 등을 밀었다. 그러면서 그는 너무 아깝다는 생각과 함께 욕심이 동하고 있었다.

"수국아, 수국아, 이 에미하고 함께 가자, 함께 가자……."

감골댁은 다리를 절룩거리면서도 허겁지겁 딸을 뒤따르고 있었다.

"빌어먹을 늙은이, 가만있지 못 해! 더 따라오면 당장 쏴죽이고 말 거야."

임 형사는 험악한 얼굴로 소리치며 옷 속에서 권총을 꺼내 겨누었다. 그 사나운 기세가 곧 총을 쏘아버릴 것만 같았다.

"엄니, 엄니, 그냥 집에 있으소, 그냥 집이서 기둘려."

수국이가 입술을 깨물며 울먹거렸다.

"가자, 어서!"

임 형사가 다시 수국이의 등을 밀었다. 고개를 돌리는 수국이의 눈에서 눈물이 주르륵 흘러내렸다.

"아가, 수국아……."

감골댁은 신음처럼 딸을 부르며 털썩 주저앉았다. 현기증 일어나는 눈앞에 아들 대근이의 얼굴이 어릿거리고 있었다.

멀찍하게 떨어진 다른 집 모퉁이에 몸을 숨긴 양치성은 그 광경을 지켜보고 있었다. 그의 얼굴에는 만족스러운 웃음이 빙그레 피어나고 있었다.

수국이는 용정까지 끌려왔다. 큰길을 걸어가는데 오가는 사람들의 눈길이 다 수국이에게로 쏠리고 있었다. 그도 그럴 것이 여자가 쇠고랑을 차고 잡혀가는 일이란 거의 없었던 것이다. 그리고 남자들이 쇠고랑으로 뒷결박이 되는 경우는 거의가 독립운동을 한 사람들이었다. 도둑이나 잡범들은 대개 혁대나 허리끈을 뺏어버려 흘러내리는 바지를 움켜잡고 걷게 했다. 수국이는 고개를 떨구고 걸었다.

"아이고 임 형사님, 안녕허싱가요? 근디 어쩐 시악씨럴 잡아가신 게라?"

장사등짐을 진 사내가 임 형사 앞에 꾸벅꾸벅 인사를 했다. 그 사내는 양치성이었다.

"응 그래, 장사 잘되나?"

"예, 덕분에 그작저작 되능마요. 아니 근디, 요것이 누구다요? 수국이 시악씨 아니오, 수국이!"

수국이는 놀라 고개를 치켜들었다. 과연 눈앞에는 양치성이가 서 있었다. 수국이는 그 목소리가 귀에 익으면서도 설마 양치성이랴 했던 것이다.

"아니, 무신 잘못얼 혔소?"

양치성은 놀란 얼굴로 수국이에게 다가들며 물었다.

"저어……"

수국이는 말을 하려다 말고 입을 다물어버렸다. 겁나고 다급한 마음 같아서는 양치성에게 매달리고 싶었다. 그러나 양치성의 신세를 졌다가는 그것이 또 꼼짝 못할 올가미가 될 것 같았던 것이다.

"어째 말얼 헐라다가 말아부요. 말얼 히야 속얼 알 것 아니겄소."

양치성은 자기가 도와줄 수 있다는 냄새를 진하게 풍기고 있었다.

"서로 잘 아는 사인가?"

임 형사가 퉁명스럽게 내질렀다.

"예, 같은 고향사람이구만요. 근디 무신 큰 잘못얼 혔는가요?"

"죄를 져도 큰 죄를 졌지. 딱 총살감이야, 총살."

임 형사가 거칠게 말하며 침을 내뱉었다.

"저어, 한 가지 청얼 디리겄는디요."

수국이가 약간 숙였던 고개를 들었다.

"예, 말허시요. 나가 들어줄 수 있는 청이먼 머시든지 다 들어줄
것잉게."

그러면 그렇지, 네까짓 게 별수 있어. 양치성은 일이 생각대로 풀
려가는 것이 더없이 기분 좋아 곧 쇠고랑을 풀어주기라도 할 것처
럼 말했다.

"엄니, 우리 엄니헌티 나가 여그 와 있다고 잠 전해주실라요?"

양치성의 예상은 빗나가고 말았다. 그러나 그는 대답을 안 할 수
가 없었다.

"엄니헌티요? 예, 그러제라."

양치성과 임 형사의 눈길이 마주쳤다.

"가자, 빨리빨리 걸어!"

임 형사가 수국이의 어깻죽지를 철꺽 쳤다. 양치성은 그만 가슴
이 철렁했다.

어허, 어찌 그리 아프게 치고 그려.

양치성은 안타까운 마음으로 소리 없이 외치고 있었다.

일본군들의 조선농민들 토벌은 다음날부터 자행되었다. 그 행위

에는 '불령선인 색출'이라는 명목이 붙어 있었다. 불령선인이란 독립운동가나 독립군을 일컫는 것이었다.

양치성은 2개 소대의 앞장에 섰다. 그는 평소와는 달리 장사꾼 차림이 아니었다. 군인들과 똑같이 군복을 입고 있었다. 정보원들을 노출시키지 않으려는 위장이었다.

양치성은 연길현 의란구로 부대를 안내하라는 명령을 받았다. 양치성은 그 이유를 금방 알아차렸다. 의란구는 홍범도의 대한독립군과 안무의 국민회군 등 여러 독립군 부대들이 은거했던 곳이었다. 양치성은 의란구의 조선사람들 마을이 봉오동과 같은 꼴을 면할 수 없을 것이라고 생각했다. 봉오동의 세 마을은 사람들과 함께 완전히 불타 없어지고 말았다. 일본군은 간도출병을 하면서 제일 먼저 봉오동을 초토화시켰던 것이다. 그 세 마을에서 아이들은 말할 것도 없고 개 한 마리도 살아남지 못했다는 것이었다. 독립군이란 것들이 봉오동전투에서 이겼다고 해보았자 결과적으로 보복만 몇 배로 톡톡히 당했던 것이다.

양치성의 예상은 그대로 들어맞았다. 일본군은 의란구에 도착하자마자 조선사람들 마을을 덮쳤다. 31가구의 마을사람들은 전부 공터로 끌려나왔다.

"젊은 여자와 처녀들만 골라내라."

지휘관의 명령에 따라 서른이 넘지 않았을 아낙네들과 머리를 땋아내린 처녀들을 골라냈다. 처녀라고 골라낸 여자들 중에는 열두세 살이 될까 말까 한 아이들도 섞여 있었다. 동네사람들과 분리되어 와들와들 떨고 있는 그 여자들은 30여 명이었다.

2개 소대 병력은 나머지 마을사람들을 반원으로 에워싼 채 총을 겨누고 있었다. 여자들을 잡아가는 데 마을사람들의 동요를 막으려는 것인지, 마을사람들부터 죽이고 여자들을 잡아가려는 것인지 분간이 안 되는 상황이었다. 겁에 질리고 두려움에 찬 마을사람들은 파랗게 얼어붙어 있었고, 마을에는 두꺼운 정적만 가득했다.

그때 쇳소리의 일본말 외침이 터졌다.

"발사."

탕 타당 탕탕탕탕탕…….

"으악!"

"아이쿠쿠……."

"아앙……."

요란하게 진동하는 총소리에 남녀의 비명과 아이들의 울음소리가 뒤헝클어지고 있었다. 따로 분리되어 있던 여자들은 그 느닷없는 총질에 질겁을 해서 제각기 비명을 질러대며 발을 구르거나 얼굴을 가리며 주저앉았다.

총을 맞고 쓰러지는 비명소리는 오래가지 않았다. 그 비명소리가 멎으면서 총소리도 멎었다. 담배 한 대를 피울 짬도 안 되는 시간에 100명이 넘는 사람들이 죽어버린 것이었다.

"부상자를 확인, 사살하라!"

지휘관의 명령을 따라 병사들이 시체더미 쪽으로 우르르 몰려갔다. 병사들이 시체들을 밟고 타넘고 하면서 총을 쏘아댔다. 총소리가 울릴 때마다 가는 비명이 잇따랐다.

"확인사살 완료!"

하사관이 지휘관 앞에 경례를 붙였다.

"수고했다. 저것들을 분배해서 맛보도록! 일을 끝낸 다음에 전원 처치하라."

지휘관이 엄지손가락을 세워 뒤쪽에 모여선 여자들을 가리켰다.

"옛, 알겠습니다."

여자 하나에 병사 두셋씩이 따라붙었다. 병사들은 배당된 여자들을 잡아끌고 아무 집으로나 들어가기에 바빴다. 여자들은 발버둥치고 울고 했지만 아무 소용이 없었다.

이 집 저 집에서 여자들의 울부짖음이 터져나오고 있었다. 그러나 그 애처로운 소리들도 얼마 지나지 않아 가라앉았다. 양치성은 혼자 나무에 기대서 담배에 불을 붙였다. 그는 담배연기를 깊이 들이마셨다가 천천히 내뿜으며 떫은 웃음을 짓고 있었다. 독립운동가나 독립군이란 자들이 한없이 어리석게 느껴졌던 것이다. 대일본을 상대로 싸움을 걸다니……. 그리고 그런 자들을 믿고 따르는 농민들도 딱하기만 했다.

얼마쯤 지나면서부터 얼굴이 벌겋게 들뜬 군인들이 이 집 저 집에서 나오기 시작했다. 어떤 군인들은 사립을 나오면서 혁대를 매거나 웃옷 단추를 꿰고 있었다. 밖으로 나오는 군인들의 수가 늘어나면서 끼리끼리 모여 키들거리고 떠들어대는 소리가 왁자해지고 있었다. 상기된 그들의 얼굴에는 하나같이 만족감이 넘치고 있었다.

군인들이 오륙십 명쯤 웅성거리게 되었을 때 따앙 총소리가 울렸다. 그리고 여자의 비명소리가 찢어졌다. 잠시 후에 또 총소리가 울리면서 여자의 비명소리가 터졌다. 그런 총소리와 비명소리는 마치 경쟁이라도 붙은 듯 이 집 저 집에서 잇따르고 있었다. 한참을 그러다가 총소리와 비명소리는 잠잠해졌다.

"완료했습니다."

"됐다, 불을 질러라!"

군인들은 짚단이며 수숫단에 불을 붙여 집집마다 불을 질렀다. 마을은 삽시간에 불바다가 되었다. 일본군들은 군가를 부르며 불 붙는 마을에서 멀어져 가고 있었다.

그들은 연길현 와룡동에 이르렀다. 양치성은 어느 집을 손가락질했다. 그곳은 초가지붕을 인 학교였다. 군인 열댓 명이 학교로 뛰어 들어갔다. 곧 한 남자가 잡혀나왔다. 그 뒤를 겁질린 아이들이 우르르 따라나오고 있었다.

"가거라, 어서 다 집으로 가!"

그 남자가 아이들을 돌아보며 외쳤다.

"선생니임……."

아이들이 울먹이며 선생을 불렀다.

"바까야로!"

지휘관이 칼을 뽑아 아이들을 향해 휘둘렀다. 칼이 번쩍 빛나며 날카로운 쇳소리를 냈다. 아이들이 비명을 지르고 울음을 터뜨리며 앞을 다투어 동네 쪽으로 도망치기 시작했다.

양치성은 그 선생이란 자가 선생만이 아니라는 것을 알고 있었다. 신흥무관학교 출신인 그는 독립군 연락책이면서 자치기관인 한민회 간부였다. 그는 그런 정체를 선생으로 위장하고 있었다.

그 선생을 동네로 끌어갔다. 그리고 군인들은 동네사람들을 전부 공터로 내몰았다. 동네사람들이 지켜보는 앞에서 젊은 선생은 아름드리 나무에 묶였다. 처음에 두 팔과 함께 허리가 묶였고 그 다음에 발목이 묶였고, 끝으로 목이 묶였다.

"저놈은 선생이 아니라 농사꾼들을 불령선인으로 세뇌하고 선동하는 악질 중에 악질인 불령선인이다. 저런 악질들 때문에 우리 일본군들이 아깝게 죽어가는 것이다. 저런 놈들은 총 한 방으로 죽여서는 안 된다. 죄를 지은 만큼 고통을 주어 죽여야 한다. 지금부터 저놈 낯가죽을 벗긴 다음 죽일 것이다. 모두가 저놈에게 원수를 갚고 담력을 키우기 위해 여러분들이 차례로 저놈 낯가죽을 벗기도록 한다. 한 사람 앞에 한 치씩, 아니야, 인원이 많으니까 반 치씩만 벗기도록 하라. 자아 하사관, 먼저 시범을 보여라!"

지휘관의 명령에 따라 하사관이 단도를 빼들었다. 그리고 그는 기운차게 나무에 묶인 선생 앞으로 걸어갔다. 그가 선생 앞에 버티고 서는 순간이었다. 선생이 그의 얼굴에 침을 내뱉었다.

"칙쇼!"

하사관이 욕을 내뱉으며 소매로 얼굴을 훔쳤다. 그리고 군화발로 선생의 배를 걸어찼다.

"봐라, 저놈이 저렇게 악질이다!"

지휘관이 부하들에게 소리쳤다.

하사관이 단도를 잡은 손에 침을 튀겼다. 그리고 선생의 얼굴에 칼을 들이댔다. 칼날이 이마의 정중앙, 머리카락 바로 아래 부분으로 파고들었다.

"아아아아······."

선생은 처절한 비명을 길게 토해냈다. 그러나 칼날은 멈추지 않고 이마의 이쪽저쪽으로 파고들었다.

"아아아아······."

하사관이 돌아서며 부하들을 향해 팔을 들어올렸다. 그의 엄지와 검지손가락 끝에는 조그맣게 네모진 살껍질이 피범벅인 채 들려 있었다.

"다들 똑똑히 보고 순서대로 실시하라."

지휘관이 명령했다. 군인들이 각자 단검을 빼들었다.

"자, 앞줄 너부터 실시!"

하사관이 살껍질을 든 손으로 부하를 지목했다.

병사 하나가 선생 앞으로 다가갔다. 선생의 이마에서 흘러내린 시뻘건 피는 벌써 얼굴 가운데를 지나 목에까지 이르고 있었다. 병사가 머뭇거렸다.

"뭘 하고 있나. 빨리 해, 빨리!"

하사관이 소리쳤다.

병사가 피흐르고 있는 이마에 칼날을 들이댔다.

"아아아아······."

또 길게 울리는 비명이 처절했다.

군인들이 두 번째 세 번째 네 번째로 바뀌면서 선생의 얼굴은 피범벅이 되어갔다. 선생의 비명이 울릴 때마다 마을사람들은 눈을 질끈 감고 귀를 막은 채 부들부들 떨어댔다.

이마가 다 벗겨지고, 눈썹이 다 없어지고, 콧등이 뭉그러지면서 선생의 비명은 차츰 탁하게 가라앉아 갔다. 너무 소리소리 질러대 목이 쉬고 갈라졌던 것이다. 그리고 양쪽 볼이 입술 가까이까지 벗겨졌을 때 비명소리는 더 울리지 않았다. 고통을 견디다 못해 정신을 잃어버렸던 것이다. 피가 질질 흐르는 시뻘건 생살을 드러낸 선생의 얼굴은 이미 누구인지 알아볼 수가 없었다.

귀 아래 턱까지 실가죽을 다 벗겼지만 칼에 피를 묻히지 않은 군인들은 아직 반나마 남아 있었다.

"좋다. 복수를 위해서는 끝까지 다 해야겠지만 시간이 없어서 그만 중단하겠다. 내가 시범을 보일 테니 다들 똑똑히 봐둬라."

지휘관이 부하들에게 외치며 단검을 뽑아들었다. 그는 기절한 선생에게로 뚜벅뚜벅 걸어가 머리카락을 한 움큼 잡아챘다. 떨구어졌던 고개가 들리면서 얼굴이 똑바로 되었다. 살껍질이 다 벗겨져 뭉그러지고 파이고 한 피범벅의 얼굴은 끔찍스럽게 험상궂었다. 지휘관은 그 얼굴에 칼을 들이댔다. 칼끝은 한쪽 눈으로 파고들었다. 그가 칼을 휘돌리는가 싶더니 무엇이 땅으로 뚝 떨어졌다. 한쪽 눈알이 빠진 것이었다. 칼끝은 다른 눈으로 파고들었다. 또 하나의 눈알이 땅으로 굴러떨어졌다. 그는 칼에 묻은 피를 선생의 옷

소매에다 문질러 닦고는 돌아섰다.

"다들 똑똑히 봤지. 대일본제국에 복종하지 않으면 너희들도 저런 꼴이 된다. 알겠나!"

지휘관은 서투른 조선말로 마을사람들을 향해 외쳤다.

일본군들은 석양빛 속으로 사라져갔다. 찬바람 속에서 통곡이 일어나고 있었다.

한편, 수국이는 영사관 지하실에 갇혀 심문을 받고 있었다.

"네 동생 방대근이는 지금 어디 있지?"

임 형사는 매운 눈길로 쏘아보며 싸늘하게 물었다.

"어디 있는지 모르는디요."

수국이는 떨지 않으려고 두 손을 꼭 맞잡은 채 고개까지 저었다. 우락부락한 임 형사의 얼굴을 보지 않으려고 했지만 고개를 숙이는 것은 더 말할 것도 없고 눈을 내리깔거나 눈길을 딴 데로 돌리지도 못하게 했다.

"모르긴 뭘 몰라. 다 내통되고 있잖아."

임 형사의 눈이 더 사나워졌다.

"아니구만이라. 9월에 집 떠난 뒤로 아무 소식이 없당게요."

"잔소리 마라! 너 순순히 안 대면 어찌 되는지 알지! 너도 저렇게 당해야 말을 듣겠어?"

임 형사의 목소리에 더 싸늘하게 날이 섰다.

"차, 참말인디요……."

수국이는 가까스로 견뎌내고 있는 두려움과 공포가 갑자기 커지는 걸 느끼며 말을 더듬었다.

지하실 여기저기에서는 숨넘어가는 비명소리들이 끊임없이 들려오고 있었다. 그 고문당하는 비명소리들은 듣기만 해도 전신이 오그라들고, 피가 타들고, 가슴이 벌떡거리다 못해 뱃속이 화끈거리며 비비꼬였다.

수국이는 그 비명소리들에 시달리며 잠도 자지를 못했다.

"거짓말 말라니까! 너 발가벗고 한번 당해봐야 정신 차리겠어?"

임 형사가 잔인하게 웃었다.

"아니구만이라, 아니구만이라. 거짓말헌 것이 없당게라."

수국이는 두 팔로 엇갈리게 가슴을 가리며 하얗게 질렸다.

"너 여기가 어딘지 알어? 여기 삽혀 들어와서는 거짓말이 안 통하고, 거짓말을 해서는 살아서 나가지 못하는 곳이야. 발가벗기기 전에 똑바로 대란 말야."

임 형사는 곧 옷을 벗기기라도 할 것처럼 묘한 눈빛으로 수국이를 노려보며 능글맞게 웃었다.

"야아, 야아, 거짓말 안 허겄구만이라."

수국이는 울음으로 떨리는 입술을 물며 마른침을 삼키고 있었다.

"아니야, 거짓말해도 괜찮아, 너희들 독립운동인지 지랄인지에 미친 종자들은 어차피 거짓말을 하니까. 너도 발가벗고 맛을 봐야 할 거야."

임 형사는 이제 정말 옷을 벗길 차례라는 듯 몸을 꿈틀거리며 말했다.

"아니랑게라, 아니어라. 참말로 참말만 허겄당게요."

앞에 앉은 남자가 금방 몸을 일으킬 것만 같아 수국이는 두 팔로 가슴을 더 꼭 가리며 애가 탔다. 그런 수국이의 눈에는 눈물이 그렁그렁 고이고 있었다.

"저것을 그냥……."

임 형사의 중얼거림이었다. 그러나 그는 무심결에 흘러나간 그 소리에 그만 소스라쳤다.

하! 저것이 사람 환장하게 만드네. 저게 울 듯 말 듯 하니까 더 예쁘질 않냔 말야. 저것을 그냥 해치우고 말아?

이런 속생각이 자신도 모르는 사이에 새나가고 말았던 것이다. 첫눈에 마음이 동해버린 이후로 그는 시간이 지날수록 처녀를 차지하고 싶은 욕심이 눈덩이가 되어가고 있었다.

그는 샅 가운데서 불뚝 일어난 물건을 옷 위로 붙들면서 쩝쩝 입맛을 다셨다. 저릿거리고 후끈거리는 마음 같아서는 당장 일을 저질러버리고 싶었다. 그러나 그놈 양치성의 얼굴이 오락가락하고 있었다. 그러나 마음 한쪽에서는 양치성이 그놈이 무슨 상관이냐고 속살거리고 있었다. 사실 한강에 배 지나가기라고 하지 않았던 가. 양치성이에게 넘겨주기 전까지 실컷 재미를 본들 제놈이 알 도리가 있을 리 없었다. 또한 저것이 내가 당했음네 하고 양치성이한 테 까발리지도 못할 것이었다. 그렇다면 더 주저할 것이 없었다. 양치성이 그놈하고 형제간인 것도 아니고, 목숨 걸고 의리를 지켜야할 사이도 아니었다. 제놈이 속임수로 저것을 차지하려고 하는 바에야 이쪽에서 먼저 입맛 다신다고 죄 될 것 없는 일이었고, 어려운 일을 해결해 주는 수고비로도 그 정도는 과할 것이 없다 싶었다.

"그래, 좋아. 동생놈이 어디 있는지는 모른다 치고, 너가 뒤에서 맡고 있는 일은 뭐야?"

임 형사는 덫을 치고 있었다.

"뒤에서 맡은 일이라고라?"

수국이는 어리둥절해졌다.

"이년아, 능청맞게 못 알아듣는 척하지 말어! 정말 맛을 봐야 알겠냐."

임 형사는 책상을 내려치며 곧 일어날 것처럼 엉덩이를 들썩했다.

"아아, 맡은 일 암것도, 암것도 없는디요. 엄니허고 나넌 그냥……."

"야 이년아, 또 거짓말이야! 이년, 너 맛 좀 봐라."

임 형사는 벌떡 일어나면서 수국이의 머리채를 잡아챘다.

"아이고메 엄니!"

수국이는 목을 빼늘이며 절박하게 어머니를 불렀다.

"이년아, 이리 와!"

임 형사는 억센 기운으로 수국이의 팔을 꺾었다. 건장한 남자의 손아귀에서 수국이는 매의 발톱에 찍힌 한 마리 미약한 새였다.

"말허겄구만요, 말허겄구만요……."

수국이의 입에서 흘러나오는 다급한 소리였다.

"이년아, 아가리 놀리지 말어."

수국이의 두 팔을 등뒤로 비틀어잡은 임 형사는 숨을 씩씩거리며 한쪽 손으로 저고리의 옷고름을 풀었다.

"말헌당게라, 말허겠어라……."

수국이는 몸부림치며 똑같은 소리를 실성한 듯 되풀이해 댔다.

"이년아, 아가리 닫어!"

임 형사는 무술의 기합이라도 넣듯이 소리쳐 대며 수국이의 치맛말기를 풀었다.

"이이고메 사람 죽이네에, 사람 죽이네!"

치마가 흘러내린 수국이는 죽을힘을 다해 소리소리 질렀다.

"흐흐흐…… 자알한다. 더 소리질러라. 여기가 바로 사람 죽이는 곳이니까 더 소리질러. 흐흐흐흐……."

임 형사가 수국이의 젖을 움켜잡으며 끈적거리는 웃음을 흐흐거리고 있었다. 여자의 고문으로서 가장 효과적인 것이 발가벗기는 것이고, 그보다 더 효과적인 것이 함께 발가벗는 것이었다. 처녀의 경우에 그 방법이 더 신효한 것은 두말할 것이 없었다.

"아야야야……."

임 형사가 갑자기 비명을 질렀다. 수국이의 입이 그의 팔을 물고 있었다.

그러나 다음 순간 임 형사가 피식 웃었다. 그리고 어찌 된 영문인지 수국이가 '엄니!' 하며 입을 벌리고 말았다. 그는 형사다운 민첩함으로 수국이의 발등을 사정없이 짓밟았던 것이다.

"하! 가시 돋친 꽃이라. 더 예쁜데그래. 흐흐흐흐……."

그는 잔뜩 화가 난 얼굴로 수국이를 노려보면서도 그 묘한 웃음소리를 지어내고 있었다. 그러고는 거칠게 속곳을 벗겨 내렸다. 수국이는 긴 가시로 불두덩 속을 찌르는 것 같은 찌릿함과 함께 온몸에 맥이 빠지는 것을 느끼고 있었다.

그는 수국이의 허리를 껴안아 불끈 들어서 옆으로 옮겨놓았다. 그리고 치마와 속곳을 발로 멀찍하게 밀어버렸다. 그런 다음에야 수국이의 팔을 풀어주었다. 수국이는 허둥지둥 방구석으로 달아나며 저고리의 옷고름을 매고 있었다. 그는 알몸이 된 수국이의 아랫도리를 바라보며 바지를 벗고 있었다.

양치성은 부대를 안내하며 사흘째 되는 날 왕청현 덕원리로 들어섰다.

"여기가 바로 북로군정서 본부가 있던 뎁니다."

양치성의 유창한 일본말 안내였다.

"여기 사는 조센징들이야말로 골수 불령선인들 아닌가."

지휘관이 침을 내뱉었다.

"예, 그렇습니다."

"좋아, 쓴맛을 보여주지!"

금방 얼굴에 살기를 드러낸 지휘관은 니뽄도를 거칠게 뽑아들었다.

"다들 들어라! 이 부락 조센징들을 하나도 남김없이 끌어내라!"

지휘관은 니뽄도를 내려치며 부하들에게 외쳤다.

이미 그 일에 익숙해진 일본군들은 재미나는 놀이라도 시작하 듯 마을로 내달렸다. 양치성은 콧노래를 흥얼거리며 담배를 입에 물었다. 수국이를 임 형사에게 넘겨놓은 다음부터 저절로 콧노래 가 흘러나오는 것이었다. 그는 수국이와 한 이불 속에서 잘 꿈을 꾸며 깊이 들이마신 담배연기를 후우 내뿜고 있었다.

마을사람들이 뒤에서 몰아대는 군인들에게 쫓기며 이 고샅 저 고샅에서 나오기 시작했다. 양치성은 모자를 눌러쓰며 나무를 등 지고 섰다.

"전원 끌어냈습니다."

"좋아, 모두 뒷산으로 몰고 가라."

총을 겨눈 군인들에게 에워싸인 마을사람 100여 명은 나무들이 많이 선 뒷산으로 말없이 발걸음을 옮겨놓고 있었다. 바람은 매웠 고, 하늘에는 음산하게 구름이 끼여 있었다. 곧 눈이라도 내릴 것 같은 날씨였다.

"모두 나무에다 묶어라!"

지휘관이 명령했다.

"아이들은 어떻게 할까요?"

하사관이 물었다.

"모두 묶으라니까!"

군인들 1개 소대가 사람들을 에워싸고 총을 겨누었고, 다른 1개 소대의 군인 두 명씩이 마을사람 하나씩을 끌고 갔다. 남자들부터 나무에 묶이기 시작했다.

열댓 명쯤 묶였을 즈음에 한 남자가 군인을 떠다밀며 내뛰기 시작했다.

"쏴라!"

여러 방의 총성이 한꺼번에 울렸다. 그 남자는 비명을 지르며 나뒹굴어져 산비탈을 굴러내려갔다.

여자들이 끌려가면서 소란이 일어나기 시작했다.

"어마니, 어마니……."

아이들이 어머니와 떨어지지 않으려고 발버둥치며 울어댔다.

"칠복아, 칠복아……."

"곰돌아, 곰돌아……."

어머니들도 아이들과 떨어지지 않으려고 몸부림치며 울부짖었다.

그러나 일본군들의 개머리판은 여자들이고 아이들이고 사정없이 후려쳤다.

양치성은 나무 뒤에서 감골댁이 끌려가 묶이는 것을 지켜보고 있었다. 그는 비로소 홀가분함을 느끼고 있었다. 수국이를 완전하게 차지하자면 수국이가 의지할 데가 아무데도 없어야 했던 것이다.

"완료했습니다."

"좋아, 지금부터 분대별로 사격연습을 실시한다. 총알은 각자 한 발씩 장전, 표적은 왼쪽 심장, 명중시키지 못한 자들은 각오하라. 분대별로 사겨억 준비!"

지휘관의 명령에 따라 병사들이 일렬로 줄을 서나갔다. 병사들은 나무에 묶인 사람들과 20보쯤 간격을 두고 마주 보고 섰다.

"사겨억 개시!"

총소리들이 다투어 울리기 시작했다. 가랑눈이 희끗거리며 날리고 있었다.

양치성은 부대를 따라 5일 만에 용정으로 돌아왔다. 그 토벌대는 휴식을 겸해 탄약을 공급받기 위해 본대로 귀대했던 것이다.

양치성은 곧바로 임 형사를 찾아갔다.

"어찌 됐능게라?"

"어찌 되기는 뭐가 어찌 돼. 자네가 원하는 대로 다 해놨지."

"허먼 당장 면회럴 해야 되겠구만요."

"그 옷도 안 갈아입고?"

"어디요, 다 된 잔치에 코 빠칠 수 있간디라."

양치성은 싱글벙글했다.

"중신애비 공은 안 잊어버리겠지?"

"무신 말씀이신게라. 술 석 잔언 너무 작고, 멀 선사허먼 좋으시겄소?"

"글쎄에…… 팔뚝시계 해줄 수 있어?"

임 형사는 큼직하게 내질렀다.

"예에, 그리허겠구만요."

저런 날강도 같은 놈이 있나 싶었지만 양치성은 그런 마음은 전혀 내색하지 않고 흔쾌하게 대답했다. 어차피 내놓은 말이었고 그의 비위를 거슬러서는 좋을 것이 하나도 없었던 것이다.

양치성은 깜짝 놀랐다. 수국이는 몰라볼 정도로 수척해져 있었다.

"아니, 어찌 이리되았소? 밥얼 굶깁디여?"

"……."

"매럴 맞었소?"

"……."

눈을 내려뜬 수국이는 미동도 하지 않았다. 양치성은 밥을 굶겼을 리도 없고, 매를 때렸을 리도 없다는 것을 알면서도 너무 놀라 그렇게 묻지 않을 수가 없었다. 너무 겁에 질려서 밥을 제대로 먹지 못하고 시달려 그리됐을 거라는 생각은 그 다음에 떠올랐다.

"그간에 나가 뒷손얼 쓰니라고 늦었는디, 엄니가 걱정이 태산이시오."

그 말에 비로소 수국이는 눈을 올려떴다. 그 눈에 눈물이 번시고 있었다. 양치성은 이거다 싶었다.

"엄니가 어서 풀려나기만 기둘림서 나보고 무신 수럴 써서라도 풀려나게 해도라고 신신당부혔소."

"엄니넌…… 어쩌시요?"

수국이는 눈물로 목이 막혔다.

"밥도 못 자시고…… 늙으신 몸에 그러다가 큰탈나게 생겼는디요."

양치성은 슬픈 가락으로 말했다.

"엄니이……."

수국이의 눈에서 눈물이 쏟아졌다.

"나가 풀려나게 손언 써났는디요."

양치성은 마침내 화살을 날렸다.

수국이는 울음을 추스르며 손등으로 눈물을 닦았다. 그리고 양치성을 쳐다보았다. 그 눈에 슬픔만이 가득 담겨 있었다. 양치성을 한참 동안 바라보고 있던 수국이는 입을 열었다.

"풀려나게 혀주시오."

그리고 고개를 떨구었다.

"글먼 내 말 들어주겠단 말이오?"

양치성은 그 말뜻을 다 알아들으면서도 일부러 승리의 못을 치고 있었다.

수국이는 떨군 고개를 끄덕였다.

양치성은 수국이에게 새 옷부터 사입혔다. 깨끗하게 목욕을 하고 새 옷을 입자 수국이는 수척한 대로 한 송이 꽃으로 피어났다. 아니 그 애련한 모습은 어쩌면 더 고와 보이기도 했다. 그러나 양치성은 수국이를 여관에 혼자 재우며 전혀 접근하지 않고 점잖게 굴었다. 다 된 밥이니까 뜸을 들이며 자신의 점수를 올리자는 것이었다.

양치성은 수국이의 다급한 마음대로 다음날 왕청현으로 가는 마차를 탔다. 눈시울이 붉어진 수국이는 내내 말이 없었고, 양치성도 굳이 말을 걸지 않으며 담배만 피워댔다.

마을이 잿더미가 된 것을 본 수국이는 금방 실성하는 것 같았다.

"아이고메 엄니, 엄니, 엄니……."

수국이는 허둥거리고 두리번거리며 어찌할 줄을 몰랐다.

"나가 댕겨간 뒤로 왜놈덜이 헌 짓거리구만. 가만, 가만있어 봐.

저그 저 뒷산에 사람덜이 묶여 있는 것 같은디."

양치성은 수국이를 부축하며 목청을 높이고 있었다.

"머시라고라? 워디요, 워디?"

수국이가 눈물범벅인 얼굴을 돌렸다.

"저그 저 뒷산 말이여."

양치성은 어느덧 말을 놓고 있었다.

수국이는 양치성을 앞질러 뒷산으로 뛰기 시작했다.

"아이고메 엄니이이……."

나무마다 묶여 처져내린 시체들을 보는 순간 수국이는 혼절하고 말았다. 양치성은 비식 웃으며 수국이를 껴안았다.

수국이는 어머니의 시체를 찾아내고는 또 정신을 잃어버렸다. 양치성은 다시 수국이를 껴안고 앉아 순간적으로 엄습하는 죄의식을 느꼈다. 가슴에서 흘러내린 피로 감골댁의 앞자락은 검붉게 피떡이 되어 있었고, 고개는 늘어질 대로 늘어져 처져 있는데 윗니빨은 아랫입술을 파고들 정도로 응등물려 있었고, 두 눈은 번히 뜨여 있었다. 그 처참한 모습을 보자 순간적으로 감골댁을 미리 살려낼 걸 잘못하지 않았나 하는 생각이 퍼뜩 들었던 것이다. 그러나 그는 이내 고개를 저으며 그런 말랑거리는 생각을 뭉개버렸다. 수국이가 의지할 데 없이 외롭지 않고서는 자신의 차지가 될 수 없었던 것이다.

양치성은 수국이의 마음이 흡족하도록 감골댁의 장례비를 아끼지 않았다. 수의며 관을 고급으로 썼고, 봉분도 보통 무덤들보다

갑절은 크게 만들었다.

"돈도 너무 많이 쓰고 애도 너무 많이 썼구만이라."

무덤을 뒤로하고 돌아서며 수국이가 양치성을 바라보았다.

"무신 말이여. 응당 헐 일이제."

양치성은 기다렸다는 듯 대꾸했다. 그러면서 소리 없는 환성을 지르고 있었다. 마침내 목적이 달성된 것이었다. 수국이가 마음을 연 것이다. 자신을 바라보는 눈길에 마음이 열려 있었다.

수국이는 양치성이가 왠지 마음에 들지 않았다. 그러나 그가 고맙지 않을 수 없었다. 지하실에서 풀려나게 해주었고, 어머니의 장례까지 돈 아까운 줄 모르고 치러주었으니 무어라 할 말이 없을 정도였다.

그러나 그를 받아들여야 할 일은 꿈만 같았다. 이번에 지하실에서 날마다 당한 일로 남자는 더 무서워지고 끔찍스러워졌던 것이다. 그리고 또 한 가지 큰 걱정이 있었다. 자신이 처녀가 아닌 것을 알게 되면 어쩌랴 싶었던 것이다. 자신이 지하실에서 그런 꼴을 당하는 줄 알았으면 구해주었을 턱이 없었던 것이다. 시집을 가지 않으려고 했던 것은 남자가 끔찍스럽기도 해서였지만, 처녀 아닌 것이 들통나는 게 두렵기도 했던 것이다.

수국이는 뻣뻣한 나무토막으로 양치성과의 첫 밤을 넘겼다.

"나가 비단옷에 손에 물 안 묻히고 살게 호강시킬 것잉게 엄니가 그리 시상 뜨신 것언 잊어불고 새 맘 묵어야 혀. 혼자서만 당헌 일이 아닝게. 그라고 수국이헌티넌 다시 만내야 헐 동상이 있딜 안혀.

동상 생각히서라도 맘 강단지게 묵어야 헐 것 아니여."

양치성은 열기가 식지 않은 몸을 꼭꼭 붙여대며 나긋나긋하게
말했다.

수국이는 마음이 조마조마하면서도 한편으로 안도하고 있었다.
자신이 처녀가 아닌 것을 양치성은 전혀 모르는 눈치였다. 남자는
여자가 처녀이고 아닌 것을 여자가 옷을 벗으면 단박에 알 줄 알았
던 것이다.

며칠을 쉰 양치성은 다시 부대와 함께 길을 떠났다. 수국이한테
는 물론 장사를 며칠 다녀온다고 둘러붙였다.

독립군들을 뒤쫓다 놓쳐버린 일본군들은 조선농민들 토벌을 더
확대해 나가고 있었다. 북간도 일대를 휩쓸고 있는 토벌은 11월을
넘겨 12월로 이어지고 있었다. 일본군의 간도출병으로 시작된 그
학살은 벌써 넉 달째 계속되고 있었다.

날마다 이곳저곳에서 요란한 총소리들이 진동하고, 마을이 불타
는 연기가 자욱하게 피어오르고, 흰옷 입은 시체들이 언덕바지며
산비탈이며 개울가에 즐비하게 널려 있었다. 삭풍이 몰아치는 만
주의 하늘은 언제나 음산한 구름이 끼여 있었다. 그 우중충한 하
늘만큼 음산한 울음을 뿌리며 까마귀들이 수백마리씩 떼를 지어
여기저기로 날아다녔다. 너무 많은 시체들을 치울 사람도 없었고,
까마귀떼를 막아낼 사람도 없었다.

"우리는 이번 토벌작전에서 불령선인들의 은거지와 동조 지역을
집중공략한 결과 학교·시교당·예배당 등을 포함하여 도합 3천여

채 이상 소각했고, 그 협조자와 동조자들을 1만여 명 처단하는 전과를 올렸다. 이는 불령선인들이 다시는 준동하지 못하게 하는 효과를 발휘할 것이다. 이번 작전에 앞장서 수고한 여러분들의 공을 치하하는 바이다."

작전참모장이 만족스럽게 장내를 둘러보았다.

1920년이 저물어가고 있었다. 독립군들이 밀산 쪽으로 이동하고 있다는 풍문과 함께 사람들은 그 대학살을 경신참변이라고 부르기 시작했다.

〈제3부 「어둠의 산하」, 7권에 계속〉

아리랑 6

제1판 1쇄 / 1994년 8월 13일
제1판 40쇄 / 2001년 5월 10일
제2판 1쇄 / 2001년 10월 10일
제2판 25쇄 / 2006년 9월 10일
제3판 1쇄 / 2007년 1월 30일
제3판 36쇄 / 2019년 8월 15일
제4판 1쇄 / 2020년 10월 15일
제4판 4쇄 / 2023년 9월 30일

저자 / 조정래
발행인 / 송영석

발행처 / (株)해냄출판사
등록번호 / 제10-229호
등록일자 / 1988년 5월 11일(설립일자 | 1983년 6월 24일)

04042 서울시 마포구 잔다리로 30 해냄빌딩 5·6층
대표전화 / 326-1600 팩스 / 326-1624
홈페이지 / www.hainaim.com

ISBN 978-89-6574-936-3
ISBN 978-89-6574-943-1(세트)

파본은 본사나 구입하신 서점에서 교환하여 드립니다.